U0153504

思想的・睿智的・獨見的

經典名著文庫

學術評議

丘為君　吳惠林　宋鎮照　林玉体　邱燮友
洪漢鼎　孫效智　秦夢群　高明士　高宣揚
張光宇　張炳陽　陳秀蓉　陳思賢　陳清秀
陳鼓應　曾永義　黃光國　黃光雄　黃昆輝
黃政傑　楊維哲　葉海煙　葉國良　廖達琪
劉滄龍　黎建球　盧美貴　薛化元　謝宗林
簡成熙　顏厥安（以姓氏筆畫排序）

策劃　楊榮川

五南圖書出版公司 印行

經典名著文庫

學術評議者簡介（依姓氏筆畫排序）

- 丘為君　美國俄亥俄州立大學歷史研究所博士
- 吳惠林　美國芝加哥大學經濟系訪問研究、臺灣大學經濟系博士
- 宋鎮照　美國佛羅里達大學社會學博士
- 林玉体　美國愛荷華大學哲學博士
- 邱燮友　國立臺灣師範大學國文研究所文學碩士
- 洪漢鼎　德國杜塞爾多夫大學榮譽博士
- 孫效智　德國慕尼黑哲學院哲學博士
- 秦夢群　美國麥迪遜威斯康辛大學博士
- 高明士　日本東京大學歷史學博士
- 高宣揚　巴黎第一大學哲學系博士
- 張光宇　美國加州大學柏克萊校區語言學博士
- 張炳陽　國立臺灣大學哲學研究所博士
- 陳秀蓉　國立臺灣大學理學院心理學研究所臨床心理學組博士
- 陳思賢　美國約翰霍普金斯大學政治學博士
- 陳清秀　美國喬治城大學訪問研究、臺灣大學法學博士
- 陳鼓應　國立臺灣大學哲學研究所
- 曾永義　國家文學博士、中央研究院院士
- 黃光國　美國夏威夷大學社會心理學博士
- 黃光雄　國家教育學博士
- 黃昆輝　美國北科羅拉多州立大學博士
- 黃政傑　美國麥迪遜威斯康辛大學博士
- 楊維哲　美國普林斯頓大學數學博士
- 葉海煙　私立輔仁大學哲學研究所博士
- 葉國良　國立臺灣大學中文所博士
- 廖達琪　美國密西根大學政治學博士
- 劉滄龍　德國柏林洪堡大學哲學博士
- 黎建球　私立輔仁大學哲學研究所博士
- 盧美貴　國立臺灣師範大學教育學博士
- 薛化元　國立臺灣大學歷史學系博士
- 謝宗林　美國聖路易華盛頓大學經濟研究所博士候選人
- 簡成熙　國立高雄師範大學教育研究所博士
- 顏厥安　德國慕尼黑大學法學博士

經典名著文庫104

文學論——文學研究方法論

Theory of Literature

韋勒克(René Wellek)
華倫(Austin Warren) 著
王夢鷗、許國衡 譯

經典永恆．名著常在

五十週年的獻禮．「經典名著文庫」出版緣起

總策劃 楊榮川

五南，五十年了。半個世紀，人生旅程的一大半，我們走過來了。不敢說有多大成就，至少沒有凋零。

五南忝為學術出版的一員，在大專教材、學術專著、知識讀本出版已逾壹萬參仟種之後，面對著當今圖書界媚俗的追逐、淺碟化的內容以及碎片化的資訊圖景當中，我們思索著：邁向百年的未來歷程裡，我們能為知識界、文化學術界做些什麼？在速食文化的生態下，有什麼值得讓人雋永品味的？

歷代經典．當今名著，經過時間的洗禮，千錘百鍊，流傳至今，光芒耀人；不僅使我們能領悟前人的智慧，同時也增深加廣我們思考的深度與視野。十九世紀唯意志論開創者叔本華，在其〈論閱讀和書籍〉文中指出：「對任何時代所謂的暢銷書要持謹慎

的態度。」他覺得讀書應該精挑細選，把時間用來閱讀那些「古今中外的偉大人物的著作」，閱讀那些「站在人類之巔的著作及享受不朽聲譽的人們的作品」。閱讀就要「讀原著」，是他的體悟。他甚至認爲，閱讀經典原著，勝過於親炙教誨。他說：

> 「一個人的著作是這個人的思想菁華。所以，儘管一個人具有偉大的思想能力，但閱讀這個人的著作總會比與這個人的交往獲得更多的內容。就最重要的方面而言，閱讀這些著作的確可以取代，甚至遠遠超過與這個人的近身交往。」

爲什麼？原因正在於這些著作正是他思想的完整呈現，是他所有的思考、研究和學習的結果；而與這個人的交往卻是片斷的、支離的、隨機的。何況，想與之交談，如今時空，只能徒呼負負，空留神往而已。

三十歲就當芝加哥大學校長、四十六歲榮任名譽校長的赫欽斯（Robert M. Hutchins, 1899-1977），是力倡人文教育的大師。「教育要教眞理」，是其名言，強調「經典就是人文教育最佳的方式」。他認爲：

> 「西方學術思想傳遞下來的永恆學識，即那些不因時代變遷而有所減損其價值

的古代經典及現代名著，乃是眞正的文化菁華所在。」

這些經典在一定程度上代表西方文明發展的軌跡，故而他爲大學擬訂了從柏拉圖的《理想國》，以至愛因斯坦的《相對論》，構成著名的「大學百本經典名著課程」。成爲大學通識教育課程的典範。

歷代經典．當今名著，超越了時空，價值永恆。五南跟業界一樣，過去已偶有引進，但都未系統化的完整舖陳。我們決心投入巨資，有計畫的系統梳選，成立「經典名著文庫」，希望收入古今中外思想性的、充滿睿智與獨見的經典、名著，包括：

- 歷經千百年的時間洗禮，依然耀明的著作。遠溯二千三百年前，亞里斯多德的《尼各馬科倫理學》、柏拉圖的《理想國》，還有奧古斯丁的《懺悔錄》。
- 聲震寰宇、澤流遐裔的著作。西方哲學不用說，東方哲學中，我國的孔孟、老莊哲學，古印度毗耶娑（Vyāsa）的《薄伽梵歌》、日本鈴木大拙的《禪與心理分析》，都不缺漏。
- 成就一家之言，獨領風騷之名著。諸如伽森狄（Pierre Gassendi）與笛卡兒論戰的《對笛卡兒沉思錄的詰難》、達爾文（Darwin）的《物種起源》、米塞斯（Mises）的《人的行爲》，以至當今印度獲得諾貝爾經濟學獎阿馬蒂亞．

森（Amartya Sen）的《貧困與饑荒》，及法國當代的哲學家及漢學家余蓮（François Jullien）的《功效論》。

梳選的書目已超過七百種，初期計劃首爲三百種。先從思想性的經典開始，漸次及於專業性的論著。「江山代有才人出，各領風騷數百年」，這是一項理想性的、永續性的巨大出版工程。不在意讀者的眾寡，只考慮它的學術價值，力求完整展現先哲思想的軌跡。雖然不符合商業經營模式的考量，但只要能爲知識界開啓一片智慧之窗，營造一座百花綻放的世界文明公園，任君遨遊、取菁吸蜜、嘉惠學子，於願足矣！

最後，要感謝學界的支持與熱心參與。擔任「學術評議」的專家，義務的提供建言；各書「導讀」的撰寫者，不計代價地導引讀者進入堂奧；而著譯者日以繼夜，伏案疾書，更是辛苦，感謝你們。也期待熱心文化傳承的智者參與耕耘，共同經營這座「世界文明公園」。如能得到廣大讀者的共鳴與滋潤，那麼經典永恆，名著常在。就不是夢想了！

二〇一七年八月一日　於

五南圖書出版公司

導讀

國立政治大學英國語文學系教授　陳蒼多

一

首先，我們要了解《文學論》兩位作者韋勒克（René Wellek，一九〇三—一九九五）和華倫（Austin Warren，一八九九—一九八六）的詳細背景。

韋勒克是出生於奧地利的學者，就讀於布拉格語言學校，曾受過古典文學的訓練，精通多種歐洲語言。他受過的理論訓練包括殷格登（Ingarden）的作品中所使用的胡塞爾（Husserl）現象學（Phenomenology），以及深受心理學影響的布拉爾（Bühler）語言學（Linguistics）。納粹德國於一九三九年占領布拉格後，韋勒克從倫敦——他一直在那兒從事教學工作——逃亡美國，任教於愛荷華大學。因此，研讀胡塞爾的現象學以及布拉爾的語言學，應有助於了解這本《文學論》巨作。

韋勒克在愛荷華大學遇見本書的另一位作者華倫（Austin Warren）。華倫（Austin Warren）自認是一位「老派新批評論者」。他寫了很多文學批評作品，深受白璧德

（Babbitt）和莫爾（More）所提倡的「新人文主義者」觀點所影響，只不過他後來發現這種觀點有其侷限。無論如何，研讀白璧德和莫爾的「新人文主義者」觀點也會有助於對這本《文學論》的了解。

韋勒克和華倫（Austin Warren）不久就對於文學的幾個層面有了共同的看法，於是在一九四○年左右開始考慮合作寫《文學論》。以後的幾年，他們更經由與布魯克斯（Brooks）和華倫（Robert Penn Warren）的討論，以及廣泛閱讀當代歐洲文學，而精進對歐洲與美國文學的了解，爲《文學論》一書奠定深厚的基礎。

二

《文學論》一書可以分成兩大部分，第一大部分是，「文學是什麼」，也就是「文學的理論」。第二大部分是，「文學研究的方法」，也就是「研究文學的理論」，前者可以說是「本體論」，後者可謂「方法論」。再加上第六章的〈資料的整理與確定〉（或可說是「最本體的方法論」），就構成了《文學論》的總體內涵。

就第一大部分而言，作者共用五章來進行討論。第一章是〈文學與文學研究〉。在這章中，他們將「文學」和「文學研究」加以區分，認爲「文學」是一種創造的行爲，也是一種藝術，而「文學研究」則是「有關文學本身的知識」。但也有人不同意「文學研究」是「有關文學本身的知識」，而是一種「第二次創造」。甚至還有人提出一種極端的觀點，認爲「文學」和「文學研究」都完全無法加以研究，我們只能累積「有關」文學的資訊。人們曾以學術的方法去研究文學，採取自然科學的態度，結果，理論越具一般性，就越顯得空洞。還有人爲文學的一般律則提出定論，強調「個體性」的必要性，因此，也出現了兩種極端觀點，其一是「普遍性的客觀」，其二是「特殊性的主觀」，但兩者不能同時應用，前者會導致「絕對論」，後者會導致「個人的直覺」。

第二章是〈文學的性質〉。第一，文學應該是所有印行的東西。第二，文學應該限於「名著」，是「以文學形式來表達而著名」的作品。第三，文學應該限於想像的文學（imaginative literature）。總結來說，文學有四種性質，第一，它是想像的，如傳統文學作品，第二，它在很大程度上涉及「虛構」（fiction）、「創造」或「想像」。第三，它具哲學性。第四，它可能存在於「邊界」地帶，介於「創作、虛構」和「哲學」兩者之間。又作者認爲，「內容」和「形式」是「兩個被用得超出原意太遠了的詞彙」，讓人以爲文學有著兩個割裂的部分，所以不如採用「藝術品的存在方式」和「構成這種方式的層次系統（system of strata）」的說法。

第三章是〈文學的功能〉。就文學的功能而言，賀瑞斯（Horace）的「甜美」與「實用」是第一個指標。第二，亞里斯多德（Aristole）指出，一首詩的功能和重要性與它所包含的知識的深度息息相關。第三，詩可做爲眞理（the truth）或宣傳的媒介。第四，詩具有淨化功能，但實際上，詩的主要功能是忠於其本質。有人說，文學的功能是解除作者或讀者的情緒壓力。但作者不以爲然，他們認爲文學無法解除作者或讀者的壓力，反而會激起情緒。

第四章標題爲〈文學的理論、批評和歷史〉。「文學的理論」本身研究文學的原則、範疇、標準等等，並將研究「文學批評」的作品和研究「文學歷史」的作品加以區分。「文學的理論」、「批評」和「歷史」三者之間有著強烈的關係，然而，還是有人將它們分開。其實文學史家也是文學批評家。文學史家就算要成爲史學家，也必須成爲批評家。

第五章名爲〈一般文學、比較文學和國別文學〉。作者在此章中提供「一般文學」、「比較文學」和「國別文學」的定義，並論及歌德（Goethe）的「世界文學」（world-literature）概念。作者也引出「一般文學」與「比較文學」對照的問題。「一般文學」是研究超越國別界線的文學，而「比較文學」則是研究兩種或更多的文學之間的關係。如此就出現了如何區分「一般文學」與「比較文學」的特定研究領域的問題。

三

本書第二大部分「文學研究的方法」，又分成兩部分，即「文學研究的外在方法」和

「文學的本質之研究」，而所謂「文學的本質之研究」，其實就是「文學研究的內在方法」。

「文學研究的外在方法」分成五章，即第七章〈文學與傳記〉、第八章〈文學與心理學〉、第九章〈文學與社會〉、第十章〈文學與觀念〉，以及第十一章〈文學與其他藝術〉。

就〈文學與傳記〉而言，本書的作者不認爲作品準確反映作者的生活，也不認爲，如要了解某一作品就必先了解作者的生活。他們認爲，作品可能反映作者的經驗，但也反映作者的希望與夢想，或文學傳統與習俗，所以，文學作品「不是傳記文獻」。他們的結論是：賦予傳記任何批評上的重要性是很危險的。

就〈文學與心理學〉而言，本書的作者認爲「角色分析」是心理分析的唯一正規方法。但個別的角色並不一定契合作品寫作時的心理學理論。符合某些心理學理論的作品，不一定是比較好的作品。所以，他們懷疑尋覓心理學「眞實性」的價值。

接著是〈文學與社會〉。作者承認，文學的某些層面是由社會習俗和準則所創造，或受其影響。但是，文學並不「正確地」反映社會或生活。因此，「社會眞實」不應成爲一種藝術價值，文學也不應取代社會學或政治學。

下一章是〈文學與觀念〉。作者認爲，有關哲學史和一般觀念的知識，對於文學研究者會很有價值，但他們也認爲，作者不一定會有意地把哲學觀念加進作品之中。他們認爲，一部有哲學內容的作品不一定比較好。

在〈文學與其他藝術〉這章中，作者探討文學與其他藝術如：建築、雕刻、音樂或視覺藝術的關係。但是，文學還是一種個別的藝術。各種藝術都以不同方式「進化」。將文學與另一種藝術形式加以比較是次要的事情。

現在就來談「文學的本質之研究」，也就是「文學研究的內在方法」。這一部分分成八章，即第十二章〈藝術的文學作品之分析〉、第十三章〈文學的諧音與韻律〉、第十四章〈文體與文體論〉、第十五章〈意象、隱喻、象徵、神話〉、第十六章〈敘述的小說之本質與樣式〉、第十七章〈文學的類型〉、第十八章〈文學價值之品評〉，以及第十九章〈文學的歷史〉。

在〈藝術的文學作品之分析〉這章中，作者認爲，對於作品的內在元素進行分析是「很自然又明智的」——只要作品本身能夠引起我們對於外在問題的所有興趣。作者扼要提供文學的不同定義，涉及了「人爲製作」、「作品之朗誦」、「讀者或作者的經驗」。

下一章是〈文學的諧音與韻律〉。在諧音（euphony）部分，作者討論了「分類」、「押韻」、「擬聲」，以及「聲音的面相」。在韻律部分，作者探討了「不同的定義」、「應用」、「局部解剖學」，以及「藝術價值」，也兼及格律（metre）的理論及其缺點。

就第十四章〈文體與文體論〉而言，作者認爲，雖然作品受到語言所影響，但作者的文體，對於溝通性語言的使用，也會影響語言。他們建議經由文體論（stylistics）來檢視作品。

下一章是〈意象、隱喻、象徵、神話〉。作者在這一章之中認爲，意象、隱喻

（metaphor）、象徵和神話構成了一部作品的「重要詩意結構」。他們認爲，文學的意義與功能確實呈現在隱喻與神話中。他們反對經由作者的語詞去了解作者，也反對僅止於了解比喻性的語言而已。

第十六章是〈敘述的小說之本質與樣式〉。作者認爲，敘述的小說包括五個共同要素：「敘述結構」、「角色」、「背景」、「世界觀」與「氛圍」。接著，他們討論「人物塑造」，涉及了「樣式」、「類型」、「類型學」以及「作品中的環境」。

第十七章是〈文學的類型〉。作者認爲「類型」會影響任何批評性和品評性的研究，但「類型」並不固定。他們也認爲「類型」不斷在變化，好的作家契合類型，但最終會將類型擴大。

在下一章的〈文學價值之品評〉中，作者認爲，文學作品的品評應該基於作品本身的本質，無涉於作者的實際或科學性意向。他們排斥俄國形式論的「去熟悉化」做爲品評好文學作品的標準。他們認爲，一旦新的作品被引進，作品的排位就要改變，也認爲，內在的價值是呈現於藝術品之中的。

最後一章是〈文學的歷史〉。作者不贊同當代的文學史，認爲文學史應奠基於作品的內在要素。這樣的文學史應該描述「詮釋」、「批評」和「鑑賞」（appreciation）的過程的發展，或描繪作品在小群人和大群人中的發展，然後才與普世文學結合。他們在這一章的結論是，現存的方法很「拙劣」，文學史需要新的理想和方法。

最後要提的是，本書的兩位作者韋勒克和華倫（Austin Warren）在《文學論》中很強調聚焦於作品的「內在」要素的必要性，視之爲了解作品的最佳方式。因此，他們採用了前述殷格登所使用的現象學，而殷格登是最著名的現象學「本體論」學者之一。這一點也是了解本書的一個重要線索。

譯者序

韋勒克與華倫（Austin Warren）二人合著的《文學論》（Theory of Literature），據其一九四八年初版序文，說是「文學的理論與文學研究方法論」的簡稱。他們自謂「本書既非指導青年文學欣賞要點的讀物，也不是介紹學術研究所使用的方法」。按其大旨，只是想把文學理論與價值評判融合於文學史與文學作品的研究中以建立其所謂「文學的學問」（literary scholarship）。

此書初版發行於一九四六年。全書共分五編，二十章。第二版發行於一九五五年，自序謂其中第五編第二十章討論大學院的文學研究問題，有的已經時過境遷，有的已依其建議有所改善，所以刪去。第三版發行於一九六三年，全書仍照第二版的四編十九章翻印。不過，每一版，他們都有少許增補和刪節，這裡便是根據第三版新書迻譯。其第一編爲文學的「定義與區別」，內分五章，除界定文學與文學研究的含意之外，並從文學的本質、功用、文學理論、文學批評、文學史，以及一般文學、比較文學、國別文學，各方面區劃文學研究的範圍。第二編爲「預備作業」，只有〈資料的整理與確定〉一章（即第六章），也就是準備進行文學研究所須考慮的種種問題的檢討。第三編爲「文學研究的外在方法」，內分五章（第七至第十一章），是就文學與傳記、心理、社會、哲學以及其他藝術的關係而討論採用那種種方法的妥當性。第四編爲「文學的本質之研究」，換言之，這是就文學作品本身所作的考察，內分八章（自第十二至第十九章），先就文學作品與非文學作品的分析，順序討論文學作品的聲律、體裁、比興、描述，以及作品的形式、評價，最後殿以文學成績的記述，亦即文學的歷史問題。

從他們編排目次看來，不難了解他們要在這本書中發揮的旨趣（intention）。雖然這四編十九章，是分由二人執筆，韋氏一人負責十三章，華倫（Austin Warren）負責六章（詳見初版原序），但在敘述的體系上是一貫的。他們除了極力廓清文學與非文學的界域之外，一面在文學的研究法上清楚地說明許多與文學相關聯的學科，都只限於它們的關聯性而不宜使用那些非文學的方法研究文學；另一方面，他則就文學研究法本身，分別討論，而重點也就成爲文學作品的「本文研究法」。書中，作者雖採用批判的態度講述諸問題，沒有積極插入自己正面的建議，然而他們的意見仍是十分明朗的。

一千五百多年前，中國出了一位劉勰，他從我國有史以來用文字組成的作品中，做一次縱的橫的剖述，勒成《文心雕龍》一書，不僅全書的組織經營，煞費苦心；而使用的資料尤其豐富，造成了空前絕後的一部巨著。然而事隔千有餘年，文變萬殊，迄於今日，國際的交通已超過音速，諸國人的生活亦皆敞露無遺，人們認識的文學既不侷限於一隅，則所謂文學理論，也應有廣泛的認識。韋氏和華倫（Austin Warren）著述此書，從時間的縱面言之，他們是時無古今而唯文章是擇，可說是從古代兼及現代；從空間的橫面言之，它包括了英、美以外，德、法、義以及斯拉夫語系，間亦觸及東方的文學情形，可說是賅博精深的力作。難怪其書自初版以來，前後已有了西班牙、義大利、日本、韓國、德國、葡萄牙、希伯來以及印度古吉拉特文的各種譯本，則其風行的國度當又不止此數了。尤以我國既有一部《文心雕龍》皇皇巨著在前，正可引進這本書，無論在其組織之綿密，內容之富贍，以及作者態度之專精與用力的勤至，各方面都是適堪繼武的；而在時代的意義上體味，則更是切合於我們現代人的需要。

不過，原著者涉論的範圍既如此廣大，而儲備的資料又如此豐贍，欲以之編成一書，便不能不鉤玄提要，用最簡括的筆法來論述極繁雜而又細緻的見解。所以讀其原文，必須反覆玩索；而詳細的意見，還得檢閱他們附註的參考書，始獲詳知。如果讀者對於參考書籍缺少預備的知識，則對其精簡的語意，將似閱讀《文心雕龍》一樣；視之可見，按之愈深，使人陷於似懂非懂的境地。譯者自愧譾陋，此一工作開始於十年以前，其中若干章曾爲之試譯，發表於文學刊物，然而依序全譯，則時作時輟，迄於今茲，幸成全稿，以俟正於讀者諸君。又，本譯稿經李豐楙同學細校，並製作英漢對照人名索引，便利閱讀。特此誌謝。

譯者謹誌於一九七六年五月十日

著者原序

本書的命名是一件異常困難的事。即使用一個適當的「副題」：「文學的理論及文學研究的方法」也會太累贅。在十九世紀以前或者還可以作這樣的安排：在書名頁上使用全部的、解釋的名稱，而在書脊上只印「文學」兩個字。

我們所寫的這本書，就我們所知，還沒有任何相近的類似書籍。它並不是一本介紹年輕人文學欣賞要點的教科書，也不是一種應用在學術研究上的技巧探討（就像莫瑞茲（Morize）著的《目的和方法》（Aims and Methods））①。它也許可以說是詩學和修辭學（由亞里斯多德而下至布萊爾（Blair）②，坎貝爾（George Campbell）③，和肯姆斯（Kames）④）和純粹文學及文體論的類別的系統化整理，或者是那些稱爲文學

① 莫瑞茲（André Morize）《目的和方法》（Aims and Methods）。
② 布萊爾（Hugh Blair）。
③ 坎貝爾（George Campbell）。
④ 肯姆斯（Henry Home, Lord Kames）。

批評原理的書籍的某種延續。不過，我們盡量把「詩學」（或叫做文學理論）及「批評」（文學的品評）來和「學問」（即「研究」）及「文學歷史」（文學的「動態」），這和理論及批評之「靜態」相對照）聯合在一起。它倒是接近某些德國和俄國的著作，像瓦爾茲爾（Walzel）的《內容與形式》（Gehalt und Gestalt）⑤或是皮特遜（Petersen）的《詩學》（Die Wissenschaft von der Dichtung）⑥或者是托瑪希夫斯基（Tomashevsky）的《文學論》（Literary Theory）⑦，然而不同於上述兩位德國作家，因我們雖也採納別人的推論（discursive）和看法，但我們避免僅僅是重複別人的意見，而我們是基於一種一貫的看法來著筆的；同樣地，也不盡同於托瑪希夫斯基，因我們不曾對那些論題像韻律學等給予基本的指導。我們既不像上述德國作家那樣廣納眾議，也不像俄國作者的純屬空論。

依照過去美國學術的標準來看，在確定從事文學研究（爲著這門工作，任何一個人都必須超越「事實」）所基於種種假設的同一嘗試之中有某種浮誇的（Fustian），甚至是「非學術」的東西存在，並且在我們考察評價高度專門化的研究的努力中也不免有些僭越妄爲的

⑤ 瓦爾茲爾（Oskar Walzel）《內容與形式》（Gehalt und Gestalt）。
⑥ 皮特遜（Julius Petersen）《詩學》（Die Wissenschaft von der Dichtung）。
⑦ 托瑪希夫斯基（Boris Tomashevsky）《文學論》（Literary Theory）。

地方。各個專家不免要對我們涉及他的專長範圍有所不滿，然而我們並不以細節上的完備爲目標；所舉文學上的例子都只是譬況而不是「證據」；而書目也僅是「選錄」而已。同樣，我們也不打算解答我們所提出的每一個問題。我們認爲：在這一門學問上提供國際性的正當的問題及其方法的架構，無論對己對人都是有益的。

本書作者二人，於一九三九年在愛荷華大學結識，當時即感到我們對文學理論及方法上的見解大致相同。儘管出身及訓練各異，而兩人卻同樣依從一種非常接近的發展方式，經由歷史研究方法及「思想史」（History of Ideas）的作業而達到「文學研究必須由文學本身著手」的立場。二人都認爲「學問」和「批評」並立，而拒斥「現代」和「過去」文學的劃分。

本書的〈歷史〉和〈批評〉兩章曾於一九四一年合編爲《文學的學問》（Literary Scholarship），由福爾斯特（Foerster）編纂。作者對於他的思想和鼓勵至表感激，謹將本書獻贈福君。

本書各章由作者二人興趣爲基礎而分別執筆。韋勒克君主要負責一、二兩章、四至七章、九至十四章以及第十九章。華倫（Austin Warren）君負責第三、八章、十五至十八章。然而本書爲一密切合作之實例，乃作者二人之共同觀點的合著。其中關於措詞、語氣及強調之處雖顯有若干出入，然而二者的意見實無不同，而且稍有出入之處，亦正可用以互相補足。

本書因史提芬斯博士及洛克斐勒基金會的有力支持得以完成，特此致謝；愛荷華大學校長、教務長、文學院長給予時間上的便利，尤深表感激。此外，諸友好的鼓勵與協助，統此誌謝（下略）。

韋勒克

華　倫

一九四八年五月一日於紐哈芬

第二版原序

再版可說大致是初版的複印，除了作者在本文作了一些更正和澄清，並增加一些與爭論有關的以及文學理論新發展的資料。不過，我們決定刪除初版的最後一章（大學研究院的文學研究）在它印行的十年之後，似乎已經不合時宜，而且部分也因爲該章中所建議的改革已在很多地方都完成了。另外，我們將書目更新，減除一些難以獲得的書刊而代之以近八年來致力於此問題的大量著作中的部分選目。

韋勒克
華倫
一九五五年聖誕節

第三版原序

本書在美國和英國印行第三版以及被譯爲（依次）西班牙文、義大利文、日文、韓文、德文、葡萄牙文、希伯來文和印度的古吉拉特文，實爲令人喜悅的事。本書三版再度把書目更新，在本文也作了少許的更正和增加，大體上說仍是再版的複印。對於某些觀點，作者曾另文爲之引申擴充，亦已在注釋中註明。而那些文章並由耶魯大學出版部於一九六三年印行爲《批評的概念》（Concepts of Criticism）一書，另外拙著《現代批評史》（History of Modern Criticism）亦對本書列舉之理論觀點加以強調，反過來說，該書之評判標準及價值即係取自這本《文學論》。

韋勒克

一九六三年九月於紐哈芬

目次

第一編　定義與區別

第一章　文學與文學研究

首先，我們要把「文學」和「文學研究」區別一下。這是兩種不同的作業：一種是創作的，是藝術；另外一種，如果不完全是一門科學，也可說是知識或學問的一個科目。當然，一定會有人否認這種分別。譬如說，一直就有人主張：除非一個人自己動手去寫作，否則他就不可能懂得文學；沒有親自寫過英雄雙行詩（heroic couplet），便不能夠也不應該去研究波普（Alexander Pope）；不曾用無韻詩（blank verse）體寫過劇本，便不應該研究伊莉莎白時代的戲劇①。雖然文學創作的經驗對於學者是有用處的，但是一個學者的任務卻完全是另外一回事。他必須把他自己的文學經驗轉換成學術名詞，然後再融會到一種前後貫聯的方案（scheme）裡去，因爲這是一種知識，所以那方案必須合理。可能他所研究的題目是不合理的，再不然至少有相當不合常理的因素存在，但是他不應該被放到任何次於繪畫史家、樂譜學家，或者因爲不合理的緣故，而次於社會學家、解剖學家的地位去。

很明顯的因爲這種關係而引出來了一些問題，同時，被提出來解決這些問題的方法也有種種的不同。有些理論家乾脆否認「文學研究」是一門學問而建議爲一種「再創作」（second creation）。但這建議，今天對我們大多數的人來說卻是徒勞無功的——就像佩特（Pater）對《蒙娜麗莎》（Mona Lisa）的描述，以及薩門茲（Symonds）或賽門斯

① 詳見波特（Stephen Potter）著《禁錮之繆斯》（The Muse in Chains），倫敦，一九三七年出版。

（Symons）的華麗的文體。這一類的「創作批評」（creative criticism），往往只是一種不必要的重複，再不然就是把一件作品翻譯成另外一種，而且通常是變成較差的一種。另外的一些理論家則從我們有關文學和文學研究二者的對照中而得到一些完全不同的疑惑結論：他們認爲文學是根本不可能研究的。我們只能夠去讀它、欣賞它、領會它，剩下來的，我們頂多只能夠聚集一些「關於」文學的知識罷了。這一類的懷疑論（skepticism），事實上要比我們所想像的更爲普遍。實際，它會在一種強調環境的種種「事實」和非難任何要超出這事實的嘗試中表示出來。欣賞、趣味、感動，都留給個人去享受；而當作一種對正規學問的嚴刻性，雖然不無顧惜，但卻是無可避免的逃避。不過這種「學問」和「欣賞」的二分法對於眞正「文學性的」和「有系統的」文學研究卻是完全沒有約束的。

問題是怎樣才能夠理智地處理藝術，特別是文學的藝術。這一點可以做到嗎？如何才能夠做到？有一種解答是說那可以用自然科學的方法做到，只要把那些科學方法應用到文學研究上便是了。我們可以舉出好幾種這類應用的例子。其中之一是要達到普通科學目標的客觀性、自然性和確定性，是一種大體上贊成蒐集客觀事實的說法。另外一種是模仿自然科學的法則來研究前因和起源。其實這種「發生論方法」（genetic method）在探求任何在年序上是有可能的關係時倒是有其可取之處。更進一步的應用，是把科學的因果律用來解釋文學現象，認定經濟、社會和政治的條件是它的決定性原因。還有一種便是介紹適用於某些科學的定量方法（quantitative methods），例如：統計、圖表等等。最後則是企圖用生物學的觀念來追溯文學的演進②。

今天幾乎大家都承認這樣的應用並沒有達到預期的成功。有時科學方法只有用在某一種嚴格限定的範圍內才有其價值。再不然就是某一類特定的技術上，例如說統計學應用在某些原文的批判或是韻律的研究上。不過，大多數提倡這種科學侵入文學研究的人們，要不是自己承認失敗，便是以懷疑結束，再不然便是用科學方法在未來獲得成功的臆想來安慰自己。因此，瑞恰慈（Richards）曾經提到神經學（Neurology）在將來的成功，便是所有文

---

② 原註所列英、法、義、德文著作計十六種。英文者參見：

△艾伯克隆比（Lascelles Abercrombie）著《文學之發展》（Progress in Literature），倫敦，一九二九年出版。

△曼力（John Matthew Manly）著〈文學形式及物種原始新論〉（Literary Forms and the New Theory of the Origin of Species），原文發表於《現代哲學》（Modern Philosophy）第四期（一九〇七）。

△薩門茲（John A. Symonds）著〈論進化原則之應用於藝術及文學〉（On the Application of Evolutionary Principles to Art and Literature）《思考提示評論》（Essays Speculative and Suggestive）第一期（倫敦，一八九〇）。

△韋勒克著《文學史中之進化觀念》（The Concept of Evolution in Literary History）。

學問題的解決③。

我們以後會回頭再來討論這自然科學廣泛地被應用到文學研究上所引起的一些問題。它們不可以輕易地被忽略掉。很明顯地在很多地方這兩種方法也可以銜接，甚至融合爲一的。那許多基本法則像歸納、演繹、分析和類比，在任何有系統的知識裡面都是常見到的。不過，很顯然其他方法也有它獨行其是的地方：文學同樣有它自己的方法，那雖不是自然科學的，但卻是知識的法則。只有那對眞理非常狹隘的偏見，才會在知識的領域中剔除人文的成就。早在現代科學形成之前，哲學、歷史、法學、神學，甚至語言學都早已產生出一套有效的理解方法。它們的成就或者會因現代自然科學在理論上與實際上的勝利而顯得遜色；但，它們毫無疑問是眞實而永久，並且，有時如果加以一些修正，它們還可以恢復和革新的。我們應該承認在自然科學和人文科學的方法和目的之間，便有這一點不同。

如何解釋這種不同倒是一個複雜的問題。早在一八八三年狄爾泰（Dilthey）曾經從詮釋和理解兩者之間的對比而找出自然科學方法和歷史方法的不同④。他說，科學家以一事的前因來解釋這件事，而歷史家則要去了解它的意義。這種了解的過程必須是個人的，甚至是

---

③ 瑞恰慈（I. A. Richards）著《文學批評原則》（Principles of Literary Criticism），倫敦，一九二四年出版，第一二〇頁及第二五一頁。

④ 狄爾泰（Wilhelm Dilthey）Einleitung in die Geisteswissenschaften, Berlin, 1883。

主觀的。一年以後，著名的哲學史家文德爾班（Windelband）也同樣攻擊歷史科學應該模仿自然科學的看法⑤。他說自然科學家的目的在建立普遍的法則，而歷史家則想抓住唯一的且不會重現的事實。這個觀點曾被李凱爾特（Richkert）加以闡揚和補充，他在概念化和個別化的方法，就像自然科學和人文科學之間大致劃了一條界線⑥。他認爲人文科學只對實體和個人發生興趣。然而個人只有在牽涉到某種「價值的體系」——這只不過是「文化」的另一個名稱——的時候才被發現和包括進去。在法國，贊諾坡（Xénopol）區別自然科學爲專注於「重複的事實」而歷史則專注於「持續的事實」，在義大利，克羅齊（Croce）的全部哲學都基於一種歷史方法，那和自然科學的方法是完全不同的⑦。

⑤ 文德爾班（Wilhelm Windelband）Geschichte und Naturwissenschaft, Strassburg, 1894, Reprinted in Präludien, 4th ed., Tübingen, 1907, Vol. II, pp. 136-60。

⑥ 李凱爾特（Heinrich John Rickert）Die Grenzen der naturwissenschaftlichen Begriffsbildung, Tübingen, 1913; also Kulturwissenschaft und Naturwissenschaft, Tübingen, 1921。

⑦ 贊諾坡（A. D. Xénopol）Les Principes fondamentaux de l'histoire, Paris, 1894; second ed., under title La Théorie de l'histoire, Paris, 1908。

△克羅齊（Benedetto Croce）著《歷史：其理論與實際》（History. Its Theory and Practice），紐約，一九二一年出版。及《歷史之作爲自由之故事》（History as the Story of Liberty），紐約，一九四〇年出版（另有一九五五年新版）。

對這些問題作一個全盤討論，會牽涉到科學的分類、歷史哲學和知識論等的決定⑧。不過從少數具體的例子中至少可以看出有一個非常實在的問題，而且是每一個文學研究者必須去面對的。我們爲什麼要研究莎士比亞（Shakespeare）？很明顯地我們主要並不是對他和一般人相同的地方發生興趣，如果是那樣的話，那我們可以研究其他的任何一個人。我們同樣地並不是對他和所有的英國人，所有文藝復興（Renaissance）時代、伊莉莎白時代的人們，所有的詩人、劇作家，或者甚至所有伊莉莎白時期的劇作家有所相同而感到興趣。要是那樣的話，我們也同樣可以去研究德克爾（Dekker）或者海渥（Heywood）。我們倒是要找出什麼是莎士比亞所特有的，是什麼使莎士比亞之所以成爲莎士比亞；這當然很明顯的是一個個性和價值的問題。即使是在擴大地去研究某一個時期、某一種運動，或者是某一個特定國家的文學時，文學研究者所要發生興趣的，應在於它是一個具有特徵和特質的個體，而這些特點使它和類似的群體截然不同。

關於個性這一點還可以用另外一種說法來支持它：要想在文學裡面找出普遍的法則常

⑧ 關於這一類問題的較詳盡的討論見曼德奧堡（Maurice Mandelbaum）之《歷史知識之問題》（The Problem of Historical Knowledge），紐約，一九三八年出版；及艾朗（Raymond Aron）著《歷史之哲學批判》（La Philosophie critique de l'histoire），巴黎，一九三八年出版。

常是失敗的。卡沙眠（Cazamian）的所謂英國文學律（law of English literature），認爲「英國國家思想節奏的擺動」總是來回於感情和理智的兩極之間，（他還更進一步的認爲愈是接近現代，這擺動也愈來愈快。）這說法如果不是毫無價值，便是全不正確，因爲把它應用到維多利亞時期（Victorian Age）便要完全破產了⑨。大多數的這些「定律」結果只是一些心理上的類稱，像作用和反作用啦、傳統和反叛啦，這些，即使它們都是無容置疑的，但卻不能告訴我們關於文學發展過程的任何有意義的事。雖然物理學在一些普遍定理簡化爲一個電、熱、引力、光的公式上可見其最高成就，但是沒有任何普遍的定律可以假定能夠達到文學研究的目的：愈是概括便愈是抽象。也因此顯得愈是空洞，那我們也就愈抓不住藝術作品中的具體事物了。

因此，我們的這個問題便有了兩種極端的解決方法。一種是假藉自然科學的聲望來充面子，採用科學的和歷史的方法，因而走向了如果不是只收集事實便是建立一些非常概括的歷史「定律」。另外一種，它否認文學的研究是一種科學。強調文學「了解」的個人特色以及每一件文學作品的「個性」，甚至「獨特性」。然而在它的極端歸納中，這種反科學的解決

⑨ 卡沙眠（Louis Cazamian）L'Évolution psychologique de la littérature en Angleterre, Paris, 1920 及 E. Legouis and L. Cazamian, Histoire de la littérature anglaise, Paris, 1924 之下半部。此書之英譯本爲 H. D. Irvine 及 W. D. MacInnes 合譯，分上下冊。倫敦，一九二六至一九二七年出版。

方法有它很明顯的危險性。個人的「直覺」可能會引到僅僅是情緒上的「欣賞」，會引向完全的主觀。強調每一件藝術作品的「個性」，甚至「獨特性」——儘管作爲對「浮濫的概括」之反擊是正確的——那就顯然忘了沒有一件藝術作品是絕對「獨一無二」的事實。因爲果眞那樣的話。那藝術作品便也完全不可理解了。當然，毫無疑問只有一部《哈姆雷特》，甚至只有一篇基爾默（Kilmer）所寫的〈樹林〉（Trees）。但是即使是一堆垃圾，如果就它精確的比例、位置和化學成分之無法完全一樣地複製來說，它也是獨一無二的。更進一步，每一篇文學作品裡的全部文字，就它們的絕對本質來說，卻都是「普遍的」而不是特定的。文學中「普遍」和「特定」的爭論，從亞里斯多德認爲詩是比較普遍因而比那只關心特殊事物的歷史更富有哲學意味，以至詹森（Johnson）說詩人不應該去「數鬱金香的花紋」之時就一直繼續到現在。浪漫主義（Romanticism）以及一些現代的批評家從來就不曾厭倦地強調詩的特殊性，它的「結構」，它的精鍊[10]：可是每個人都應該承認任何一件文學

⑩ 見溫沙特（W. K. Wimsatt）之〈文學中「具體之宇宙」之結構〉（The Structure of the "Concrete Universal" in Literature）《現代語言學會會刊》（PMLA）第六十二期（一九四七），第二六二頁至第二八〇頁。此文重刊於《評論》（Criticism），紐約，一九四八年出版，第三九三頁至第四〇三頁；及艾勒積（Scott Elledge）著《英國批評中普遍性及特殊性之背景及發展》（The Background and Development in English Criticism of the Theories of Generality and Particularity）同前，第一四七頁至第一八二頁。

作品都同時既是普遍的又是特殊的，或者——可能更進一步——既是個別的又是整體的。個別性可以不同於絕對的特殊和獨一無二⑪。每一部文學作品也正如同每一個人一樣都有他的個別特徵，然而它仍然具有藝術作品的共同之點，這也正好像每一個人都具有全人類的通性。具有所有他的同性別、同民族、同階級、同職業等等的共同特徵一樣。明乎此，我們才可以對藝術作品、伊莉莎白時代的戲劇、所有的戲劇、所有的文學、所有的藝術，作一個概論。文學批評和文學史兩者都想說明一部作品、一個作家、一個時期和一個國家的文學個性。但是這種說明只能根據一種文學理論，用一般的詞語來達成。文學理論——一種方法的原則——是今天文學研究中最爲需要的。

當然這種理想並沒有減少我們對文學的反應之先決條件，也就是以了解和欣賞二者作爲我們文學知識的重要性。然而那只不過是先決條件，如果說文學研究只是爲了增進閱讀技巧，即又完全誤解了系統知識的理想了，儘管這技巧對文學研究者來說是如何的不可缺

⑪ 柯林伍德（R. G. Collingwood）著〈歷史與科學是否爲不同之知識？〉（Are History and Science Different Kinds of Knowledge?）《心智》（Mind）第三十一期（一九二二），第四四九頁至第四五〇頁；及索羅金（Pitirim Alexandrovich Sorokin）著《社會及文化動力》（Social and Cultural Dynamics），辛辛那提，一九三七年出版，第一冊，第一六八頁至第一七四頁。

少。儘管「閱讀」被廣泛地利用到能包括批判認識和感受性，然而閱讀的技巧仍然只是一種純粹個人修養的理想。儘管它事實上是大家都盼望能夠獲得的，同時它也是廣泛的文學教育的一個基礎。然而，它卻不能夠用來代替「文學的學問」的觀念，那被認爲是一種超出個人的傳統，一個日漸擴充的知識、內省和判斷。

第二章　文學的性質

我們首先遭遇到的問題，顯然是文學研究的題材。什麼是文學？什麼不是文學？文學的性質是什麼？雖然這些問題聽起來很簡單，但是卻很少有清楚的答案。

有一種方法是把「文學」解釋成所有印行的東西。如果是那樣的話我們就得去研究「十四世紀的醫術」或者「中世紀早期的行星運動」，再不然便是「新舊英格蘭的巫術」了。格林勞（Greenlaw）說：「沒有一件和文化歷史有關的東西不是在我們的範圍之內」，我們並不是「侷限於純文學（belles lettres）或甚至於印刷的或手寫的紀錄來了解某一個時期或某一種文化」。「我們必須以可能對於文化歷史有所貢獻而來看我們的作品」①。根據格林勞的理論與許多學者所實行的，文學研究便變成了不但和文化歷史有密切的關係，而且根本就是兩位一體。這種研究所以和文學有關，即因它擁有印刷的或書寫的事物，而這些事物卻正是大多數歷史的資料來源。當然，我們可以這樣地辯護說：歷史學家太過於強調外交、軍事和經濟的歷史，而忽視了資料本身的問題，所以文學學者侵占他人地盤也是說得過去的。無疑地，任何人不應該被禁止進入他所喜歡的地盤，而且，在廣義地同爲促進文化歷史上這一點而言還有很多好話可以辯護的。但是這種研究仍然不是文學的。這只

① 格林勞（Edwin Greenlaw）著《文學史之範圍》（The Province of Literary History），巴爾的摩，一九三一年出版，第一七四頁。

是詞語模稜的反駁而不會使人相信的。事實上，有關文化歷史的每一樣東西的研究都嚴格地排除文學研究，文學的所有特點都被抹殺，外來的標準被引入了文學，結果文學之所以被認爲有價值，只是因它把自己的成果讓給那些相近的學科。文學和文化歷史扯上關係，便是否認「文學研究」是一項特別科目及特定方法。

另外一種對於文學的解釋是將它限定於「名著」，即任何題旨的著作只要它「以文學形式來表達而著名的」。這標準，只僅僅是美學價值，或者美學價值再加常識上的特殊成就。對抒情詩（lyrical poetry）、戲劇和小說來說，名著是以美學的標準來選擇的；其他的書籍則是決定於它們的聲譽或者智識上的成就再加上狹義的美學價值：如文體、結構、一般表達力等，都是經常被提出的特點。這是說明或區別文學的一種很普通的方式。我們在說「這不是文學」這句話時就表示了這樣的價值判斷；當我們認爲一本關於歷史、哲學，或者科學的書籍屬於「文學」時也作了同樣的判斷。

大多數的文學史確實包括了哲學家、歷史家、神學家、倫理學家、政治家，甚至於科學家的論述。譬如說，一部十八世紀英國文學史如果沒有涉及貝克萊（Berkeley）、休謨（Hume）、布特勒主教（Bishop Butler）、吉朋（Gibbon）、伯克（Burke），甚至於亞當·斯密（Adam Smith），該是如何難以想像的事。對於這些作者的討論，雖然通常要比對詩人、劇作家和小說家要簡略得多，但卻只限於他們的美學價值。實際上，我們得到的只是就這些作者的專長而作表面上不專門的記載。不錯，如果我們不把休謨當作一個哲學家。吉朋當作一個歷史家，布特勒主教當作一個基督教教義的辯護者和倫理學家，以及把亞當．斯密視爲一個倫理家及經濟學家，那我們根本就無法評論他們。不過在大多數的文學史裡，這些思想家都只被片段地交代而沒給予適當的前後關聯的敘述——就是說沒有涉及他們論述主題的歷史——也就是沒有眞正的抓住哲學史、倫理學說、史學方法，以及經濟學說。那樣的一個文學史作者，便沒有自然而然地轉變成這些學問的合格歷史家，而只成爲一個編纂者，一個很不自在的侵入者而已。

研究個別的「名著」在教學目的上也許很值得推薦。我們都應該同意學生——特別是剛開始的學生——都應該去讀名著，或者至少是好書而不是些選集或者稗官野史②。然而我們可能會懷疑這原則是否值得完全實用於科學、歷史，或者其他積聚的、進展的學問。在想像的文學的歷史範圍之內，侷限於名著會無法了解文學傳統的持續、文學種類的演進，以及文學發展的眞正本質，此外更蒙蔽了社會的、語言的、觀念論的，以及其他影響因素的背景。在歷史、哲學，以及它們相近的科目中侷限於名著，實際上更引進了一種過度的「美學」觀點。使赫胥黎（Huxley）成爲所有英國科學家當中唯一值得一讀的著述，除了重視其註解式的文體與結構以外，幾乎沒有任何明顯的理由。這個標準，差不多毫無例外地只在

② 范多倫（Mark van Doren）著《通才教育》（Liberal Education），紐約，一九四三年出版。

吹捧一個學說的推廣人而不是它的創始者：它將會，而且一定會使人偏向赫胥黎而不是達爾文（Darwin），偏向柏格森（Bergson）而不是康德（Kant）。

「文學」這一詞，我們最好把它限定於文學的藝術上，那就是說，想像的文學。不過這樣做還有一些困難；但是在英語中，那些可能代替的名稱像「小說」或「詩」，只是它已被狹義的解釋預先占據了。此外，如「想像的文學」或者「純文學」，又顯得很晦澀並且容易使人曲解。反對「文學」（Literature）這名詞的一種理由，是因它已限定於書寫或印刷的文學的暗示，（這由於它的字源 litera 而來）；因爲「文學」這個名詞很明白地，任何合於邏輯的解釋都必須包括「口述文學」（oral literature）在內。這在德語的 Wortkunst 和俄語的 Slovesnost 都比英語要占便宜得多了。

解決這個問題的最簡單方法是把文學中語言造成的特別用途區分出來。語言作爲文學的素材正如同石或銅之於雕刻，油彩之於繪畫，或者音調之於音樂。然而我們必須了解語言並不是像石頭一樣的沒有生命，它自己本身便是人所創造的，因此便也具有一個語言群體的共同文化遺產。

我們要列舉出來的主要區別是語言在文學上的、日常的和科學上的使用，彼此之間有什麼不同。關於這點的討論有派勒克（Pollock）的《文學的性質》③，雖然他討論所及的

③ 派勒克（Thomas Clark Pollock）著《文學的性質》（The Nature of Literature），普林斯頓，一九四二年出版。

都大致正確，但是似乎不能完全使人滿意，這特別是在區別語言在文學上和日常使用的時候。這個問題十分重要並且實際上也的確不簡單，因爲文學，它不同於其他藝術，沒有自己的媒介物，同時毫無疑問地存在著許多混雜的形式和並不十分清楚的轉替過程。要分別文學的語言和科學的語言倒是件並不十分困難的事，不過如果只是把「思想」和「感情」（或「情緒」）兩者來加以對照還嫌不夠。文學當然含有思想，並且，富有感情的語言也並不完全只限於文學而已：如情侶的對話或尋常的爭吵便可以證明。然則，理想的科學語言是純粹「指示性的」：它的目的是符號（sign）和意義之間一個對一個的對應。符號是完全任意的，因此它可以用相等的符號來代替。符號同時也是透明的，那就是說它自己本身並不吸引人們的注意，而直接一目了然地指示我們以它的意義。

因此，科學的語言漸漸趨向於那些符號的系統，像數學和符號邏輯學。它的理想便是那通用語言。像早在十七世紀後葉萊布尼茲（Leibniz）開始設計的通用符號。比之於科學語言，文學語言有些地方顯得缺點很多。它有很多雙關語（pun）；它同其他每一種歷史性的語言一樣，充滿了同義字，不定的和無理的部分，像文法裡的性別等等；它同時也包括了很多歷史的事件、回憶和聯想。總而言之，它是高度「暗示性的」。再者，文學語言還不是僅僅指示性的。它有它表達的一面，它傳達了說話人或作者的語調和態度，並且它並不僅僅是說明或表達它所說的是什麼，同時也想影響讀者的態度，說服他，到頭來改變他。在文學的語言和科學的語言之間還有一點更重要的區別：前者強調符號的本身，即是字音的象徵性，以及各種技巧，像音步（patterns of sound）、頭韻（alliteration）和格律（meter）等都被注意而加工製造。

這些和科學語言不同的地方可能因不同的文藝作品而有不同的程度：譬如格律，在小說裡便不如在某些抒情詩裡重要，並且它們是不可能確切翻譯出來的。文學語言的表情因素，在「客觀小說」（objective novel）裡遠比在「個人的」抒情作品裡面爲少，因爲前者可能僞裝甚至於隱藏作者的態度。實用的因素，在「純」詩（pure poetry）裡極少；可能在一部具有目的的小說或一首諷刺或教訓詩裡面便很多。此外，語言的學術化程度可能也有很大的差別；有些哲學詩、教訓詩和問題小說（problem novel）都大致接近，至少是有些時候接近語言的科學用途。然而，儘管我們從具體的文學作品去看時，這種混在一起的方式是如何的明顯，但是文學語言的應用和科學應用之間的分別是很清楚的：文學語言是遠爲深入地牽連在語言的歷史結構當中，它強調對符號本身的覺察，它有它表情的和實用的一面，而這一面正是科學語言想要盡量減少的。

至於日常語言和文學語言之間的不同，倒是難以確定得多了。所謂「日常語言」，並不是一種統一的概念：它包括的種類很複雜，像俗話、商業語言、官話、宗教用語、學生的俚語等。顯然地除開科學語言以外，關於文學語言用作其他用途已經討論過很多。日常語言也有它的表情作用，這從平平板板的官方聲明到感情緊張時所作激動的控訴，其間都有所不同。並且日常語言也充滿了歷史語言之不合理處和在文義上的變化，但有時又能達到幾乎像科學陳述一般的精確。在日常的談話裡，只偶然才有符號本身的覺察。不過這種覺察的確是會出現的——出現在名詞和行爲的聲音符號或在雙關語當中。無疑地，日常語言大多數的時候是要達到影響行爲和態度的效果。但是如果將它僅僅限於溝通思想卻是不正確的。例如：一個兒童幾個鐘頭的自言自語以及大人們沒有意義的社交談話等等，這都表明語言有很多用途，它並不只限於，或者至少並不主要是作爲溝通意見之用。

因此，在用途的數量上，文學語言首先要和用途複雜的日常語言分開。語言的資源正在被蓄意地、有系統地開發。在一個主觀詩人的作品中，我們對一個人「個性」的了解可以遠較我們對那些日常接觸到的人們的了解更爲完整和周全。某些種類的詩會應用似非而是的雋語、雙關語，意義的前後改變，甚至文法上的種類、詞性和時態等故意作不合理的牽連。詩的語言整理了且緊縮了日常語言的素材，並且有時候加以破壞以迫使我們去覺察和注意。一個作家會發現許多由世代默默無名的作品所聚集和形成的這些素材。在一些高度發展的文學中，特別是在某些時代，詩人只不過是使用已成的傳統：那也就是說，語言已經爲他詩化了。然而，每一件藝術品都是在它本身的材料上加了一種定則、組織和統一。這種統一性有些時候可能會很鬆散，像在許多隨筆和冒險故事裡面。但是在詩裡它卻增加了某些詩的複雜的、緊密的組織；在這些詩中，幾乎不可能更動一個字或一個字的位置，不然，便要破壞它整體的效果。

文學語言和日常語言的實際區別是很清楚的。任何一樣東西促成我們絕對的外向的行爲時，我們不承認它是詩或者只說它是佳句美詞。眞正的詩對我們的影響是遠爲含蓄的。藝術只提供某種組織結構，而藉這結構才能從現實世界中把作品所要說的話提取出來。因其如此，所以在我們語意的分析中，還可以介紹一些普通的美學觀念：如「持中的思察」（disinterested contemplation）、「美感距離」（aesthetic distance）、「結構」（framing）等等。然而，我們必須要再度了解藝術與非藝術，文學與非文學的言詞之間的區別是不固定的。美學的功能可能會延伸到種類繁多的語言的表達上。狹義的文學才排除所有的宣傳藝術或是教誨及諷刺詩。我們必須承認像論文、傳記，和許多刻意修辭的文章等等過渡型的作品的地位。在歷史的不同階段中，美學功能的範圍似乎是有時伸張有時收縮：私人書信，正同傳教辭一樣有時便是一種藝術形式，然而今天，爲了同現代反對類型混淆的趨勢一致，美學功能的意義也跟著愈來愈狹窄了，它很明顯地強調藝術的純淨，可說是對泛美學論（pan-aestheticism），和它在十九世紀末的美學當中大爲宣揚的主張的一種反抗。然而，我們似乎最好認爲文學是完全受美學功能支配的作品，這樣我們才能承認在那些完全不同的，非美學目的的作品，像科學論文、哲學論說、政治小冊子、傳教辭裡面也有一些美學要素，像風格和結構等的存在。

然而文學的性質在指示方面是很清楚的。文學藝術的中心顯然可在傳統類型的抒情詩、史詩（epic）、戲劇中找到。所有這些作品，都指示出一個虛構的、想像的世界。一部小說、一首詩，或者一齣戲劇中的陳述，實際上都不是眞實的，不是合乎邏輯的。一段即使是在歷史小說（historical novel）或巴爾札克（Balzac）似乎頗能傳達「眞相」（information）的小說的陳述，和出現在一本歷史或社會學書籍中的同樣的眞相，兩者之間都會有一種主要而且重大的分別。即使是在主觀的抒情詩當中，那詩人自稱的「我」，也是一個虛構的和戲劇性（dramatic）的「我」。一個小說中的人物和歷史上或眞正生活裡的人物，是完全不同的。前者只是由描述他的句子和作者放到他口中的話語所造成的。他沒有過去，沒有未來，有時連繼續生存與否都不能確定。基於這個看法，正可解決很多專注於哈姆雷特在威登堡時期，他的父親對他的影響；以及毛利士．莫爾根（Maurice Morgann）所寫莫名其妙的論文裡的法爾斯特夫（Falstaff）：「莎士比亞的女主角的少女時代」、「馬克白夫人有多少子女」等等問題的研究④。一本小說裡面的時間和空間也和眞實生活不同。即使是一本顯然最眞實的小說，像

④ 斯陀爾（E. E. Stoll）之大多數作品在此均有關聯。同時並參見舒克林（L. L. Schücking）著《莎士比亞作品之人物問題》（Charakterprobleme bei Shakespeare），萊比錫，一九一九年出版（英譯本一九二二年於倫敦出版）；勒埃茲（L. C. Knights）著《馬克白夫人有多少子女？》（How Many Children Had Lady Macbeth?），劍橋，一九三三年出版（重刊於《探究》（Explorations），倫敦，一九四六年版，第十五頁至第五十四頁）。最近對於戲劇中傳統主義與自然主義之爭加以探討的有貝瑟爾（S. L. Bethell）《莎士比亞與通俗戲劇傳統》（Shakespeare and the Popular Dramatic Tradition），北卡羅來納州，達爾姆，一九四四年出版，以及班特利（Eric Bentley）《劇作家作爲思想家》（Playwright as Thinker），紐約，一九四六年出版。

自然主義者（naturalist）所謂的「生活的斷片」，也是依照某些藝術的慣例所寫成的。特別從一種最近的歷史的回顧來看，我們可以看出所有自然主義小說在選擇主題（theme）、人物造型、故事的選擇和採用、對白的處理方式上是如何地相似。同時，我們也看出，即使是最合乎自然主義的戲劇也極端地承襲了慣例，這不僅在它的布局上，同時也在它的如何處理時間空間，甚至似是眞實的對話之選擇和處理方式，以及角色們的如何進出舞臺上⑤。無論《暴風雨》（The Tempest）和《玩偶之家》（A Doll's House）之間的區別是什麼，它們都同樣地具有這種戲劇的傳統（dramatic conventionality）。

如果我們認爲「虛構」、「創造」，或「想像」是區別文學的特徵，那我們所認爲的文學便是講荷馬（Homer）、但丁（Dante）、莎士比亞、巴爾札克、濟慈（Keats）的，而不是西塞羅（Cicero）或蒙田（Montaigne），博須埃（Bossuet）或愛默生（Emerson）

---

⑤ 關於小說中時間之討論，見繆爾（Edwin Muir）著《小說之結構》（The Structure of the Novel），倫敦，一九二八年出版。關於時間在其他文學類別之研究，見：

△T. Zielinski, "Die Behandlung gleichzeitiger Vorgänge im antiken Epos," Philologus, Supplementband, VIII, 1899-1901, pp. 405-499。

△Leo Spitzer, "Über zeitliche perspektive in der neueren französischen Lyrik," Die neueren Sprachen, XXXI, 1923, pp. 241-66 (reprinted, Stilstudien, II, Munich, 1928, pp. 50-83)。

△Oskar Walzel, "Zeitform im lyrischen Gedicht," Das Wortkunstwerk, Leipzig, 1926, pp. 277-96。

的。我們必須承認，有時會有「介於二者之間」的情形出現，像柏拉圖（Plato）的《理想國》（The Republic），就很難說它到底是什麼。在一些偉大的神話當中至少也有著「創作的」和「虛構的」篇章，但它們同時卻主要是哲學的作品。這樣的文學觀念是描述性而不是評價性。所以即使把一部偉大的且具有影響力的作品劃歸到修辭學、哲學或政治小冊子去，也並未損害到它的價值；它可能夠得上美的分析，如風格和結構的問題，而與文學所遭遇的問題不是類似便是相同，只不過是沒有文學的主要性質「虛構性」罷了。不過這種觀念會把所有種類的小說包括進去，哪怕是最壞的小說、最壞的詩、最壞的戲劇。所以作爲藝術的分類，應該和評價分開。

有一種通常的誤解也應該除去，那就是「想像的文學」不必使用意象。其實，詩的語言是充滿了意象的，它以最簡單的象喻開始而發展到一種像布雷克（Blake）或葉慈（Yeats）的整體神話體系。不過意象對虛構的敘述，即大多數的文學，並不是主要的。有很多完全沒有意象的好詩，甚至還有一種「敘述詩」（poetry of statement）⑥。此外，意象不應

---

⑥ 華茲華斯（Wordsworth）的〈我們七個〉（We are seven）是非比喻詩的一個例子。布瑞吉斯（Robert Bridges）的〈我愛所有美麗的東西，我追尋愛慕它們〉（I love all beauteous things, I seek and adore them）是無意象詩的一個例子。「敘述詩」這個名詞最早是范多倫在替德萊頓（Dryden）的詩辯護時所用的（見《約翰·德萊頓，其詩之研究》（John Dryden, A Study of His Poetry），紐約，一九四六年出版，第六十七頁）。然而，我們也可以說廣義的隱喻是所有詩的基本法則。參見溫沙特及布魯克斯（Cleanth Brooks）合著《文學批評簡史》（Literary Criticism. A Short History），紐約，一九五七年出版，第七四九頁至第七五〇頁。

該同實際的、感官的、視覺上的形象構成相混淆。在黑格爾（Hegel）的影響之下，十九世紀的美學家像維席爾（Vischer）和哈特曼（Hartmann）認爲所有的藝術都是「觀念發射出的感覺的光亮」，同時另一派，像費德勒（Fiedler）、海爾德勃蘭（Hildebrand）、瑞爾（Riehl）則說所有的藝術都是「純粹的視覺」（pure visibility）⑦。但是很多偉大的作品並不能引起感官上的意象，即使如果可能的話，那也只是突發地、偶然地，而不是連貫的⑧。在描寫一個即使是虛構的角色時，作家可能根本沒有暗示視覺上的意象。我們很少能夠想見任何杜思妥也夫斯基（Dostoevsky）或者亨利．詹姆斯（Henry James）筆下的人物，但是我們卻能夠完全知道他們的心理狀況、動機、評價、態度和欲望。

---

⑦ 海爾德勃蘭（Adolf von Hildebrand）Das Problem der Form in der bildenden Kunst, 3d ed., Strassburg, 1901 (English tr., New York, 1907)。

Hermann Konnerth, Die Kunsttheorie 費德勒（Konrad Fiedler）Munich, 1909；瑞爾（Alois Riehl）“Bemerkungen zu dem Problem der Form in der Dichtkunst,” Vierteljahrschrift für wissenschaftliche Philosophie, XXI, 1897, pp. 283-306, XXII, 1898, 96-114（此爲將純粹視覺觀念應用於文學）；另參見克羅齊之“La teoria dell’arte come pura visibilità,” Nuovi Saggi di estetica, Bari, 1920, pp. 239-54。

⑧ Theodor A. Meyer. Das Stilgesetz der Poesie, Leipzig, 1901。

一個作家頂多會暗示某種輪廓或身體上一種簡單的特徵——這方式是托爾斯泰（Tolstoy）和湯瑪斯．曼（Thomas Mann）最喜歡採用的。我們不贊成多數的插圖，即使是出自名畫家，或者有時，例如：薩克萊（Thackeray），其插圖是出於作者自己之手，這點表明作者給予我們的只應該是那麼的一種輪廓而不要填滿每一個細部。

如果我們非要把詩裡的每一個隱喻都加以視覺化的話，那我們一定會陷入迷惑和混擾之中。雖然有些讀者喜歡去想見事物，並且在文學中的某些片段裡想像似是行文所必須的，但是心理上的問題不應該和文學家玄妙的設計相混淆。這些設計大半是心靈過程（mental processes）的組織，它在文學以外也會出現的。因此隱喻也潛藏於我們日常的許多用語裡，在俗話和流行的成語裡更是顯而易見。最抽象的用語都是從實體關係的極致經過形而上的改變轉化而來的（像明瞭、定解、排除、質量、主題、假設），詩會提醒我們同時也促使我們能意識到語言中含有的這種隱喻的性質，這正像它採用西方文明——古典的、條頓的、塞爾特的和基督教的——象徵和神話一樣。

所有這些我們討論過的文學與非文學不同的地方——像組織、個人的表達，媒介的了解和利用，實用目的缺乏，當然還有虛構性——都是一種語義分析的格式之內的那些陳舊的美學詞彙，像「繁複中的統一」（unity in variety）、「持中的思察」、「美感距離」、「結構」和「虛構」、「想像」、「創作」等的重述，每一個名詞，正好說明了文學寫作的一面和語義上所指示的方向中的一個特點。然而每一個名詞都不夠說盡文學的性質。至少我們可以得到一個結論：一件文藝作品並不是一個單純的事物，而是一個極度複雜的組織，它有著多種意義和關係的重複性格。一般常用的說法，稱它是一種「有機體」（organism）。但這名稱有時容易使人誤解，因爲它只強調了一方面，那就是「繁複中的統一」，並且會使人設想到不相關的生物學上的同義物去。此外，文學中的「內容和形式的一致」，儘管這句話強調藝術作品之間的密切相互關係，但也會使人陷於過分重視字面而引起誤解。它會鼓勵一種錯覺，認爲對一件作品的任何成分的分析，無論是內容的或技術上的，都一定會同樣地有用處，這樣便會使我們忽略了把作品當作一個整體來看的義務。「內容」和「形式」是兩個被用得超出原意太遠了的詞彙，它們只不過是兩個並列的、有用的名詞而已；的確，即使在我們仔細地下了定義之後，它們仍然是會把藝術作品一分爲二。現代一種對藝術作品的分析，應以較複雜的問題，像它的存在方式（mode of existence），構成那方式的層次系統來開始。

第三章　文學的功能

文學的性質和功能在任何合於邏輯的論述中都必須互相關聯。詩的用途就是從它的性質而來的：任何事物或任何一類的事物都因爲它本身是什麼，或者它主要的性質是什麼才能夠最有效且最合理地加以利用。只有在主要的功能喪失了以後它才會有次要的用途，就像舊紡車被用作裝飾品或博物館裡的標本一樣，一架方鋼琴在不能彈奏以後卻可以用作桌子。同樣道理，一件事物的性質也是由它的用途來指示的，有什麼用途便是什麼東西。一件產品的構造，是爲了要發揮它適當的功能，然後才加上一些在時間和材料可能範圍內而合乎趣味的裝飾。在任何文學作品當中，可能會有很多在其他方面來說是有趣的或可取的，但在文學功能上來說，卻並不是必要的東西。

文學的性質和功能的觀念在歷史的演進過程有沒有改變？這問題不是可以輕易回答的。如果我們回溯到久遠的古代，那就可以肯定它是的。我們可以回溯到文學、哲學和宗教不分軒輊地彼此並存的時代；在希臘哲人中，即可用艾斯奇勒斯（Aeschylus）和海希奧德（Hesiod）作爲例證。不過，柏拉圖已經能夠說詩人和哲學家之間的爭論，是一個「由來已久」的爭端，它所意指的事實應該對我們是很清楚的了。另外一方面，我們不應該誇張由於十九世紀末的「爲藝術而藝術」（art for art's sake）或更近一點的「純詩」（poésie pure）理論所造成的差別。「教師的異說」（Didactic Heresy），這個愛倫．坡（Allan Poe）以詩作爲陶冶工具的稱呼，便不能同傳統的文藝復興以來認爲詩是使人快樂、使人獲益，或經由快樂而使人獲益的理論來相提並論。

總而言之，研讀美學和詩學的歷史會給人一種印象：認爲文學的性質和功能，只要它大體上可用來表示一般概念的詞彙，來和其他的人類活動及價值加以比較的話，在基本上它們是沒有什麼改變的。

美學的歷史，大體可簡括如一種辯證法，那前題和反前題，就像賀瑞斯所說的甜美（dulce）和實用（utile）——亦即，詩是甜美和實用（dulce and utile）的。這兩個形容詞，分別代表一種關於詩之功能的極端相反而且常被誤解的觀念；也許把「甜美和實用」同功能牽連到一起比同性質連在一起較爲容易些。那種認爲詩是一種樂趣（類似任何其他樂趣）的看法正同詩是一種教導（類似任何的教科書）的看法互相呼應①。那認爲所有

---

① 事實上賀瑞斯（Horace）在他的〈詩之藝術〉〈Arts Poetica〉中提出三種詩的目的（三三三行至三四四行）：

因爲詩人的設計是教導或快樂（Aut Prodesse volunt aut delectare poetae

……

爲勸告讀者而把甜美和實用 Omne tulit punctum qui miscuit utile dulci,

合在一起證明是正確的 Lectorem delectando Pariterque monendo）

那個極端相反的觀念——兩種目的任一種的自擇——曾經被柯林伍德在他的《藝術的原則》（Principles of Art）（一九三八年牛津版）中駁斥過（見該書之〈藝術作爲魔術〉及〈藝術作爲娛樂〉等章）。

的詩都是——或者應該是——宣傳的看法，也正同詩是——或者應該是——純粹的聲調（intonation）和意象，亦即和人類感情世界無關的錯綜圖式的看法互相對照。這相對的兩個前題在它們認爲藝術即是「遊戲」和藝術即是「工作」（例如：小說的「技巧」，藝術的「手工」）時，也許就達到了它們最精微的地步。這兩種看法彼此單獨地分立都似乎不可能被接受。如果說藝術即是「遊戲」，一種即興的娛樂，那我們會覺得對藝術家的心血、技巧，以及設計，同時對詩的嚴肅性和重要性都有失公允；如果說詩即是「工作」或者「技巧」，那我們也會覺得對它的樂趣和康德所謂的詩的「無目的性」（purposelessness）是一種傷害。我們在說明藝術的功能時，必須對「甜美」和「實用」兩者都能兼顧。

如果我們記得批評詞彙的正確使用，是最近的事，而且將賀瑞斯的說法延伸到足以包括羅馬和文藝復興時期的創作情形，那賀瑞斯公式的本身即可提供一個有益的出發點。藝術的用途，不必存在於像勒包蘇（Le Bossu）所認爲荷馬寫《伊利亞德》（Iliad）的理由是道德教訓，或黑格爾在他喜愛的悲劇（tragedy）《安提岡》（Antigone）中找到的道德律裡面。「實用」是等於「不浪費時間」，而不是「消磨時間」的一種方式，它是值得我們慎加留意的。而「甜美」則等於「不乏味」、「不是義務」和「它本身的報酬」。

我們能不能用這雙重標準來作爲文學定義的基礎？或者作爲評判傑出文學的標準？在往日的討論中，傑出的、優良的，同「低級文藝的」（subliterary）文學之間的區別，是很少出現的。也許有人會眞正地懷疑「低級文藝的」文學（低趣味的雜誌）是否是「有用的」，或者是「教導性的」。它通常被公認爲完全是「逃避現實」和「消遣」的。不過，這問題必須以低級文學的讀者，而非「優良文學」的讀者的立場來回答。至少阿德勒（Mortimer Adler）在最沒有智力的小說讀者的興趣中，還發現一些求知的基本欲望。至於「逃避現實」，柏克（Burke）則提醒我們那指責是如何地輕而易舉。逃避現實的夢，可用「幫助一個讀者澄清他對他所存在的環境的厭惡。藝術家……在密西西比河畔休息，只是天真的歌唱著也會成爲『批判現實』的」②來回答我們的問題時，可能所有的藝術對它的適當對象來說都是「甜美的」和「實用的」：那敘述的東西要比他們自己所產生的幻想或反應，要好得多；他們的快樂是從他們認爲是自己的幻想或反應同樣東西之敘述技巧帶來的，從他們經歷這種敘述的發洩而得到的。

當一件文學作品的功能充分發揮時，樂趣和實用這兩種「特點」不但是並存的，而且也是合而爲一的。我們所要保留的文學樂趣並不是種種樂趣當中的一種，而是一種「高級的樂趣」（higher pleasure），因爲它是一種較高級的行爲，是無所希求的冥想中得到的樂趣。

---

② 見阿德勒（Mortimer Adler）之《藝術與智慮》（Art and Prudence），紐約，一九三七年出版，第三十五頁及其餘各處。柏克（Kenneth Burke）著《反的聲明》（Counter-statement），紐約，一九三一年出版，第一五一頁。

至於文學的實用——也就是文學的嚴肅性和指導性——也是一種帶有樂趣的嚴肅，是一種無須克盡義務或克踐教訓的嚴肅，而爲美的一種嚴肅，賦予知覺的一種嚴肅。相對主義者喜歡艱澀的現代詩，常常漠視美學的判斷，將他們的品味視作個人的愛好，就同塡字謎和下棋等一樣。而教育家則又誤向著名的詩或小說可能賦有歷史的道德教訓中尋求其嚴肅性。

另外一個重要的問題是：文學只有一種功能，還是有多種功能？鮑艾斯（George Boas）在他的《批評家之首義》裡欣然揭出興趣的多元性和批評的對應形式；同時，艾略特（Eliot）在他的《詩的用途及批評的用途》一書的結尾，曾經悲哀地，至少也是憂慮地，堅持說「詩的形形色色」和詩在不同的時候可能做的不同的事情。然而，這些都是例外。認眞地考慮藝術或文學與詩，一般至少要把某種對它恰當的用途歸之於它。艾略特在考慮到安諾德（Arnold）關於詩可以取代宗教和哲學的看法時寫道：「……在這個世界上，或者以後的世界上，沒有一樣東西是可以取代另外一樣的……」③。那就是說，具有眞正價值的類屬，它是沒有相等物的。也就是根本不可能有眞正的代替品。事實上，文學顯然能夠代替許多事物，代替旅行或者旅居國外，代替直接的經驗，夢想中的生活；它也能夠被歷史

---

③ 鮑艾斯（George Boas）著《批評家之首義》（Primer for Critics），巴爾的摩，一九三七年出版。艾略特（Eliot）著《詩的用途及批評的用途》（The Use of Poetry and the Use of Criticism），麻州劍橋，一九三三年出版，第一一三頁及第一五五頁。

學家用來作爲社會的文獻。然而，文學有沒有一種工作或用途，是別的任何東西都做不到的？或者它是一種哲學、歷史、音樂和想像的混合物？而後者是不是在現代組合方式下被加進去的？這倒是個基本的問題。

文學的辯護者相信它並不是一種古風的復活，而是永恆不變的，同樣許多既不是詩人也不是教授詩的人也這樣相信，他們當然也因此對留傳的東西缺少職業性的興趣。體驗文學獨有的價值而把「價值」的本質作爲問題，那才是一切理論基礎。我們轉換種種理論總想對這體驗作更進一步的公平判斷。

目前有一派認爲詩的功用和嚴肅性是從發現詩的「傳達知識」——知識中的一種而來的。詩即是知識的一種形式。亞里斯多德在他著名的金言中也好像說過類似的話，他說詩比歷史更接近哲學，因爲歷史只涉及「已經發生的事，而詩則同可能發生的事有關」，也就是一般的和可能的事情相關聯。不過在目前，歷史也正如同文學一樣成了一門散漫的、意義不明確的學問，而且，當科學成了搶盡風頭的對手時候，我們應該相信文學所給予的是那些科學和哲學不關心的特殊知識。雖然一個新古典派的理論家像詹森仍然以「普遍性的偉大表徵」（grandeur of generality）等詞句來形容詩，但是現代諸派別的理論家，像柏格森、吉奧碧（Gilby）、郎遜（Ransom）、史塔斯（stace）等，都一致強調詩的特殊性。史塔斯說《奧賽羅》（Othello）一劇並不是寫關於一般的嫉妒而是關於奧賽羅個人的嫉妒，那種摩爾人娶了一個威尼斯女子所感到的特殊嫉妒④。

關於文學的典型性（typicality）或文學的特殊性，文學的理論或辯護文章可能會強調兩者中的任何一種；就文學而論，我們可以這樣說：它比歷史和傳記要普遍，但是比心理學或社會學爲特殊。不過，不但在文學理論的強調上會有時不定，在文學的實際寫作上，普遍性和特殊性的特定程度也隨著作品和時間的不同而有所變更。米爾頓（Milton）的朝聖者（Pilgrim）和凡人（Everyman）可說是全人類的代表。可是瓊遜（Jonson）的《伊匹西尼》（Epicoene）的滑稽角色摩若斯（Morose），卻是一個非常特別及乖僻的人物。在小說裡面人物創造的原則，經常被解釋爲把「類型」和「個別」合在一起——在個別中表示出類型或是在類型中表示出個別來的原則。對這原則的各種解釋以及從它演變出來的各種理論，通常對我們都沒有什麼幫助。文學類型學的研究可以遠溯到賀瑞斯的禮儀教範和羅馬喜劇的戲目（例如：誇張的軍人、守財奴、揮霍風流的少爺、心腹僕人）。同樣我們可在十七世紀有關角色的書籍和莫里哀（Molière）的喜劇中找出類型來。但是如何才能把這個觀念更普遍地加以應用？《羅密歐與茱麗葉》（Romeo and Juliet）裡面的保母是不是一個典型？如果是的，是哪一類型？哈姆雷特（Hamlet）是不是一個典型？顯然地，對一個伊莉

④ 史塔斯（Stace）著《美之意義》（The Meaning of Beauty），倫敦，一九二九年出版，第一六一頁。

莎白時代的觀眾來說，他正像白萊特（Bright）醫生所形容的，是一個憂鬱症患者。但是他也具有許多別的特徵，並且他那憂鬱的交代是有特別的根源和環境因素的。從另外的角度去看，那既是一個「個人」也是一個「類型」角色的構成，是要表明多種類別的：哈姆雷特同時也是一個情人，或曾經是一個情人，也是一個學者，一個戲劇鑑賞家和一個劍客。每一個人，哪怕是最簡單的人，都是許多類型的組合或串連。當我們看到那些和我們只有一面接觸的人，而他那所謂性格類型往往便被看成「片面」（flat）的了。「複面」（round）的性格則包括許多看法和關係，且表現在不同的情況下——公開生活、私人生活，以及國外生活⑤。

戲劇和小說裡的一種認知的價值似乎是心理上的。「小說家比心理學家會告訴你更多的人性」，是一種眾所皆知的說法。荷妮（Horney）推薦杜思妥也夫斯基、莎士比亞、易卜生（Ibsen）和巴爾札克，認爲他們可以作爲取之不竭的資源。佛斯特（Forster）在《小說面面觀》裡說到我們只能知道極少數人的內在生活和動機，因此認爲小說的偉大貢獻便是它能揭露小說中人物的內省生活⑥。小說家賦予他的人物的內在生命都是從他自己的敏銳的內

---

⑤「片面」和「複面」二詞採用自佛斯特（E. M. Forster）之《小說面面觀》（Aspects of the Novel），倫敦，一九二七年出版，第一〇三頁及其後。

⑥荷妮（Horney）著《自我分析》（Self-Analysis），紐約，一九四二年出版，第三十八頁至第三十九頁。佛斯特，見前註同書第七十四頁。

省得來的。可能會有人認爲偉大的小說都是心理學家的參考資料或個案歷史（即描述的、典型的例子）。然而這裡我們似乎又回到心理學家只爲了小說的一般化的典型價值才利用它的事實：那就像是說他們將從整個場景（范克公寓（the Maison Vauquer））和人物的關係中把高老頭（Pére Goriot）這個角色割離出來。

伊斯曼（Eastman），他本人是一個二流詩人，否認在此科學時代「文學頭腦」（literary mind）也能發現眞理的主張。「文學頭腦」只是科學時代前的未專門化的業餘頭腦，它想要堅持並利用語言上的便利來造成一種它所發表的是眞正重要的「眞理」的印象。文學中的眞理同文學以外的眞理一樣，都是有系統的，經過公開證實的知識。小說家並沒有魔術捷徑，以達到現階段社會科學的知識，而小說家的「世界」和他虛構的「眞理」便以這知識作爲比照查對的標準來構成眞理。不過，後來伊斯曼相信空想的作家——特別是詩人——如果認爲自己主要的職守是在發現和傳達知識，那便誤解了自己。他的眞正任務是使我們能了解我們所看到的，能想像我們在觀念上和實際上已經知道的東西⑦。

要在以詩作爲實現所賦予的東西的看法和作爲「藝術的內省」（artistic insight）的

---

⑦ 伊斯曼（Max Eastman）著《文學頭腦：其在科學時代中之地位》（The Literary Mind: Its Place in an Age of Science），紐約，一九三五年版，特別見第一五五頁及其後。

看法之間劃一條界線，是很困難的事。藝術家到底是在提醒我們那些已經不再去覺察的事物？還是要我們去看那些雖然一直都在那兒但我們不曾見到的東西？我們記得那黑白的構圖，裡面由點和虛線組成的人體和面孔：那人體和面孔一直都在那，但我們卻沒有看出它的整體和它的安排來。王爾德（Wilde）在他的《意圖》（Intentions）裡提到惠斯勒（Whistler）發現霧的美學價值。提到前拉斐爾時期（Pre-Raphaelite）在某幾項現在並不認爲美或獨成一格的婦女型之中發現美。這幾個例子究竟是「知識」抑或是「眞理」卻很難說了。但我們可說它是新的「感覺價值」的發現，也是新的美的性質的發現。

我們大家都知道美學理論家不能斷然否認「眞理」乃是藝術的一種特性和標準的理由⑧，這一部分理由，即因眞理是一個受人尊重的名詞，我們對藝術都投報以尊敬，都認它是一種超凡的價值；另一部分理由是我們擔心假如藝術不是「眞理」，而是如柏拉圖所激烈指斥的「虛誕」。想像的文學是一種「虛構」。一種藝術上的、語言上的「生活的模仿」。和「虛構」相對的字不是「眞理」，而是「事實」或「時間和空間的存在」（time and space

---

⑧ 見海爾（Bernard C. Heyl）著《美學及藝術批評之新意義》（New Bearings in Esthetics and Art Criticism），紐哈芬，一九四三年出版，第五十一頁至第八十七頁。

existence）。「事實」可能有更奇怪的，而文學必須配合這種可能⑨。

在各種藝術中，特別是文學，似乎總想要求在一切藝術上乃是和諧的作品中都必具有透過人生觀（Weltanschauung）來表明的「眞理」。哲學家或批評家一定會認爲某些「人生觀」要比另外的眞實些（像艾略特認爲但丁比雪萊（Shelley）甚至莎士比亞的要更爲眞實）；但是任何成熟的人生哲學該都具有某種程度的眞理——無論怎麼說它主張的就是那眞理。文學「具有」的眞理，正如我們現在討論的，似乎應該是文學「裡」的眞理——即那系統的概念上的形式存在於文學之外，但可以應用到文學上，或被文學所描繪出來，或包含在文學中的哲學。這樣說，但丁的眞理便是天主教的教義和經院哲學（scholastic philosophy）。艾略特對詩和「眞理」之間關係的看法似乎主要也是這一類的。眞理是系統思想家的領域；藝術家不是這一類的思想家，雖然他們想盡量成爲其中之一，假如沒有適當的哲學家的著作以供他們採用的話⑩。

---

⑨ 見威爾盧（Dorothy Walsh）著〈藝術之認識內涵〉（The Cognitive Content of Art），《哲學評論》（Philosophical Review）第五十二期（一九四三），第四三三頁至第四五一頁。

⑩ 艾略特著《論文選集》（Selected Essays），紐約，一九三二年出版，第一一五頁至第一一七頁；艾略特寫道：「思考的詩人只僅僅是能夠表達思想的感情相等物的詩人……所有偉人的詩篇都給我們一種對人生看法的幻象。當我們進入荷馬、索福克勒斯、維吉爾、但丁，或者莎士比亞的世界時，我們常會相信我們所體會到的某種東西可以用知識表達出來，因爲每一種確恰的感情都傾向知識的公式化。」

整個的爭論，在語意學上，將會大規模地出現。我們說的「知識」、「眞理」、「認知」、「智慧」究竟是什麼意思？如果所有的眞理都是概念的和命題的，那麼藝術——甚至是文學的藝術——便不可能是呈現眞理的形式。再者，如果實證主義者的還原論法（reductive）的定義被採納，而把眞理限定到任何人可以按照方法加以證明，那麼藝術便不可能經過實驗而成爲眞理的一種形式。這可能的變通情形，似乎是某種雙重形式（bi-modal）或多種形式（pluri-modal）的眞理：亦即是有種種不同的「認知方法」。再不然便是有兩種基本形式的知識，每一種都各自採用一種符號的語言系統（system of language）：科學使用「推論」的形式，而藝術則應用「表象的方法」（presentational）[11]。它們兩者都是眞理嗎？前者是哲學家們經常所指的，後者則包括了宗教的「神話」（myth）以及詩。我們寧可叫後者爲「眞實的」而不是「眞理」。二者的屬性之間些微的差別乃在於：藝術本體是美的而屬性則是眞實的（那就是說藝術和眞理並不衝突），麥克利什（MacLeish）在他的《詩的藝術》（Arts Poetica）裡企圖把文學美和哲學兩者的解說用公式表示出來，詩是「等於眞，但不是眞實」：詩和哲學（科學、知識、智慧）有著同一程

---

⑪ 蘭吉爾（Langer）著《哲學新鑰》（Philosophy in a New Key），麻州劍橋，一九四二年出版，「推論的形式及表象的形式」見第七十九頁及其後。

度的嚴肅重要。而且具有和眞理相等的東西，所以它是近似眞理。

蘭吉爾（Langer）夫人呼籲以表象的象徵作爲知識的一種形式而強調造型藝術（plastic arts），甚而音樂，但不是文學。顯然她認爲文學多少是一種「推論的」和「表象的」混合物。不過文學的神話因素，或原型的想像會相當於她的表象⑫。

我們應該辨別那些認藝術爲眞理的發現或內省的看法和那些認藝術——特別是文學——即是宣傳的看法；而後一看法是說作者並不是眞理的發現者而是提供眞理說服人心的人。「宣傳」一詞在這裡是廣義的而且需要加以仔細審查。一般的說法，它只是被用在似乎有害無益的，爲我們所不相信的人而傳布的教條上。這個字暗示著盤算、企圖，而且經常用於特別的，可說是固定的教條和計畫上⑬。這樣地限定了它的意義之後，我們可以說某些藝術（最低等的）是宣傳，而偉大的藝術，或優越的藝術，或者眞正的藝術不可能是宣傳。然而，如果我們把這個名詞的意義擴充到指「盡力——不管是有意或無意地——去影響讀者採納我們對人生的態度」，那麼這個爭論似乎很合理地可以說是所有的藝術家都是——或應該

---

⑫ 同前註所引蘭吉爾的著書第二八八頁。

⑬ 事實上圖書館人員收藏或檢查人員禁銷的某些書籍並不證明這些書籍是宣傳品，哪怕是最廣義地解釋宣傳一詞，其實它們只是不爲當權的社會所允許的某些活動的宣傳物。

是——宣傳者了，或者，（完全和上面的句子的立場相反）所有誠懇的、負責的藝術，在道德上有義務成爲宣傳者。

根據貝爾津（Belgion）的說法，文藝作家是一個「沒有責任的宣傳者。換言之，每一個作家都採取一種人生的看法或理論……作品的效果經常是勸說讀者接納這種看法或理論。這種勸說經常不是正面的。也就是說，讀者總是被牽引去相信某些事情，這種同意，是催眠性的——以表象的藝術引誘讀者……。」艾略特引用了貝爾津的說法，並且進一步區別那些「難認爲完全是個宣傳者傾向的詩人」和無責任的宣傳者，以及第三種像留克利希阿斯（Lucretius）和但丁，那種「特別自覺的、負責的」宣傳者。艾略特對責任所作的判斷，是靠作家的意圖和歷史的影響兩者⑭。「負責的宣傳者」在詞義上對大多數人來說是自相矛盾的，但是如果解釋爲牽引之間的張力，那倒有一點道理。嚴肅的藝術包含有一種對人生的看法，這可以用哲學詞彙甚至哲學體系來表陳⑮。在藝術的和諧（有時被稱爲「藝術邏輯」（artistic logic））和哲學的和諧之間是有著某種相互的關聯。有責任感的

---

⑭ 艾略特〈詩與宣傳〉（Poetry and Propaganda），收於塞拜奧（Zabel）主編之《美國文學論述》（Literary Opinion in America），紐約，一九三七年出版，第二十五頁及其後。

⑮ 見註④所引史塔斯的著書第一六四頁及其後。

藝術家不會把情緒和理念，感性和思考，感情的眞誠與足夠的經歷和反應相混淆。有責任感的藝術家所故意明言的人生看法，並不像大多數作爲「宣傳」而普遍被接納的看法那樣簡單；而且一種相當複雜的人生看法，不可能僅僅以催眠式的暗示發展爲不成熟的或者茫然無知的行爲。

剩下來該考慮的文學功能，係集中到「淨化感情作用」（catharsis）這個字了。這個字——亞里斯多德在他的《詩學》裡所用的希臘文——有著相當久遠的歷史。亞里斯多德使用這個字的考證注釋仍然是一個爭議，不過這個字，亞里斯多德可能意指的什麼——一個有趣的注釋問題——不必和這個字將應用在哪裡的問題相混淆。有人說，文學的功能是把作者或讀者從感情的壓力下解脫出來。表達情緒也就是發洩情緒，就像歌德，據說他是由於要把自己從悲觀（Weltschmerz）中解脫出來才寫下《少年維特的煩惱》（The Sorrows of Werther）。悲劇的觀眾或者一部小說的讀者，據說也是從中體驗到解脫和輕鬆的。他的情緒被集中到一個焦點，到他的美感經驗終止的時候，留給他以「心靈的寧靜」（calm of mind）⑯。

---

⑯ 歌德著《詩與眞實》（Dichtung und Wahrheit）第十三卷。柯林伍德（見註①所引柯林伍德的著書第一二一頁至第一二四頁）把「表達感情」（藝術）和「洩露感情」，非藝術（not art）的一種形式分開。

但是究竟文學解除了我們的情緒還是反而刺激起我們的情緒呢？柏拉圖認為悲劇和喜劇在「當我們要讓情緒發散時灌溉培養了它們」。或者，假如文學眞能解放我們的情緒，而這些情緒被虛構的詩意消磨了以後，會不會被錯誤地解放？聖奧古斯丁（St. Augustine）懺悔他年輕的時候生活在大罪之中，然而「我並沒有爲這些哭泣，我卻爲狄多（Dido）之死而哭泣……」是不是有些文學是刺激的，有些是具有淨化作用的，或是我們該在不同的讀者和他們反應的性質之間加以區別呢[17]？還有，是不是所有的藝術都應該有淨化作用？這些都是在〈文學與心理學〉、〈文學與社會〉兩章裡所要討論的問題。不過在這裡必須要先行提出。

總而言之，有關文學功能的問題具有相當長久的歷史——在西方，從柏拉圖一直繼續到目前。它並不是一個由詩人或詩的愛好者直覺地提出的問題；對於那問題，正如愛默生曾經說過「美便是它本身所存在的理由」。這個問題卻是由功利主義者和道德論者，或是政

---

⑰ 柏拉圖著《理想國》（The Republic）第十章，六〇六節 D。
聖奧古斯丁（St. Augustine）著《懺悔錄》（Confessions）第一卷，第廿一頁。
華倫（Austin Warren）著〈文學與社會〉（Literature and Society）收於尼克波克爾（W. S. Knickerbocker）編之《廿世紀英文》（Twentieth-Century English），紐約，一九四六年出版，第三〇四頁至第三一四頁。

治家和哲學家，也就是說，由文學以外的特定價值的代表或所有價值論上的仲裁人所提出的。他們問道：詩到底有什麼用途——有什麼益處？他們是站在整個的社會或人類範圍而發問的。經過這樣的詰難，詩人和詩的愛好者，就像在道德上和智識上有責任感的市民一樣，被迫對社會作某種合理的答覆。他們在「詩的藝術」中這樣做了。他們在文學方面寫了一本詩的辯護或答辯，也就是神學方面被稱爲護教論（apologetics）的相對等的東西[18]。爲著這個目的，爲著等待答覆的讀者而寫，他們自然而然地強調文學的「用途」而不是「樂趣」。因此，今天我們很容易在語意上把文學的「功能」和它的附帶關係牽連在一起。可是自從浪漫運動以來，詩人每當受到社會詰難時，總是給予一個不同的回答：這回答即是布萊德雷（Bradley）所稱的「爲詩而詩」（poetry for poetry's sake）[19]。同時，理論家也盡量讓「功能」一詞來作全面的「論證」之用。這一來，使用這個字時我們可以說詩有很多的功能，而它主要的功能則是不違背它自己的性質。

---

⑱ 斯賓加恩（Spingarn）之《文藝復興時期文學批評史》（History of Literary Criticism in the Renaissance），紐約，一九二四年修訂版。以「功能」及「辯明」等名稱討論吾人之問題。

⑲ 布萊德雷（A. C. Bradley）著〈爲詩而詩〉（Poetry for Poetry's Sake）收於《牛津詩論集》（Oxford Lectures on Poetry），牛津，一九〇九年出版，第三頁至第三十四頁。

第四章　文學的理論、批評和歷史

當我們觀察文學研究的基本理論時，我們必須承認有系統的，綜合的文學研究的可能性。這在英語中還找不出一個令人十分滿意的名稱。最普通的名詞是「文學的學問」和「文獻學」（Philology）。前一個名稱是不適宜採用的，因爲它似乎排斥了「批評」而只強調學院性質的文學研究；如果我們像愛默生那樣概括地解釋「學問」一詞，那它當然無疑問地可以接受。至於後一個名詞，「文獻學」，則容易招來許多誤解。在歷史上，它不但包括所有的文學和語言學的研究，而且包括了所有人類思想產物的研究。雖然它的極盛時期是十九世紀的德國，但是目前一些刊物如《現代文獻學》（Modern Philology）、《文獻學季刊》（Philological Quarterly）、《文獻學研究》（Studies in Philology）等等，這名稱仍然存在。鮑克（Boeckh）寫了一本基本的《文獻學百科辭典及方法》（一八七七年出版，不過其中一部是出自遠在一八〇九年的講義稿）[①]，他將「文獻學」解釋爲「已知的知識」，這樣，便包括了語言和文學、藝術和政治、宗教和社會習俗的研究。實際上，鮑克的文獻學和格林勞的「文學歷史」完全一樣，顯然是受古典研究的需要而促動的，它似乎特別需要歷史和考古學的幫助。對鮑克來說，文學研究只是文獻學的一支，而這文獻學則被公認

---

① 鮑克（Boeckh）著《文獻學百科辭典及方法》（Encyklopädie und Methodologie der Philologischen Wissenschaften），萊比錫，一八七七年出版（再版，一八八六年）。

是文明的全部科學，特別是德國浪漫派稱之為「國家精神」的科學。今天，「文獻學」一詞因為它的語源（etymology）以及專家們的實際工作，通常被認為意指語言學，特別是對文法的演變和語言以往的形式的研究。因為這個名詞有如此眾多如此繁雜的意義，我們最好是捨棄不去用它。

另外，為一個文學研究者的工作所可能採用的名稱是「研究」。不過這個名詞似乎是格外地不妥當，因為它僅僅是強調初步蒐集資料，以及確定——似乎是確定——一種在必須「調查」的資料和隨手可得的資料二者之間作很勉強的區別。譬如說，當我們去大英博物館閱讀一本珍本書籍，這是一種「研究」，同樣地在家裡坐在一張靠椅上閱讀那同一本書的複印本，便顯然地牽涉了一種不同的精神活動。「調查」一詞的大部分意義是指某些初步作業，而這作業的範圍和性質隨著問題的性質而有很大的差別。然而它很少提示其對於詮釋、描述和評論的精妙關注，而這精妙處，卻正是文學研究的特徵。

在我們的「適當的研究」中，文學的理論、批評和歷史三者之間的區別，顯然是最重要的。首先，在文學作為一種同一時代的體系，和文學主要被認為是一連串按年代排列的作品，以及文學作為歷史進展過程中的必要部分的這些不同看法之間有著一種區別。然後，在研究文學的原理及標準和研究具體文藝作品——無論我們是個別研究抑或是按年代系統研究——二者之間有著更進一步的區別；要強調這些區別，我們最好是把文學的原理、類別、標準等等的研究稱之為「文學理論」；而把具體的文藝作品的研究稱之為「文學批評」（主要是採取靜態方法）或者叫做「文學史」。當然，「文學批評」時常是用來包括所有的文學原理，不過它忽略了一個很有用的區別。亞里斯多德是一個理論家；聖佩甫（Sainte-Beuve）主要是一個批評家。柏克主要是一個文學理論家，而布勒克默爾（Blackmur）則是一個文學批評家。「文學理論」一詞，可能包括——正如本書所包括——那必要的「文學批評的理論」和「文學歷史的理論」兩者。

這些區別都是相當明顯而且普遍地被人們所接受，但不太爲大家所了解的是這些方法不能單獨使用，它們彼此密切關聯以致於沒有批評或歷史的文學理論，或沒有理論和歷史的批評，或沒有理論和批評的歷史，都成了不可思議的事。很顯然地，文學理論除了以研究實際作品爲基礎之外是不可能的。標準、類別以及方法都不是徒然達成的。相反地，任何沒有一些問題，沒有某種系統的觀念，沒有參考依據或某些概括結論的批評或歷史，也同樣是不可能的。在這裡，當然也不是沒有難於克服的矛盾存在，比如我們經常是帶著一種成見來閱讀，同時又用進一步的閱讀的經驗來改變或修正這個成見。這過程是辯證法的，是一種理論和實際的互相融會貫通。

曾有人想把文學史從理論和批評中獨立劃分出來。例如：貝特森（Bateson）②的主

② 貝特森（F. W. Bateson）著〈通訊〉（Corresopondence）刊於《審察》（Scrutiny）第四期（一九三五）第一八一頁至第一八五頁。

張，說文學史是表明甲由乙演變而來，而文學批評則斷定甲優於乙。根據這種說法，第一類論及可證實的事物；第二類則屬於意見和信念。不過這種區別是難以獲得支持的。在文學史中根本沒有完全客觀的「事實」資料。在材料的選擇中便包含了價值判斷：在一般書籍和文學之間簡單的初步區分中，在那僅僅是對此一或彼一作家地位的排列中，甚至於在決定一個日期或一個書名中，都含有某種判斷的意味。這正因爲我們是從數以百萬計的其他書籍和事物中選出這一本特定的書來。如果我們承認某些事實足比較客觀的，像日期、名稱、傳記資料，不過，這只是我們承認編纂文學編年記的可能性。而任何一個比較更深入的問題，哪怕是一個版本批評的問題，或來源和影響的問題，都需要接連不斷地判斷。譬如說，對於「波普是從德萊頓（Dryden）演化來的」這一說法，不但要先從波普和德萊頓同時的無數詩人中選出他們二人來的選擇作爲前提，而且需要對他們兩人風格的了解，然後，尤其重要的還得加以不斷地權衡、比較和選擇。關於包蒙（Beaumont）和福萊契爾（Fletcher）合作的問題，倒是難以解決的，除非我們接受那些重要的原則，像某種文體上的特點（或技巧）是屬於兩位作家當中的一人，而絕非另外一人的。否則，我們只有接受那文體上的差別了，因爲那卻是事實。

不過，通常把文學史從文學批評中獨立劃分出來，是基於種種不同的理由。但，這並沒有否認判斷行爲的必要性，而是認爲文學史自有它特別的標準和規範，亦即現代以外的時代標準和規範。這些文學的重建論者說，我們必須採取過去時期的心理和態度，接受他們的標準，決心排除我們自己成見的干擾。這種看法被稱之為「歷史主義」，在十九世紀的德國曾經不斷地被宣揚過，然而即使在德國它仍被歷史理論家們，像著名的特爾慈（Troeltsch）等所批評③。目前它似乎是直接或間接地打進了英國和美國，因而許多「文學史家」多少都宣稱忠於這個主義。譬如克萊格（Craig）曾經說過近代學問的最新和最好的一面，是「避免時代錯誤的思考」④。斯陀爾（Stoll）研究伊莉莎白時代舞臺的傳統和觀眾的願望，而致力於一種理論，認為文學史的主要目的，是重新建立作者的企圖⑤。而這類的企圖中，包含有許多研究伊莉莎白時期的心理學理論，像體液說（doctrine of humors）；或關於詩人的

③ 特爾慈（Ernst Troeltsch）著《歷史學家及其問題》（Der Historismus und seine Probleme），突賓根（Tübingen），一九二二年出版。《歷史學家及其挫折》（Der Historismus und seine Überwindung），柏林，一九二四年出版。

④ 克萊格（Hardin Craig）著《文學研究及學術界》（Literary Study and the Scholarly Profession），西雅圖，一九四四年出版，第七十頁。另見第一二六頁至第一二七頁：「上一代相當出人意料地決定要去發現以往作家本身的意義及價值，他們更把信念放到這個主意上去，譬如說認為莎士比亞自己本身的意義便是所有莎士比亞的意義當中最偉大的。」

⑤ 例見《詩人與劇作家》（Poets and Playwrights），明尼阿波尼斯，一九三〇年出版，第二一七頁及《從莎士比亞到喬哀思》（From Shakespeare to Joyce），紐約，一九四四年出版，頁ix。

科學或擬科學的理論嘗試⑥。杜芙（Tuve）曾經引證約翰頓（John Donne）及共同時期作家之接受若穆斯派（Ramist）邏輯訓練，進而解釋他們形而上的幻想之來源及其意義⑦。

這些研究使我們不得不相信不同時期有不同的批評觀念和傳統，且得到這樣的結論：每一個時期都是一個自足的單元，由它自成一格的詩來表明，它和任何別的時期不能互相類比。這種看法，波妥（Pottle）在他的《詩的慣用語》中曾經明白而詳盡地分析過⑧。他自稱他所站的立場是「批評的相對論」（critical relativism），而談到詩的歷史中深奧的「感性轉移」（shifts of sensibility）和「整體間斷」（total discontinuity）。他的解說，僅因

---

⑥ 例見肯波兒（Lily Campbell）之《莎士比亞之悲劇英雄：熱情的奴隸》（Shakespeare's Tragic Heroes: Slaves of Passion）劍橋，一九三○年出版；另見堪波（Oscar J. Campbell）著〈哈姆雷特是怎麼回事?〉（What is the Matter with Hamlet?）《耶魯評論》（Yale Review）三十二期（一九四二）第三○九頁至第三二二頁。斯陀爾贊同種種主張重建舞臺傳統的歷史論而反對心理理論的重建。見〈從莎士比亞到喬哀思〉，第一三八頁至第一四五頁，〈傑奎士與古董商〉（Jaques and the Antiquaries）章。

⑦ 〈想像與邏輯：若穆斯與形而上詩學〉（Imagery and Logic: Ramus and Metaphysical Poetics），《理念歷史叢刊》（Journal of the History of Ideas）第三期（一九四二），第三六五頁至第四○○頁。

⑧ 波妥（Frederick A. Pottle）著《詩的慣用語》（The Idiom of Poetry），伊色佳，一九四一年出版（再版一九四六年）。

其把所承認的倫理及宗教上的絕對標準與他的立場合在一起，而有價值。

對「文學史」作這樣的體認要達到最精確的地步，就必須運用幻想，運用「感情移入」（empathy），運用過去時代的或不復存在的興味深深合而爲一的努力。還必須爲著一般的人生觀、態度、觀念、偏見以及植根於文明的許多假定加以重新構造的努力方得成功。我們知道很多希臘人對於諸神、女性和奴隸的態度。我們能夠說明中世紀的宇宙論（cosmogony）的很多細節。我們曾經企圖表明種種不同方式的察看方法，或者至少是拜占庭和中國藝術所暗示的完全不同的藝術傳統和習慣。特別在德國，充斥了過多的對哥德（Gothic）時人，對巴洛克（Baroque）時人的研究，很多是受了斯賓格勒（Spengler）的影響，那些似乎都完全從我們這時代分脫出去，而生活在他們自己的世界。

在研究文學中，這種歷史再創造的嘗試導致了對作者意圖很大的強調，這種意圖在批評及文學品味的歷史當中似乎是可以研究的。通常認爲如果我們能夠確定這種意圖，並且能夠看出作者如何達到他的目的，那我們於是也就能夠處理批評的難題了。作者已經完成其時代任務，於是我們也沒有必要甚至不可能再進一步去批評了。這種方法因而牽引出一個單一的批評標準，那就是當時的成功。這樣，不但有一、兩種而且差不多有幾百種獨立的、不同的，而且互相排斥的文學觀念，它們每一種在某一方面都是「正確的」。詩的理想已破裂爲許多空無一物的碎片：一種整體的混亂，結果所有的價值都拉到了一個水準。文學史被分割爲一組組不連貫的，最後成爲莫名其妙的破片之連續。這種歷史派的極致，便是芝加哥的新亞里斯多德學派（Neo-Aristotelianism），他們否認文學有共通的理論，因此留下獨特而不對等的業績。他們最得意的修辭分析，對於〈神曲〉和無聊的偵探小說（detective novel）都一視同仁。此外有一種比較穩健的說法，認爲可能有極端不同的詩的理想存在，這類理想是如此的絕對不同以至於在它們當中找不出有任何共同的地方：譬如古典主義（Classicism）和浪漫主義，波普的理想和華茲華斯（Wordsworth）的理想，敘述詩和含蓄詩（poetry of implication）。

然而，以作者的「意圖」作爲文學史所固有的題目，這整個的想法似乎是非常錯誤的。一部文藝作品的意義既非意圖所能盡，也不是與作家的意圖相等的東西。它作爲一個價值系統，是有著它自己的生命。一件藝術作品的意義不可能只用它對作者和作者同時代的人的意義來決定。它毋寧說是一種增添過程，也就是說歷來許多讀者對它所作的批評之歷史的產物。我們似乎沒有必要也不可能像歷史重建者所宣稱的，說這整個的過程是不相干的，我們必須回到它的開始去。當我們對過去作一個判斷的時候，我們不可能撇開作爲一個二十世紀人的身分；我們不可能忘記我們和自己的語言與新獲得的態度，以及過去許多世紀以來的影響和輸入的東西的關係。我們不可能成爲荷馬或喬叟（Chaucer）同一時代的讀者，或者雅典戴奧尼索斯（Dionysus）劇場或倫敦環球（Globe）劇場的觀眾。在一種想像的重建行爲，和對過去看法的實際參與之間，是有一種截然的不同之處的。我們不能夠眞正地相信戴奧尼索斯而在同一時候又嘲笑他，就像歐里庇得斯（Euripides）的《酒神的女伴》

（Bacchae）的觀眾可能會做的那樣⑨。我們之中很少會有人相信但丁的地獄輪迴和滌罪之山是眞事。如果我們能眞正重新建立《哈姆雷特》一劇對現代觀眾的意義，那我們將只是損害了它。我們會妨害後一代人在《哈姆雷特》中找到的正確意義。我們將阻止一種新的詮釋的可能性。這並不是可以任意作主觀的曲解：「正確的」和引入歧途的解釋之間不同的困難仍將存在，並且在每一種特定的情形下各需一個解決方法。歷史學者對僅僅以我們這一時代的看法去判斷一件藝術品將不會滿意的，那看法是當今批評家的特權，他用現在的風格和潮流的需要來重新估計過去。但是他可能更會得益於從第三度時間——超出他本身的時代和作者的時代——去看一件藝術品，或者綜觀一件作品的整個詮釋和批評的歷史，這將會作爲這作品整個意義的指引。

實際上，這種在歷史的觀點或現代的觀點之間作一個明快的抉擇，還是行不通的。我們必須提防僞相對論和僞絕對論。價值是從評價的歷史過程中產生，因而只有評價的歷史過程可以幫助我們的了解價值。與「歷史的相對論」相抗衡的並不是訴諸「不變的

⑨ 此例採用自契爾利斯（Harold Cherniss）之〈文學批評中之傳記風尚〉（The Biographical Fashion in Literary Criticism），《加州大學古典語言學叢刊》（University of California Publications in Classical Philology）第十二期（一九四三），第二七九頁至第二九三頁。

人性」或「藝術的普遍性」等虛玄的絕對論。我們寧可採取一種也許可用「展視主義」（Perspectivism）一詞所指稱的看法。我們必須確認一件藝術品在它產生的時代的價值以及後繼的所有時代的價值。一件藝術作品，既是「永恆的」（那就是說保持某些同一性）也是「歷史的」（那即是經歷過一段可以追溯的過程）。相對論把文學史綴成不相關聯的斷片，因而成爲不連續的斷片，而大多數的絕對主義則僅僅基於一種正在消逝的目前情況，或是基於一些非文學的理想（像新人道主義（New Humanist）、馬克思主義（Marxist）和新多瑪斯主義（Neo-Thomist）的標準）而與文學歷史所具有多采多姿的情態大相徑庭。「展視主義」的意思是我們承認有一種詩、一種文學，在任何時期可以比較，在任何時期可以發展、變化。文學既不是一組個別的沒有任何相同之處的作品，也不是一組作品該塞在浪漫主義或古典主義，波普時期或華茲華斯時期的時間圈內。當然，文學也不是那曾被過去古典主義理想所認爲固定不變的「鎖閉著的宇宙」（block-universe）。相對論和絕對論都不是正確的，不過今天，至少在英國和美國有著值得警惕的危險，那就是弄得價值混亂，批評方法屈服的等於相對論的相對論。

實際上，沒有一本文學史的寫成不是具有某些選擇原則，某些描述和評價的企圖的。那些否認批評的重要性的文學史家，他們自己便是不自覺的批評者，而且通常還是轉化了的批評者，僅僅順從傳統的標準和聲望的批評者。在今天，他們通常是不合時宜的浪漫主義者，而對其他所有種類的藝術都拒不接受，特別是現代文學。然而，正像柯林伍德

（Collingwood）說的，一個人如果「宣稱他知道是什麼使莎士比亞成爲一個詩人，這也就等於默認他知道史坦（Stein）女士是不是一個詩人？而且，如果不是的話，他還知道爲什麼不是」⑩。

把最近的文學從嚴謹的研究當中剔出，這種「學術」的態度會產生特別不良的影響。「現代」文學一詞曾被學院派擴大地解釋。以致米爾頓以後的作品，很少被認爲是值得研究的題材。從那以後，十八世紀，被認爲是傳統的文學史上良好而正常的階段，並且還變成了一種時尚，因爲它提供了逃向優雅、穩定、階級分明的世界之路。浪漫時期和十九世紀後期這些才開始獲得學者們的注意，甚至少數的學術界的勇往之士也開始辯護且著手當代文學的學術研究。

反對研究現存作家唯一可能的理由，是因其沒有全部的作品可供研究者展望，以及後期作品的說明是否可供前期作品的解釋。然而這種缺點，只是對正在發展中的作者來說。但

---

⑩ 柯林伍德著《藝術的原則》，牛津，一九三八年出版，第四頁。泰特（Allen Tate）認爲「如果一個學者告訴我們他懂得德萊頓可是對霍普金斯（Hopkins）或者葉慈則一無所知，那他其實在告訴我們他根本不懂得德萊頓」，見《瘋狂的理由》（Reason in Madness），紐約，一九四一年出版，第一一五頁，〈艾蜜莉小姐和書目學家〉（Miss Emily and the Bibliographer）章。

這也有好處，像我們可以知道背景、時間，和對作者本人的認識、諮詢或通訊。倘以這些好處和缺點比較，則那缺點又似乎算不了什麼。如果許多以往第二流甚至第十流的作家值得研究的話，那我們同時代的第一流甚至第二流的作家當然也值得研究。學術界經常因爲缺少眼光，或因膽小，才不願自我檢討。他們口口聲聲說要等候「時間的裁判」，殊不知那只是別的批評家、讀者，包括別的文學教授們的裁判。以爲文學史家完全不受批評和理論的影響，這是絕對不正確的。理由很簡單：每一件現存的藝術作品都是直接可供觀察的，並且也是某些藝術上問題的一種解答，不論它是昨天或一千年前所創作的。沒有經常不斷地用批評原則來加以修正，它是不可能被分析、描述或品評的。「文學史家必須是一個批評家，哪怕是只想做一個歷史家」。

相反地，文學史對於文學批評，在它超越最主觀的愛憎的表示，顯然也是非常重要的。一個批評家如果自滿於他所忽視的歷史關係中，將會經常地判斷錯誤。因爲他不可能知道哪一件作品是原作，哪一件是衍生的。而且，由於他對歷史條件的忽略，他會不斷地在對於一件特定的藝術作品的了解上犯錯。那些具備過少或完全沒有歷史知識的批評家，很容易作隨便的猜測，再不然就沉溺於自說自話的「傑作中探祕」，並且，就整個來說，他是避免對過去的關心，而心安理得地把它們交給考古學家和「文獻學家」。

中世紀文學便是一個適當的例子，特別是英國中世紀文學——喬叟可能是一個例外——它很少被任何美學的和批評觀點的方法來研究過。如果適用現代的感性，它會給盎格魯-撒克森（Anglo-Saxon）的詩或豐富的中世紀的抒情詩以很多種不同的展望，相反地，介紹歷史的觀點和起源問題作有系統的查考恰也一樣會給現代文學以許多洞燭。文學批評和文學歷史兩者間的分割，對彼此都是一種傷害。

第五章　一般文學、比較文學和國別文學

在文學研究中我們已經區別了理論、歷史和批評三者之間的不同。現在我們要用另外一種分類的標準來給比較文學（comparative literature）、一般文學（general literature）和國別文學（national literature）作一個有系統的定義。「比較」文學一詞是非常不容易解釋的，這就是爲什麼這重要的文學研究方式在學術上始終沒能達到預期效果的一個原因。安諾德翻譯安培（Ampère）所用的「比較歷史」（histoire comparative）一語，顯然是英語上的第一次使用這個名詞（一八四八）。法國人則喜歡採用更早些維萊曼（Villemain）所用的 littérature comparée 一詞，但他卻是在居維葉（Cuvier）使用類似的「比較解剖」（Anatomie comparée）一詞（一八〇〇）之後才提到的（一八二九）。德國人則使用 vergleichende Literaturgeschichte 一詞①。然而所有這些形式各異的形容詞沒有一個是貼切的，因爲「比較」是應用在所有的批評和科學上的一種方法，它在任何情形之下都不能恰當地說成是文學研究的特定程序。文學相互之間，形式的比較，或甚至文學運動（literary movement）、形態和作品的比較，在文學史上很少成爲中心題目，儘管有像谷林（Green）的《米紐哀特》②那本書，比較了法國和英國十八世紀文學的各方面情況，也

---

① 見波爾登斯樸傑著〈比較文學：名稱與實質〉（Littérature comparée: Le Mot et la Chose），《比較文學評論》，第一期（一九二一），第一頁至第二十九頁。

② 谷林（F. C. Green）著《米紐哀特》（Minuet），倫敦，一九三五年出版。

許可以用來說明不僅是一國與另一國間文學發展的相同和近似的關係，而且也說明它們之間的差別和歧異。

實際上，「比較」文學一詞向來涵蓋——目前仍然涵蓋——截然不同的研究範圍和種種特異的問題。首先，它可能指口述文學，特別是民間傳說的題材和它的流傳的研究；以及研究它們如何及何時進入「較高級的」、「藝術的」文學之中。這一類的問題可能被劃到民俗學（Folklore）去。民俗學是一門重要的學問，它只有一部分具有美學的實質，因爲它是研究一個「地方人民」的整個文化，如同服飾和習俗，以及不單是藝術的迷信和用具。然而，我們必須承認口述文學的研究是文學學問不可缺少的部分，因爲它不能從書寫作品的研究中分離出去，而且在口述和書寫文學之間，一直都有，現在仍然還有，一種交互的影響存在。我們不必成爲像勞曼（Naumann）③那樣極端的民俗學家，他認爲大多數口述文學都是「沉淪的文化」（gesunkenes kulturgut），但，我們可以說書寫的上流文學曾給予口述文學極大的影響。相反地，我們必須認定許多起源於民俗方面的基本文學類型和主題，我們有充分的證據證明民俗文學的社會地位的升起。再者，騎士傳奇（chivalric romance）和遊吟抒情詩（troubadour lyvic）的加入民間傳說，是一件不容置疑的事實。然而相信民眾的創造性和民間藝術的古老，這一個看法，曾給予浪漫主義者衝擊。不過我們知道通俗歌謠、童

③ 勞曼（Hans Naumann）Primitive Gemeinschaftskultur, Jena, 1921。

話（Märchen）和傳奇經常都是較晚才產生而且是由高級文學演變來的。對於每一個想要知道文學演進的過程以及文學類型和體裁起源的學者來說，口述文學的研究是非常重要的。但不幸的是，今天對於口述文學的研究，太偏重於主題以及它在各國之間的流傳，也就是近代文學資料的研究④。不過近來研究民間傳說的學者，已經漸把他們的注意力轉移到模式、類別、體裁和文學形式的一種語型學，以及一個故事的敘述人、講解人和聽眾的問題上去，這就像爲自己的研究密切融合到文學學問的基本觀念裡作了一番鋪路工作⑤。雖然口述文學

④ 收集於席克（Schick）著《哈姆雷特彙編》（Corpus Hamleticum），柏林，一九一二至一九三八年出版。五卷中之全世界與《哈姆雷特》相似的故事實際上是與研究莎士比亞無關的。

⑤ 對於維塞洛夫斯基（Alexander N. Veselovsky）一八七〇年間的作品，和波利烏卡（J. Polivka）後期的關於俄國童話的作品，以及格斯曼（Gerhard Gesemann）關於南斯拉夫史詩的作品（例如：Studien zur südslavischen Volksepik, Reichenberg, 1926）等等來說都是不錯的。另見施勞（Margaret Schlauch）著《蘇俄之民間傳說》（Folklore in the Soviet Union），刊於《科學與社會》（Science and Society）第八期（一九四四）第二〇五頁至第二二二頁，該文有啓發性之報導；湯普森（Stith Thompson）著《民間傳說》（The Folktale），紐約，一九四六年出版；樸若普（Vladimir I. Propp）著《民間傳說之語形》（Morphology of the Folk-Tale），司各特（Laurence Scott）譯，白魯明頓（Bloomington, Indiana），一九五八年出版；洛德（Albert B. Lord）著《傳說之歌唱人》（The Singer of Tales），麻州，劍橋，一九六〇年出版。

的研究有它自己特別的難題，像那些傳布的問題和社會背景的問題⑥，但是無疑地，它的基本問題仍然和書寫文學一樣。在口述文學和書寫文學之間有一種永遠不曾間斷過的密切關聯。現代的歐洲文學研究者非常吃虧地忽略了這些問題，可是斯拉夫或者斯堪地那維亞國家的文學史家，因爲那兒民間傳說仍然盛行——至少一直到最近還在盛行——他們對這些研究倒有比較密切的接觸。但是「比較文學」一詞，很難說是用來明指「口述文學的研究」。

「比較」文學的另一個意義是限於對兩種，或兩種以上文學之間關係的研究。這是以波爾登斯樸傑（Baldensperger）爲首，圍繞著《比較文學評論》（Revue de littérature comparée）聲勢浩大的法國比較主義論者所創用的⑦。這一學派特別注重——有時只是機械式地，但有時也相當精細——像對於歌德在法國和英國，奧純（Ossian）、卡萊爾（Carlyle）、席勒（Schiller）在法國的普及和深入程度以及其影響和名望等問題的注意。這樣演化出一種方法是在蒐集批評、翻譯和推演的資料之外，還特別留心考察某一特定作者在某一特定時期的地位和印象，以及種種形式的傳布因素，像報刊、翻譯者、文藝沙龍、遊

⑥ 見 P. Bogatyrev and Roman Jakobson, “Die Folklore als eine besondere Form des Schaffens,”Donum Natalicium Schrijnen, Nijmegen, Utrecht 1929, pp. 900-13。此文似乎過分強調民間文學與較高級文學之間的差別。

⑦ 除波爾登斯樸傑（Fernand Baldensperger）外，另有 Guyard, Van Tieghem 等等。

客和外籍作家所進入的特別環境和文學背景的「接受因素」（receiving factor）。總之，許多密切融合的證據，特別是西歐文學的，都被聚集起來，因此我們對於「舶來品」文學的知識有了不可估計的增進。

但是我們必須承認這種「比較文學」的觀念也有它特殊困難之處⑧。它似乎沒有從那些研究的叢集中產生一個清晰的系統。在「莎士比亞在法國」和「莎士比亞在十八世紀的英國」兩種研究之間，或是愛倫．坡對波特萊爾（Baudelaire）的影響和德萊頓對波普的影響的研究之間，根本沒有什麼方法上的不同。文學之間的比較，如果避開了整個國家文學的考慮，便會趨向於把自己侷限在來源和影響，聲譽和名氣的外在問題上。那樣的研究不允許我們分析和批評一部個別的作品，甚或是考慮它根源複雜的整體。相反地，它們主要是專心於那些名著的反應，像翻譯和模仿，那經常都出於二流作者之手；再不然，便是專注於一部名

⑧ 見克羅齊之〈比較文學〉（La Letteratura Comparata）刊於《美學問題》（Problemi di Estetica），巴瑞（Bari），一九一〇年出版，第七十三頁至第七十九頁。此文原來是由伍德伯瑞（George Woodberry）所編夭折的《比較文學雜誌》（Journal of Comparative Literature）第一期（紐約，一九〇三）而引出來的；見韋勒克〈比較文學之危機〉（The Crisis of Comparative Literature）刊於《比較文學．國際比較文學學會第二次大會會報》（Comparative Literature. Proceedings of the second Congress of the International Comparative Literature Association），佛瑞德瑞區（W. P. Friedrich）主編，一九五九年出版。

著問世以前的歷史，它的主題和形式的散布和流傳等。因此「比較文學」所強調的只是一些外在事物。近數十年來這一類「比較文學」的衰退便反映了一般人對於只強調事實、來源和影響的厭棄。

不過第三種觀念一反所有這類的批評，而認爲「比較文學」和文學的整體研究，與「世界文學」，和「一般」或「普遍」文學的研究是一回事。上面提到的這些對等名稱顯然也有一些問題。「世界文學」——是歌德用的 **Weltliteratur** 的翻譯⑨——似乎是不必要的浮誇，它意指五大洲，從紐西蘭到冰島的文學都應該研究。事實上，歌德並沒有這個意思。他使用的「世界文學」是指某一個時期所有的文學都結合爲一。那是一個所有的文學歸結成一個偉大的綜合物的理想，那樣每一個國家只在這普遍的統一中擔任一個角色。不過歌德本人也認爲這是非常渺茫的理想，因爲沒有一個國家會願意放棄它的個性。今天我們似乎是離這個大同境界更爲遙遠了，我們甚至於會認爲一國文學特異性的捨棄是不必認眞考慮的。「世界文學」常被引用的第三種意義，它可能指偉大的古典文庫，像荷馬、但丁、塞萬提斯（**Cervantes**）、莎士比亞和歌德，他們的名望遍布全球而且歷時悠久。因此「世界文學」

⑨ Goethe's Gespräche mit Eckermann, 31 January, 1827; Kunst und Altertum, 1827; Werke, Jubiläumsausgabe, Vol. XXXVIII, p. 97 (a review of Duval's Le Tasse)。

成爲「傑作」的同義字，成爲一種具有批評和教學價值的文學選集的同義字，但是它很難滿足那不能夠把自己只侷限在「高峰」的學者，要是他要了解整個「山脈」，或者，說清楚點，整個歷史和轉變的話。

而那可能比較合適的名詞「一般文學」，也有別的許多缺點。它原來是指詩學或者文學的理論和原則，最近保羅・房・泰金姆（Paul Van Tieghem）⑩想把它用來作爲和「比較文學」相對的特別用語。據他說「一般文學」是研究那些超越國家界線的文學運動和風尚，而「比較文學」則是研究兩種或兩種以上文學之間的關係。然而我們如何決定？譬如說奧純主義（Ossianism）到底是「一般」還是「比較文學」呢？同樣，我們也無法在司各特（Scott）之於國外的影響情形和歷史小說的國際趨勢之間劃出一條清晰的界線。「比較」和「一般」文學，註定要合而爲一。可能的話，我們最好是只說「文學」。

「普遍的文學」觀念，無論會遭遇到怎樣的困難，但認爲文學是一個整體，而且不考慮語言的差別去追溯它的發生和演進，是非常重要的。「比較」或「一般」文學或僅僅「文

⑩ 保羅・房・泰金姆（Paul Van Tieghem）"La Synthèse en histoire littéraire: Littérature comparée et littérature générale", Revue de synthèse historique, XXXI, 1921, pp. 1-27; Robert Petsch, "Allgemeine Literaturwissenschaft," Zeitschrift für Ästhetik, XXVIII, 1934, pp. 254-60。

學」的大規模爭論，顯然是由於自我封閉的「國家文學」此一觀念的錯誤結果。至少，西方文學形成了一個單位，一個整體。我們無法懷疑希臘和羅馬文學及西方中世紀和現代主要文學之間的延續，並且在不減少東方的影響的重要性，特別是《聖經》的影響情形下，我們必須承認一個包括了全部歐洲、俄國、美國和拉丁美洲文學的緊密的整體。這個理想，是十九世紀早期的文學史建立者，像施萊格爾兄弟（Schlegel）、布特爾維克（Bouterwek）、西斯蒙第（Sismondi）和哈萊姆（Hallam）所考慮，並且在有限的方法下達成的⑪。但是後來國家主義愈發興盛加上逐漸專業化的結果，養成了國家文學研究之日趨偏狹的地域性。然而，在十九世紀的下半期，普遍文學的理想又在進化論的影響上復活了。「比較文學」的早期奉行者是民俗學家、人種學者，他們大都在赫伯特．斯賓塞（Herbert Spencer）的社會學觀念影響下，研究文學的起源、口述文學形式的變化，以及它的侵入早期的史詩、戲劇和

⑪ 施萊格爾兄弟（August Wilhelm Schlegel）Über dramatische Kunst und Literatur, 3 vols. Heidelberg, 1809-11; (Friedrich Schlegel) Geschichte der alten und neuen Literatur, Vienna, 1815; 布特爾維克（Friedrich Bouterwek）Geschichte der Poesie und Beredsamkeit seit dem Ende des dreizehnten Jahrhunderts, thirteen vols., Göttingen, 1801-19; 西斯蒙第（Simonde de Sismondi）De la littérature du midi de l'Europe, four vols., Paris, 1813; 哈萊姆（Henry Hallam）An Introduction to the Literature of the Fifteenth, Sixteenth, and Seventeenth Centuries, four vols., London, 1836-9。

抒情詩⑫。不過，進化論給現代文學史留下很少的追索痕跡，而且當它在文學轉變和生物進化之間劃了一條太過於接近的平行線時，便顯然不爲人所相信，於是普遍文學史的理想也隨著沒落了。然而值得高興的是近年來有很多跡象顯示「一般文學」史學方法的企圖恢復。古丘斯（Curtius）的《歐洲文學及拉丁中世紀》（European Literature and the Latin Middle Ages）（一九四八），由西方傳統的整體以廣博的知識來追溯一些平常的事物。另外奧爾巴克（Auerbach）的《模擬》（Mimesis）（一九四六）是一部由荷馬到喬哀思（Joyce）的寫實主義（Realism）的歷史，完全基於對個別章節作感性的風格上的分析⑬，它們學術上的成就都是不管已有的國家主義，而成功地證明了西方文化的統一和古典及中古時代基督教遺產的活力。

---

⑫ 德國《國家心理學叢刊》（Zeitschrift für Völkerpsychologie）之創辦人斯坦塔爾（Steinthal）似乎是第一個把進化論原理有系統地應用到文學研究上的人。在俄國，席氏的學生維塞洛夫斯基曾對「進化論之詩學」作了相當程度的學術上的嘗試。在法國進化論的觀念是很發達的，例如：梅瑞爾（Edélestand du Méril）著的《喜劇史》（Histoire de la comédie），二卷，一八八四年出版。另布隆梯爾（Brunetière）及英國之薩門茲皆將之應用到現代文學上面。

⑬ Europäische Literatur und Lateinisches Mittelalter, Bern, 1948. Mimesis. Dargestellte Wirklichkeit in der abendländischen Literatur, Bern, 1946。

作爲一種綜合物的文學史，基於超國家規模的文學史，必然會再被寫出來。在這種意味下的比較文學研究，將要求我們的學者有高度的語言能力。它所要求的一種更廣的視界，一種對地域感情的抑制，但這卻難以做到的。然而文學只有一個，正如同藝術和人文只有一個一樣。只有這樣的想法，才有歷史的文學研究的未來。

在這麼一個龐大的範圍之內——實際上和所有的文學史一樣——無疑地有時因語言系統而有細分出來的文學。首先是歐洲的三個主要語言系統——日耳曼、拉丁和斯拉夫語系。拉丁語系文學，從布特爾維克時起到奧席基（Olschki）想寫中世紀時期拉丁文學的全部歷史且已獲部分的成功爲止[⑭]，其間相互的密切關係是最常受注意而加以研究的。日耳曼文學也大致被研究過，通常，只限於中古時代早期，當一般條頓文化的接近仍然可以強烈地感覺到時[⑮]。儘管波蘭學者們不斷地反對，顯然斯拉夫語系各種語言的密切關聯，加上共有的甚至

⑭ 奧席基（Leonardo Olschki）Die romanischen Literaturen des Mittelalters, Wildpark-Potsdam, 1928 (a volume of O. Walzel's Handbuch der Literaturwissenschaft)。

⑮ Andreas Heusler, Die altgermanische Dichtung, Wildpark-Potsdam, 1923。

遠溯到韻律形式的一般的傳統，也構成了共同的斯拉夫文學的一種基礎⑯。

主題和形式、體裁和類型的歷史顯然是一部國際史。我們大多數的類型都是從希臘和羅馬的文學流傳下來的，它們在中古時代都經過相當的修正和補充。即使是韻律學的歷史，雖與各個語言系統密切關聯，也仍然是國際性的。更進一步來說，現代歐洲的偉大文學運動和風尚（文藝復興、巴洛克、新古典主義（Neo-Classicism）、浪漫主義、寫實主義、象徵主義（Symbolism））都遠超出一般國家的界線，即使如此，在這些風格的作品中仍然有顯著

⑯麥楷（Jan Máchal）著《斯拉夫文學》（Slovanské literatury）三卷，布拉克，一九二二至一九二九年出版。（未完成）是將全部斯拉夫語系的文學寫成一部歷史的最新的努力。斯拉夫文學比較史的可能性在《斯拉夫評論》（Slavische Rundschau）第四期中有所討論。關於斯拉夫文學共同起源的有力證明見傑可布遜（Roman Jakobson）的〈斯拉夫文學之核心〉（The Kernel of Comparative Slavic Literature），刊於《哈佛斯拉夫研究》（Harvàrd Slavic Studies）第一期，第一頁至第七十一頁，麻州劍橋，一九五三年出版，以及西塞夫斯基（Dmitry Cizevsky）之《斯拉夫比較文學史大綱》（Outline of Comparative Slavic Literature），波士頓，一九五二年出版。

的國家區別存在⑰。同時它們在地理上的散布也不盡相同。譬如說，文藝復興伸展到波蘭而沒有觸及俄國或波希米亞。巴洛克風格蔓延了整個的東歐包括了烏克蘭在內，但沒有接觸到俄國的本土。同樣地，也可能還有時間上的差別：巴洛克風格存留在東歐的現代文化中直到十八世紀末期，而西歐則早已經過了啓蒙運動等等。整個地來說，語言界限的重要性在十九世紀是相當過分地被誇張著。

這一強調是由於浪漫主義的（大多數是語言上的）民族主義和現代系統的文學歷史的興起，二者之間有著極密切的關聯。今天經由那些實際的影響，特別是在美國，像文學教學和語言教學的分割，仍在強調語言的界限。這結果，就以美國來說，造成了英國文學、德國文學和法國文學的學者之間極度地缺少接觸。他們每一個圈子都有一種完全不同的標幟，使用

⑰ 例見洛夫喬伊（A.O. Lovejoy）著〈論浪漫主義之不同〉（On the Discrimination of Romanticisms）刊於《現代語言學會叢刊》（PMLA）三十四期（一九二四），第二二九頁至第二五三頁（重刊於《觀念之歷史叢論》（Essays in the History of Ideas），巴爾的摩，一九四五年出版，第二二八頁至第二五三頁）。派爾（Henri Peyre）在其《法國古典主義》（Le Classicisme française）（紐約，一九四二年出版）中激烈主張法國古典主義與其他所有之古典主義有顯著之不同。潘諾夫斯基（Erwin Panofsky）〈義大利文藝復興與其他之文藝復興〉（Renaissance and Renascences）刊於《坎揚評論》（Kenyon Review）第六期（一九四四），第二〇一頁至第二三六頁，贊成對文藝復興的傳統性看法。

一種不同的方法。這種分離，毫無疑問是無法避免的，因爲大多數的人只生活在僅僅一種語言的媒介之中；然而當文學問題只以某一特定語言所表達的看法來討論，同時也只參考那種語言的著作和文獻時，如果學者之間存有這樣的壁壘，就會導致一種奇怪的結果。雖然在某些藝術風格、韻律，甚至類型的問題上，歐洲文學之間的語言差別會是很重要的，但是很明顯地，對於觀念歷史的許多問題，包括批評概念在內，那種差別的強調是很難容許的；人爲的例證，完全是由同一資料得來的，而且所有寫成的歷史也是英文、德文或法文裡所偶爾表達的觀念形態的反響。對於一國語言的過度注意，在中世紀文學研究上特別有害，因爲中古時期拉丁文是首要的文學語言，而且歐洲也形成一個非常緊密的學術單元。一部中古時期的英國文學史如果忽略了那大量的拉丁文和盎格魯-諾曼文（Anglo-Norman）的作品，那它只是把英國的文學情況和一般文化作了一番不眞實的描述罷了。

當然，這裡對於比較文學的建議，並不意指對各個國家文學研究的忽略。事實上，可認作中心問題的，確是一個「國民性」（nationality）問題，以及它給予一般文學成長過程各民族之個別貢獻的問題。這個問題一直被國家感情和種族理論所遮掩而沒有用理論上的明確性來研究。把英國文學對一般文學確切的貢獻分劃出來，倒是一個很吸引人的問題，它可能會引出一種對於綜觀和評價，甚至對於主要作家的評價的改變。在每一國家文學之中也有類似的地區和城市的貢獻之確切辨認的問題。就像納德勒（Nadler）誇張的理論⑱，他聲稱能夠辨別每一個德國種族和地區的特徵和性格，以及它們在文學上的反映。這類理論很少經過任何根據事實及合於邏輯方法的探討，因此不應該阻礙我們對以上問題的考慮。有很多關於新英格蘭、中西部和南方等地區在美國文學歷史上所擔任的角色的著作，以及大多數關於地域主義的作品，它們充其量不過是表現了虔誠的希望、地域上的驕傲，以及對中央集權的不滿而已。任何客觀的分析都必須把作者出生的種族和關於出身、背景等的社會問題，同那些關於地理景物的實際影響與文學傳統及風尚的問題分開。

如果我們必須分別同一語言的各種文學成爲個別的國家文學時，「國民性」的問題會變

⑱納德勒（Josef Nadler）著《德國之鄉土文學》（Literaturgeschichte der deutschen Stämme und Landschaften），雷根斯堡（Regensburg），一九一二至二八年出版，三卷。再版分爲四卷，一九二三至二八年出版；四版又稱納粹版，改名爲《德國民間文學》（Literaturgeschichte des deutschen Volkes）四卷，柏林，一九三八至四〇年出版。見《浪漫之柏林人》（Berliner Romantik），柏林，一九二一年出版，以及《文學原理》（Die Wissenschaftslehre der Literaturgeschichte），刊於優佛瑞恩（Eu phorion）第二十一期（一九四一），第一頁至第六十三頁。另見根波（H. Gumbel）之〈詩與民間傳說〉（Dichtung und Volktum），刊於《文學之哲理》（Philosophie der Literaturwissenschaft），厄莫亭傑爾（Emil Ermatinger）編，柏林，一九三〇年出版，第四十三頁至第四十九頁，此文爲一頗含混不清之解釋。

得格外的複雜。美國和現代愛爾蘭文學便是一個例子。比如葉慈和喬哀思是屬於愛爾蘭文學，但是，爲什麼高德史密斯（Goldsmith）、斯特恩（Sterne）和席瑞敦（Sheridan）不屬於愛爾蘭文學？這問題的確需要加以解答。再如有沒有獨立的比利時、瑞士和奧地利文學？在美國寫就的文學從什麼時候起才不算是「英國殖民時期」的文學而爲一個獨立的國民文學？這也是難於界定的。這只是政治獨立的事實問題嗎？是作者國家意識的自覺問題嗎？是國民題材和「地方色彩」（local color）的運用問題？或者是一種明確的國家文學風格的興起？

只有當我們對這些問題獲得一個解決時，我們才能夠著手去寫國家文學的歷史，它們並不只是地理的或語言的類別。只有這時我們才能分析每一個國家文學進入歐洲傳統的確切方式。普遍的文學和國家文學是互相牽連的。一種普遍的歐洲傳統在個別的國家內被修正，在每一個國家同樣具有其影響力的中心，因而也有把一國傳統從別國傳統解脫出來的特異的、個性的偉大作家的存在。如果能說明每一個組成單元的確切貢獻就等於了解了整個文學史中值得了解的部分。

第二編　預備作業

第六章　資料的整理與確定

學問的初步工作之一是蒐集資料，細心地剔除時代所給予的影響，鑑定作品的撰者、眞僞以及確實的年代。對於這些問題的解決，到目前爲止，學者已付出了相當多的心血和努力，然而文學研究者必須要了解這許多工作只不過是學問最終任務的準備。這些作業的重要性是非常明顯的，因爲如果沒有它們，則批評的分析和歷史的理解便幾乎要陷入相當困難的地步。這對於半埋沒的文學傳統像盎格魯-撒克森文學（Anglo-Saxon literature）的情形來說，更是一點也不錯。不過對於大多數僅僅只關心作品的文學意義的現代文學學者來說，這一類研究的重要性就不必過分地強調了。這一類的研究，要不是被人嘲訕爲引經據典，就是被誇耀爲似很精確或眞正精確。這種可以解決某些問題的明確性和完美性，經常會吸引一些喜歡按部就班和不怕麻煩的人們，但是那與任何可能得到的最終價值仍然相去甚遠。當這類研究侵占了別的研究工作地盤而成爲一種專門學問，同時又毫不留情地強加到每一個文學學者的身上時，它們便應該受到嚴格的批評。文學作品是經過嚴格審訂而刊行的，所以，從文學的或歷史的觀點來看，那樣咬文嚼字本就不值得討論。即使是值得，它頂多也只要像那版本校勘家給予一本書的注意便夠了。這種工作正好像人們從事文學以外的活動一樣，往往那活動的本身便成了目的。

在這些預備工作中，我們必須分別兩種作業：（一）版本的蒐集和準備，以及（二）作品的年代、眞僞、著作者、共著者、改訂經過等等問題。後者經常被稱爲「較高級的批評」，但這是從《聖經》研究轉化而來並不十分恰當的名稱。

把這些作業的各階段劃分出來，是很有用處的。第一個階段便是資料的集合和搜尋，無論它是手抄本或印行本。在英國文學史上，這一項工作幾乎可說是百分之百地完成了，雖然在本世紀還有少數相當重要的作品像《瑪格瑞．坎樸傳記》、梅德沃（Medwall）的《傅爾金斯和露克瑞絲》，以及斯馬特（Smart）的《羔羊的歡欣》添增到我們的對英國神祕主義（Mysticism）和英國詩的歷史知識裡面①。不過，對於英國文學或者至少是英國作家生活可能提供證明的私人和法律文件的發現，當然還是沒有止境的。最近幾十年中，霍特森（Hotson）研究馬羅（Marlowe）的許多發現以及包斯威爾（Boswell）記錄（the Boswell

---

① △梅德沃（Medwall）著《傅爾金斯和露克瑞絲》（Fulgens and Lucrece），瑞綏（Seymour de Ricci）編，紐約，一九二〇年出版，（評註本由鮑艾斯（F. S. Boas）及瑞德（A.W. Reed）編，牛津，一九二六年出版）。

△《瑪格瑞．坎樸傳記》（The Book of Margery Kempe），一四三六年（現代版爲柏特勒——波頓（W. Butler-Bowden）編寫，倫敦，一九三六年出版。原文近爲米區（Sanford B. Meech）編纂，第一卷由倫敦，「古英文版本協會」（Early English Text Society）一九四〇年出版）。

△斯馬特（Christopher Smart）著《羔羊的歡欣》（Rejoice in the Lamb），史泰德（W. F. Stead）編，倫敦，一九三九年出版。

Papers）的復原，可以說是很著名的例子②。在其他國家的文學中，新發現的可能性也許更大，尤其是那些只有很少部分經由文字寫定的文學。

在口語文學的領域中，蒐集資料含有它特別的難題，例如：夠水準的唱敘人或講述者的發現、誘導他們唱誦或講述的技巧、把他們的誦述用留聲機或音標記錄下來的方法，以及其他的許多問題。在搜尋手稿資料當中我們必須面對的許多問題則完全是實際性的，如同與作家繼承人的私人關係，我們個人的社會聲望和經費限度，以及時常需要的偵探技術③。這類的蒐集有時要求非常特別的知識，譬如霍特森，他必須熟知伊莉莎白時代的法律程序，以便能夠從公共檔案處堆積如山的文件中清理出一個頭緒。因爲大多數的學者都能夠從圖書館中找到他們的資料，於是對於最重要的各大圖書館以及它們的目錄和參考書籍的知識，無疑地

---

② △霍特森（Leslie Hotson）著《克里斯朵夫．馬羅之死》（The Death of Christopher Marlowe），倫敦，一九二五年出版，《莎士比亞對謝勞》（Shakespeare Versus Shallow），波士頓，一九三一年出版。

△《美勒哈德堡所藏包斯威爾之私人文書》（The Private Papers of James Boswell from Malahide Castle），施高特（Geoffrey Scott）及波妥編，十八卷，牛津，一九二八至三四年出版。

△《耶魯版包斯威爾之私人文書》（The Yale Edition of the Private Papers of James Boswell），波妥等編，紐約，一九五〇年出版。

③ 見奧斯本（J. M. Osborn）著〈搜尋英國文學文獻〉（The Search for English Literary Documents），刊於《英文學會年刊》（English Institute Annual）一九三九年號，紐約，一九四〇年出版，第三十一頁至第五十五頁。

在許多情況下幾乎對每一個文學研究者都是一件重要的配備④。

我們也許可以把編目和書目解釋的技術細節留給圖書館人員和職業目錄學家，可是有時僅僅是書目上存在的事實也可能會有文學上的關聯和價值。再版的次數和各版大小的形狀也可能寓有該作品之成功與否，以及它的聲價問題而給研究者帶來一些解決的線索。每一版之間的差異也許可以讓我們追索作者修訂的每一個階段，而給作品的起源和演進問題提供一些解決方法。精編的書目像《劍橋英國文學書目》（Cambridge Bibliography of English Literature）指出了大部分的研究方向。那些專門書目像葛瑞格（Greg）的《英國戲劇書目》、蔣遜（F. R. Johnson）的《斯賓塞書目》、麥克唐諾（Macdonald）的《德萊頓書目》、葛瑞芬（Griffith）的《波普書目》⑤可能指點出很多文學史的問題。研究這些

---

④ 對於英文系學生最有用的是斯潑爾戈（J. W. Spargo）著《學生書目手冊》（A Bibliographical Manual for Students），芝加哥，一九三九年出版（再版，一九四一年）；堪勒迪（Arthur G. Kennedy）著《英文學生簡編書目》（A Concise Bibliography for Students of English），再版，史丹佛大學出版社，一九五四年。

⑤ 例見葛瑞格（Greg）著《王權復興爲止之英國印行戲劇書目》（A Bibliography of the Englich Printed Drama to the Restoration）第一卷，倫敦，一九三九年出版；蔣遜著《一七七〇年以前斯賓塞之作品之批評書目》（A Critical Bibliography of the Works of Edmund Spenser Printed before 1770），巴爾的摩，一九三三年出版；麥克唐諾著《約翰·德萊頓：早期版本及德萊頓研究之書目》（John Dryden: A Bibliography of Early Editions and Drydeniana），牛津，一九三九年出版；另見奧斯本（J. M. Osborn）之〈麥克唐諾之德萊頓書目〉（Macdonald's Bibliography of Dryden），刊於《現代語言學》（Modern Philology）第三十九期（一九四二），第三一二頁至第三一九頁；葛瑞芬（Griffith）《亞歷山大·波普書目》（Alexander Pope: A Bibliography），上下卷，德州，奧斯汀，一九二二至一九二七年出版。

書目可能需要調查印刷廠的實務、書店和出版社的歷史。它們還需要印刷所的識別、水印（watermarks）、字體、排版技術以及裝訂等知識。其他，像圖書管理學或書籍印製歷史的淵博知識，因其包括刊行日期、版本先後等問題，對於解決文學史上一些重大問題都是必要的。「描述」的書目（“Descriptive” bibliography），它應用了所有對一本書實際結構的說明和檢查技術，必須和「列舉」的書目（“enumerative” bibliography）分開，後者只是一系列書名的編排，只供文獻鑑別的資料而已⑥。

當蒐集和編目的準備工作一旦完成後，編纂的過程便開始了。編纂，經常是一連串極端複雜的工作，包括詮釋和歷史研究兩者。有些編稿在序言和注釋裡面有重要的批評。當然，一部編稿可能是每一種文學研究的結合物。編纂在文學研究的歷史上擔任十分重要的角色：它可能——舉一個最近的例子來說，像羅賓生（Robinson）的編纂喬叟——被用來作爲一個知識的貯存所，作爲對一個作家的所有知識的手冊。不過，說到確定一部作品文字的主要任務時，編纂便有它自己的困難了，其中實際的「原文校評」（textual criticism）是一種高度發展的技術並且有著長遠的歷史，尤其是在古典的和《聖經》的研究中。

---

⑥ 麥基路（R. B. McKerrow）著《文學研究者書目學入門》（An Introduction to Bibliography for Literary Studnets），牛津，一九二七年出版。

我們必須嚴格地把編纂古典或中世紀抄本（manuscripts）和編纂印刷物兩者所引起的問題分開。手抄的東西，首先需要一種古文字學（Paleography）的知識，因鑑定抄本的年代，必須儲備縝密的批判標準，同時也作爲解釋省略字的手冊的學問⑦。對於抄本的確切來源一直追索到某一個時期的某一個修道院已經有了相當的成績；可能會發生的，是關於這些抄本之間究竟有什麼樣的關係之一複雜問題。我們應該研究歸結出一個分類法來，這分

---

⑦△關於英國文學資料之古文字學見：

Wolfgang Keller, Angelsächsische Paleographie, Berlin, 1906, Palaestrat, 43a and b。

△關於伊莉莎白時期筆跡研究，見聖克萊巴德（Muriel St. Clare Byrne）之〈伊莉莎白時期筆跡研究初階〉（Elizabethan Handwriting for Beginners），刊於《英文研究評論》（Review of English Studies）第一期（一九二五），第一九八頁至第二〇九頁；金肯孫（Hilary Jenkinson）之〈伊莉莎白時期之筆跡〉（Elizabethan Handwritings），刊於《圖書館》（Library）四輯第三期（一九二二），第一頁至第三十四頁；麥基路，見註⑥（參閱附錄之關於伊莉莎白時期筆跡部分）；坦倫堡（Samuel A. Tannenbaum）著《文藝復興時期之筆跡》（The Handwriting of the Renaissance），紐約，一九三〇年出版。研究手抄本所使用之技術器材（顯微鏡、紫外線等等）在赫塞頓（R. B. Haselden）著之《研究抄本之科學協助》（Scientific Aids for the Study of Manuscripts），牛津，一九三五年出版。

類法可以藉建立一種譜系而使人一目了然[8]。最近幾十年來昆丁（Quentin）和葛瑞格[9]研究出一種精巧的方法，據他們說是具有科學的可靠性的，不過別的學者像貝迪耶（Bédier）和席巴德（Shepard）[10]都說目前還沒有完全客觀的分類方法。對於這樣的一個問題，在這裡不是可以隨便作結論的地方，我們還是贊同後者的看法。我們可以這樣的說，在多半的情形下，最好是編纂那些公認爲最接近作者親筆的抄本，而不要作重建假定的「原本」的嘗試。當然那版本必須已經根據校勘的結果，並且抄本的選擇也是從整個抄本流傳歷史的研究

---

⑧ 精確製作的譜系可在以下一類的書中找到：茹特（R. K. Root）之《喬叟朝厄勒斯的原文的傳統》（The Textual Tradition of Chaucer's Troilus），倫敦，喬叟學會（Chaucer Society），一九一六年出版。

⑨ 見：△昆丁（Dom Henri Quentin）Essais de critique textuelle, Ecdotique, Paris, 1926。
△葛瑞格之《變分法》（The Calculus of Variants），牛津，一九二七年出版。

⑩ △貝迪耶（Joseph Bédier）"La tradition manuscrite du Lai de L'ombre: réflexions sur l'art d'éditer les anciens textes", Romania, LIV, 1928, pp. 161-96, 321-56。
△席巴德（Shepard）之〈版本校評之最近理論〉（Recent Theories of Textual Criticism），《現代語言學》第二十八期（一九三〇），第一二九頁至第一四一頁。

來決定的。我們認爲那現存六十卷《犁夫皮爾斯》抄本和八十三卷《坎特伯里故事集》抄本[11]的事實經過，會帶給那些認爲曾經有一種類似現存確定本的權威校勘本或原本存在的看法，作一個否定的結論。

校勘的步驟，也就是要建立起一種抄本的世系或譜系來，必須同實際的版本校評和修正分開，當然後者同樣必須要根據這些分類的，不過它們還要考慮那些從抄本傳統得來的觀點和標準之外的一些看法和準則[12]。修正可以使用「眞僞」的標準，那就是最古老的和最好的（也就是最權威的）抄本中某些特別字句的演變。不過它必須還要加上對「正確性」的明確考慮，像語言學的標準、歷史的標準，以及最後的，無法避免的心理的標準。否則，我們將

⑪ 麥考密克（W. S. MacCormick）與赫瑟亭（J. Haseltine）著《坎特伯里故事集》之手抄本（The MSS of the Canterbury Tales），牛津，一九三三年出版；曼力（John Matthew Manly）《坎特伯里故事集》的原文（The Text of the Canterbury Tales），八卷，芝加哥，一九四〇年出版；錢伯斯（R.W. Chambers）及葛拉騰（J. H. Grattan）著〈犁夫皮爾斯之原文：批評方法論〉（The Text of Piers Plowman: Critical Methods），刊於《現代語言評論》（Modern Language Review）第十一期（一九一六），第二五七頁至第二七五頁，及〈犁夫皮爾斯之原文〉（The Text of Piers Plowman）同刊第二十六期（一九二六），第一頁至第五十一頁。

⑫ 詳見 Hermann Kantorowicz, Einführung in die Textkritik: Systematische Darstellung der textkritischen Grundsätze für Philologen und Juristen, Leipzig, 1921。

無法排除「習慣上」的錯誤、誤讀、誤寫、附會或是有意的草寫。最後，很多地方只好留給批評家去想像，任憑他們的愛憎和語言上的感覺。我們可以這樣說，現代的編纂者愈來愈不想沉湎在這種想像裡面，但是遇到編纂者照樣留下許多縮寫和草寫的錯誤以及錯亂的標點時，便要促起校勘的活動。這對其他的編纂者，有時對於別的文獻學家也許是重要的，但是對於一個文學工作者卻是一種不必要的障礙。我們不是爲要求原文的現代化作辯護，但減少不必要的猜測和修改，在純粹書寫習慣上不必耗去太多的注意而合理地援助原文之容易閱讀，則是我們所擁護的。

刊行印刷的資料通常比刊行抄本，問題要簡單一些，儘管在大體上兩者是差不多的。不過有一點不爲前人所了解的就是兩者的區別。幾乎在所有的古典抄本方面，我們曾碰到時間和地點都絕對不同的稿本。有時會與原本相隔許多世紀，因此我們隨便使用那些稿本，好像每一部都是從某種最早的古代權威版本衍生而來的。然而在書籍方面來說，經常只有一、兩版會有獨立的權威性。因此我們必須決定一部基本的版本，通常是第一版或者由作者監督的最後一版。在某些情況下，例如：惠特曼（Whitman）的《草葉集》（Leaves of Grass）前後經過了許多不斷的增添和修改或像波普的《頓綏阿德》，它至少有兩種差別極大的版本同時在流行；像這樣批評性的刊本，也許需要取全部刊本或兩種刊本的形式刊印出來⑬。整個來說，今天的出版者更加不情願印行不同版本的選輯，雖然我們應該知道實際上所有《哈姆雷特》一劇的各種版本都是再版的四開本（Second Quarto）和對開本（Folio）之間的混合物。對於伊莉莎白時代的戲劇，我們可以總結地說，並沒有重新編排的最後版本存在。至於口誦詩歌（例如：歌謠）要找一部原始版本更是不可能的。歌謠的編纂者老早就放棄去找尋。卜賽（Percy）和司各特都是隨便「占用」各種版本（甚至將它們加以重寫），可是早期的科學化的編纂者像瑪塞威爾（Motherwell）卻選擇一個最佳的和最原始的版本。後來查爾德（Child）決定乾脆把所有的版本都印出來⑭。

在某些方面，伊莉莎白時代的戲劇，代表了一種獨特的本文問題：它的謬誤遠超過大多數的現代書籍，這一部分是因爲那時劇本被認爲是不值得仔細校對的，另外則因印刷所依據的原稿常是作者修改得太多的「汙紙」（foul papers），再不然就是舞臺上的提詞稿，上面

---

⑬ 見伯拉德萊（Sculley Bradley）〈惠特曼草葉集集註版之問題〉（The Problem of a Variorum Edition of Whitman's Leaves of Grass）《英文學會年刊》一九四一年號，紐約，一九四二年，第一二九頁至第一五八頁；波普著《頓綏阿德》（The Dunciad），賽瑟爾蘭（James Sutherland）編，倫敦，一九四三年出版。

⑭ 赫斯塔烏德（Sigurd B. Hustvedt）《民謠書籍及民謠學者》（Ballad Books and Ballad Men），麻州，劍橋，一九三〇年出版。

有著許多演出時的修改記號。此外，還有一種不完全的「四開本」（Quartos），那顯然是根據記憶或是從演員的片段臺詞或原始的速記稿印刷的。最近數十年來，這些問題特別受到重視，莎士比亞的四開本，已據波勒德（Pollard）和葛瑞格的發現而重新分類過了。波勒德基於純粹的「書籍印刷」的知識，像水印、字體等，指出某些莎士比亞戲劇的四開本，儘管事實上是一六一九年印的，而日期卻故意提早；那是爲了準備出一部全集而到時候未能付諸實行的緣故。

對伊莉莎白時代的筆跡加以仔細研究——這部分是基於一本保留下來的劇本《湯瑪斯·摩爾爵士》的手稿，其中有三頁被假定爲莎上比亞的親筆⑮——這假定對版本校評曾有重要的啓示（revelation），使現在能把伊莉莎白時期排字工人的誤植加以區分出來；同時對印刷所實務的研究，也使某些錯誤或可能錯誤的地方都瞭如指掌。不過，今日的出版家仍留有寬闊的書邊以供校勘家校訂之用，這又顯示眞正「客觀的」版本校評方法尚未發現。誠然

⑮《湯瑪斯·摩爾爵士劇本中之莎士比亞手跡》（Shakespeare's Hand in The Play of Sir Thomas More），劍橋，一九二三年出版，由波勒德（Pollard）、葛瑞格、湯普森（Sir E. M. Thompson），督佛爾·威爾遜（J. Dover Wilson）及錢伯爾士等人執筆；但倫堡著《湯瑪斯·摩爾爵士集》（The Books of Sir Thomas More），紐約，一九二七年出版。

督佛爾．威爾遜（Dover Wilson）在他的劍橋版所採用的校訂方法。似乎和十八世紀的編者所作一些胡亂的猜測完全一樣。不過，西奧博爾德（Theobald）猜測葵克莉太太（Mrs. Quickly）敘述法斯特夫之死的道白，把其中毫無意義的 a table of green fields 改成 a babbled of green fields，卻得到伊莉莎白時期筆跡和拼法研究的根據，那是說：babld 一字很可能被誤以爲 table。

較爲可信的說法是四開本（除了少數壞的以外）多半是從作者的原稿或提詞本印刷的，它們已經替早期的版本建立了權威性而且多少削減了對開本從詹森起的唯我獨尊的地位，英國的校勘學家——他們喜歡自稱爲使人容易誤解的「書目學家」（像麥基路（McKerrow）、葛瑞格、波勒德、督佛爾．威爾遜（Dover Wilson）等）——想在任何一種情形下先確定一部四開本可能會有的手稿的權威性，並且他們僅僅只部分地基於嚴格的書目學的檢查考證，便應用這類理論去仔細構成莎士比亞劇本的來歷、修正、變更、合作等等的假設。他們的先入之見只有一部分是屬於版本校評方面的。特別是督佛爾．威爾遜的工作，大部分都可歸屬爲「較高級批評」。

督佛爾．威爾遜對這方法作了重大的宣揚，他說：「我們常常可以鑽進排版工人的身體裡面，再從他的眼睛去看手抄稿本。莎士比亞工作室的門便半開著在那裡。」毫無疑問地，「書目學家們」給予伊莉莎白時期劇本的排版不少注意力，同時也建議，可能也證明了很多修正和變更的可能性。不過督佛爾．威爾遜的許多假設似乎都是以極少的證據，甚或是根本不存在的證據而憑空構想。因此，他創造了《暴風雨》⑯的起源。他說那冗長的序幕場景指明了有一種早期的不同寫法存在，在那版本的原文裡早期的劇情交代是用《冬天的故事》（Winter's Tale）一樣的風格，結構鬆散的寫法敘述的。然而，他指出那臺詞的稍稍不連貫和不合常規的腳色安排等等，其實都不能作爲他牽強而不必要的臆測的證據，儘管那證據僅僅是假設性的⑰。

就伊莉莎白時期的戲劇來說，版本校評是最成功但也是最不肯定的，不過對於一些顯然是非常可靠的著作仍然是必要的。帕斯卡爾（Pascal）、歌德、珍・奧斯汀（Austen），甚

⑯《暴風雨》，奎勒考區（Sir A. Quiller-Couch）及督佛爾・威爾遜編，劍橋，一九二一年版，〈序言〉第三十頁。

⑰昌伯爾士（E. K. Chambers）〈暴風雨之完整性〉（The Integrity of The Tempest）刊於《英文研究叢論》（Review of English Studies）第一期（一九二五），第一二九頁至第一五〇頁；坦倫堡〈論如何不去編纂莎士比亞〉（How not to Edit Shakespeare: A Review），刊於《文獻學季刊》（Philological Quarterly）第十期（一九三一），第九十七頁至第一七三頁；普萊斯（H. T. Price）〈伊莉莎白時期戲劇版本校評之科學方法動向〉（Towards a Scientific Method of Textual Criticism in the Elizabethan Drama），刊於《英國及德國語言學叢刊》（Journal of English and Germanic Philology）第三十四期（一九三七），第一五一頁至第一六七頁。

至特洛勒普（Trollope）都曾受到現代編者的縝密注意[18]，雖然這些研究當中也有的差勁到僅僅是一張印刷所的習慣和排字工人怪癖的清單。

在準備編纂時，我們應該牢牢記住它的目的並假定它的讀者是誰。對於其他版本學者我們應該有一種標準，因爲他們會把現存的版本之間最細微的差異也加以比較，其次是對於一般的讀者則又有另一種標準，他們對於拼法的差別或者版本之間的稍微不同的地方很少會感到興趣的。

編纂，除了建立一個正確的版本之外還提出了其他問題。在一部選集裡，會包括採擇範圍、編排、註解等問題的發生，它們在不同的情況下可能會有很大的差別。對一個研究者來說，最有用的版本也許是一種完全按照年代順序編排的全集，不過這種理想可能很難，甚至不可能達到。年代順序可能是完全推測的，可能會破壞一部詩集裡詩的藝術性分類。如果我們把一首濟慈的頌歌（ode）和當時在書信裡寫的打油詩並列在一起，那有文學修養的讀

---

⑱ Michael Bernays, Zur Kritik und Geschichte des Goetheschen Textes, Munich, 1866，爲「歌德語言學」（Goethe-philologie）之開始。另見查普曼（R. W. Chapman）〈英國古典文學之版本校評〉（The Textual Criticism of English Classics），收於《一個學人的畫像》（The Portrait of a Scholar），牛津，一九二二年出版，第六十五頁至第七十九頁。

者一定會反對這種偉大和微末的摻雜。我們總希望保存波特萊爾的《惡之華》（Fleurs du mal）或邁耶（Meyer）的《詩集》（Gedichte）的藝術性分類，但我們也會懷疑到華茲華斯細心設計的分類是否值得保存。然而如果我們打破華茲華斯自定的詩的排列順序而按照年代印行，那麼在必須重印的版本上就會惹來很大的麻煩。因爲他附有年月的原版本，一經變更印刷，將使華茲華斯寫作進展的風貌發生僞亂；但是如果完全不顧作者的意圖，不理會後來的版本——雖然多少有所改進——但總不是個辦法。因此，塞林考特（Selincourt）決定在他的華茲華斯全集裡保留了傳統的順序。許多全集，像雪萊全集等，都忽略了成功的藝術品和詩人所作的一些鱗爪隨筆（他可能會隨手丟掉的）二者之間的重大分別。時下流傳的一些刊本，常把微不足道的偶作或習作與成功的作品網羅在一起，這種過分的收錄，往往使許多詩人的名氣受到損害。

註解的問題也同樣必須視編纂刊行的目的來決定⑲。莎士比亞集註本，可能有大量的註

---

⑲ △Michael Bernays, 'Zur Lehre von den Zitaten und Noten', Schriften zur Kritik und Literaturgeschichte, Berlin, 1899, Vol. IV, pp. 253-347。

△弗銳曼（Arthur Friedman）〈現代冊籍評論版歷史性詮釋之原則〉（Principles of Historical Annotation in Critical Editions of Modern Texts），刊於《英文學會年刊》一九四一年號，紐約，一九四二年，第一一五頁至第一二八頁。

釋超過了本文，那些註解，目的是保存每一個寫過關於莎士比亞的某一特定章節的人的意見，因此可供學者們從浩瀚如海的印刷物中找出一個線索。至於一般讀者對於注釋的需要則少得多，通常只是爲著了解本文所必要的知識而已。當然，什麼是必要的？可能有很大的出入，例如：有些編者會告訴讀者說伊莉莎白女王是一個新教徒或加立克（Garrick）是何許人，但對於眞正晦澀的地方（實際的情形）卻又閃避不提。注釋是否過分，是難以劃分界限的，除非編者確知他將有什麼樣的讀者以及他必須達到什麼樣的目的。

狹義的註解——本文的語言上、歷史上等等的解釋——應該和一般的詮釋分開，後者可能是僅僅集合文學的或語言歷史的材料（這是說，指出來源、近似的作品、模仿的作品）或者是從美學性質的詮釋而來的材料，它本身包括一些有關某一章節的簡短文章，因此具有像是一般文集的任務。雖然這樣嚴整的區別是不容易的，但由版本的校評，和以研究資料來源的特別形式出現的文學史，與語言的和歷史的解說，以及美學上的詮釋，四者的混合在許多版本中都似乎是文學研究的一種含混不清的形式。它只可以說是爲了方便而把所有的知識放在一本書裡。

在編纂信札時會發生一些特別的問題，例如：一些無關宏旨的便箋，是否應該全部刊印出來？史蒂文遜（Stevenson）、梅瑞狄斯（Meredith）、安諾德和斯文本恩（Swinburne）等作家的名望，並不因刊行那些不能算是文學作品的信函而增加。況且，是不是也應該把回信刊出？因爲沒有回信，有許多通信便無法使人了解？如果這樣做了，那將有大量與文學無關的瑣事都混雜到作者的作品裡。這些都是實際的問題，如果沒有良好的判斷力和恆心，沒有勤奮以及經常的機智和運氣，是根本無法解決的。除了本文的確定以外，初步研究工作應該解決那些像年代正確性、作者以及修訂等問題。年代通常可以從扉頁印的出版日期或出版物同時間的證據來確定。不過這些明顯的來源通常都是欠缺的，就像伊莉莎白時代的許多劇本或中世紀手抄本的情形一樣。伊莉莎白時代的劇本可能是在首次上演之後很久才印出來的；中世紀的手抄本可能是和原本相隔幾百年以後的臨摹本。這樣，外在的證據必須由書本本身的證據亦即本文述及當時發生的事件，或其他可確定日期的資料來補充。這些在本文中指出的外在事件只能確定它的初發日期，因爲著作中述及的那部分是在那時間以後寫進去的。

應用純粹的內在證據，例如：從韻律統計的研究，試圖確定莎士比亞劇本的年代順序。這只能在相當大的誤差之內確定相關的年代⑳。不過我們可以放心地這樣假定，莎士

⑳ 馬龍（Malone）〈論莎士比亞劇本中之年代順序〉（An Essay on the Chronological Order of Shakespeare's Plays），收於斯梯汶斯（George Steevens）編版之莎士比亞劇本（一七八八年再版，第一卷，第二六九頁至第三四六頁），是第一個成功的嘗試。基於佛里（Fleay）、弗尼否奧（Furnivall），和可尼赫（König）諸人作品而作的韻律表見柏若特（Parrott）著《莎士比亞，二十三本劇本及商籟詩》（Shakespeare: Twenty-three Plays and the Sonnets），紐約，一九三八年出版，第九十四頁，另見昌伯爾士著《威廉·莎士比亞》（William Shakespeare），牛津，一九三〇年出版，第二卷，第三九七頁至第四〇八頁。

比亞劇本裡韻律的數目由《空愛一場》（Love's Labour's Lost）（具有最多數的）遞減到《冬天的故事》（完全沒有），我們卻不能夠就因此斷定《冬天的故事》一定要比《暴風雨》（只有兩種韻）在時間上要晚一些。至於其他的標準像韻律數目、陰性結尾、斷行等等，也並沒有產生同樣的結果，在年代和韻律表之間並不能確立固定的和經常的關聯。韻律表如果不和別的證據相混則可以有不同的解釋。譬如說，一位十八世紀的批評家，赫爾狄斯（Hurdis）㉑認爲莎士比亞是從《冬天的故事》的不規則詩進步到《錯中錯》（The Comedy of Errors）的規則詩。然而，把所有這種種的證據（外在的、內在到外在的，和內在的）作一個合理的組合，便可以列舉出莎士比亞劇本的年代順序，而且無疑地，大體不致有太大的錯誤。統計方法，主要是計算某些字的出現次數，也同樣地被坎貝爾（Lewis Campbell），特別是羅陶斯勞斯基（Lutoslawski）用來建立與柏拉圖對話錄相關的年代記，後者稱他的方法爲「文體測定學」（Stylometry）。

如果我們一定要牽涉到沒有日期的手抄本，那年序的困難將會倍增，甚至變成無法解決。我們可能會不得不求助於一種對作者筆跡演變的研究。我們可能會對信件上的郵票或印

㉑ 赫爾狄斯（James Hurdis）著《略論莎士比亞劇本之安排》（Cursory Remarks upon the Arrangement of the Plays of Shakespeare），倫敦，一七九二年出版。

戳去下功夫，去查看曆書，去仔細追查作者確切的行蹤，因爲這些都可能給我們一些確定日期的線索。年序的問題，對於文學史家來說，經常是格外地重要的：如果這些沒有得到解決，便無法追索莎士比亞或者喬叟的藝術成長過程，這些年代的決定，完全是由於現代研究的努力而確定下來的實例。馬龍（Malone）和泰惠特（Tyrwhitt）兩人，在十八世紀後期曾經立下了基礎，可是自從那以後關於細節上的爭論就始終沒有停過。

關於作者創作的或別人竄改的，這種判定也許是一重要問題，爲了解決這些問題，可能需要精細的文體的研究和歷史的調查[22]。我們大致能夠確定現代文學作品的作者。可是還有很多使用筆名或匿名的作品，這種無法探知的筆名或匿名和所謂作者未詳之與傳記知識脫節的程度，正負相等。

對於某些作家會發生作品信疑的問題。十八世紀曾經發現喬叟印行的作品中有大部分（例如：《克麗瑟的遺贈》（The Testament of Creseid）和《花與葉》（The Flower and

---

㉒ 羅陶斯勞斯基（Wincenty Lutoslawski）著《柏拉圖邏輯之來源與發展及其著作之風格與年序》（The Origin and Growth of Plato's Logic with an Account of Plato's Style and the Chronology of His Writings），倫敦，一八九七年出版；評論則見白爾勒特（John Burnet）之《柏拉圖主義》（Platonism），柏克萊，一九二八年出版，第九頁至第十二頁。

the Leaf））都不是他的可信的作品。即使在今天，莎士比亞作品的信疑問題仍然不曾解決㉓。自從奧古斯特・施萊格爾（August Wilhelm Schlegel）出奇自信地認爲所有莎士比亞可疑的作品都是他的眞作之後，風氣似乎從這一個極端又傾向另一個極端㉔。最近，羅伯遜（Robertson）成了最著名的「瓦解莎士比亞」的建議者，這說法只承認莎士比亞是最著名的劇本裡少數幾幕的作者。根據這一派的說法，即使是《凱撒大帝》（Julius Caesar）和《威尼斯商人》（The Merchant of Venice）都只是馬羅、葛林（Greene）、皮爾

㉓ 道森（Giles Dawson）著〈書寫作品之正確性及作者判定〉（Authenticity and Attribution of Written Matter），《英文學會年刊》一九四二年號，紐約，一九四三年出版，第七十七頁至第一〇〇頁；本特萊（G. E. Bentley）〈詹姆斯一世時期及查理一世時期戲劇之正確性及作者判定〉（Authenticity and Attribution of the Jacobean and Caroline Drama），同前，第一〇一頁至第一一八頁；見奧利芬特（E. H. C. Oliphant）之〈伊莉莎白時期戲劇作品之作者問題〉（Problems of Authorship in Elizabethan Dramatic Literature），《現代語言學》，第八期（一九一一），第四一一頁至第四五九頁。

㉔ 奧古斯特・施萊格爾（August Wilhelm Schlegel）"Anhang, über die angeblich Shakespeare'n unterschobenen Stücke," Über dramatische Kunst und Literatur, Heidelberg, 1811, Zweiter Theil, Zweite Abtheilung, pp. 229-42。

（Peele）、凱德（Kyd），和當時一些別的劇作家所湊合的大雜燴㉕。羅伯遜的方法大部分是追查臺詞的結尾語，找出劇本前後不一致的地方，以及其他類似原著的作品。這種方法是極端的不確實和自以爲是。它似乎是基於一種錯誤的假設和一種循環影響：我們從一些現代的證明（它是否包括在對開版中，以及在出版物登記處登記在他名下的作品名稱等等。）知道什麼是莎士比亞的作品。可是羅伯遜以一種任意的美學判斷行爲，只選擇一些華麗堂皇的章節，認爲是莎士比亞的作品，而否定任何低於那個標準的或顯示出和他同時代劇作家技巧相似的劇本。然而，沒有理由說莎士比亞不可以寫得低劣和粗心，並且他爲什麼不可以有不同的風格，或者去模仿他的同時代的人？反過來說，把對開版裡每一個字都屬莎士比亞，這由來已久的前提，也是不能百分之百地成立的。

對於這些論點根本無法達到完全肯定的結論，因爲伊莉莎白時期的劇本在某些方面是一種集體藝術，其中的密切合作是一件非常實際的事情。每一個作家很少能由他們的文體辨認

㉕ 羅伯遜（J. M. Robertson）著《莎士比亞信作》（The Shakespeare Canon），四部，倫敦，一九二二至三二年出版；《莎士比亞信作研究之介紹》（An Introduction to the Study of Shakespeare Canon），倫敦，一九二四年出版；昌伯爾士〈瓦解莎士比亞〉（The Disintegration of Shakespeare），《不列顛學院會報》（Proceedings of the British Academy）第十一期（一九二五），第八十九頁至第一〇八頁，重刊於《莎士比亞拾遺》（Shakespeare Gleanings），牛津，一九四四年，第一至第廿一頁。

出來，甚至於兩個作家自己都不能辨認彼此所寫的東西，而合作的作品有時則更使文學上的探查成爲不可能㉖。即使是包蒙和福萊契爾的例子，我們可以知道包蒙死後的作品毫無問題是福萊契爾寫的，可是他們之間如何分配，各寫了多少？仍然不能毫無爭論地確定。《復仇者的悲劇》（The Revenger's Tragedy）此一例子更完全使人束手無策，它被認爲是韋伯斯特（Webster）、托尼爾（Tourneur）、梅得爾敦（Middleton）、馬爾斯敦（Marston）諸人中任何一人所作，或者其中不同兩人或多人共同合作寫成的㉗。

㉖ 唐樸生（E. N. S. Thompson）〈伊莉莎白時期戲劇之合作〉（Elizabethan Dramatic Collaboration），《英文研究》（Englische Studien）第四十期（一九〇八），第三十頁至第四十六頁；羅倫斯（W. J. Lawrence）《早期戲劇合作》（Early Dramatic Collaboration），《王權復興以前時期劇場研究》（Pre-Restoration Stage Studies），麻州，劍橋，一九二七年；奧利芬特〈伊莉莎白時期戲劇之合作：羅倫斯之理論探討〉（Collaboration in Elizabethan Drama: Mr. W. J. Lawrence's Theory），《語言學季刊》第八期（一九二九），一至十頁。討論狄德羅（Diderot）與巴斯考的傑出例子見莫瑞茲著《文學史之問題與方法》（Problems and Methods of Literary History），波士頓，一九二二年出版，第一五七頁至第一九三頁。

㉗ 奧利芬特著《包蒙與福萊契爾之劇本：試定二人分別之分量及他人之貢獻》（The Plays of Beaumont and Fletcher. An Attempt to Determine Their Respective Shares and the Shares of Others），紐哈芬，一九二七年出版；〈復仇者的悲劇之作者〉（The Authorship of The Revenger's Tragedy），《語言學研究》（Studies in Philology）二十三期（一九二六），第一五七頁至第一六八頁。

類似的困難也發生在確定作者的努力中，當外在的證據不存在時，那種確定的傳統的寫作方式和統一的風格會使探究變得極端的困難。在抒情詩人或者十八世紀的小冊子（pamphlet）的作者（有誰能夠確定狄福（Defoe）作品的信疑[28]？）之中現成的例子多得很，更不用提報章雜誌的匿名的投稿人了。不過，在許多情況下即使在這裡也仍然能有所斬獲的。調查出版社的紀錄，或者被圈點過的報章雜誌，有時也可能會發現新的外在的證據；並且精細地研究那些喜歡重複和援引自己的話的作家（像高德史密斯）的文章之間有所關聯的地方，也可能得到具有高度準確性的結果[29]。葉魯（Yule），一個統計學家和一個精算家，利用了非常複雜的數學方法研究湯瑪斯・阿・肯披斯（Thomas à Kempis）等作家的語彙，以建立一些手抄本的眞正作者[30]。如果耐心地做，文體上的方法也可以提供一些雖不是高度精確，但可以使檢定成爲非常可能的證據。

在文學史上，僞作和臨摹的鑑別問題占了一個很重要的地位，同時它也給予進一步的研究工作以一個有價值的推動力。因此關於麥克佛森（Macpherson）編撰古詩〈奧純〉的爭端引出

㉘ 約翰・摩爾（John Robert Moore）在《丹紐奧・狄福：現代世界公民》（Daniel Defoe: Citizen of the World）（芝加哥，一九五八年出版）一書中稱狄福（Defoe）有五百四十一篇作品。

㉙ 《高德史密斯之新論文》（New Essays by Oliver Goldsmith），克藍編，芝加哥，一九二七年出版。

㉚ 葉魯（G. Udny Yule）著《文學語彙之統計研究》（The Statistical Study of Literary Vocabulary），劍橋，一九四四年出版。

了對蓋爾地方民間詩歌的研究；環繞著查特頓（Chatterton）的爭論引領出一種對英國中古歷史和文學的廣泛研究；愛爾蘭僞作的莎士比亞劇本和文書也引起關於莎士比亞和伊莉莎白時期劇場的辯論㉛。查特頓、瓦爾頓（Warton）、泰惠特和馬龍的討論則引出了歷史上的和文學

㉛ 師馬特（J. S. Smart）著《詹姆士．麥克佛森》（James Macpherson），倫敦，一九〇五年出版；佛萊歇（G. M. Fraser）〈麥克佛森之奧純的眞相〉（The Truth about Macpherson's Ossian），《季評》（Quarterly Review），二四五期（一九二五），第三三一頁至第三四五頁；德瑞克．湯姆森（Derick S. Thomson）著《麥克佛森之奧純的蓋爾源流》（The Gaelic Sources of Macpherson's Ossian），愛丁堡，一九五二年出版；斯基特（W. W. Skeat）編《查特頓的詩作及論羅利一文》（The Poetical Works of Thomas Chatterton with an Essay on the Rowley Poema），二卷，倫敦，一八七一年出版；泰惠特之加於《似爲湯麥士，羅利所作詩集》（Poems supposed to have been written, by Thomas Rowley）再版，倫敦，一七七八年出版，書後之附錄，以及《被稱爲羅利的詩之附錄的辯白》（A Vindication of the Appendix to the Poems Called Rowley's），倫敦，一七八二年出版；馬龍著《判定爲羅利的詩之淺論》（Cursory Observations on the Poems attributed to Thomas Rowley），倫敦，一七八二年出版；瓦爾頓（Thomas Warton）著《判爲羅利之詩作的正確性的考察》（An Enquiry into the Authenticity of the Poems attributed to Thomas Rowley），倫敦，一七八二年出版；梅爾（J. Mair）著《第四個僞造者》（The Fourth Forger），倫敦，一九三八年出版；查麥茲（Chalmers）著《爲莎士比亞文書相信者所作之辯護》（An Apology for the Believers in the Shakespeare Papers），倫敦，一七九七年出版。

上的爭辯，認爲羅利（Rowley）的詩都是近代的僞託。數十年後的斯基特（Skeat）對於中古英語的文法作了一個有系統的研究，更認爲對於基本文法習慣的錯誤可以使僞作更快更完全地露出馬腳來。馬龍揭穿了愛爾蘭拙劣的僞作；可是即使是他們，像查特頓和奧純，都有忠心耿耿的辯護者（就像查麥茲（Chalmers），他還是一個相當有學問的人），而他們在莎士比亞研究的歷史上都並不是完全沒有成績的人。

對於僞託作品的懷疑，同樣使學者不得不尋求傳統的年代決定和作者判別來支持他們的討論，因此不僅接受傳統，而進一步要求絕對可靠的論點：舉例來說，十世紀時德國修女赫茹絲微瑟（Hroswitha）的劇本，有時被認爲是賽奧特斯（Celtes）——一個德國十五世紀的人文學者所僞作的，又如俄國的《伊戈爾親王的征戰》，那一直被公認是十二世紀的作品，可是近來則被爭辯說是十八世紀的僞作[32]。在波希米亞，兩本似乎應該是中世紀的抄本，《贊

㉜ 哈若斯蒂（Zoltán Haraszti）〈赫茹斯微瑟之著作〉（The Works of Hroswitha），《書籍》（More Books）第二十期（一九四五），第八十七頁至第一一九頁及第一三九頁至第一七三頁；柴代奧（Edwin H. Zeydel）〈赫茹絲微瑟著作之正確性〉（The Authenticity of Hroswitha's Works），《現代語言記錄》（Modern Language Notes）六十一期（一九四六），第五十頁至第五十五頁；麥松（André Mazon）《伊戈爾親王的征戰》（Le Slovo d'Igor），巴黎，一九四〇年出版；谷瑞哥（Henri Grégoire），傑克布遜等合編《伊戈爾親王之歷險》（La Geste du Prince Igor），紐約，一九四八年出版。

冷那·何若》（Zelenà hora）和《克若勒烏·德吳爾》（Kràlovè dvür）的僞託的問題，在一八八〇年間曾經成爲熱烈的政治問題。後來成爲捷克斯拉夫總統的馬薩里克（Masaryk），其聲望一部分便是得自這種爭論，他們以語言的問題開始，後來竟擴大爲科學之誠實與浪漫之自我陶醉問題㉝。

在某些這一類的正確性和作者判定的問題當中，可能會牽涉非常複雜的證據問題，而且種種的學問像古文字學、書目學、語言學，以及歷史都會派上用場。在最近所揭發的作品中，沒有比證明瓦哀斯（Wise）僞造八十六種十九世紀的小冊子更爲乾脆俐落的了。查證的工作是卡特（Carter）和波拉德（Pollard）㉞二人，他們運用水印、印刷所的技術：像油墨的步驟，某種紙張和鉛字的使用等等（然而，這些問題在文學上的直接關係很小，而且瓦

㉝ 英語作品之最完整紀錄爲塞奧弗（Paul Selver）著《馬薩里克傳》（Masaryk: A Biography），倫敦，一九四〇年出版。

㉞ 卡特（Carter）與波拉德（Graham Pollard）著《一些十九世紀小冊子之性質探究》（An Enquiry into the Nature of Certain Nineteenth Century Pamphlets），倫敦，一九三四年出版；派亭頓（Wilfred Partington）著《儘管僞造：瓦哀斯之眞實故事》（Forging Ahead: The True Story of T. J. Wise），紐約，一九三九年出版；《瓦哀斯致潤恩之書信》（Letters of Thomas J. Wise to J. H. Wrenn），若契福（Fannie E. Ratchford）編，紐約，一九四四年出版。

哀斯不曾捏造任何文章，他的僞作只不過爲書籍收藏家所關心而已）。

我們必須記住判定了作品的不同年代，這並沒有解決批評的問題。查特頓的詩是否在十八世紀時寫的，並不因此就變得更好或更壞，這一點是被那些基於道德的義憤而對凡證明是較後的產品便加以貶斥的人們所經常忘記的。

本章所討論的諸問題，實際上是既存的方法教科書和手冊，就像莫瑞茲、茹德勒（Rudler）和桑德斯（Sanders）等人編著的㉟，加以討論；同時這也是美國大學研究院所提供的任何有系統的訓練所採用的幾乎是唯一的方法。然而，不論它的重要性如何，我們要知道這種種的研究只是替文學的實際分析和解說，以及前因後果的解釋奠定一個基礎而已。至於它們有沒有價值，那就要看使用這些方法的結果如何而定。

㉟ 莫瑞茲（Morize），見註㉖；茹德勒（Rudler）《法國現代文學史上批評之技巧》（Les Techniques de la critique et d'histoire litteraire en litterature française moderne），牛津，一九二三年出版；桑德斯（Sanders）《英國文學史研究序論》（An Introduction to Research in English Literary History），紐約，一九五二年出版。

第三編　文學研究的外在方法

第七章　文學與傳記

藝術作品最顯而易見的原因便是它的創造者——作家；因此，對於作家個性和生活的說明，便成爲了一種最古老和最完備的文學研究方法。

由於傳記對文學寫作過程所作的說明，可以判定傳記的價值。當然，我們也可以認爲它的價值是對天才人物，和他在道德上、學問上和情感上的發展的研究，並且這種傳記是具有自己本身的興趣的。最後我們還可以說傳記能提供一種對於作家心理和他的寫作過程有系統的研究所需用的材料。

這三種看法應該仔細地加以區別。因爲我們對「文學學問」的觀念只和第一種說法直接有關，認爲傳記是解釋並闡述文學的實際創作；第二種看法則強調傳記本身的興趣，把注意的焦點轉移到個人的性格上去；第三點則認爲傳記是一種科學或未來的科學——藝術創作心理學的資料。

傳記是古老的文學形式。首先——在年序上和邏輯上——它是歷史編纂法的一部分。對於一個政治家、一個將領、一個建築家、一個律師，和一個默默無名的人之間，傳記並沒有作方法上區別的必要。柯勒律治（Coleridge）認爲人生，哪怕是再平凡再卑微的，只要能夠忠實地報導出來都是有趣的。這看法確是不錯①。在傳記作者的眼裡，文學家只不過是另

① 柯勒律治（Samuel Taylor Coleridge）致蒲奧（Thomas Poole）函，一七九七年二月，收於《書信集》，哈特利・柯勒律治（Ernest Hartley Coleridge）編，倫敦，一八九五年出版，第一卷，第四頁。

外一個人而已，他的道德和學問的發展，社會事業和感情生活，都可從某些倫理系統或行爲規範上，根據一般的標準重行構造並加以評估，文學家的著作不過是一些出版的事實，就像任何一個人一生中所發生的其他事情一樣。這樣看來，傳記作者的難題也正和歷史學家一樣。他必須對他的文書、信札、目擊者的記述、回憶錄、自述等加以詮釋，並且還要決定眞僞問題、證人的可靠性等等。在傳記的實際寫作中，他更會碰到年代說明的問題、取捨的問題以及坦白和含蓄的問題。目前已經有相當多的作品討論傳記作爲一種文體時所發生的這類問題，這些問題並不特別是文學上的。

在我們的討論當中有兩個關於文學傳記的問題是非常重要的。傳記作者應用作品本身的證據來達到自己的目的究竟可以達到什麼限度？文學傳記的結果究竟對了解作品本身有多少關係和什麼樣的重要性？這兩個問題的答案經常都是肯定的。對於第一個問題我們假定實際上所有的傳記作者都特別地對文學家感到興趣，因爲文學家顯然能夠提供大量可以在傳記寫作當中使用的資料，這些資料在那些比文學家有更多影響的歷史人物中則幾乎或根本沒有。不過，這樣樂觀的看法說得過去嗎？

我們必須把人的兩個不同時期，兩種可能的解決方法加以區分。在大多數的早期的文學中我們並沒有私人文件以供傳記作者取材。我們只有一些公開的文書、出生登記、婚姻證明、法庭檔案等等，再就是作品本身提供的證據，舉例說，我們能夠概略地追查莎士比亞的去從，我們可以知道一點他的經濟情況，然而我們絕對沒有任何書信、日記、回憶錄等形式的東西，除了少數眞僞難定的軼事（anecdote）外，對於莎士比亞生活研究廣泛的努力只產生了少許的具有文學價值的結果。那大部分是年序、社會情況描繪，以及莎士比亞的交遊的事實。因此，凡是想寫一部莎士比亞實在的傳記，關於他的倫理和感情發展的傳記的人，要不是只做到——如果他們是以科學精神來從事，像史皮爾瓊（Spurgeon）在她的莎士比亞之想像的研究中所做的——一張瑣碎事情的清單而已，再不然就是毫無忌憚地應用他的劇本和商籟（Sonnet）而寫成一些傳記式的傳奇，像布朗德斯（Brandes）和哈里斯（Harris）所寫的那樣②。在這些企圖後面的基本假設，可能是由海茲利特（Hazlitt）和施萊格爾（August Wilhelm Schlegel）的一點暗示開始的，很奇怪的，第一個著手去做的人倒是道敦（Dowden），這確是十分錯誤的。我們不能夠從虛構的敘述，特別是劇本當中的敘述，對於一個作家的傳記作有效的推斷。我們可能會嚴重地懷疑那尋常的看法，認爲莎士比亞曾經經過一段消沉的時侯。在這段時間當中，他寫了他的悲劇和他尖刻的喜劇，而在《暴風雨》一劇中達到了某種解決的寧靜。一個作家必須在一種悲劇的情緒之下才能寫出悲

② 布朗德斯（Georg Brandes）著《威廉．莎士比亞》上下冊，哥本哈根，一八九六年出版（英譯本二冊，倫敦，一八九八年出版）；哈瑞斯（Frank Harris）著《莎士比亞此人》（The Man Shakespeare），紐約，一九〇九年出版。

劇，而當他覺得生活愉快之時便去寫喜劇，這似乎並不是不證自明的。關於莎士比亞悲哀的證明，根本也無法找得到③。我們不能夠要他對泰蒙（Timon）或馬克白的人生觀負責，就不能說他具有朵兒・蒂爾息（Doll Tearsheet）或者伊阿戈（Iago）的看法一樣。沒有理由去相信普茹斯潑若（Prospero）大公爵說話，就同莎士比亞一模一樣，我們不能說作者也會具有他作品中人物的觀念、感情、看法和德行。這不但對戲劇中的角色或者小說裡的人物是如此，同時對抒情詩中的「我」，也是一樣。個人生活和作品之間，並不是一種簡單的因果關係。

不過傳記方法的提倡者將會反對這些論點。他們會說從莎士比亞時代到現在，情況已經改變了。對於許多文學家來說，傳記的材料已經很豐富，因爲文學家們都有了自我意識，都想到他們自己在後代心目中的地位（就像米爾頓、波普、歌德、華茲華斯或者拜倫（Byron）），他們留下了大量的自傳式的記述，而且吸引了當時的許多注意。目前傳記的方法似乎很容易，因爲我們可以把生活和作品彼此參照。誠然，這方法甚至爲詩人們所重用，特別是浪漫主義詩人，他會寫出他自己以及他最深沉的感受，或者甚至於像拜倫，走遍

③ 斯孫（C. J. Sisson）著《莎士比亞之想像的悲哀》（The Mythical Sorrows of Shakespeare），不列顛學院講座（British Academy Lecture），一九三四年；斯陀爾著《〈暴風雨〉：莎士比亞及其他大師》（"The Tempest," Shakespeare and other Masters），麻州，劍橋，一九四〇年出版，第二八一頁至第三一六頁。

歐陸的「瀝血之心的歷程」。這些詩人不僅在私人信件、日記和自傳裡述說自己，而且還在他們最正式的宣言中如法炮製。華茲華斯的〈序言〉（Prelude）便是一篇公開的自傳。很難不以它們的表面價值去採用這些宣言，它們往往在內容甚至語調上都和他們的私人通信沒有兩樣，同樣很難不以詩人論詩；在詩人自己看來，用歌德的名句來說，詩只是「一部偉大的懺悔的片段」。

我們的確應該把兩類的詩人分開，客觀的和主觀的，就像濟慈和艾略特，一類是強調詩人的我，希望能夠描繪出一幅自畫像、希望能夠懺悔、能夠表達自己④。在歷史的漫長過程上我們知道只有第一類：作品中個人表達的成分很弱，而美學價值則可能很大。義大利的短篇小說、騎士傳奇、文藝復興時期的商籟、伊莉莎白時期的戲劇、自然主義的小說，大多數的民間詩歌都可以作爲例子。

然而，即使是對主觀詩人來說，我們不應該也不可能把一種自傳性質的個人敘述和應用相同主題的文學作品兩者之間的不同分開。一件文學作品是基於一個十分不同的水準而形成

---

④ 濟慈致伍德豪斯（Richard Woodhouse）函，一八一八年十月二十七日，收於《書信集》，福曼（H. B. Forman）編，四版，牛津，一九五二年出版，第二二六頁至第二二七頁。另見貝特（W. J. Bate）著《否定的能力：濟慈之直覺方法》（Negative Capability: The Intuitive Approach in Keats），麻州，劍橋，一九三九年出版；艾略特，《傳統與個人之天分》（Tradition and the Individual Talent），刊於聖木（The Sacred Wood），倫敦，一九二〇年出版，第四十二頁至第五十三頁。

的一個單元，它比一本回憶錄、一本日記，或一封信件對現實要有更多不同的關係。只有因爲傳記方法的離譜，才會把一個作者生活中最私密的，而且通常也是最無關緊要的文書作爲研究的重心；同時實際的詩也在這些文書的影響之下來加以解釋，並且用一種完全脫離了任何詩的批判，或者甚至是同那些批判衝突的標準來編排它們。因此，布朗德斯認爲《馬克白》一劇最乏味，因爲那是同他所體認的莎士比亞個性最沒有關係的。肯斯密奧（Kingsmill）對安諾德的《棱若布與茹斯騰》（Sohrab and Rustum）也是根據同樣的理由而加以抱怨⑤。

即使是在一件藝術作品中，也會具有可以確切判斷出傳記體的成分，但是這些成分會被特別地安排和改頭換面以致完全失去了它們個人的意義，而變成只是一件作品的人爲材料和不可分割的部分。佛南德茲在提到斯湯達爾（Stendhal）時，曾對這點有非常令人心服的意見。瑪雅（Meyer）曾經把那聲稱是自傳體的「序言」和在詩裡面要描述的華茲華斯那一段的實際生活加以比較，以顯示它們究竟有多少不同⑥。

---

⑤ 布朗德斯（Brandes），前註，第四二五頁；肯斯密奧（Kingsmill）著《麥修・安諾德》（Matthew Arnold），倫敦，一九二八年出版，第一四七頁至第一四九頁。

⑥ 佛南德茲（Ramon Fernandez）《自傳與小說：斯湯達爾的例子》（L'Autobiographie et le Roman: l'Exemple de Stendhal），《消息》（Messages），巴黎，一九二六年出版，第七十八頁至第一〇九頁（英譯本，倫敦，一九二七年出版，第九十一頁至第一三六頁）；瑪雅（G. W. Meyer）著《華茲華斯的形成年代》（Wordsworth's Formative Years），密州，安那伯，一九四三年出版。

認爲藝術是純粹而且單純的自我表現，是自我感情和經驗的複本之整個看法都被證明是錯誤的。即使藝術作品和作者生活之間有著密切的關係，也絕對不能認爲藝術作品只不過是生活的複製品。傳記方法忘卻了一件藝術作品不僅是經驗的具體化，而經常是一系列的那些作品中最新的產品；它是文學傳統和承襲決定下的——只要它仍然還受這些因素決定——一部戲劇、一本小說、一首詩。傳統方法實際上妨礙對文學創作過程（creative process）的了解，因爲它打破了文學傳統的秩序而代之以某一個人的生命過程。傳記方法同樣也忽略了十分簡單的心理上的事實。一件藝術作品可能是把作者的「夢」而不是他的實際生活加以具體化，要不然那就是他的眞正自我藉之隱藏的「面具」、「反自我」（anti-self），再不然就是作者想逃避的生活使然。更進一步來說，我們不要忘記就他的藝術而論藝術家可能完全不同地去「經驗」他的生活：實際的經驗完全是以它們在文學中的用途來看的，並且對藝術家來說經驗已經被藝術傳統和先入之見部分地改變過了⑦。

我們必須這樣地結論說：每一件藝術作品在傳記上的解釋和應用，都需要逐個地加以仔

---

⑦ 狄爾泰著《經驗與詩》（Das Erlebnis und die Dichtung），萊比錫，一九〇七年出版；龔道爾夫（Friedrich Gundolf）著《歌德》，柏林，一九一六年出版（曾將原始經驗（Urerlebnis）與學習經驗（Bildungserlebnis）作一區別）。

細地審查和檢驗，因爲藝術作品並不是傳記的資料。我們必須嚴格地來質疑魏黛（Wade）的《卓赫恩傳》（Life of Traherne），他把卓赫恩詩裡每一項述說都作爲實實在在的傳記上的事實；還有就是那些關於勃朗特姊妹（Brontës）生平的作品，那多半就是從《簡愛》（Jane Eyre）或者《維勒特》（Villette）裡，整章整段地抄出來。有一本維吉尼亞．摩爾（Virginia Moore）寫的《艾蜜莉．勃朗特生平和急切之死》，作者認爲艾蜜莉一定經歷過奚斯克利夫（Heathcliff）的激情；還有人認爲一個女人不可能寫出《咆哮山莊》（Wuthering Heights），眞正的作者一定是艾蜜莉的哥哥派屈克（Patrick）⑧，由這一類的議論而引出人們爭論說莎士比亞一定到過義大利，一定是一個律師、一個軍人、一個教師、一個農夫。黛瑞（Terry）在談論到這個題目時更作了一個驚人之論，她根據同樣的標準說莎士比亞一定是一個女人。

然而，我們可以這樣地說，這一類自以爲是的愚昧並沒有解決文學中人物的難題。我們

⑧ 維吉尼亞．摩爾（Virginia Moore）著《艾蜜莉．勃朗特生平和急切之死》（The Life and Eager Death of Emily Brontë），倫敦，一九三六年出版；肯絲莉（Edith E. Kinsley）著《天才之模型》（Pattern for Genius），紐約，一九三九年出版（一部由勃朗特姊妹小說中章節湊成的傳記，作者以眞正的人名來代替虛構的名字）；羅默爾．威爾遜（Romer Wilson）著《艾蜜莉．珍．勃朗特之生平及祕史》（The Life and Private History of Emily Jane Brontë），紐約，一九二八年出版（此書認爲《咆哮山莊》完全是自傳）。

讀但丁或歌德或托爾斯泰時，都知道有那麼一個人在作品的後面。一個作者的所有作品之間都有一種無庸置疑的外表的相似。然而，或許有人會這樣問，是不是最好不要在經驗的人物和作品——這只有在隱喻的意義中才能夠稱之爲「個人的」——二者之間作仔細地區別。在米爾頓或者濟慈的作品中有一種特質，我們或者可以稱之爲「米爾頓的」或「濟慈的」。可是這特質只有基於作品本身來決定，它不可能只從純粹的傳記的佐證來確定。我們知道什麼是「維吉爾的」，什麼是「莎士比亞的」而不需要任何關於這兩個偉大詩人的眞正可靠的生平知識。

然而，還有關聯、類似、彷彿、變相的反映等問題。文學家的作品可能是一副面具，一種戲劇式的傳統化，不過是把他自己的經驗，自己的生活加以傳統化。如果因爲這些特點而加以使用的話，那傳記的研究是有用處的。首先它毫無問題有一種注釋的價值：它可能會解釋很多作者的著作之中的典故甚至於措詞。傳記的結構也可以幫助我們研究文學史上所有完全屬於發展的難題中最明顯者——一個作家之藝術的成長、圓熟以及可能的衰退。傳記也替別的文學史問題聚積了材料，那些問題像文學家的閱讀，他和文學界人物的交往，他的遊歷，他所見過或居住過城市的景物：所有那些能夠在文學史上有所幫助的問題，也就是說，文學家所寄身的傳統，左右他的影響力以及他所選取的素材等。

不過，無論傳記在這些方面有如何的重要性，要說它具有任何特別的「批評的」重要，則是很危險的。任何傳記上的事實都不能改變或影響批評上的評價。如果以傳記的眞實性，也就是外在證據所證明的作者的經驗和感情來評論文學，那經常爲人提出的「眞誠」的標準便完全是錯誤的了。在「眞誠」和藝術價值之間是沒有關係的。圖書館內汗牛充棟的少年人寫的苦悶的情詩和陰沉沉的（不管它會使人如何熱烈地感動）宗教詩便是足夠的證明。拜倫的「與卿別矣……」並不因爲它戲劇化了詩人同他妻子之間實際的關係而就會增減其優劣，同時，也並不像莫爾所想的「是一種遺憾」，而且手稿上更沒有像湯瑪斯．摩爾（Thomas More）的〈便箋〉（Memoranda）所說的，尚有淚痕可尋⑨。不管眼淚有沒有流，詩是存留的，個人的情感已經逝去而不能再生，其實是根本不必再生的。

⑨ 例子取材於亭克爾（C. B. Tinker）著《詩之佳業》（The Good Estate of Poetry），波士頓，一九二九年出版，第三十頁。

第八章　文學與心理學

我們在說到「文學心理學」（psychology of literature）時，可能是指對於某一類或某一個作家心理的研究，或者是對創作過程的研究，再不然就是對文學作品中所呈現的心理類型和法則的研究，最後，就是文學對於讀者的影響（觀眾心理學）的研究。關於最後這一點，我們認爲是屬於〈文學與社會〉一章，其他三者，則在此一一加以討論。嚴格地說，可能只有第三項是歸屬文學研究的。前兩種是藝術心理學的支目，儘管有時可以作爲文學研究的教學上的方法，但是我們應該否定任何以文學作品的起源（發生論的謬見）來評估文學的企圖。

文學天才的本質，經常是耐人尋味的，並且，早從希臘時代開始，它便被認爲和「瘋狂」（這名詞的解釋可從神經質（neuroticism）到心理變態（psychosis））有所關聯的。詩人是「中了邪」的人：他與其他人多多少少有些不同，而他所據以發言的根源，那種「無意識」（unconscious），既被認爲低於理性同時也是超於理性（superrational）的。

另外一種從古代一直流傳下來的觀念，認爲詩人的「天賦」（gift）是補償性的：詩神拿走了德謨多克斯（Demodocos）的視覺，卻「給了他詩歌的美好贈禮」（奧德賽裡的故事），就正像失明的泰瑞綏阿斯（Tiresias）得到預言的幻象一樣。當然，殘廢和天賦並不是經常都如此密切相關的；並且痼疾或畸形可能是心理上，或社會上，而不是肉體上的。波普是一個駝背和侏儒，拜倫有一隻腳不良於行，普魯斯特（Proust）是一個具有部分猶太血統的哮喘性神經質，濟慈比一般人都矮，沃爾夫（Wolfe）則比一般人高出很多。這種理論的困難處正在於它的容易。根據這個說法，任何成功都能歸到補償的動機上去，因爲每個人都有可以刺激他向上的缺點。當然，另一種流傳很廣的說法也是有問題的，它認爲神經病——和「補償」——對於藝術家和對於科學家及其他「思想家」來說是不一樣的，最明顯的區別是：作家時常把自己的病例用文字來證明，把他們自己的缺憾轉化爲寫作的題材①。

基本的問題是：如果這個作家是個神經過敏的人，那他的神經過敏症到底是僅僅提供其作品的題材抑或是只作爲寫作的動機？如果是後者，那作家和其他的思想家並沒有什麼兩樣。另外一個問題是：如果作家的題材是神經過敏的（像卡夫卡（Kafka）），那麼讀者對他的作品畢竟能了解多少，作家所記錄的當然要比病例所記錄的多得多。他要不是處理一種

---

① 見阿德勒（Alfred Adler）著《官能低障及其心理上補償之研究》（Study of Organ Inferiority and Its Psychical Compensation），一九〇七年出版（英譯本一九一七年）；韋南・房（Wayland F. Vaughan）〈補償心理學〉（The Psychology of Compensation），刊於《心理學季刊》（Psych. Review）三十三期（一九二六），第四六七頁至第四七九頁；埃德蒙・威爾遜（Edmund Wilson）著《傷口與樂弓》（The Wound and the Bow），紐約，一九四一年出版；另見麥克尼斯（L. MacNeice）著《現代詩》（Modern Poetry），倫敦，一九三八年出版，第七十六頁；垂林（L. Trilling）《藝術與神經病》（Art and Neurosis），刊於《宗派雜誌》（Partisan Review）十二期（一九四五），第四十一頁至第四十九頁，重刊於《自由想像》（Liberal Imagination），紐約，一九五〇年出版，第一六〇頁至第一八〇頁。

原始的形態（像杜思妥也夫斯基在《卡拉馬助夫兄弟們》（The Brothers Karamazov）中所做的）便是處理我們今天所習見的「神經病態的人物」。

佛洛伊德（Freud）對於作家的看法是不穩定的，就像他當時的那些歐洲心理學家同僚，特別是榮格（Jung）和蘭克（Rank）一樣，他本人是一個具有高度文化修養的人，有著奧地利知識分子對古典文學和古典的德國文學的尊敬。並且，他也在文學中——在杜思妥也夫斯基的《卡拉馬助夫兄弟們》中，在《哈姆雷特》中，在狄德羅（Diderot）的《若謨的侄兒》（Neveu de Rameau）中，以及在歌德的作品中，觀察自己的預見並以之證成許多見解。但是他也認爲作家完全是由於創作才使自己免於崩潰，而同時卻也因此使他成爲一個無可救藥的頑固的精神病患者。

> 「藝術家，」佛洛伊德說：「他在根本上是一個逃避現實的人，因爲他不能與那放棄原始本能滿足的要求妥協，於是，便在他的幻想世界裡盡情滿足他的情慾和野心的願望。不過，他找到了一種可以從幻想世界再回到現實的方法，那就是以他的特殊天賦，把幻想塑造成一種新的現實，而人們也就承認那是有價值的一種現實生活的反映。」

這樣一來，他可以不須經由艱辛迂遠的路途而改變外界的現實，使自己成爲英雄、帝王、創造者，負有重望的人物。這等於說：詩人是一個做白日夢的人，而且是爲社會所認可的。他可以不改變自己的性格，但把他的幻想發表出來，傳之不朽。

這樣的說法也許是把藝術家和哲學家及「純粹科學家」包括在一起，因此，這也可說是把思考的活動化爲一種非實踐的觀察和說明的實證論（positivism）。它對於思考行爲所具有間接或迂迴的效果，或對於小說及哲學的讀者所引致「外在世界的交替」來說，是非常不公平的判斷。同時，它也不能認清創作本身便是外在世界的一種工作方式；再者，白日夢者雖只是夢想著寫出他的夢爲滿足，而實際上寫作的人則是在從事一種思想的具體化及如何適應社會的行爲。

大多數的作家都對正統的佛洛伊德派（Freudianism）學說敬而遠之，或者不願意完成他們的——有的已經開始的——精神分析（psychoanalysis）治療。他們當中有很多人不願意被「治療」或「改變」，認爲如果他們被治好便再也不能寫作了；要不然便認爲他們是被矯正，或建議被矯正，去適應一個他們認爲庸俗平凡而要拒斥的平常狀況或社會環境。因此，奧登（Auden）說藝術家應該有一種他們可以忍受的神經質；同時有很多人同意那些修正派的佛洛伊德學者像荷妮、佛洛姆（Fromm）和卡丁納（Kardiner）認爲佛洛伊德的神經病和正常的觀念是源自二十世紀初期的維也納，需要唯物觀或人類學家們加以修正②。

藝術被認爲是神經病的理論，提出了想像和信念之間關係的問題。小說家是否不但像愛幻想的兒童「編故事」——即是重新組織他的經驗直到與他的快樂和信念相一致爲止——而且類似那患有幻覺症的成人，把現實世界與自己希望及恐懼的幻想世界混在一起？有些小說家（例如：狄更斯（Dickens））曾經說過他清清楚楚見到、聽到他小說中的人物，並且說是小說中的人物控制了故事的發展而把故事改變成與其最初計畫完全不同的結尾。這些例子似還沒有被心理學家引作幻覺症的證明；然而，某些小說家可能具有那種在兒童中很普遍，但成長後就少有的明確的「心象」（eidetic imagery）（那既不是後遺殘像（after-images），也不是記憶印象（memory-images），而在性質上是有知覺而可感覺的）的能力。照賈恩希（Jaensch）的看法，這種能力是藝術家對感覺和觀念的特別融合力的表徵。

---

②奧登（Auden）著《冰島通訊》（Letters from Iceland），倫敦，一九三七年出版，第一九三頁；見麥克尼斯，《現代詩》，倫敦，一九三八年，第二十五頁至第二十六頁；荷妮著《當代之神經質人物》（The Neurotic Personality of our Time），紐約，一九三七年；佛洛姆（Fromm）著《逃避自由》（Escape from Freedom），紐約，一九四一年，及《自得之人》（Man for Himself），紐約，一九四七年出版。

藝術家保有其民族的原始特質而加以發展，他不特感覺到，而且還「看到」自己的感覺③。

另外一種屬於文學家的特質——其中若詩人的氣質——是「連帶感覺」（synaesthesia），亦即兩種或兩種以上感官感覺的連帶發生，而最普遍的是聽覺和視覺的結合（聽覺的色彩：例如深紅的小喇叭聲）。它作爲生理上的特徵，顯如紅綠色盲一樣，是從一種早期的不曾完全分化的感覺機關殘留下來的。然而，連帶感覺常常是一種文學上的技巧，一種隱喻傳譯的形式，一種對生活的形而上的及美學的態度之具象化的表現。從歷史上看，這種態度和風格是巴洛克時期和浪漫時期的特徵，但在尋求「清晰和明白」——而非

---

③見西奧茲（W. Silz），〈奧圖．勞特費赫及詩創作之過程〉（Otto Ludwig and the Process of Poetic Creation），刊於《現代語言學會會刊》第六十期（一九四五），第八六〇頁至第八七八頁，此文重刊最近德國作家心理學研究的大多數的論題；賈恩希（Erich Jaensch）著《明確心像和研究之類型學方法》（Eidetic Imagery and Typological Methods of Investigaton），倫敦，一九三〇年出版；另見〈類型之心理學及心理生理學研究……〉（Psychological and Psychophysical Investigations of Types...），刊於《感情與情緒》（Feelings and Emotions），麻州，烏斯特，一九二八年出版，第三五五頁及其後。

「對應」，類似和一致——的理性時期，便有所不屑了④。

---

④ 關於連帶感覺，見：

△Ottokar Fischer, "Über Verbindung von Farbe und Klang: Eine literar-psychologische Untersuchung," Zeitschrift für Ästhetik, II, 1907, pp. 501-34.

△Albert Wellek, "Das Doppelempfinden in der Geistesgeschichte," Zeitschrift für Ästhetik, XXIII, 1929, pp. 14-42.

△"Renaissance-und Barock-synästhesie," Deutsche Vierteljahrschrift für Literaturwissenschaft, IX, 1913, pp. 534-84.

△厄哈賽波德（E. V. Erhardt-Siebold）〈英國，德國，及法國浪漫主義中之感覺的和諧〉（Harmony of the Senses in English, German and French Romanticism），刊於《現代語言學會會刊》第四十七期（一九三二），第五七七頁至第五九二頁。

△西奧茲〈海涅之連帶感覺〉（Heine's Synaesthesia），刊於《現代語言學會會刊》第五十七期（一九四二），第四六九頁至第四八八頁。

△烏奧曼（S. de Ullman），〈浪漫主義與連帶感覺〉（Romanticism Synaesthesia），刊於《現代語言學會會刊》第六十期（一九四五），第八一一頁至第八二七頁。

△恩戈斯沖姆（A. G. Engstrom）〈文學中連帶感覺之辯護〉（In Defense of Synaesthesia in Literature），刊於《哲學季刊》第二十五期（一九四六），第一頁至第十九頁。

艾略特從他最早的批評文章便開始主張一種認爲詩人重現了——或者，更進一步說是完整無損地保存了——屬於他自己民族歷史的諸層面，並且認爲詩人在他發展向未來之時，仍然保持他自己的童年及同族人童年的看法。他在一九一八年寫道：「詩人是比他同時代的人要更爲原始，也更爲文明些……。」一九三二年他又回到這觀點，特別提到「聽覺上的幻想」（auditory imagination），同時還提到詩人的視覺幻象，而且特別是他的再現的幻象（recurrent images），那「可能會具有象徵的價值，不過到底是什麼（價值）我們卻說不上來，因爲它們是來自代表我們所無法窺知的感情的深處。」艾略特贊同地提到卡葉（Cailliet）和碧德（Bédé）關於象徵主義者和原始心靈關係的作品，他擇要地說：「先於邏輯的心理狀態在文明人中仍然持續著，然而它只爲詩人所有或者只有從詩人才可以得到。」⑤

從這些章節中不難看出榮格的影響，以及榮格學派理論的複述，那就是說在個人的「無意識」（unconscious）——亦即我們的過去，特別是，我們的童年和嬰兒時期之已封閉的

---

⑤ 見且斯（Richard Chase）〈目前之感覺〉（The Sense of the Present），刊於《坎揚評論》第七期（一九四五），第二一八頁及其後。由艾略特之《詩之用途》中所援用處見第一一八頁至第一一九頁，第一五五頁，第一四八頁及注釋。艾略特提到之論文《象徵與原始心靈》（Le Symbolisme et l'âme primitive），刊於《比較文學評論》第十二期（一九三二），第三五六頁至第三八六頁。另見卡葉（Cailliet）之《象徵與原始心靈》一書，巴黎，一九三六年出版，該書之〈結論〉，報導一段與艾略特之談話。

殘餘——下面還存在著「集體的無意識」（collective unconscious）——那是我們種族的過去，甚至我們在演化爲人類之前那種已封閉的記憶。榮格有一種精心設計的心理學上的類型學，根據這學說，「外向型」（extravert）與「內向型」（introvert）根據思想、感情、直覺、感覺所占分量，又可以各別再分爲四種類型。他並不像一般人所想像的把所有的作家歸之於「直覺——內向」一類，或者更概括爲內向類。但爲著進一步預防過於簡化，他說明某些作家在他們的創作中會顯示出他們的類型，而另一面，則補足以相反的類型⑥。

---

⑥ 榮格，〈論分析心理學與詩藝之關係〉（On the Relation of Analytical Psychology to Poetic Art），刊於《分析心理學論集》（Conributions to Analytical Psychology），倫敦，一九二八年。及《心理之類型》（Psychological Types），白恩斯（H. G. Baynes）譯，倫敦，一九二六年出版；另見：傑可碧（J. Jacobi）著《榮格之心理學》（The Psychology of Jung），白煦（Bash）譯，紐哈芬，一九四三年出版。英國哲學家，心理學家，美學家公開聲明得益於榮格的包括：稜爾本（John M. Thorburn）《藝術與無意識》（Art and the Unconscious），一九二五年出版；鮑德金（Maud Bodkin）《詩之原型》（Archetypal Patterns in Poetry），《想像之心理學的研究》（Psychological Studies of Imagination），一九三四年出版；瑞德（Herbert Read）〈神話，夢，和詩〉（Myth, Dream, and Poem），刊於《文學批評論文集》（Collected Essays in Literary Criticism），倫敦，一九三八年，第一〇一頁至第一一六頁；白恩斯《靈魂之神話》（Mythology of the Soul），倫敦，一九四〇年出版；哈婷（M. Esther Harding）《婦女之神祕》（Women's Mysteries），倫敦，一九三五年出版。

寫作人（Homo scriptor）不該被認為是一個單一的類型。如果我們設想出一個浪漫作家的混合型，把柯勒律治、雪萊、波特萊爾及愛倫·坡包括在內，那我們就還要記得芮辛（Racine）、米爾頓和歌德，或者珍·奧斯汀和楚勒普。我們可從抒情詩人、浪漫詩人與戲劇的、史詩的詩人以及他們大致對等的小說家之區別著手。德國的類型學家之一，克雷奇默（Kretschmer）從詩人（瘦削型的，有精神分裂趨向的）、小說家（他們在體型上是肥圓型，氣質上具有瘋狂與抑鬱交替的亦即循環性的）加以區別。誠然，在類型學上確有「天生的」和「做作的」二者，前者是自發的、入迷的、預言式的詩人；後者主要是有訓練的、有技巧的、負責任的藝術家。這種區別似乎部分是有歷史根據的：那「天生的」即是原始的詩人、巫師，後來我們則認為是浪漫主義者、表現主義者和超現實主義者。至於那些在愛爾蘭和冰島詩人學院訓練出來的職業詩人，文藝復興和新古典主義詩人都是屬於「做作的」一類。然而我們要知道這兩個類別並不是互相排斥而只是表示兩個極端，在許多偉大作家——包括米爾頓、愛倫·坡、亨利·詹姆斯、艾略特，以及莎士比亞和杜思妥也夫斯基——的例子中，我們必須認為他們既是「做作的」又是「天生的」，他們都具有一種對人生執迷不悟的看法，以及如何表達這種看法的自省的、確切的關心⑦。

現代兩極理論中最具有影響力的恐怕是尼采（Nietzsche）的《悲劇的誕生》（The Birth of Tragedy）所提示的太陽神與酒神（亦即希臘人的兩位司藝術的神祇）的兩個極端，以及他們所代表的兩種藝術和藝術過程：雕塑藝術和音樂藝術，夢樣的心理狀況和陶醉的、興奮的心理狀態。這兩類，大致相當於古典的「做作的」和浪漫的「天生的」（或預言詩人）。

雖然法國心理學家瑞伯特（Ribot）沒有公開承認，但他必須感謝尼采給了他兩種主要類別的想像作爲區別文學家的基礎。這類別的前者，「塑造性的」，特指那尖銳的想像者，他主要是以感官來覺察外在的世界而得到靈感（inspiration），後者「分流性的」（聽

⑦關於人物之類型，見羅白克（A. A. Roback）《人物心理學附性情之調查》（The Psychology of Character with a Survey of Temperament），紐約，一九二八年出版。此提供一歷史之紀錄；斯普朗格（Eduard Spranger）《人之類別：性格……心理學》（Types of Men: the Psychology...of Personality），皮戈爾士（Pigors）譯，哈勒（Halle），一九二八年出版；克雷奇默《體型與性格》（Physique and Character），斯卜拉特（Sprott）譯，倫敦，一九二五年出版；《天才人物心理學》（The Psychology of Men of Genius），斯克特奧（Cattell）譯，倫敦，一九三一年出版。關於「天生的」與「做作的」，見奧登〈心理學與藝術〉（Psychology and Art）刊於《今天之藝術》（The Arts Today），葛瑞格孫（G. Grigson）編，倫敦，一九三五年，第一頁至第二十一頁。

覺的和象徵的）則是那些象徵主義的詩人或浪漫故事的作者（蒂克（Tieck）、霍夫曼（E. T. A. Hoffmann）、愛倫・坡），他們是從自己的情緒和感情出發，再依其興趣所強制統一的律動和意象而投射出來。毫無疑問的，艾略特是從瑞伯特開始而成爲但丁的「視覺意象」與米爾頓的「聽覺意象」的對比。

我們也許應該再提到另外一個例子，那便是茹蘇（Rusu），一個當代的羅馬尼亞的學者。他把藝術家區分爲三個基本的類型：「同情型」（type sympathique）（在這一型的創作中有快樂的、自發的、小鳥般的表現）、「混亂惡魔型」（type démoniaque anarchique）、「整齊惡魔型」（type démoniaque equilibré）。具體的例子雖不一定都能找到，但是在那與惡魔鬥爭勝利，而終以緊張的均衡綜合成爲最高類型上，便廣泛地寓有「同情的」與「混亂的」正反兩面的論題。茹蘇提出歌德爲其最大的例子，不過我們還應該把我們偉大的作家們——但丁、莎士比亞、巴爾札克、狄更斯、托爾斯泰和杜思妥也夫斯基都歸於其中⑧。

---

⑧ F.W. Nietzsche, Die Geburt der Tragödie, 1872; Th. Ribot, Essai sur l'imagination créatrice, Paris, 1900 (tr. Baron, London, 1906); Liviu Rusu, Essai sur la création artistique, Paris, 1935.由歌德而來的「魔鬼的」（首先於一八一七年用於 Urworte 中）說法成爲了現代德國理論的重要觀念；見蕭滋（M. Schütze）著《文學界之學院錯覺》（Academic Illusions in the Field of Letters），芝加哥，一九三三年，第九十一頁及其後。

「創作過程」應該包括從一部文學作品的意識下之根源到它的最後修正的全部程序。而這最後的修正對於某些作家來說，是全體中最眞實的創作部分。

在一個詩人的構思與謀慮之間，以及印象與表現之間，必須有所區別。克羅齊把二者都歸納爲美感的直覺，並不曾贏得作家和批評家們的贊同；事實上，路易士（Lewis）曾經就其相反方向作過相當合理的考察。不過任何根據狄爾泰的方式把體驗（erlebnis）與創作（dichtung）兩者加以並列的意圖也是不能令人滿意的。畫家是以一個畫家的眼光去看事物，他的繪畫是要明確完成其眼見的地方。詩人所寫的是詩，但是，他寫詩的材料卻是他整個的知覺生活。對於藝術家來說，無論使用的是什麼媒介，任何一種印象都是由他的藝術所賦形的；他沒有聚積任何未成熟的經驗⑨。

「靈感」（inspiration），這個在創作上無意識的因素之傳統的名稱，自古以來便與「繆斯」（Muses）——記憶的女神，以及基督教思想中的「聖靈」糾纏著。按照定義來說，一個巫師、預言家或詩人，他們受感應的狀況是和平常狀況不一樣的。在原始社會裡，巫師可以任意使自己進入著魔狀態，再不然就是身不由主地被某種祖先或圖騰的靈魂附著。而在現代，所謂靈感，只是一種以突如其來（例如：變志）和非個性爲特徵的感想，而

⑨ 路易士（C. S. Lewis）著《個人的邪說》（The Personal Heresy），倫敦，一九三九年出版，第二十二頁至第二十三頁；狄爾泰，見第七章註⑦。另見蕭滋，前註，第九十六頁及其後。

作品彷彿就是由這樣的靈感製成的⑩。

靈感不可能從別的事物引發出來嗎？我們知道不僅是刺激劑或某種崇拜儀式，而能作爲發動創造力的習慣是存在的。酒精、鴉片和其他藥物，能使清明的意識，過度挑剔的「監察者」昏迷，而純任下意識自由活動。柯勒律治和戴·昆西（De Quincey）曾作一個更大膽的宣稱——說是藉鴉片的力量，可使一個完整的嶄新的經驗世界爲文學寫作的對象而展開。不過，現代的臨床報告揭示：在那些詩人作品中，那些不尋常的因素顯然是從他們神經質的心理演變出來，而不是由於藥物的特殊效果。伊莉莎白·施耐德（Elizabeth Schneider）曾經明白指出：

> 「給予後來作品以很大影響的戴·昆西『鴉片夢境』的文學，實際上與他在一八〇三年沒吸食鴉片以前寫在日記上而小心保存下來的紀錄，幾乎沒有什麼不同⑪。」

---

⑩ 查德威（Norah k. Chadwick）著《詩與預言》（Poetry and Prophecy），劍橋，一九四二年出版（論巫師）；瑞波特著《創作的想像》（Creative Imagination），倫敦，一九〇六年譯本，第五十一頁。

⑪ 伊莉莎白·施耐德（Elizabeth Schneider），〈忽必烈汗的「夢」〉（The "Dream" of Kubla khan）刊於《現代語言學會會刊》，第六十期（一九四五），第七八四頁至第八〇一頁，收於《柯勒律治，鴉片，和忽必烈汗》（Coleridge, Opium, and Kubla Khan），芝加哥，一九五三年出版。另見瑪克絲（Jeanette Marks）著《天才與不幸：藥物與天才之研究》（Genius and Disaster: Studies in Drugs and Genius），紐約，一九二五年出版。

如同原始社會的占卜，詩人學會了使自己進入「鬼神附體」狀況的方法；又如虔誠的宗教人士從東方精神信徒學會了在特定的地點和時間，用短促的禱詞或咒語一樣，現代的作家學會了，或認爲學會了這種適合於文學創作的入神狀態。席勒在他的書桌上放一些爛蘋果，巴爾札克穿著修道士的道袍寫作。許多作家要在「水平的位置」思考，這些地方——甚至個性十分不同的作家如普魯斯特與馬克．吐溫（Mark Twain）——差不多都是在床上寫作。有的作家需要安靜孤寂，有的卻要雜在家人當中或咖啡館的人群裡寫作。引人注意的怪例是，他們白天睡覺而通宵工作。這種對於夜（沉思的、夢想的、潛意識的）的偏好，也許就是浪漫主義的主要傳統（main tradition）吧；可是我們也應該記得那恰恰相反的浪漫主義傳統，華茲華斯的傳統，他特別讚揚早起的晨光（童年的清新）。有些作家說他們在某些季節才能寫作，像米爾頓，他說他的詩思除了從春分到秋分一段時間之外往往是艱澀的。詹森則認爲這些說法都是無聊的，他相信一個人只要下決心，任何時候都可以寫作，但他自己卻坦白承認他的著述是在經濟壓迫之下進行的。不過我們可以假定這些千奇百怪的習癖有個共同點，那便是由這些癖好或習慣使他們可以有系統地寫作⑫。

⑫ 滌奧雅德（Aelfrida Tillyard）著《精神活動及其結果》（Spiritual Exercises and Their Results...）倫敦，一九二七年出版；蓋奧德爾（R. van Gelder）著《作家與寫作》（Writers and Writing），紐約，一九四六年出版；詹森著《詩人列傳》（Lives of the Poets），〈米爾頓〉章。

寫作的方式在文體上究竟有怎樣明顯的影響？一個作家的初稿用鋼筆墨水寫或直接在打字機上打出來究竟有沒有什麼樣的關係？海明威（Hemingway）認爲打字機「使句子在付印之前便固定了」，因此使修訂成爲寫作困難中不可免的部分；別的人則認爲打字機是爲極度流暢的文體或新聞體而製造的。不過倒沒有人做過實際的調查。至於口述而使人筆錄，則曾經被形形色色的作家所採用過。米爾頓是把在心裡做好的〈失樂園〉（Paradise Lost）詩句口授給他的書記。不過更有趣的是司各特與老年時期的歌德和亨利・詹姆斯兩人的例子，他們作品的結構雖然都是事前想好，但語句卻是隨手拾得的。至少是亨利・詹姆斯，他在口述與「晚年期文體」之間似可看出其因果的關聯，那「晚年期文體」本身雖複雜而流利，卻不脫其講話式或對話體⑬。

關於創作過程本身的考察，對文學理論有所助益的結論並沒有太多的實例，我們所有的只是作家的個別例子，當然這些都是相當近代的作家，並且這些作家對於他們的寫作藝術經

---

⑬ 關於海明威與打字機：白爾克曼（R. G. Berkelman）〈如何把字寫在紙上？〉（How to Put Words on Paper?），刊於《星期六文學評論》（Saturday Review of Literature），一九四五年十二月廿九日號。關於口授與文體：波散奎（T. Bosanguet）著《工作中之亨利・詹姆斯》（Henry James at Work）（霍迦斯論文集〈Hogarth Essays〉），倫敦，一九二四年出版。

常是加以分析思考及發表了的（如：歌德、席勒、福樓拜（Flaubert）、亨利・詹姆斯、艾略特和梵樂希（Valéry））；還有就是心理學家，他們對那些像獨創性、發明、想像等問題找尋科學的、哲學的，和美學的創作三者之間共同的依據而作大幅度的概括。

現代任何一種對創作過程的研究，大都是注意無意識心理與有意識心理所擔任的相關的角色。以文學的時代來對照，似較易分明；就像推崇無意識的浪漫主義和表現主義（Expressionism）時期與那強調智慧、修訂、傳達的古典主義和寫實主義時期的區別。不過，這樣對照很容易陷於誇張：因爲古典主義和浪漫主義的批評理論和這兩陣營最好作家的創作實況具有極大的差別。

最慣於討論他們寫作藝術的作家們自然而然地希望討論他們的意識和技巧的程序，而不是他們的「天賦」，因爲前者是他們所賦予的，而後者則是一種非抉擇的經驗，頂多只是他們的一部分，他們的反映，他們的光彩。爲什麼自我意識濃厚的作家講起來好像他們的藝術是非個人的，好像他們的選擇主題如果不是編輯者的要求便是不計報酬的美學問題。關於這問題最著名的文獻便是愛倫・坡的《文章哲學》（Philosophy of Composition），他對他的《烏鴉》（Raven）的結構是根據什麼樣的法則，最初從什麼樣的美學原理發展而來的理由都加以詳細的解釋。他爲了別人說他的恐怖小說是文學上的模仿作品而抗辯，說他的恐怖，並不是德國式的而是心靈的恐怖。不過是不是自己的心靈他卻沒有承認：只自稱他是一個心靈的工程師，精於操縱別人的心靈。對於愛倫・坡來說，那無意識提供了狂亂、暴虐和死亡等著魔的主題，與有意的給予文學上的發展，二者之間顯有可驚的區別⑭。

如果我們要設計一種發掘文學天才的測驗，無疑地將不外乎兩種：第一，爲含有現代意義的詩人而設計。那是關於字詞及其組合，意象和隱喻，語意和語音的關聯（亦即音韻、半諧音、頭韻）；第二，是爲敘事的作家（小說家和劇作家）而設計，那是關於人物性格描寫和情節（plot）結構。

文學家是聯想（「機智」）、分解（「判斷」）、重組（由零碎的經驗組織成一個整體）的專家。他使用文學作爲媒介物。在孩童時期他可能蒐集字句就像別的兒童收集玩偶、郵票或小動物一樣。對於詩人來說，文字並不完全是一種無色無味的「記號」，而是一種具有表現能力的貴重的「象徵物」；甚至因其本身的聲音和外形，它就是那貴重的對象或「事物」。也有些小說家把文字當作符號（司各特、庫潑（Cooper）、德萊塞（Dreiser）），在這種情形之下，它們譯成外國文字可能無所減損，或成爲神話的構造而

⑭ 德國美學家大都引舉歌德和奧圖．勞特費赫；法國則爲福樓拜《通信集》和梵樂希（Valéry）；美國則爲亨利．詹姆斯（紐約版全集之序文）和艾略特。法國美學觀點的一個傑出例證便是梵樂希的論愛倫．坡（梵樂希〈波特萊爾之情況〉（Situation de Baudelaire），刊於《綜藝》（Variété）第二期，巴黎，一九三七年，第一五五頁至第一六〇頁——英譯版刊《綜藝》（Variety），第二卷，紐約，一九三八年，七十九至九十八頁）。

被記憶；至於詩人，則經常把文字當作象徵的東西來使用⑮。

傳統的用語「聯想」（association of ideas），這是個不正確的名詞。在字與字的連接之外（某些詩人是以此著稱）還有我們心智上的「觀念」所指的事物之間的連接。這種連接的主要類別，一是時間和空間的接續，一是類似或不同。小說家主要是以前者來從事寫作。而詩人則以後者（我們也許可以用隱喻來相提並論）；不過——特別是在最近的文學中——不可過分強調這種對照。勞茲（Lowes）在他的〈往褌勒都去的路〉（Road to Xanadu）裡以一個傑出的偵探所具有的聰明，廣泛而且技巧地引錄柯勒律治的作品以重構其聯想過程。根據這聯想過程，柯勒律治是從一個引語諷喻移就於另一個引語或諷喻。然而就理論而言，他僅使用幾個純粹比喻的詞彙來描述那創作過程，未免太牽強附會了。如同他說到「勾接在一起的原子」，或者（用亨利．詹姆斯的句子）說到意象和觀念有時像水滴進「無意識的思考的深井」，形成（用學者們最喜歡的引語）「海潮般的改變」。柯勒律治其難解語句之再現，我們有時得到的是「鏤刻精工」有時得到的是「鑲嵌細工」，有時得

⑮ 關於記號與標誌，見蘭吉爾著《哲學新論》（Philosophy in a New Key），麻州，劍橋，一九四二年出版，第五十三頁至第七十八頁，及赫資斐（Helmut Hatzfeld）〈詩人之語言〉（The Language of the Poet），刊於《哲學研究》（Studies in Philology）第四十三期（一九四六），第九十三頁至第一二〇頁。

到的是「奇蹟」。勞茲正式承認：「創作力在到達頂點時既是有意識的同時也是無意識的……是有意識地控制那在貯藏庫（所謂無意識之井）裡完成無意識的變形之一些心象的群體。」然而他對於創作過程中眞正的目的性和眞正的構成物，卻未曾注目或加以定解⑯。

在敘事的作家方面，我們想到的是他的人物創造和情節「編造」。自從浪漫時期以來，這兩者，無疑地被認爲只是「獨創的」或從眞實人物模仿而來的（這一看法也在過去的文獻中可以讀到），再不然便是剽竊。然而即使在最「獨創的」小說像狄更斯一樣，而他的人物類型和敘述技巧，主要仍是傳統的，仍是從專門而固定的文學遺產中取得的⑰。

所謂人物的創造其中儘管有程度上的不同，要之不外乎是承襲自文學作品中既有的類型，自己觀察所得的人物，以及自我所混合的性格。我們可以說寫實主義者主要是觀察行爲或者「神入」（empathizes），而浪漫作家則是「投射」；不過僅僅是觀察就能有栩栩如生

---

⑯ 勞茲（Lowes）著《往禪勒都去的路：想像方式之研究》（The Road to Xanadu: A Study in the Ways of the Imagination），波士頓，一九二七年出版。

⑰ 狄伯留士（W. Dibelius）著《狄更斯》（Charles Dickens），萊比錫，一九二六年出版，第三四七頁至第三七三頁。

的描述那倒是有問題的。（有的）心理學家說浮士德、魔鬼梅菲斯特（Mephistopheles）、維特和維奧海姆．密斯特（Wilhelm Meister）都是「射到小說裡的歌德自己本性的不同面」。小說家之潛在的自我，包括那些被認爲是邪惡的自我，都是小說中可能的人物。「一個人浮動的心情諸樣相都可作另外一個人的性格」。杜思妥也夫斯基的卡拉馬助夫四兄弟便是他的本性的不同面，因此，我們也不可假定小說家對於他的「女」主角的觀察便是限定的。福樓拜就說過「包法利夫人就是我」。只有從內心找出那潛在的自我，才能變成不是「平板的」（flat），而是「完整的」、「活生生的人物」⑱。

這些「活生生的人物」同小說家的眞正自我有著怎樣的關係？那好像他創造時人物愈多愈分歧，而他的性格也就愈不易捉摸了。莎士比亞消失於他的戲劇裡面，無論是在劇本中或軼事裡，我們幾乎感覺不出有像瓊遜的性格比較一樣清晰而獨特的性格。濟慈曾經寫道：

---

⑱ 淺德勒（Albert R. Chandler）著《美與人性：心理美學之要素》（Beauty and Human Nature: Elements of Psychological Aesthetics），紐約，一九三四年出版，第三二八頁；蒂博代（A. Thibaudet）著《福樓拜》（Gustave Flaubert），巴黎，一九三五年出版，第九十三頁至第一〇二頁；樸瑞斯卡（Frederick H. Prescott）《想像人物之構成》（The Formation of Imaginary Characters），刊於《詩之心靈》（The Poetic Mind），紐約，一九二二年，第一八七頁及其後；耐則卡特（A. H. Nethercot）《王爾德論其細分之自我》（Oscar Wilde on his Subdividing Himself），刊於《現代語言學會會刊》第六十期（一九四五），第六一六頁至第六一七頁。

「詩人的性格是沒有自我的，那是最緊要的，也是最無聊的……在構想出一個壞蛋和構想出一個淑女都有相等的快樂……一個詩人在所有存在的事物中是最沒有詩意的，因爲他沒有自體——只不斷地在滋長和補足別的個體⑲。」

所有我們討論過的這些理論，事實上都是屬於作家心理。作家的創作過程，在心理學家的研究興趣上是個當然的對象。他們可以依據生理學和心理學的類別來把作家加以歸類，他們可以把作家心理上的病症加以描述，他們甚至可以探索詩人的潛意識。心理學家的證據可能是從非文學的文件得來，也可能是從作品本身摘取。如果是後者，就必須校勘那文字證據，並小心加以詮釋。

然而心理學能否詮釋和評價文學作品？心理學顯然能說明創作的過程。正如我們所見到的它已注意種種不同的寫作方法，以及修訂和重寫的作家習癖。再有就是對作品產生的研究：亦即初步階段、手稿、廢棄的語句等等研究。然而這些方面的知識和批評的妥當性，特別是許多關於作家癖好的軼事，確實是過分地被估計了。對於修訂改正等等的研究，會有更多的文學上的利益；因爲，如果善加利用，它會幫助我們從批評的角度來理解一件藝術品所

⑲《濟慈書簡》（The Letters of John Keats），福曼（H. B. Forman）編，四版，紐約，一九三五年出版，第二二七頁。後列之本文內改正爲佛曼於注釋中建議者。

含有的瑕疵、矛盾、偏差和歪曲的所在。

福若葉（Feuillerat）在分析普魯斯特如何寫他的循環小說（cyclic novel）時，舉例說明後來的幾卷，因而使我們能分辨出文中的一些層次。研究不同的稿本，就像讓我們參觀了作家的工作室一般⑳。

不過我們如果冷靜地檢查那些草稿、廢稿、塗改稿以及片段文字之後，又將會得到一個結論：那就是我們要理解或判斷一篇已完成的作品是否有這樣做的必要。因爲這些東西具有的趣味是在已完成的作品之外，是由它與已完成的作品不同處看出最後定稿的特點。然而這結果也可由我們自己的設想來達成，不管它是否爲作家想到的。濟慈的〈夜鶯頌〉（Ode to the Nightingale）裡有這樣的詩句：

那同樣的聲音常常也曾
迷惹了那魔法之窗，開在那「險惡的海」的
飛騰的泡沫之上，在那孤寂的童話之鄉。

---

⑳ 福若葉（Feuillerat）著《論普魯斯特之小說》（Comment Proust a composé son roman），紐哈芬，一九三四年出版；另見歐爾潑俄（Karl Shapiro）及阿桓（Rudolf Arnheim）發表於《工作中詩人》（Poets at Work），阿波特（C. D. Abbott）編，紐約，一九四八年內之論文。

在原稿裡，我們知道濟慈曾經考慮使用「無情的海」或「不見船脊的海」。然而那偶然保留下來的「無情的」或「不見船脊的」兩個形容詞，不見得和「危險的」、「空空的」、「荒涼的」、「沒有船隻的」、「殘酷的」，或其他爲批評家所能設想到的形容詞有什麼本質上的不同。不過，這些問題都與藝術作品無關，而且這些屬於起興的問題也不能替代對實際已完成的作品之分析和評價㉑。

在作品本身，其中仍然留下「心理」的問題。劇本或小說中的人物被我們評定爲「在心理上」看來是眞實的。基於同樣的理由，我們讚賞它的場面，接受它的情節。有時心理學上的理論在作者有意或無意之間卻適合於他所構造的某一人物或某一場面。因此，肯波兒（Campbell）說哈姆雷特正合於那「樂天的男子受著憂鬱的折磨」一型，那是伊莉莎白時代的人們從他們的心理學理論中所熟知的。在同樣的情形之下，湛波還指出《皆大歡喜》（As You Like It）一劇中的傑奎士（Jaques）是個「由體液乾燥而產生的不自然的憂鬱」的病例。先蒂（Shandy）可能會被認爲患有洛克（Locke）書中所說明的語言聯想症。斯湯達爾筆下的人物棱瑞奧（Sorel）曾經被他用德思圖特（Destutt）的心理學加以描述，而那

㉑ 見詹姆士．史密斯（James H. Smith）著《詩之閱讀》（The Reading of Poetry），波士頓，一九三九年出版（以編輯的立場發明了一些可變通的詞彙以用來代替作者所捨棄的）。

種種方式不同的愛情關係也顯然是按照斯湯達爾自己的《論愛情》（De I'amour）一書而分類。拉斯柯尼可夫（Raskolnikov）的動機和感情，也可能是作者以其臨床心理學的知識來分析的。普魯斯特對其作品的組織確實有他完整的心理學上關於記憶的理論。而佛洛伊德派的精神分析，在艾肯（Aiken）和華爾朵·法蘭克（Waldo Frank）等小說家更是有意的採用著㉒。

當然，問題是作者是否眞正成功地把心理學應用到他的人物和人物之間的關係上去。僅僅說到他這方面的知識和理論是不能算數的。它們必須是「實質」和「內涵」，就像其他在文學中可找到的知識一樣，例如：航海、天文學、歷史的事實。在某些情形下，應用現代心理學可能是有問題或者應該減至最低限度。那種把哈姆雷特或傑奎士歸入伊莉莎白時代心理學的類別此種做法也許就是錯誤的，因爲伊莉莎白時代的心理學便是自相矛盾、混淆不清，造成許多誤解的，更何況哈姆雷特和傑奎士本來就不只是一個類型。雖然拉斯柯尼可夫

㉒ 肯波兒著《莎士比亞之悲劇英雄：熱情之奴隸》，劍橋，一九三〇年出版；湛波著〈哈姆雷特是怎麼回事？〉，刊於《耶魯評論》三十二期（一九四二），第三〇九頁至第三二二頁；戴拿庫瓦（Henri Delacroix）著《斯湯達爾之心理》（La Psychologie de Stendhal），巴黎，一九一八年出版；霍夫曼（F. J. Hoffman）著《佛洛伊德派學說與文學頭腦》（Freudianism and the Literary Mind），巴頓魯治（Baton Rouge），一九四五年出版，第二六五頁至第二八八頁。

和棱瑞奧可以符合某些心理學的理論，但那也只有部分的且不連貫的。棱瑞奧的行爲時常是鬧劇式的，拉斯柯尼可夫的最初罪行則缺少恰當的動機。這些著作主要都不是心理學上的研究或理論的探討，而只是戲劇或通俗劇（melodrama），其中動人的場面比實際的心理動機重要得多。如果細心研究「意識流」（stream of consciousness）的小說，很快就會發現書中人物實際心理過程並非「眞實的」複製，而那意識流只不過是一種思想戲劇化的安排，一種使我們能具體了解福克納（Faulkner）《聲音與憤怒》（The Sound and the Fury）中的白痴班畿（Benjy）是什麼樣子，或布羅姆太太（Mrs. Bloom）是個什麼樣的女人的安排。而且那安排似乎還談不上科學化，更何論是「眞實的」[23]。

即使我們假定一個作者能成功地使人物的行爲有「心理學的眞實」（psychological truth），我們仍然會問這種「眞實」是否有藝術上的價值。很多偉大的藝術不斷地違反心理學的標準，不管是當時的抑或是後來所有。它們所處理的乃是一些似乎不可能的情況，一些奇特的主題。正像對於社會現實主義的要求，心理學的眞實是一種沒有普遍正確性的自然

㉓ 見福瑞斯特（L. C. T. Forest）〈批評家慎勿乞憐伊莉莎白時期心理學〉（A Caveat for Critics against Invoking Elizabethan Psychology），刊於《現代語言學會會刊》第六十一期（一九四六），第六五一頁至第六七二頁。

標準。在某些情況下，確實一點說，心理學的內省似乎是增高了藝術的價值。在這種情形之下，它確定了重要的藝術價值，像繁複和均衡。然而這種內省可以用心理學的理論知識以外的方法達到。在心智及其作用的一種有意的而且系統化的理論方面來說，心理學對藝術是不必要的，而其本身也沒有藝術上的價值㉔。

對於某些自覺的藝術家而言，心理學可以精鍊他們的眞實感，增加他們的觀察力，或者把他們歸入至今尚未發現的類型。不過就它的本身來說，心理學僅僅是創作行爲的預備；並且在作品中，心理學的眞理只有當它能增加作品的統一與多樣時——簡單地說，只有當作品是藝術時才有藝術價值。

㉔ 見各處所引之斯陀爾著作，特別是《從莎士比亞到喬哀思》（From Shakespeare to Joyce），紐約，一九四四年出版，第七十頁及其後。

第九章　文學與社會

文學是社會的建構而以社會造成的語言爲手段。那些傳統的文學方法如「象徵」、「韻律」，在本質上都是社會性的。它們只有在社會中才會產生習慣和規範。進一步來說，文學模仿「人生」；然而「人生」便是社會的現實，儘管自然界以及個人的內在或主觀世界，同樣是文學「模仿」的對象。文學家本身便是社會的一分子，他具有一種特定的社會地位，那就是說他接受某種程度的社會認許和報酬；他以一群讀者爲對象，不管那是如何「假定」的讀者。誠然，文學的興起經常是和特定的社會行爲有密切的關係。在原始社會，我們甚至不可能把詩歌與祭典、巫術、勞作或遊戲分開。文學同時還有它的社會功能或「用途」，那是不可能純粹屬於個人的。因此文學研究所引起的大多數問題，至少在根本或關聯上，都是社會問題，就像傳統和積習的問題、規範和類型的問題、象徵和神話的問題等一樣。根據妥瑪斯（Tomars）①的公式，我們可以這樣說：「美的建構不是基於社會的建構，甚或不是社會建構的一部分。它是一種類型而又與其他的社會建構密切相關聯著的社會諸建構之一。」

然而，通常關於「文學和社會」的探討多半是狹義和表面的。一般提到的要不是文學與某種特定社會環境的關係，便是某種經濟的、社會的和政治制度的關係。很多的工作都花費在陳述和解釋社會對於文學的影響，以及評斷文學在社會中的地位。這種社會學的文學研究

① 妥瑪斯（Adolph Siegfried Tomars）。

方法特別被那些相信某種社會哲學的人們所提倡。馬克思派的批評家不但研究文學和社會之間的這些關係，而且研究到現在的社會與在那未來沒有階級存在的社會，文學與社會該有怎樣的關係，而作了明確的考察。他們所應用的評斷的「審判式的」批評，完全是基於非文學的、政治的和倫理的標準。他們不但告訴我們一個作家作品的社會關係（social relations）和寓意是什麼和曾經是什麼，而且還告訴我們那應該是什麼，或者必須是什麼②。他們不但是文學和社會的學者，而且也是未來的預言家、監聽人、宣傳家；他們很難把這兩種任務分開。

文學與社會之間的關係，通常是引用狄・班納德（De Bonald）的一句「文學是表現社會的」而開始其議論。但是這句名言到底是什麼意思？如果說在任何一個時代，文學都能「正確地」反映那時代的社會情況，那是不正確的。如果說文學所描述的只是社會現實的某些方面，那便是平凡、陳舊，而且籠統的說法③。如果說文學是「人生」的「反映」或「表

---

② 見柯恩（Morris R. Cohen）傑出的討論，〈美國文學批評及經濟力〉（American Literary Criticism and Economic Forces），刊於《觀念歷史季刊》（Journal of the History of Ideas）第一期（一九四〇），第三六九頁至第三七四頁。

③ 關於狄・班納德（De Bonald），見賀瑞修・史密斯（Horatio Smith）〈狄・班納德文學理論中之相對主義〉（Relativism in Bonald’s Literary Doctrine），刊於《現代語言學》三十二期（一九三四）第一九三頁至第二一〇頁；另見克羅齊之 ’La Letterature come “espressione della società”, Problemi di Estetica, Bari, 1910, pp.56-60。

現」，那就更是含糊不清的了。一個作家不免要表達自己的生活經驗和對於人生的整個看法；可是如果說他完全地，毫無遺漏地表現了整個人生，哪怕僅是某一時期的整體生活，也顯是誇大其辭。如果說一個作家應該把自己當時的生活完全地表現出來，也就是說他應該是他自己那個時代和社會的「代言人」，但是這樣的說法還需要個特定的判斷標準。此外，「完全地」和「代言人」這兩個詞當然需要進一步的解釋：在大多數的社會評論中，這兩詞似乎是指一個作家應該留意到特別的社會情況，譬如下層社會的命運，或者他應具有批評家一樣特定的態度和信念。

在黑格爾學派和泰恩（Taine）學派的批評法則中，歷史或社會的偉大，完全等於藝術的偉大。藝術家傳達眞理，當然，同時也傳達歷史的和社會的眞理。藝術作品提供了「因其本身而不朽之文獻」④，天才和時代之間的一種和諧是被認爲可能的。「代表性」、「社會眞理」（social truth），照定義來說既是藝術價值的結果也是它的原因。平凡的、普通的藝術作品，雖對於現代社會學家是較好的社會文獻，但對於泰恩來說則仍嫌其表現不夠，所以也就是沒有代表性的。文學，事實上不是社會過程的一種反映，而是它的精髓，是整個歷史

④ Histoire de la littérature anglaise, 1863: “Si elles fournissent des documents, c’est qu’ elles sont des monuments”, p. x1vii, Vol. I of 2nd ed., Paris, 1866。

的縮影和摘要。

不過似乎最好是暫停討論評價性質的批評問題，我們先把文學和社會之間的實際關係弄清楚再說。這些敘述性的（不同於準則性的）關係，無論怎麼說都用得著粗淺的分類法。

首先是作家，寫作這一行業，牽涉到文學行爲的社會學，文學產品的經濟基礎，作家的社會出身和地位以及他的社會意識（那可能表現於文學以外的言論和活動上）的整個問題。其次是社會的內容，文學作品本身的含意與目的問題。最後則是讀者以及文學實際的社會影響的問題。關於文學因社會環境、社會演進之支配與決定，究竟達到怎樣程度問題，任何一面都要牽涉到我們討論的三個部分：即是作家的社會學、作品本身的社會內容，以及文學對於社會的影響。我們必須決定其間之依存及其因果關係的意義；而最後，我們達到文化融合的問題，特別是我們自己的文化是怎樣融合的問題。

因爲每一個作家都是社會的一分子，他可以當作一個社會人物來研究。作家的傳記是主要的資料來源，可是這樣的一項研究很容易地會擴大到他的生長環境以及他的整個生活環境。蒐集作家的社會出身、家庭背景和經濟情況的資料是不難的事。我們可以從中看出貴族、中產階級者，和下層民眾在文學史上所占的確切比例。例如：我們可以知道在美國文學寫作上，職業階層和商人的子女占著總成分的絕大多數⑤。同樣的統計數字也可以證明現代歐陸文學工作者，大部分來自中產階層，因爲貴族們都忙於追逐榮譽或悠閒，而下層民眾則很少有受教育的機會。可是在英國，這樣的結論必須有很大的保留。在古代的英國文學中很少出現農民和工人子弟，像伯恩斯（Burns）和卡萊爾的例外，可說一部分是歸因於蘇格蘭的民主學制所致。貴族在英國文學上所占的地位非常重要——其原因之一，或因英國貴族與知識階級不分，而不像其他國家沒有長子繼承法。然而，除了少數的例外，在岡察羅夫（Goncharov）和契訶夫（Chekhov）以前的俄國近代作家都是貴族出身的。即使是杜思妥也夫斯基也可以說是貴族，雖然他的父親只是一個莫斯科貧民醫院的醫生，到晚年才置地蓄奴。

這些資料確是容易蒐集，但詮釋可就很難了。社會出身是否規定須附有同階級的社會意識與忠誠？如同雪萊、卡萊爾和托爾斯泰，顯然就是些「背叛」自己階級的例證。在俄國以外，大多數的共產主義作家根本都不是出身於下層階級。蘇俄和其他馬克思評論家都

⑤ 例見艾利斯（Havelock Ellis）著《英國天才之研究》（A Study of British Genius），倫敦，一九〇四年（修訂版，波士頓，一九二六年出版）；愛德汶．克拉克（Edwin L. Clarke）著《美國文壇名士：他們之本性與教育》（American Men of Letters: Their Nature and Nurture），紐約，一九一六年版（《哥倫比亞歷史，經濟，及公法研究叢刊》等七十二冊）；A. Odin, Genése des grands hommes, 2 vols., Paris, 1895。

曾作過詳盡的調查以決定蘇俄作家確切的社會出身和社會忠誠。因有薩克林（Sakulin）對近代蘇俄文學的處理方法便是基於對農民、小資產階級、民主知識分子、流放知識分子、中產階級、貴族階級，和革命的下層階級之間的個別文學加以嚴格的區別⑥。在研究較早期的文學中，蘇俄學者盡量區分俄國貴族的大類和小類，於是普希金（Pushkin）、果戈理（Gogol）、屠格涅夫（Turgenev）和托爾斯泰都因他們繼承的財產和早年的交遊被分屬於那些不同的類別⑦。但是要證明普希金是代表敗落的貴族利益，果戈理是代表烏克蘭的小地主利益則非常困難。這樣的結論，實際上常被他們作品所表現的一般信念和超越類別、階級，以及一個時代的精神所否定⑧。

⑥ 薩克林（P. N. Sakulin）Die russische Literatur, Wildpark-Potsdam, 1927 (in Oskar Walzel's Handbuch der Literaturwissenschaft)。

⑦ 例見布拉果（D. Blagoy）著《普希金創作社會學》（Sotsiologiya tvorchestva Pushkina）莫斯科，一九三一年出版。

⑧ 曉弗勒（Herbert Schoeffler）著《新教徒與文學》（Protestantismus und Literatur）萊比錫，一九二二年出版。關於社會方面起源的問題顯然是同一個作家的早期印象，早年的周遭接觸和社會環境的問題有密切的關係。就像曉弗勒所提出的，鄉村牧師的兒子對於創造十八世紀的英國「浪漫主義前」之文學與興趣有很多貢獻。因爲他們居住在鄉下，甚至可說是在教堂範圍之內，他們多半傾向於一種對田園風景和墳場詩的愛好，以資對於死亡和不朽加以思考。

一個作家的社會出身，在他的社會地位、社會忠誠和社會意識所引起的問題中只占很小的部分。對於作家來說，驅使自己替另一個階級效勞倒是很顯而易見的事。大多數的宮廷詩歌（court poetry）都是一些出身微賤的人，但爲迎合主人的意思與趣味而寫成的。

一個作家的社會忠誠、態度和意識，不僅可從他的作品，同時也可從他的傳記或文學以外的文獻中加以探究。作家本身是國民的一分子，當然會對社會和政治上重要的問題發表意見，甚或參與他當時發生的事情。關於各個作家的政治社會見解，曾經受到很多的研討。近來對這些見解，其內涵經濟的重大意義愈益受到注意。因此，勒埃茲（Knights）認爲瓊遜對經濟的態度根本是中世紀的，他與其同期的劇作家一樣，明顯地在諷刺放高利貸者、壟斷的商人、投機分子與所謂「企業家」的新興階級⑨。很多文學作品——例如：莎士比亞的「歷史」著作，史威夫特（Swift）的《格列佛遊記》（Gulliver's Travels）——都被重新解釋爲與當時的政治具有密切的關係⑩。宣言、判決書和各種活動，絕對不能與作家作品所

⑨ 勒埃茲（L.C. Knights）著《瓊遜時代之戲劇與社會》（Drama and Society in the Age of Jonson），倫敦，一九三七年及企鵝版一九六二年出版。

⑩ 肯波兒著《莎士比亞之歷史：伊莉莎白時期政策之反映》（Shakespeare's Histories: Mirrors of Elizabethan Policy），聖馬瑞洛，一九四七年出版；佛爾斯（Sir Charles Firth）〈史威夫特之格列佛遊記的政治意義〉（The Political Significance of Swift's Gulliver's Travels），刊於《歷史與文學論文》（Essays: Historical and Literary），牛津，一九三八年出版，第二一〇頁至第二四一頁。

內涵的現實社會意義視爲一談。巴爾札克便是這種分判的最好實例，因爲他所公開表示的同情是傾向於古代的秩序、貴族階級、天主教會，但是他的本能和想像卻強烈地傾向中產者貪瀆型的人物、投機分子、新的強人。在理論與實際之間，在忠於職守與創作能力之間有著相當的距離。

這些社會的出身、忠誠和意識形態（ideology）的問題如果加以系統化，將會得到一種類型，一種在某一特定時間和地點的典型作家的社會學。我們可以按照作家接受社會發展的融合程度來辨別他們。這種融合在通俗的文學中還是非常密切的，但在那些具有落魄詩人與自由創作天分的「放浪生活派」，當這融合分裂到了極點而「社會的距離」便也達到了極點。整個說來，在現代並且在西方，文學家似已弛緩了他的階級束縛，產生一種相當獨立的，介於階級之間的職業「知識階級」。文學社會學的工作便是要去追溯這一階級的確切社會地位，追溯它從統治階級所能得到的獨立程度，支持它的確實的經濟來源，以及在每一個社會中作家的聲望。

這個歷史的大綱已經是相當清楚了。在口述的文學方面我們可以研究那些受著聽眾口味所支配的歌者、說書人所扮演的角色。古希臘和古代條頓的遊吟詩人（troubadour）與東方和俄國的職業說書人；在古代希臘的城邦，悲劇作家和那些合唱劇與頌歌的作家像平德爾（Pindar），都有他們特別的、半宗教的地位。到後來這才慢慢地變得世俗化。這在我們把歐里庇得斯和艾斯奇勒斯作一比較時便可明白的。在羅馬帝國諸王朝中，我們還要記仕維吉爾（Vigil）、賀瑞斯和奧維德（Ovid）都是依靠奧古斯都（Augustus）和米西奈斯（Maecenas）的慷慨和善意。

中世紀時期則有僧房中的修道士，宮廷或貴族城堡裡的遊吟詩人和宮廷戀愛詩人（Minnesänger）與流浪的學者。當時的作家要不是僧侶或讀書人，可能就是個歌者、演藝人或樂工。不過，像波希米亞的溫塞斯勞二世（Wenceslaus II）或蘇格蘭的詹姆斯一世（James I）這些帝王如今都被看成是詩人——但那是業餘的、玩票的。在德國的詩樂會（Meistersang），詩人組成詩的公會，凡市民們以詩爲業的都糾合在一起。隨著文藝復興而起的是一群比較互不相干的作家——人文主義者——他們時常從一國流浪到另一國，爲不同的贊助者效勞。佩脫拉克（Petrarca）是近代第一個桂冠詩人（poeta laureatus），他對他的使命具有宏大的心願，而阿雷丁諾（Aretino）則是文棍之始祖，專靠敲詐爲生，爲人所畏而絕非禮遇和敬重。

大致說來，這以後的歷史，是從貴族或非貴族的贊助人轉移到作爲讀者當然代理人的出版家的交替過程。然而，貴族的贊助制度並不是十分普遍的。教會和不久之後的劇場，都只支持某些特別種類的文學。在英國，贊助制度到了十八世紀初期似乎已告衰落了。有一段時期，由於起初的贊助人減少而又未能獲得閱讀大眾的全力支持，文學因經濟關係而一蹶不振。詹森早年在苦伯街過著貧困的生活以及他後來敢向契斯特斐爾德爵士（Lord Chesterfield）挑戰，其中正說明了這種轉變。然而早不過二十年的波普卻能從翻譯《荷馬》一書而大賺其錢，則因其得到了與貴族和大學有關係者大量訂購的緣故。

大量金錢上的報酬卻要等到十九世紀才有的，那時司各特和拜倫在輿論和趣味上具有極大的影響，而伏爾泰（Voltaire）和歌德也大大地提高了歐洲大陸的作家聲望和地位。讀者群眾的增加及傑出的雜誌像《愛丁堡評論》和《季刊》的創刊，更使文學愈來愈變成獨立的「事業」；但是巴南特（Barante）於一八二二年時所寫的卻認爲那是十八世紀的事[11]。依照桑戴克（Thorndike）所說的：「十九世紀印刷物之可注意的特點並不是它的通俗化，或平凡，而是它的專門化。當時的印刷物已不是向特定的社會或同類的群眾發行，而是分散討好各式各樣的對象，區分爲不同的題材，不同的興趣和目的。」[12]《小說與讀者》這一本書——可說是桑戴克看法的申論——作者萊維斯（Leavis）[13]指出十八世紀的農

---

⑪ Prosper de Barante, De la littérature française pendant le dix-huitiéme siécle, Paris, 3rd ed. 1822 p. v. 一八〇九年出版之首版中並無序言。巴南特（Prosper de Barante）之理論爲列汶（Harry Levin）卓越地發揮於〈文學作爲一種制定〉（Literature as an Institution）一文中，該文刊於《語調》（Accent）第六期（一九四六），第一五九頁至第一六八頁。重印於《批評》（Criticism），紐約，一九四八年版，第五四六頁至第五五三頁。

⑫ 桑戴克（Ashley Thorndike）著《變遷時期之文學》（Literature in a Changing Age），紐約，一九二一年出版，第三十六頁。

⑬ 萊維斯（Q. D. Leavis）著《小說與讀者》（Fiction and the Reading Public），倫敦，一九三二年出版。

民要學習閱讀時，只有去讀那些上流社會和大學學生所用的讀物。可是十九世紀的讀者便不再被稱爲「讀者大眾」而是「各色的讀者大眾」。到我們這時代，在出版目錄和雜誌架上數目更是一倍一倍的增加：有的書是給九到十歲的兒童看的，有的是給高中程度的少年看的，有的是給「單身漢」看的，此外還有各種專刊、商業雜誌、家庭雜誌、主日學週刊、西部故事、眞實小說等等。出版人、雜誌和作者也都完全專門化了。

因此對文學的經濟基礎和作家社會地位的研究，除以作家爲對象之外，還不能撇開作家在經濟上所依存的讀者群的研究⑭。貴族的贊助人也是一個讀者，而且經常是一個要求作家屈從自己的趣味、自己階級的習慣之橫暴苛刻的讀者。上古的社會，人們特別讚賞民間詩歌的時代，作者對於讀者的依賴甚至更大。他的作品除非立刻爲人歡迎否則便不被傳布。劇場裡觀眾的素質至少是相同的程度。有人甚至打算從莎士比亞的觀眾素質的改變——從南岸（South Bank）露天的環球劇場的混雜觀眾到那經常光顧室內的布勒克佛賴爾斯

⑭ 論及此問題之著作有：哈伯格（Alfred A. Harbage）著《莎士比亞之觀眾》（Shakespeare's Audience），紐約，一九四一年出版；艾倫（R. J. Allen）著《倫敦文風鼎盛時期之俱樂部》（The Clubs of Augustan London），麻州，劍橋，一九三三年出版；亭克爾著《沙龍與英國文學》（The Salon and English Letters），紐約，一九一五年出版；阿爾伯・派瑞（Albert Parry）著《閣樓與裝佯者：美國遁世主義史》（Garrets and Pretenders: A History of Bohemianism in America），紐約，一九三三年出版。

（Blackfriars）戲院的上流社會的觀眾——來探索莎士比亞劇本的時期和風格的變化。到了後代，讀者迅速地增加，其素質變得極其分散、混雜，作者和讀者也變得間接和隔閡，而作者與大眾之間特殊的關係就愈難於探索了。不過，介於作者和公眾之間的東西時有增加，如同文藝沙龍、咖啡座、俱樂部、學會和大學之類的社團，也可作爲我們研究的項目。我們可以探究書刊雜誌以及出版社的歷史。批評家變成了一個重要的中間人，一群鑑賞家、愛書人和收藏家可能會支持某一種的文學；同時文學家的團體本身也許會協助成立的某一特別的作家或有志於寫作者的團體。特別是在美國，（根據韋伯倫（Veblen）的說法）婦女們代替了疲乏的商人收購消閒用的藝術品，因而成爲文學趣味的積極決定者。

不過，舊有的方式並沒有完全被取代。現代的政府也都給文學以不同程度的支持與鼓勵，當然，這種支持也意味著控制和監督⑮。過去幾十年來集權國家的有意的影響是不難看出的。那是消極的和積極的雙管齊下：消極的是壓制、焚書、查禁、強迫沉默和懲罰；積極的則有所謂「血的大地」的區域主義，或者蘇俄的「社會主義的寫實主義」的鼓勵。事實上，政府雖然無法創造出一種文學，既可符合教條的細節而又是偉大的作品，然而政府的文

---

⑮ 見俄弗瑪雅（Grace Overmeyer）著《政府與藝術》（Government and the Arts），紐約，一九三九年出版。關於俄國，見費瑞曼（Freeman）、伊斯曼、華爾朵．法蘭克等人之著作。

藝政策所加於那些自願或勉強遵從的人們之創作可能性的意旨則是不能反駁的。因此，在蘇俄，文學至少又在理論上成爲了一種公共的藝術，而藝術家又再與社會打成一片。

一本書的成功、流傳和再風行，或一個作家名譽和身價的紀錄，主要都是社會的現象。這種現象當然也屬於文學的「歷史」，因爲名譽和身價是以一個作家對其他作家的實際影響，以及他對文學傳統所持有的改變力量來衡量的。身價，是批評性的反應部分：直到現在爲止，它是基於那些被認爲一個時期「一般讀者」的代表所作或多或少公開的宣布而形成的。因此，「趣味的循環」（whirligig of taste）完全是「社會的」問題，它可以放在確定的社會基礎上：從細節的研究中我們可以找出一部作品和使它成功的特定的社會之間的實際關係；這證據可從版數、銷售冊數上得到。

每一個社會的層次都反映在它的趣味層次上。上流社會的標準經常會往下降，但這變動有時也會相反而行，對於民間傳說和原始藝術的興趣，便是這個例子。政治和社會的進步同美學的進步之間並不一定是同時發生的：文學的領導早在政治的領導之前便交到中產階級手中。倘以不同年齡和性別，或特別的群體和集團的興趣問題而論，社會的階層可能不那麼明顯，甚至於不存在。時髦在現代文學中也同樣是一個重要的現象，因爲在一個競爭的，流動的社會裡，上流社會的標準很快就被模仿而且要不斷地換新。的確，目前迅速改變的興趣，似乎反映了近數十年來社會的迅速變遷，以及藝術家和讀者之間一般的疏遠關係。現代作家的和社會隔離可以用「苦伯街」、「波希米亞」、「格林威治村」、「放逐的美國人」爲例，它們同時也形成了社會學的研究對象。俄國社會學家樸利康諾夫（Plekhanov）認爲「爲藝術而藝術」的說法是產生於當藝術家感覺到「他的目的和他所依存的社會的目的之衝突到了無可挽救的時候，藝術家非常敵視他的社會並且會認爲那已經是無可救藥的了」[16]。舒克因在他的《文學趣味的社會學》一書裡對於這些問題略有討論；同時在其他的著作中，他曾經把十八世紀作爲讀者的家庭和婦女加以仔細的研究[17]。

儘管我們可以找到很多的證據，可是關於文學生產和它的經濟基礎，或者是關於公眾對一個作家的確切影響尚沒有人提出妥善的結論。這種關係顯然不僅僅是依靠或服從贊助人或

---

⑯ 樸利康諾夫（Georgi Plekhanov）著《藝術與社會》（Art and Society），紐約，一九三六年出版，第四十三頁、第六十三等頁。關於意識形態方面主要的討論有：伊根（Rose F. Egan）著《德國及英國之爲藝術而藝術論的根源》（The Genesis of the Theory of Art for Art's Sake in Germany and England）上下冊，諾坦普頓（Northampton）一九二一至一九二四年出版；A. Cassagne, La Théorie de l'art pour l'art en France, Paris, 1906; reprinted 1959; Louise Rosenblatt, L'Idée de l'art pour l'art dans la littérature anglaise, Paris, 1931。

⑰ L. L. Schücking, Die Soziologie der literarischen Geschmacksbildung, Munich, 1923 (2nd ed., Leipzig, 1931)，英譯本：《文學趣味之社會學》（The Sociology of Literary Taste），倫敦，一九四一年。另見舒克因（Levin L. Schücking）之：Die Familie im Puritanismus, Leipzig, 1929。

公眾的意旨。作家們也許能造出他們自己的特別讀者，正像柯勒律治所注意到的，一個新作家必須造出一種能欣賞他的人們。

作家不僅受社會的影響，他也影響社會。藝術不僅是複製反映人生而且也促進人生。人們可能仿照小說中的人物方式生活。仿照歌德的《少年維特的煩惱》，大仲馬（Dumas）的《三劍客》（The Three Musketeers）中的男女主角來戀愛、犯罪，甚至自殺，不過，我們是否能確切地說明一本書對讀者的影響？或如實地寫出諷刺的影響？艾迪生（Addison）是否改變了他所生存的社會風氣？狄更斯有沒有引起他所不滿的欠債人監獄、男童學校和貧民救濟院的改革[18]？斯托（Stowe）眞的是「製造大戰的小婦人」嗎？《飄》（Gone with the Wind）改變了美國北方讀者對斯托夫人的戰爭的態度嗎？海明威和福克納究竟如何地影響了他們的讀者？文學對於現代國家主義的興起有多大的影響呢？當然像蘇格蘭的司各特、波蘭的顯克維奇（Sienkiewicz）、捷克的伊拉塞克（Jirásek）等人的歷史小說，對於增加民族的驕傲和對歷史事蹟的一般回憶都有顯著的幫助。

我們可以這樣假定——而且似乎是可靠的——青年人受閱讀的影響要比老年人更爲直接

---

⑱ 見傑克生（T. A. Jackson）著《查爾士・狄更斯，一個激進分子之長成》（Charles Dickens, The Progress of a Radical），倫敦，一九三七年出版。

而有力，沒有經驗的讀者會較天眞地把文學當作是人生的抄襲而不是詮釋，那些只有少數書籍的人要比廣泛閱讀的或職業性讀者更爲認眞。但是我們能否超越這些推測？我們可否採用徵詢調查和其他社會學查證的方法？不過嚴格的客觀性卻無法達到，因爲個案的尋求，完全依賴被詢問者的記憶和分析能力，並且他們的答案必須經過一個並非絕對可靠的頭腦的整理和估計。而且那「文學是如何地影響它的讀者？」的問題卻完全是一個經驗的問題，如果要能找到它的答案，則一定要從經驗中去找；因爲我們所談的文學是它最廣義的解釋，社會也是最廣義的社會，因此這不能單靠專家的經驗而必須訴諸於全人類的經驗。關於這個問題的研究，我們還只是剛剛開始而已⑲！

研究文學和社會學關係的最常見態度是把文學作品當作是社會文件，作爲社會眞相的

---

⑲ 見註⑬；另見林克（K. C. Link）、霍普夫（H. Hopf）合著《民眾與書籍》（People and Books），紐約，一九四六年出版；F. Baldensperger, La Littérature: création, succés, durée, Paris, 1913; P. Stapfer, Des Réputations littéraires, Paris, 1893; Gaston Rageot, Le Succés: Auteurs et public-Essai de critique sociologique, Paris, 1906; Émile Hennequin, La critique scientifique, Paris, 1882.關於另外一種藝術，電影的社會影響，阿德勒（Mortimer Adler）在他的《藝術與審愼》（Art and Prudence）紐約，一九三七年出版，中曾有明確的研究。另一〈美學的功用、規範、價值作爲社會之事實〉的傑出的辯論法之設計見於 Jan Mukařovský, Estetická funkce, norma a hodnota jako sociální fakt, Prague, 1936。

寫照來研究。某些社會景象可從文學中抽取，是無可懷疑的。事實上也只有這才是有系統的學者們最早對於文學的利用。第一個眞正把英詩看作歷史的瓦爾頓說文學具有「忠實地記錄時代的特徵以及保存最優美的習俗的功用」[20]；對於他，以及繼承他的許多崇古者來說，文學主要是服飾和習俗的寶藏和文明史的資料來源，特別是關於騎士制度及其衰落。至於現代讀者，在這些讀者中，他們則從閱讀小說，閱讀劉易士（Lewis）、高爾斯華綏（Galsworthy），閱讀巴爾札克和屠格涅夫的作品則得到許多異國社會的主要印象。

當文學被用來作爲社會文件時，它往往會刻劃出社會歷史的掠影。喬叟和朗格蘭（Langland）保存了十四世紀社會的兩種看法。《坎特伯里故事集》的序言很早就被認爲提供了當時社會形態的幾乎完整的調查。莎士比亞在他的《溫莎的風流婦人》（Merry Wives of Windsor），瓊遜在他的幾齣劇本中，以及德洛尼（Deloney），似乎都告訴了我們關於伊莉莎白時期中等階級的一些事情。艾迪生、菲爾丁（Fielding）和斯摩里特（Smollett）描繪了十八世紀的新興中產階級。珍．奧斯汀則擅長十九世紀初的鄉村紳士和鄉村牧師，楚勒普，薩克萊和狄更斯則是維多利亞時的社會。到二十世紀時，高爾斯華綏告

[20] 瓦爾頓（Thomas Warton）著《英國詩之歷史》（History of English Poetry），倫敦，一七七四年出版，第一冊，第一頁。

訴我們英國的中上級社會，威爾斯（Wells）告訴我們中下級社會；本涅特（Bennett）則告訴我們那時候的鄉郊城鎮。

關於美國生活的一些類似的社會情景也可從斯托夫人和豪威爾斯（Howells）的小說以至於法瑞爾（Farrell）和史坦貝克（Steinbeck）的小說裡彙集而得。王權復興後期的巴黎和法國的生活似乎都保存在巴爾札克的《人間喜劇》（Human Comedy）的千百個角色之中；普魯斯特則把沒落的法國貴族社會階層加以無微不至的刻劃。十九世紀地主們的俄國，則出現在屠格涅夫和托爾斯泰的小說中；我們還可以從契訶夫的小說和劇本中曾見俄國的商人和知識分子，從蕭洛霍夫（Sholokhov）的小說中看到集體農場的農民。

實例是不勝枚舉的。我們可以聚集並指出每一個作家的「世界」，每一個人所描述的愛情和婚姻、生意、職業等等，以及對於牧師，無論他是愚蠢或聰明、虔誠或偽善所作的刻劃；或者我們可以專門輯述珍·奧斯汀的海軍軍官，普魯斯特的野心家，豪威爾斯的已婚婦女。這種專門方式能讓我們寫出一些像關於「十九世紀美國小說中房東與房客之關係」、「英國小說與戲劇中之水手」，或者「二十世紀小說中之愛爾蘭裔美國人」等等論文。

然而這樣的研究似乎並沒有什麼價值，除了能夠證明文學只不過是人生的一面鏡子，一件複製品外，因此，也只顯得是一種社會文獻而已。只有在我們知道被研究的作家的藝術手法，這才始有研究的意義，我們要能說出——不是籠統而是具體地——在什麼樣的關係下那寫照確實代表了社會的眞相，它的眞實性是不是作者故意達到的？或者在某一點看它只是諷刺、嘲弄或浪漫式的理想化？柯恩布拉姆斯特（Kohn-Bramstedt）在其非常明智的〈德國貴族及中等階級〉的研究中正確地提醒我們說：「只有純粹從文學資料以外的來源得到關於社會結構知識的人，始能發現不同社會的成員及其行爲是否被再現於小說之中，而且再現到怎樣的程度……哪些是純粹的幻想，哪些是實際的觀察，以及哪些僅僅是作者希望要表達的，都應該個別地，很精確地分開」㉑。柯氏應用韋伯（Weber）的理想的「社會類別」的觀念，對於像階級憎恨、暴發戶和勢利小人的行爲，以及對猶太人態度等社會現象都一一加以研究；他認爲這些現象並不完全是客觀的事實和行爲類型而是複雜的「態度」，因此在小說中要比在其他任何地方能夠得到較佳的描述。社會態度及傾向的學者可以利用文學資料，只要他們知道如何正確地解釋它們。的確，在過去他們不得不採用文學的，或者至少是半屬於文學的資料，因爲當時缺乏社會學者——關於政治、經濟以及一般社會問題的著述者——的論據之故。

㉑ 柯恩布拉姆斯特（Kohn-Bramstedt）著〈德國貴族及中等階級〉（Aristocracy and the Middle Classes in Germany），倫敦，一九三七年出版，第四頁。

小說的男女主角、歹徒和冒險家，提供了此類社會態度的有趣指示㉒。這類研究往往帶進倫理和宗教觀念的歷史（history of ideas）。我們知道中世紀對叛國者的態度，對高利貸的態度，它後來流傳到文藝復興時期，便讓我們看到夏洛克（Shylock），以及更後又讓我們看到莫里哀的《守財奴》（L'Avare）。在以後幾世紀中，歹徒都被派了「大罪」；可是他的罪行究竟是以個人抑或以社會的道德來考察的？比方說，他是強盜或是侵占寡婦錢財的騙子？

最典型的例子，是王權復興時期英國的喜劇。但是這些是否即如蘭姆（Lamb）所說的姦夫淫婦的天堂，通姦與僞裝婚姻的色狼世界，抑或是像麥考萊（Macaulay）要我們相信那是對於墮落的、輕浮的，殘忍的貴族的一幅忠實的寫照㉓？抑或是我們應該拒絕這兩種可

㉒ 見 André Monglond, Le Héros préromantique, Le Préromantisme français, Vol 1, Grenoble, 1930；厄特爾（R. P. Utter）與尼德姆（G. B. Needham）合著《潘蜜娜的女兒》（Pamela's Daughters），紐約，一九三七年出版。另見斯陀爾之著作，例如：〈英雄與惡棍：莎士比亞，梅德爾敦，拜倫，狄更斯〉（Heroes and Villains: Shakespeare, Middleton, Byron, Dickens），收於《從莎士比亞到喬哀思》（From Shakespeare to Joyce），迦敦市（Garden City）一九四四年出版，第三〇七頁至第三二七頁。

㉓ 蘭姆（Lamb）〈論造作喜劇〉（On the Artificial Comedy），收於《伊利亞論文集》（Essays of Elia），一八二二年；麥考萊（Macaulay），〈威徹利、康格里夫、范布勒及法奎爾之戲作〉（The Dramatic Works of Wycherley, Congreve, Vanbrugh, and Farquhar），刊於《愛丁堡評論》第六十二期（一八四一）；派奧莫爾（J. Palmer）著《時尚喜劇》（The Comedy of Manners），倫敦，一九一三年出版；林區（K. M. Lynch）著《王權復興時期喜劇之社會時尚》（The Social Mode of Restoration Comedy），紐約，一九二六年出版。

能性，來看看是什麼樣的社會群眾替什麼樣的讀者創造了這種藝術？同時我們應不應該看看它是寫實的抑或是俗套的藝術？我們該不該注意諷刺和嘲訕、自謔和妄想？正如同所有的文學一般，這些劇本不僅是文獻而已；它們是具有日常人物、日常情況的劇本，有著舞臺上的婚姻和婚姻生活的「舞臺情況」的。斯陀爾在討論這些事情的結論時說：「顯然地這不是一個『眞實的社會』，甚至不是一個『上流人士生活』的忠實寫照；顯然那不是英國，更不在『斯圖亞特王朝統治之下』，姑不論是在大革命以前或者之後[㉔]」。然而，在像斯陀爾的一類著作中所發現的那強調有益於傳統習慣的事實，但這強調並不能完全分割文學與社會之間的關係。如果能加以適當地研習，即使是最晦澀的寓言（allegory）、最非現實的牧歌、最荒唐的鬧劇都能夠告訴我們某一時期社會上的一些事情。

文學是文化的一部分，具有社會的關聯性，而從生活環境中產生。泰恩著名的種族、環境和時代的三元論，實際上只是指引到對於環境的一種詳盡研究。種族是一個未知的既定單元，泰恩對它處理得很鬆散。它經常只是假定的「民族特性」（national character），或者英國或法國「精神」。「時代」則可以融會在「環境」的觀念中。時間的不同只是指環境的

㉔ 斯陀爾〈文學與生活〉（Literature and Life），刊於《莎士比亞研究》，紐約，一九二七年，以及《從莎士比亞到喬哀思》一書中之數篇論文。

不同，分析時之眞正問題只有在我們要想剖析「環境」這一名詞時才出現。一件文學作品的最接近的環境，我們就會看得出來，乃是它的語言和文學傳統，而這傳統卻又再被一種一般文化的「氣候」所包圍。文學和具體的經濟、政治，和社會環境只有些微小的間接關聯。當然在所有的人類活動之間都有著互相的關係。推究到底時我們可以在生產方式和文學之間建立起某種關係，因爲一種經濟制度通常就意指某種的權力系統而且必然地會控制家庭生活方式。家庭在教育上，在性和愛的觀念上，在整個人類感情的傳統上都擔任了一個重要的角色。因此我們甚至可以把抒情詩和愛情風俗，宗教主見以及自然的觀念連接到一起。不過這些關係可能是偏差和歪曲的。

然而，要認定某種特定的人類活動爲其他一切活動的「推動者」似乎是不可能的，無論那是用氣候、生物、社會諸因素的綜合來解釋人類創作的泰恩的理論，或是以「精神」爲歷史上唯一動因的黑格爾學派的理論，再或是從生產方式來推演一切的馬克思學派的理論，自中世紀初到資本主義興起之間的好幾個世紀都不曾有大規模的技術改革，然而文化生活，特別是文學，卻進行了巨大的演變。文學並沒有表示出對一個劃時代的技術改變——工業革命——有所覺察，至少沒能夠立刻表示出來。工業革命到十九世紀的四十年代才打進英國小說裡（藉著蓋斯凱爾（Gaskell），金斯萊（Kingsley），和夏綠蒂·勃朗特（Charlotte Brontë）），那是在它的跡象早已爲經濟學家和社會思想家覺察了之後。

我們應該承認，社會情況似乎決定對於某種美學價值了解的可能性，但卻不是價值的本身。我們大致可以決定何種藝術形式對於何種社會是可能，對於何種是不可能的，然而卻不能預言這些藝術形式的實現和存在。許多馬克思主義者——不僅僅只是馬克思主義者——想從經濟到文學之間找一條捷徑。就拿凱因斯（Keynes）來說，他並不是一個不懂文學的人，他解釋莎士比亞的存在說：「當莎士比亞表現他自己的時候，我們正處在一個供養得起他的經濟情況之下。大作家多半出現在康樂豐盈以及統治階級覺得有經濟上照顧的餘力的氣氛之下，而那則是由利潤的增加而產生的[25]。」

然而利潤的增加並沒有在別的地方誘導出大作家——比方說在美國二十年代的繁盛時期——同時這種樂觀的莎士比亞論也並不是完全沒有疑問的。即使是一個蘇俄的馬克思主義者所提出了的相反公式，也同樣沒有什麼幫助，他說：「莎士比亞對世界的悲劇性看法是，他對於在伊莉莎白時期已經失去往日獨占地位的封建貴族所作戲劇化表達的一種自然結果。」[26]這種自相矛盾的判斷，加上那些含混的分類如樂觀主義和悲觀主義等等，

---

[25] 凱因斯（John Maynard Keynes）著《論錢幣》（A Treatise on Money），紐約，一九三〇年出版，第二卷，第一五四頁。

[26] 龍納恰爾斯基（A. V. Lunacharsky），見註⑨，勒埃茲引錄於第十頁，錄自《聆聽者》（Listener），一九三四年十二月二十七日。

既未能具體地探討莎士比亞戲劇可以確定的社會內涵，和他對於政治的意見（顯然可以從他的編年劇本中看出），同時也未能論及他作爲一個作家的社會地位。

然而，我們必須當心不要因爲這些引錄而捨棄了文學的經濟的研究方法。馬克思（Marx）自己雖然經常作了那些空想的判斷，大致上他總算看到了文學與社會之間的迂曲關係。他在他的《政治經濟學批評》（The Critique of Political Economy）之〈序言〉中承認：「藝術高度發展的某些時期是與社會的一般發展沒有直接關係的，而與社會組織的物質基礎和結構也沒有關聯。這可以用希臘人與現代國民甚或莎士比亞的比較來作證明㉗。」他同時也了解現代勞工的區分，會在社會演進的三個要素（黑格爾的詞彙

㉗ Einführung zur Kritik der politischen Ökonomie一八五七年，此爲馬克思所丟棄之手稿，一九〇三年時刊載於一不爲人所注意之雜誌上。重刊於歷甫昔茲（M. Lipschitz）主編之馬克思——恩格斯合著《論藝術與文學》（Über Kunst und Literatur），柏林，一九四八年出版，第廿一頁至第廿二頁。此段文字顯然將馬克思論者之立場完全放棄。尚有其他奇特之言論，例如：恩格斯致史塔肯保（Starkenburg）之信（一八九四年一月二十五日）中有「政治、法律、哲學、宗教、文學、藝術等等的發展皆是基於經濟的發展的。然而它們彼此之間，或對於經濟基礎，都聯合地或分別地，有所反作用」。（馬克思——恩格斯選集，第一卷，第三九一頁）。恩格斯於一八九〇年九月二十一日致布拉克（Joseph Bloch）信中說他們「疏忽」了正式的一面——觀念形成的眞正方式。（見其選集卷一，第三八三頁、第三九〇頁。）詳細研究見 Peter Demetz, Marx, Engels und die Dichter, stuttgart, 1959。

則是「時機」）——即「生產力」（productive forces）、「社會關係」和「自覺意識」（conscionsness）——之間帶來一種必然的矛盾。他期待著——以一種不能不說是烏托邦式的態度——在未來沒有階級的社會中，這些勞工的區分將再行消失，而藝術家將再行融合到社會裡去。他認爲每一個人都可能成爲一個傑出的、獨創的畫家。「在共產社會之中將不再有畫家，而是大多數的人們，在做他們的其他工作之餘，也來畫上幾筆」㉘。

「粗鄙的馬克思主義者」常常告訴我們某個作家是對教會和政府發表保守或進步意見的中產階級。在這個自認的決定論（determinism）（亦即認爲「意識」從屬於「生存」，而一個中產者無法不是個中產者的意識）與一般的倫理判斷（亦即從中產者必爲中產者的意見而作的責難）兩者之間存在著微妙的矛盾。我們可以注意到，在俄國，那些加入無產階級的中產者出身的作家他們的忠誠經常都受到懷疑，並且每一種藝術上的或行政上的失敗也都歸罪於他們的階級出身。然而，照馬克思主義者的意思來說，如果進步是直接從封建主義經過中產階級的資本主義而帶到「無產階級專政」（dictatorship of the proletariat），那麼一個馬克思主義者隨時讚揚「進步分子」（progressives）是合乎邏輯而且是連貫一致的。在

㉘ 取自 Die Deutsche Ideologie, 1845-6，載於 Karl Marx and F. Engels, Historischkritische Gesamtausgabe (ed. V. Adoratskij), Berlin, 1932, Vol. V, pp. 21,373。

資本主義初期，因爲他們對抗殘餘的封建主義所以讚揚中產階級。可是馬克思主義者經常從二十世紀的觀點來批評作家們，再不然，就像斯米諾夫（Smirnov）和格瑞伯（Grib），他們對於「通俗的社會學」十分挑剔，只認爲中產階級作家的普遍人道主義是唯一可取的。因此斯米諾夫歸結說莎士比亞是「中產階級之人道主義的理論家，是中產階級最初以人道之名對封建秩序挑戰時的行動的解釋人」㉙。不過藝術的普遍性與人道主義的觀念捨棄了馬克思主義的中心原理，因而那原理根本就是相對的。

馬克思主義的批評在揭露一個作家作品的含蓄的、隱藏的社會含意時，才始見效。在這方面它與佛洛伊德、尼采，或者巴萊多（Pareto）的內省，或與馬克思·舍勒（Max Scheler）、曼漢（Mannheim）的「知識的社會學」（sociology of knowledge）的詮釋技術相比，這些思想家都對智慧、既成理論、空泛的陳述表示懷疑。他們主要的分別是，尼采和佛洛伊德的方法是心理學的，而巴萊多的「剩餘」和「引申」的分析和馬克思·舍勒、曼漢對「意識形態」分析的技巧則是社會學的。

馬克思·舍勒、韋伯和曼漢著作中所陳述的「知識的社會學」已經被仔細地研討過，

㉙ 斯米諾夫（Smirnov）著《莎士比亞：一個馬克思論者之詮釋》（Shakespeare: A Marxist Interpretation），紐約，一九三六年出版，第九十三頁。

它對於它的競爭理論來說，占了絕對的上風㉚。它不但強調某一特定觀念論點的先決條件和含意，同時也強調那看不出來的假定和研究者自己的偏見。因此它是自我批判和自我覺察

㉚ Max Scheler, "Probleme einer Soziologie des Wissens," Versuch zu einer Soziologie des Wissens (ed. Max Scheler), Munich and Leipzig, 1924, Vol. I, pp. 1-146, and "Probleme einer Soziologie des Wissens," Die Wissensformen und die Gesellschaft, Leipzig, 1926, pp. 1-226；曼漢著《意識形態和烏托邦》（Ideology and Utopia），厄爾斯（L. Wirth）及席奧斯（Z. Shils）合譯，倫敦，一九三六年出版（重印本紐約，一九五五年出版）。其他討論有德奧基（H. Otto Dahlke）〈知識的社會學〉（The Sociology of Knowledge）收於巴恩斯等編《當代社會理論》（Contemporary Social Theory），紐約，一九四〇年出版，第六十四頁至第九十九頁；墨頓（Robert K. Merton）〈知識的社會學〉，收於《二十世紀之社會學》（Twentieth Century Sociology），古爾維奇（Georges Gurvitch）及韋爾伯．摩爾（Wilbert E. Moore）編，紐約，一九四五年出版，第三六六頁至第四〇五頁；狄格瑞（Gerard L. De Gré）著《社會與意識形態：知識的社會學探微》（Society and Ideology: an Inquiry into the Sociology of Knowledge），紐約，一九四三年；Ernst Grünwald, Das Problem der Soziologie des Wissens, Vienna, 1934；勒汶茵（Thelma Z. Lavine）〈自然主義與知識之社會分析〉（Naturalism and the Sociological Analysis of Knowledge），收於《自然主義與人類精神》（Naturalism and the Human Spirit），克瑞柯瑞安（Yervant H. Krikorian）編，紐約，一九四四年出版，第一八三頁至第二〇九頁；克恩（Alexander C. Kern），〈文學研究中之知識社會學〉（The Sociology of Knowledge in the Study of Literature），刊於《斯瓦利評論》（Sewanee Review）第五十期（一九四二），第五〇五頁至第五一四頁。

的，甚至於達到了矯枉過正的地步。同時它不像馬克思主義或精神分析那樣傾向於孤立的一個單獨的因素，以作爲變化的唯一決定條件。韋伯在孤立宗教因素上不管是如何的失敗，但他在宗教社會學方面的研究，因爲它說明了觀念的因素對於經濟行爲和設置的影響而具有其價值——以往所強調則完全是經濟對於觀念的影響[31]。一種類似的關於文學對社會影響的研究將是極受歡迎的，儘管那也可能會遭遇到近似的困難。把純粹文學的因素孤立出來似乎和處理宗教因素一樣的不容易，同樣困難的是解答那影響究竟是因爲這因素本身？抑或是此因素只作爲其他力量的「附庸」或「媒介」的問題[32]。

然而，「知識的社會學」頗爲其過度的歷史主義所困擾；並且，由於綜合矛盾的衝突，這樣能使之中立化，儘管如此斷言，而終極則達到懷疑的結論。同時這社會學又因其應用到文學上，無法把「內容」和「形式」連結到一起而受到非難。它也像馬克思主義一樣，固守

㉛ Max Weber, Gesammelte Aufsätze Zur Religionssoziologie, three vols., Tübingen, 1920-21（部分翻譯爲《新教倫理與資本主義精神》（The Protestant Ethics and the Spirit of Capitalism），倫敦，一九三〇年出版）；托尼（R. H. Tawney）著《宗教與資本主義之興起》（Religion and the rise of Capitalism），倫敦，一九二六年版及企鵝叢書一九三八年版（新編一九三七年版附有序言）；瓦赫（Joachim Wach）著《宗教社會學》（The Sociology of Religion），芝加哥，一九四四年出版。

㉜ 見索羅金《當代社會學理論》（Contemporary Sociology Theories），紐約，一九二八年出版，第七一〇頁。

一種不合理的解釋，於是也無法爲美學提供一種合理的基礎，更同樣無助於批評和價值判斷了。當然，這對所有文學外在的批評來說都是不錯的。因爲沒有一種就因果的研究能夠對於一部文學作品的分析、說明和評價能有持平的結果。

可是「文學與社會」的問題顯然能夠套進不同的詞彙中，例如那些象徵的，彼此關係具有意義的如：一致、和諧、協調、符合、結構上相同、風格上類似，或者任何我們要用來說明一種文化的融合，和種種人類活動彼此之間關係的詞彙。索羅金（Sorokin）曾經把各種的可能性都清晰地分析過㉝。他的結論是融合的程度是隨社會而不同的。

馬克思論者從來沒有回答文學依靠社會到什麼程度的此一問題。因此許多基本問題很少爲人研究過。偶爾，譬如說我們看到那些認爲社會決定文學類型的爭論，像小說的中產階級起源的問題，或者甚至於他們的態度和形式的細節，像在勃爾根（Burgum）並不十分使人信服的看法中，它認爲悲喜劇（tragicomedy）「是把中產階級的嚴肅加到貴族的輕浮上而得來的」㉞。

㉝ 索羅金（Sorokin）著《藝術形式，社會及文化動力之消漲》（Fluctuations of Forms of Art, Social and Cultural Dynamics）第一卷，紐約，一九三七年出版，特別見第一章。

㉞ 勃爾根（E. B. Burgum）〈文學形式：社會之力量及創新〉（Literary Form: Social Forces and Innovations）收於《小說與世界之窘困》（The Novel and the World's Dilemma），紐約，一九四七年出版，第三頁至第十八頁。

對於那些廣泛的文學風格像浪漫主義有沒有絕對的社會決定因素？它雖然和中產階級有所關聯，但是在理論上卻是反中產階級的，至少在剛開始時在德國是如此㉟。雖然文學的理論基礎和題材顯然多少依存於社會環境，但是形式和風格，類型和實際的文學標準之社會來源卻是很難成立的。

對於文學的社會來源一直有人試圖作具體的研究，就像畢歇爾（Bücher）的片面之說，認爲詩歌是起源於勞動時的韻律，再就是許多人類學家的一大堆關於巫術在早期文學中所擔任的角色的研究；另外是喬治・湯姆森（George Thomson）的淵博研究要想建立希臘悲劇與祭儀，祝典以及艾斯奇勒斯時期的民主社會改革之間的具體關係；還有就是考德威爾（Caudwell）那相當天眞的嘗試，去研究詩在部落感情中和在中產階級對於個人自由的

㉟ Fritz Brüggemann, "Der Kampf um die bürgerliche Welt und Lebensauffassung in der deutschen Literatur des 18. Jahrhunderts," Deutsche Vierteljahrschrift für Literaturwissenschaft und Geistesgeschichte, III, 1925, pp. 94-127。

「幻覺」中的源流㊱。

只有在文學形式的社會決定因素能完全表達出來時，社會態度是否是「基本性的」，是否能達到一件藝術作品中作爲它的藝術價值的有效部分的此一問題才能提出。有人或許可以爭論「社會眞理」可以作爲一種藝術價值（事實上它並不是的），就像繁複同和諧那樣的藝術價值一樣。其實那根本用不著的，有些偉大的文學作品，很少甚至完全沒有社會意義。社會文學只是文學的一種，而且並不是文學理論的中心，除非有人堅持認爲文學主要是人生的一種模仿，而且，特別是人生的社會生活的一面。然而文學並不是社會學或政治的代替物，它具有它自己的存在理由和目的。

㊱ Karl Bücher, Arbeit und Rhythmus, Leipzig, 1896；哈瑞生（J. E. Harrison）著《古代之藝術與祝典》（Ancient Art and Ritual），紐約，一九一三年出版；《隋蜜絲》（Themis），劍橋，一九一二年。喬治・湯姆森（George Thomson）著《艾斯奇勒斯與雅典，戲劇之社會起源之研究》（Aeschylus and Athens, A Study in the Social Origins of the Drama），倫敦，一九四一年，及《馬克思主義與詩》（Marxism and Poetry）。倫敦，一九四五年出版（此爲一頗饒趣味之小冊子，應用到愛爾蘭的資料）；考德威爾（Caudwell）著《幻覺與現實》（Illusion and Reality），倫敦，一九三七年出版；柏克著《對於歷史之態度》（Attitudes toward History），紐約，一九三七年出版；馬雷特（Robert Ranulph Marett）編《人類學與古典文學》（Anthropology and the Classics），牛津，一九〇八年出版。

第十章　文學與觀念

文學與觀念的關係可以從各方面來看。文學常常被認爲是哲學的一種形式，一種被形式包裹著的「觀念」；因而可分析而提取其「主要的觀念」。學者們被鼓勵著運用這樣的概括來對藝術作品進行鉤玄提要的工作。老一輩的學者更把這種方法推展到近乎荒謬的極端——我們可以特別提出如同烏爾里克（Ulrici）那樣的德國莎士比亞學者，他把《威尼斯商人》（Merchant of Venice）一劇的中心思想簡化爲「過猶不及」①一句話。儘管今天大多數學者都愼防著這種過分的哲理化，但是仍有許多議論還是把文學作品當作哲學論文一樣地處理。

和這相反的看法則是完全否定文學的任何哲學上的關聯。鮑艾斯（George Boas）在他的一篇關於「哲學與詩」的演講中，對這看法有很率直的說明，他說：「……在詩歌裡的觀念，經常是陳腐而虛僞的，任何十六歲以上的人都只是要看詩所表現的是什麼而沒有想到價值的事」②。如果依照艾略特說的「莎士比亞和但丁兩人都沒有做過眞正意義的思考」③。我們可能會同意鮑艾斯（George Boas）的意見，認爲大多數詩（他似乎主

① 烏爾里克（Hermann Ulrici）Über Shakespeares dramatische Kunst, 1839。

② 鮑艾斯著《哲學與詩》（Philosophy and Poetry），麻州惠頓大學（Wheaton College, Mass.）一九三二年出版，第九頁。

③ 艾略特著《論文選集》，紐約，一九三二年出版，第一一五頁至第一一六頁。

要是指抒情詩）裡的哲理部分通常都是被過分誇張了的。我們拿許多以哲理著稱的詩來分析，便會發現那裡面盡是一些關於人之必死，或者命途多舛的老生常談。即使是維多利亞時期詩人所作未卜先知的言詞，像白朗寧（Browning），他的詩對很多讀者來說是一種啓示，但說穿了只不過是些幼稚的道理的簡便說法而已④。即使我們能被一般的命題像濟慈的「美即是眞，眞即是美」所感動，我們還得自己盡可能去解釋這種主詞、賓詞可以互換的說法；除非我們當它是一首詩的結論，而說明藝術之永恆不變與人類感情及自然美的無常（Mutability）有所關聯。把一件藝術品減縮到只是一種教條的宣讀——或者更壞的只是些片片段段的摘錄——這對了解一部作品的獨特性來說是非常有害的，因爲這會破壞它的整個結構，把一些外來的無關價值加了進去。

文學可當作觀念的和哲學的歷史文獻來處理，當然是沒有問題的，因爲文學的歷史和知識的歷史，並行發展，而且前者可以反映後者。一些詳盡的聲明或者隱約的暗示常顯示出一個詩人對於某一特別哲學的傾好，或確定他對一時風行的哲學很熟悉，或至少是懂得它說的是什麼。

④ 譬如說，「上帝在祂的天國裡，塵世一切皆平安」，是認爲上帝已經創造了最好的世界；「世上有坍塌的牌坊，天堂則有完美的輪唱」，是說從有限到無限，從不完整的覺悟到完全的可能等等。

最近數十年間，一群美國學者致力於這些問題的研究，他們把這方法叫做「觀念的歷史」，這對於洛夫喬伊（Lovejoy）[5]所推演倡導的特定且狹隘的方法是個易滋誤會的名稱。洛夫喬伊在他一本叫做《存在之聯鎖》書中對這種研究的效果曾經作了十分卓越的表現，這本書追溯從柏拉圖到謝林（Schelling）的自然觀的等級，他從狹義的哲學、科學思想、神學以及——特別是——文學。種種不同方式的思想來探究這觀念。此一方法和哲學史的不同之處有兩方面：洛夫喬伊將哲學史的研究限定於大思想家，而認爲他自己的「觀念的歷史」尚包括有如同詩人一類次要的思想家。他更進一步區分哲學的歷史是研究大的系統；而觀念的歷史則是探討個別的單元觀念，也就是把哲學家系統的構成分子分解出來，而對其個別的主旨加以研究。

洛夫喬伊所作的特別區分，作爲他個人的研究，像《存在之聯鎖》這樣的著作基礎雖是完全適當的，但它卻不能得到一般的首肯。哲學觀念的歷史無疑地屬於哲學史的範圍，並且很久以前黑格爾及文德爾班就這樣做過了。當然只研究單一的觀念而不顧體系，就像把文學史限定於詩體、語法或譬喻（Figuration）的歷史而忽略體系和特別作品的研究一樣，都只是片面不全的。「觀念的歷史」只是研究思想之一般歷史的一種特別方法，僅僅利用文學作爲文獻和說明而已。因爲洛夫喬伊把那嚴肅地反映在文學中的觀念叫做「沖淡的哲學觀

⑤ 洛夫喬伊（A. O. Lovejoy）的理論見《存在之聯鎖》（The Great Chain of Being）Cambridge, Mass., 1936, pp. 3-23。

念」（philosophical ideas in dilution）⑥，所以以上的推論是無庸置疑的。

不管怎麼說，「觀念的歷史」必然會受到文學研究者的歡迎，理由是因它不僅更加理解哲學，而間接也說明了文學。洛夫喬伊的方法反對大多數思想史家的過分強調理智。它認爲思想，或至少是思想系統之間的選擇，經常被假設爲多少是無意識的心智習慣所決定的；它還認爲人在選擇他們的觀念時是受他們對於種種不同的形而上感性的感受性所影響，同時更認爲觀念常常便是關鍵字或警語，因而必須從語義上研究。斯比查（Spitzer）對於洛夫喬伊的「觀念的歷史」中許多說法都不表贊同，但他自己卻在那些像「環境」、「周遭」、「情境」等詞彙中，研究它們有史以來所有的關聯和推演而對知識和語義發展過程是如何地綜合的方法作了傑出的例證⑦。最後，勒氏的方法有一項最吸引人的特點，是明確地捨棄了

---

⑥ 參照前人之 Reflections on the History of Ideas, Journal of the History of Ideas, I, 1940, pp. 1-23。

⑦ 斯比查（Leo Spitzer）〈環境和周遭：歷史語義學之論點〉（Milieu and Ambiance: An Essay in Historical Semantics）刊於《哲學與現象學研究》（Philosophy and Phenomenological Research）第三期（一九四二），第一頁至第四十二頁，第一六九頁至第二一八頁。（重印於《歷史語義學論文集》（Essays in Historical Semantics），紐約，一九四八年，第一七九頁至第三一六頁）；〈古典與基督教之世界和諧的看法：對於情境一字解釋之序論〉（Classical and Christian Ideas of World Harmony: Prolegomena to an Interpretation of the Word "Stimmung"），刊於《傳統：古代及中世紀之歷史，思想及宗教之研究》（Tradition: Studies in Ancient and Medieval History, Thought and Religion）第二期（一九四四），第四〇九頁至第四六四頁，第三期（一九四五），第三〇七頁至第三六四頁。擴充版，巴爾的摩，一九六三年。

以國籍和語言來區分文學的和歷史的研究。

哲學史的知識及一般思想上的知識對於詩本文的詮釋是有其相當價値的。此外，文學史——特別是包括了像帕斯卡爾、愛默生、尼采那樣的作家——經常都會碰到思想的歷史問題。誠然，批評的歷史只不過是美學思想的歷史的一部分——至少當討論到批評的歷史本身時，與其同時存在的創作作品並無關係。

毫無疑問地，英國文學史反映著哲學史是可以證實的。伊莉莎白時代的詩中充滿著文藝復興的柏拉圖主義（Platonism）：斯賓塞（Spenser）寫了四首頌歌形容物質昇華爲靈美的新柏拉圖主義，在他的〈仙后頌〉（Faerie Queene）中，對於「無常」（Mutability）和「自然」（Nature）兩者的爭執，他採取了永恆且不變的秩序。在馬羅的作品中，我們可以聽到當時義大利的無神論和懷疑論的反響。即使是在莎士比亞中，也有許多文藝復興期柏拉圖主義的痕跡，例如：在《脫愛勒斯》（Troilus）一劇中尤利西斯（Ulysses）所作的著名演說便摻雜著蒙田和斯多噶學派（Stoicism）在內。我們可以追索到約翰頓對天主教初期的神父和斯哥拉派學者的研究，以及新興科學對於他的感性衝擊。米爾頓自己推演出一套高度個人的神學和宇宙論，根據它的解釋，是把唯物論的元素與柏拉圖的元素合而爲一，並且兩者都是利用東方思想和當時的宿命論者的教義。

德萊頓爲當時神學上和政治上的爭論寫了一些哲學詩，同時也明白地顯示他對純信仰主義（fideism）、近代科學、懷疑論和自然神論（deism）的注意。詹姆士・湯姆森（James

Thomson）可以說是牛頓學說和沙夫茨伯里伯爵（Shaftesbury）混合的系統的解釋人。波普的《論人》（Essay on Man）充滿了哲學的共鳴。格雷（Gray）把洛克的哲學理論用拉丁六韻腳詩（Latin hexameter）寫出。斯特恩是洛克的熱心欽慕者，他把他的聯想和持續的觀念徹頭到尾地應用到《崔斯坦·先第》（Tristram Shandy）一書中，雖然那常常只是爲了滑稽的目的。

在著名的浪漫詩人當中，柯勒律治本人便是一個野心很大且有相當成就的哲學家，他是一個細心研究康德和謝林的學者，而且曾將他們的看法加以詮釋，雖然並不全是很精密的。經過柯勒律治，使許多德國的或一般說作新柏拉圖主義的觀念進入，或再度進入英國詩的傳統，但他自己的詩卻很少受到這一系統哲學的影響。在華茲華斯的作品中可以看出康德的影響來，並且曾有人說他是心理學家哈特萊（Hartley）的入室弟子。雪萊起初深受十八世紀法國「哲人」（Philosophes）及彼等英國弟子戈德溫（Godwin）的影響，但是到後來他的思想則多半是從斯賓諾莎（Spinoza）、貝克萊和柏拉圖演化而來。

維多利亞時代（Victorian Age）的科學與宗教之間的爭議在丁尼生（Tennyson）和白朗寧的作品中可以找到雙方著名的意見。斯文本恩和哈代（Hardy）反映了當時的悲觀的無神論，霍普金斯（Hopkins）在他的作品中則顯示了他研究司各脫（Scotus）的結果。哀利奧特（Eliot）翻譯了費爾巴哈（Feuerbach）和施特勞斯（Strauss），蕭伯納（Shaw）讀過塞繆爾·巴特勒（Samuel Butler）和尼采。大多數近代的作家都讀過佛洛伊德或者介紹佛洛伊德的文章。喬哀思不但熟悉佛洛伊德和榮格而且還精通維柯（Vico）、布魯諾（Bruno），當然還少不了聖多瑪斯·阿奎那（Thomas Aquinas）。葉慈對通神論（theosophy）、神祕主義，甚而貝克萊，都有深入的研究。

在其他的文學中對於這些問題的研究則可能更爲廣泛，但丁的神學就有數不清的詮釋。在法國，吉爾松（Gilson）把他的中世紀哲學的知識應用到對拉伯雷（Rabelais）和帕斯卡爾的章句的解釋上⑧。阿查爾（Hazard）很純熟地寫了一本關於十七世紀末期的《歐洲良心的危機》（Crise de la Consciencne Européenne）來追溯啓蒙運動思想的散布；在另一部較晚的著作中，更探究它們的在全歐洲的根深蒂固性⑨。在德國，對於席勒的康德主義，歌德的對蒲魯泰納斯（Plotinus）及斯賓諾莎的涉獵，克萊斯特（Kleist）與康德，黑貝爾（Hebbel）與黑格爾等等題目的研究更是汗牛充棟。的確，在德國，哲學和文學經常合作無間，特別是在浪漫時期，那時費希特（Fichte）、謝林、黑格爾都和詩

⑧ 吉爾松（Étienne Gilson）Les Idées et les lettres, Paris, 1932。

⑨ 阿查爾（Paul Hazard）La Crise de la conscience européenne, 3 v., Paris, 1934; La Pensée européenne au XVIIIe siécle de Montesquieu à Lessing, 3 v., Paris, 1946（英譯本：《歐洲思想：緊要階段，一六八〇至一七一五年》（The European Mind: The Critical Years, 1680-1715），紐哈芬，一九五三年出版；《十八世紀之歐洲思想》（European Thought in the Eighteenth Century），紐哈芬，一九五四年出版。）

人生活在一起；就是百分之百的詩人像胡奧德林（Hölderlin）者，也認爲有系統地思考一些認識論（epistemological）和玄學的問題對他來說是必要的。在俄國，杜思妥也夫斯基和托爾斯泰經常被當作哲學家和宗教思想家，就連普希金也被牽強附會地找出許多難以了解的睿見[10]，在象徵主義運動時期，俄國興起了一派「形上學批評家」（metaphysical critics），他們以自己哲學上的觀點來批評文學。洛札諾夫（Rozanov）、莫瑞茲可夫斯基（Merezhkovsky）、席恩妥夫（Shestov）、布爾德耶夫（Berdayev）以及伊凡諾夫（Ivanov）都寫了很多關於杜思妥也夫斯基本身以及有關的評論[11]，他們時常利用他來宣揚自己的理論，有時把他歸納成一個系統；只有極少的時候，才認爲他是一個悲劇的小說家。

---

⑩ M. O. Gershenzon, Mudrost Pushkina, Moscow, 1919。

⑪ 關於杜思妥也夫斯基之「形而上的」研究，見：W. Rozanov, Legenda o Velikom inkvizitore, St. Petersburg 1894; D. Merezhkovsky, Tolstoy i Dostoyevsky, 2 v., St. Petersburg, 1912（英文節譯爲《托爾斯泰作爲個人及藝術家，附論杜思妥也夫斯基》（Tolstoi as Man and Artist, with an Essay on Dostoyevsky），紐約，一九〇二年）；Leo Shestov, Dostoyevsky i Nietzsche, St. Petersburg, 1905（德文譯本，柏林，一九三一年）；Nikolay Berdyaev, Mirosozertsanie Dostoevskovo, Prague, 1923（美譯係根據法文版，紐約，一九三四年）伊凡諾夫著《自由與悲劇生活：杜思妥也夫斯基研究》（Freedom and the Tragic Life: A Study in Dostoyevsky），紐約，一九五二年。

然而這些研究到結尾，不，最好說是研究的開頭必須舉出幾個不能明確回答的問題。比如詩人的作品中所有某一哲學家思想的單純影響，其影響作家的見解，尤其是像莎士比亞那樣的劇作家的見解，究竟可以達到什麼程度？詩人和其他作家所持有的哲學觀點究竟有多清楚，且有怎樣的體系？如果我們說前幾世紀的作家具有一種個人的哲學，或者是在尋求一種個人的哲學，再不然就是混雜在強調且固執個人成見的人們中間生活著，這樣的推論會不會犯了嚴重的時代錯誤？文學史家是否大都過分地誇張了作家——即使是近代的作家——哲學信念的一貫性明晰度與範圍？

哪怕我們想到的是那些高度自省的作家，甚至，他們當中有些自己本身便是思辨哲學家，並且他們所寫的詩可以稱之爲「哲理詩」，即使如此，我們也要提出像下面的問題：詩是不是因爲它愈哲學就愈好？詩是否要根據它所信奉的哲學來評判，抑或是根據它對它所信奉的哲學之內省程度來衡量？再者，詩的評價是以其哲學的創見爲標準抑或是以它修改傳統思想的程度來判斷？艾略特在但丁和莎士比亞之間比較喜歡前者，因爲他以爲但丁的哲學比莎士比亞的更爲周全。一位德國的哲學家格勞克勒（Glockner）曾說，就但丁而言，詩與哲學就不曾分離過，因爲但丁接受了一個完全的系統而不曾加以任何改變⑫。哲

⑫ 格勞克勒（Hermann Glockner）“Philosophie und Dichtung: Typen ihrer Wechselwirkung von den Griechen bis auf Hegel,” Zeitschrift für Ästhetik, XV, 1920-21, pp. 187-204。

學與詩的眞正合作，在希臘蘇格拉底（Socrates）以前如同詩人而兼思想家的恩培多克勒（Empedocles）的時代；文藝復興期的費奇諾（Ficino）或布魯諾寫出詩與哲學，詩意的哲學和哲學詩的時代；以及後來在德國，歌德以詩人而兼獨創的哲學家的時代都存在著的。

然而這一類的哲學標準是不是文學批評的準繩？波普的《論人》在這些資料上，有相當多的折衷主義，並且只有在經過逐句逐段解釋後才能前後一致，就整體而言卻是不連貫的，而《論人》一書是否因此就要受貶斥呢？我們可以指出雪萊某一段時期的演進過程是從戈德溫的不成熟的物質主義到某種柏拉圖式的理想主義，這事實到底是幫助他抑或是損害他作爲一個詩人？雪萊的詩給人以不清晰的、單調的，以及乏味的印象（那似乎是新起一代的讀者的看法），但我們可否辯稱他的哲學，在當時是有其意義的，而它的某些章節也並不是沒有意義，只是諷示當時的科學或近似科學的概念⑬？然而所有這些標準確實都是基於唯

⑬ 見韋勒克〈文學批評與哲學：一個重新估價的注釋〉（Literary Criticism and Philosophy: A Note on Revaluation），刊於《審察》（Scrutiny）第五期（一九三七），第三七五頁至第三八三頁，以及黎維斯（F. R. Leavis），〈文學批評與哲學：一個答覆〉（Literary Criticism and Philosophy: A Reply），同處，六期（一九三七），第五十九頁至第七十頁。

知主義的誤解，基於哲學與藝術的功用之混淆，以及對於種種觀念進入文學的實際方式的誤解。

對於哲學研究方法的過度理智化的反對，特別受到在德國發達起來的一些方法的重視。恩格爾（Unger）採用狄爾泰的觀念，極坦白地爲一種不曾系統地研討過但已被長期採用的方法辯護⑭。他正式宣稱：文學不是哲學知識之被轉換爲意象和音韻，它表現其對人生的一般態度，文學家經常回答——沒有系統地——那些也是哲學的主旨問題，可是回答時所用文學的方式卻是隨時代、環境而不同。恩格爾把這些「問題」，任意地分爲下面幾類，亦即：命運的問題，他是指自由和需要，精神和自然的關係；宗教問題，包括對耶穌基督的解釋，對罪和獲救的態度；自然的問題，包括對自然的感情，以及神話和法術的問題；另外一組問題，恩格爾稱之爲「人的問題」，那是著重於人之解釋，還有人和死亡的關係，人對愛的觀念；最後一組是社會、家庭和國家的問題。作家的態度是要能使其關聯到這些問題來研

⑭ 恩格爾（Rudolf Unger）Philosophische Probleme in der neueren Literaturwissenschaft, Munich, 1908; Weltanschauung und Dichtung, Zürich, 1917; Literaturgeschichte als Problemgeschichte, Berlin, 1924; "Literaturgeschichte und Geistesgeschichte," Deutsche Vierteljahrift für Literaturwissenschaft und Geistesgeschichte, IV, 1925, pp. 177-92，以上作品皆收於 Aufsätze zur Prinzipienlehre der Literaturgeschichte, 2 v., Berlin, 1929。

究，因而依據它的內在發展來追溯這些問題的歷史的書籍也時有流傳。瑞姆（Rehm）寫了一大冊關於德國詩中之死亡問題，克魯克杭恩（Kluckhohn）寫了關於十八世紀及浪漫時期的愛的觀念⑮。

在其他的語言中，有很多類似的作品。布拉茲（Praz）的《浪漫的苦惱》（The Romantic Agony）正像這本義大利語的書名所暗示「浪漫文學中的肉體、死亡及魔鬼」（The Flesh, Death, and the Devil in Romantic Literature）一樣⑯，可說是關於性與死之問題的書。路易士的《愛之寓言》，除作爲寓言類型的歷史處理之外，還處理很多的對於愛及婚姻態度的變遷，斯班塞爾（Spencer）寫了一本《死亡與伊莉莎白時期之悲劇》，他在〈序言〉中追溯中世紀對死亡之觀念與文藝復興時期有何不同⑰。譬如說：中世紀的人最

---

⑮ Rudolf Unger, Herder, Novalis, Kleist: Studien über die Entwicklung des Todesproblem, Frankfurt, 1922.；瑞姆（Walter Rehm）Der Todesgedanke in der deutschen Dichtung, Halle, 1928；克魯克杭恩（Paul Kluckhohn）Die Auffassung der Liebe in der Literatur des achtzehnten Jahrhunderts und in der Romantik, Halle, 1922。

⑯ 布拉茲（Mario Praz）La carne, la morte e il diavolo nella letteratura romantica, Milano, 1930（英譯本爲安格士·戴維孫（Angus Davidson）之《浪漫的苦惱》（The Romantic Agony），倫敦，一九三三年）。

⑰ 路易士著《愛之寓言》（Allegory of Love），牛津，一九三六年；斯班賽爾（Theodore Spencer）著《死亡與伊莉莎白時期之悲劇》（Death and Elizabethan Tragedy），麻州，劍橋，一九三六年。

怕暴斃，因爲那使人來不及準備和懺悔，而到了蒙田時代，他卻說突然死亡是再好不過的事。他已經失去了基督徒認爲死亡是人生之目的的看法。費爾查德（Fairchild）曾對十八及十九世紀英國詩中所顯示的宗教趨勢加以考察，他根據宗教熱情的強度而把詩人加以分類檢討[18]。在法國，布瑞芒（Bremond）洋洋大觀的《法國十七世紀宗教情緒史》（History of French Religious Sentiment in the Seventeenth Century）有很多的地方都是取材於文學的；蒙朗（Monglond）和卓哈（Trahard）寫了傑出的關於感情主義，前期浪漫主義對自然的感覺，以及法國大革命家所表現的奇特的敏感性的研究[19]。

如果有人把恩格爾的表格加以分析，那他一定可以看出其中所列舉的一些問題僅僅只是哲學上、觀念上的問題，對這些問題，借用西德尼（Sidney）的話來說，文學家只是「恰當的通俗哲學家」，而其他的問題則屬於感性和感情的歷史而非思想之歷史。觀念論和純粹感情的問題常常糾纏在一起。人類在對自然的態度上大大地受到宇宙論的和宗教的思考影響，同時也直接受到美學的考慮、文學的傳統，甚至有關人們觀物方式之生理上的改變的影

---

⑱ 費爾查德（H. N. Fairchild）著《英詩中之宗教趨向》（Religious Trends in English Poetry）四卷，紐約，一九三九至一九五七年。

⑲ 蒙朗（André Monglond）Le Préromantisme français, 2 v., Grenoble, 1930；卓哈（Pierre Trahard）Les Maîtres de la sensibilité française au XVIIIe siècle, 4 v., Paris, 1931-3。

響[20]。對於風景的感覺雖然也決定於旅行家、畫家和庭園設計家，但同樣也受到像米爾頓、詹姆士．湯姆森等詩人，以及夏多布里昂（Chateaubriand）和魯斯金（Ruskin）一類作家的影響。

要寫一部感情的歷史是有相當多的困難，因爲感情是難以捉摸的，有時又是均一的。德國作者們確實是誇張了人類態度的轉變並且爲它設計一些相當整齊的發展的圖表。雖然如此，但感情的轉變多少帶有習慣和時尚，是沒有什麼可疑的。巴爾札克很有趣地評論姚羅（Hulot）對於愛情那種幼稚的十八世紀式的態度，與瑪爾莉妃夫人（Madame Marneffe）的態度截然不同，她具有貧弱女子，亦即慈善團體「姊妹會會員」的新「王政復辟時期」的作風[21]。十八世紀的讀者和作者之猛然墮淚是文學史上司空見慣的事。吉勒特（Gellert），一個在學問和社會上皆有地位的德國詩人，爲葛南迪生（Grandison）和克娜蒙蒂（Clementine）的分離而痛哭流涕，直到他的手帕、書、桌子，甚至地板都溼了，還在他一封信裡大肆宣揚[22]，即使是詹森，他並不以心地柔弱見稱，但也喜歡流淚，喜歡熱情奔

---

⑳ 見斯卡爾德（Sigmund Skard）傑出的研究報告〈文學中色彩之運用〉（The Use of Color in Literature）刊於《第九十屆美國哲學學會年報》（Proceedings of the American Philosophical Society XC）第三號，一九四六年七月，第一六三頁至第二四九頁。書目中所列之一千一百八十三項作品亦爲風景感情之巨量文獻。

㉑ 巴爾札克著《貝特表姊》（Cousine Bette），第九章。

㉒ 吉勒特（Johann Fürchtegott Gellert）一七五五年四月三日致布茹奧伯爵（Count Hans Moritz von Brühl）函（存耶魯大學圖書館）。

放，遠比我們現代人，至少是現代的知識分子更爲無節制㉓。

在對於個別作家的研究中，恩格爾那不太唯知主義的觀點有它方便的地方，因爲它所處理的是些未經確定的、未經公眾確定的態度和觀念。這種態度不會把一件藝術作品的內容分割減縮到僅僅是一段聲明、一個公式的危險。

對這些態度的研究，德國的哲學家曾考慮是否可把這些態度還原爲幾種「世界觀」（Weltanschauung）的模式，世界觀是個包括哲學思想和感情態度兩者而具有廣泛意義的名詞。最著名的是狄爾泰的嘗試，他作爲一個文學史家，經常強調觀念和經驗（Erlebnis）的不同。他發現在思想史上有三種主要的類別㉔：一、實證論，這是從德謨克利特

㉓ 詹森，祈禱與冥思，致補絲碧小姐（Miss Boothby）函等等。

㉔ 狄爾泰之類型理論的最早稿件見：“Die drei Grundformen der Systeme in der ersten Hälfte des 19. Jahrhunderts,” Archiv für Geschichte der Philosophie, XI, 1898, p. 557-86（重印於 Gesammelte Schriften, Leipzig, 1925, Vol. IV, pp. 528-54）以後修正版見“Das Wesen der Philosophie” in Paul Hinneberg’s Die Kultur der Gegenwart (Teil I, Abteilung VI, “Systematische Philosophie,” Berlin, 1907, pp. 1-72，重刊於 Gesmmelte Schriften, loc. cit., Vol. V, Part 1, pp. 339-416，以及“Die Typen der Weltanschauung und ihre Ausbildung in den philosophischen Systemen”, Weltanschauung, Philosophie, Raligion (ed. Max Frischeisen-köhler) Berlin, 1911, pp. 3-54（重印同前之 Vol. VIII, pp. 75-120）。

（Democritus）和留克利希阿斯演進而來，包括霍布斯（Hobbes）和法國的百科全書派，以及現代的物質主義者與實證主義者；二、客觀的觀念論（objective idealism），這包括赫瑞克拉脫斯（Heraclitus）、斯賓諾莎、萊布尼茲、謝林、黑格爾；三、二元的觀念論（dualistic idealism），或稱「自由的觀念論」（Idealism of Freedom）這一類包括柏拉圖、基督教神學家們、康德和費希特。第一類以現實世界來解釋精神，第二類認爲現實是內在眞實的表現，因此不承認價值與存在之間的矛盾。第三類則假定精神的脫離自然而獨立。狄爾泰再將特定的作家歸列進這些種類：巴爾札克和斯湯達爾屬於第一類，歌德是第二類，席勒是第三類。這不僅不是基於有意的歸類和聲明，而是從非知性的藝術也可以演繹與想像出來的分類。而且這些類別和一般的心理上的態度也有關聯：因此成爲偏於理智的現實主義（realism），偏於感情的客觀觀念論，以及偏於意志的二元論的觀念論。

勞奧曾經證明這三種類別也適用於繪畫和音樂[25]。畫家中，林布蘭（Rembrandt）和魯本斯（Rubens）是屬於客觀觀念論、泛神論者（pantheists）；維拉斯奎茲（Velazquez）和哈爾斯（Hals）屬於現實主義；米開朗基羅（Michelangelo）則屬於主觀的觀念論

---

[25] 勞奧（Herman Nohl）Die Weltanschauungen der Malerei, Jena, 1908; Typische Kunststile in Dichtung und Musik, Jena, 1915。

者。音樂家中，白遼士（Berlioz）屬於第一類；舒伯特（Schubert）屬於第二類；貝多芬（Beethoven）則屬於第三類。繪畫和音樂的論據是很重要的，因爲那暗示這些類別同樣地可以在文學中存在而不必具有明顯的知識上的內涵。恩格爾曾經證明即使是在莫瑞克（Mörike）、邁耶、李連克朗（Liliencron）等人的小小抒情詩中也有這些區別㉖，他和諾奧想表明「世界觀」也能從風格，甚至於從那不具有直接知識內涵的小說場景中發現。在這裡，這理論便轉變爲藝術風格的基本理論了。瓦爾茲爾曾試圖把這理論與沃夫林（Wölfflin）的《藝術史原理》（Principles of Art History）以及類似的類型學連結到一起㉗。

這些理論的附產品是相當多的，而且在德國對此的解說更有許多走了樣的理論。那些理論都曾被應用到文學史上。舉例來說，瓦爾茲爾從十九世紀的德國，或許是整個歐洲文學上，看出一種從第二類（歌德和浪漫主義的客觀觀念論），經過第一類（現實主義）——這一類已逐漸變爲印象主義（impressionism）的只覺察世界的現象——而成爲一種第三類的代表，表現主義所表達的一種主觀的、二元的觀念論者。瓦爾茲爾的方法不僅是說明有這

㉖ Unger in “Weltanschauung und Dichtung”, Aufsätze...同前註，第七十七頁及其後。

㉗ 瓦爾茲爾（Oskar Walzel）Gehalt und Gestalt im dichterischen Kunstwerk, Berlin-Babelsberg, 1923, p. 77ff。

種改變的存在，而是這種改變多少是互相連結，而且合於邏輯的。泛神論在某一階段導致自然主義，而自然主義則又導致印象主義，最後印象主義的主觀性則融會到一種新的理想主義裡面。這方法是辯證法的，到頭來也就是黑格爾式的。

然而，把這些推論加以冷靜的思考，對於它的貼切性便不能無疑。那三類的完整性便是一個問題。譬如說，恩格爾自己把客觀的觀念論區分為二：和諧的一類，以歌德為代表；辯證法的一項，則見之於波墨（Boehme）、謝林以及黑格爾；但相反的，它也可以用來敘述「實證主義」的類別，因為實證主義似乎經常包括有許多極其相反的見解。然而比這分類的細部會引致相反的觀點更為可疑的，是他這擬議背後囫圇吞棗的假定，意義甚為低微。這種類型學只會把所有的文學納入三種或者至多五、六種名目的概略分類。詩人和他們的作品的具體個性全被忽略或減少到最低限度。從文學的立場看來，把那些複雜的詩人像布雷克、華茲華斯和雪萊歸劃到「客觀的觀念主義」似乎並沒有證明什麼。把整個詩的歷史減縮到三或數種「世界觀」的排列組合似乎也沒有什麼意義。最後，這樣做的立場暗示一種激進的和過度的相對主義。這種分類的前提必須是三種類別有其相等的價值，而且詩人基於他的氣質，或基於對於世界的根本非合理的態度，或僅是隨興而發的態度而不得不選這三類之一類。也就是暗示那三類之外別無可選，而每一詩人只是其中之一類的例證。當然，這整個的理論是基於一般歷史哲學，認為不僅個人，即在一個時代或整個歷史上，哲學和藝術之間有著緊密而且必然關係的假定。在此我們不得不來討論一下關於精神史（Geistesgeschichte）

的假設。

精神史可以廣泛地用作觀念史的另一名稱，作爲洛夫喬伊所意指的觀念歷史的意義；並且它較之英語詞彙是一個知識化較少的名詞。「心靈」（Geist）是一個廣義的詞彙，包括了被認爲大部分屬於感情歷史的問題。然而，心靈具有和「客觀精神」（objective spirit）整體觀念不太妥貼的關聯。可是在德國精神的歷史通常被認爲具有一種更特別的意義：指各個時代各有其「時代精神」（time spirit），而「由一個時代精神客觀化於種種事物上，從宗教至於服飾，以構成之，我們於對象背後求其總體，一切事實可以時代精神來說明」㉘。

精神史是假定人類所有的文化與其他活動之間非常緊密的和諧，藝術與科學完全並行。這方法，可以回溯到昔萊格爾兄弟所作的建議，同時也是最誇張而最著名的史賓格勒的倡導者。他們是專門的文學史家，並且他們多半把這方法應用到文學的材料上，而爲學院派學者最熟習的方法所從出。這方法的實際使用也有種種的不同，從相當清楚的辯證學家像柯爾夫（korff）（他以一種從理性到非理性再到黑格爾學說的辯證發展，來探究一七五

㉘ H. W. Eppelsheimer, "Das Renaissanceproblem," Deutsche Vierteljahrschrift für Literaturwissenschaft und Geistesgeschichte, II, 1933, p. 497。

○年到一八三○年之間的德國文學史）到幻想的、詭辯的、似是而非的、神祕的、空談的塞沙爾茲（Cysarz）、杜茲貝因（Deutschbein）、史蒂凡斯基（Stefansky）以及梅斯納（Meissner）等人的作品[29]。這方法大致是一種類推（analogy）：其否定的類推——強調某一特定時期之間的不同處，而否定它的相似的地方；和其肯定的類推——強調某一特別階段內所發生的事件和產品之間的相同處，而否定它們的不同。浪漫時期和巴洛克時期成爲這種創見的最常用的實用對象。

一個很好的例子便是梅斯勒的《英國巴洛克時期文學之精神基礎》（Die geisteswissenschaftlichen Grundlagen des englischen Literaturbarocks）（一九三四年出版），他把時代精神解釋爲對照的趨勢之矛盾，而且在所有人類的活動中從技術發展到探險，從旅行到宗教，徹頭徹尾地追究這個公式。該書的資料有條不紊地分配在：像擴張與集

㉙ 柯爾夫（H. A. Korff）Geist der Goethezeit: Versuch einer ideellen Entwicklung der Klassisch-romantischen Literaturgeschichte, 4 v., Leipzig, 1923-53；塞沙爾茲（Herbert Cysarz）Erfahrung und Idee, Vienne, 1921; Deutsche Barockdichtung, Leipzig, 1924; Literaturgeschichte als Geisteswissenschaft, Halle, 1926; Von Schiller bis Nietzsche, Halle, 1928; Schiller, Halle, 1934；杜茲貝因（Max Deutschbein）Das Wesen des Romantischen, Coethen, 1921；史蒂凡斯基（George Stefansky）Das Wesen der deutschen Romantik, Stuttgart, 1923；梅斯納（Paul Meissner）Die geisteswissenschaftlichen Grundlagen des englischen Literaturbarocks, Berlin, 1934。

中，大宇宙與小宇宙，罪惡與獲救，信仰與理性，極權和民主，「破壞」與「建設」等種種項目之中。根據這樣廣泛的類比，梅斯勒得到一個得意的結論說：巴洛克時代由它自己的表現可以看出那時代的衝突、矛盾及緊張。梅斯勒也與他同時的學者一樣，從來沒有提出那很明顯但卻是基本的問題：這種對照方法是否可從其他任何一個時代歸納出來？是否可把完全不同的對照方法應用到十七世紀，基於從他廣泛的閱讀而得來的同樣的引證？

和梅斯勒類似的是柯爾夫的巨著，它把所有的一切事物都減縮到論題「合理主義」（rationalism）和反論題「非合理主義」（irrationalism）以及由兩者合成的「浪漫主義」。在柯爾夫的著作中合理主義很快地又有了一個正式的意義「古典主義」，同時「非理性主義」則有了一種不十分嚴格的狂飆時期（Storm and Stress）的形式，而德國浪漫主義則被用來作爲它們的合成品。很多的德文著作都曾討論到關於這類的對比：像卡西勒（Ernst Cassirer）的非常清晰的《自由與形式》，塞沙爾茲那拐彎抹角的《經驗與觀念》（Erfahrung und Idee）㉚。對於某些德國作家來說，這些觀念的類型要不是和種族類別有密切的關係，便是具有其色彩：德國人，或者至少是條頓人是感情的，而拉丁人則是理性的；而且這些類別如同瘋魔的與合理的二者之對照，也許根本就是心理上的。最後，觀念的

㉚ 卡西勒（Ernst Cassirer）《自由與形式》（Freiheit und Form）Berlin, 1922; Idee und Gestalt, Berlin, 1921.見前註 Cysarz 項。

類型據說可以和文體的概念交替變換：它們可以和古典主義、浪漫主義、巴洛克和哥德式的（Gothic）合而爲一，而且誘發出大量的文學，在這當中，人種學、心理學、觀念學以及藝術史，都以一種錯綜複雜的混合和摻雜且被表達出來。

然而某一時代、某一種族、某一件藝術作品的完全統一的假設是具有相當嚴重的疑問的。藝術的平行對應只有在相當程度保留的情形下才可能被接受，哲學與詩兩者之間的對應則更是値得懷疑，我們只要看英國浪漫主義詩盛行在一個正當英國和蘇格蘭哲學都被通俗哲學和功利主義所壟斷的時期便可以明瞭。即使有時哲學似乎是和文學發生了密切關係，然而實際的統一結合卻是比德國的精神史所假定的遠爲不定。德國浪漫運動的研究，主要是依循像費希特或謝林，專門的哲學家們，和施萊格爾（Friedrich Schlegel）、勞瓦利斯（Novalis）等作家所發展出來的哲學路線，以及一些模稜兩可的例子，它們實際上的藝術產品既不是絕對重要，而在藝術上也並不十分成功。德國浪漫運動的最偉大詩人、劇作家或小說家和當時的哲學經常只有很淡薄的關係（就像霍夫曼（E. T. A. Hoffmann）和傳統的天主教徒艾興多爾夫（Eichendorff）兩人的例子一般），再不然就是進化爲特別對浪漫主義哲學家相敵對的哲學觀點，就像瑞克特（Richter）的攻擊費希特，或如克萊斯特之自覺爲康德所壓制。哲學與文學之間的堅強結合，哪怕是在德國浪漫運動時期，只能從勞瓦利斯和公認爲費希特的弟子昔萊格爾的片段的、純理論的論說中達到。但他們二人的推論，生前多未及刊布，所以與文學不發生具體的關係。

哲學和文學之間緊密的結合常是混騙著人的，因而爲之辯護的議論，引用文學上的意識、意圖的表示以及現有的藝術上諸形式，在藝術家的實際活動方面，都只有微薄的關係。但爲了基於程序等等的研究，往往給予過高的評價。這種對於哲學和文學密切結合的懷疑論，當然並不否認其他許多關係，甚至某種對應的可能性存在，這對應是以一般社會背景爲後盾，因此也受到加諸於文學和哲學的普通影響。但是，即使是在這裡，一般社會背景的假設也可能是騙人的，從事詩歌的人，各因其完全不同的社會與出身而各據其特殊階層來發展他們的哲學，這例子非常之多。哲學，比文學更容易被認爲受到教會和學院的提攜。哲學和所有其他人類活動一樣具有它自己的歷史、自己的邏輯、自己的派別和運動，對我們來說，並不曾像許多信奉精神史的人們所假定的和文學運動有著密切的關係。

以「時代精神」來解釋文學的轉變，而當這種精神變爲一種虛構的整體和一個困難且艱澀的問題的絕對指針時，那似乎是毫無疑問的錯誤。德國的精神史通常只能把標準由一個系列（藝術與哲學的任何一種）轉換到整個的文化活動，然後把這個時期以及其中的每一件個別的文學作品，用那些含混不清的相對的類別，像古典主義、浪漫主義、合理主義來作表明。「時代精神」的概念對於一種西方文化持續性的觀念時常也有不幸的結果：個別的時期被認爲完全獨特的且其間毫無關聯，甚至它所顯示的沿革也被認爲是激進的，以致精神科學者不僅淪爲完全的歷史相對主義（historical relativism）（此一時期與彼一時期同樣的好），而且成爲一種忽略了個性、創造性，亦即對人性具有基本不變的文化以及藝術之虛僞的觀念。從史賓格勒，我們得知一種宿命必然輪迴的關閉文化的循環，而這循環是神祕並行的自我封閉。古代並不繼續到中世紀，而西方文學之傳承演進便也完全被否認或遺忘了。

總之，這些幻想的空中樓閣不應該困擾一般人類歷史，或至少是西方文明史的眞正問題。我們僅僅認爲普通精神史所提出的解答，它極度依賴對比和類比，對文體和思想形式反覆替換而不加批判的前提，以及它相信所有人類的活動可以完全的統合這一點，我們確信那都是未成熟的，並且許多地方根本是不成熟的。

文學研究者不應該推想那些大規模的問題像歷史哲學和文化的最後結合，而應該把注意力轉移到尚未解決的，或者甚至沒有加以適當討論的具體問題上去。亦即：觀念實際是怎樣進入文學的問題。顯然這不是一個觀念存在於文學作品中的問題，而這些觀念只是一些外在的素材，只是一些資料的話。只有當這些觀念實際上吸收到藝術作品的結構，變爲「組織的」一部分時，簡而言之，當它們不再是平常意義下的概念，而成爲象徵或神話時，問題才會產生。在很多的教誨詩（didactic poetry）中，觀念只僅僅是陳述，不過具有韻律或一些隱喻和寓言的穿插而已。另外還有觀念小說（novel of ideas），就像喬治・桑（George Sand）和哀利奧特的作品，其中我們可以讀到社會的、道德的或哲學「問題」的討論。在較高度的觀念和文學的融合上，有如梅爾維爾（Melville）的《白鯨記》（Moby Dick），它的整個情節都在表達某種神祕的意義；或如布瑞吉斯（Bridges）的《美之遺言》（Testament of Beauty），它至少是故意的被一個哲學的隱喻所包含。還有便是杜思妥也夫斯基，在他的小說《卡拉馬助夫兄弟們》中，觀念的戲劇是由人物和事件的具體敘述交代出來，那四個兄弟便是象徵，既表示觀念上的爭論，同時又是一部個人的戲劇。觀念上的結論是和主角個人下場合而爲一。

然而這類的哲學小說和詩，像歌德的《浮士德》或杜思妥也夫斯基的《卡拉馬助夫兄弟們》，是否因爲它們的哲學內涵而成爲優越的藝術作品？我們是不是寧可結論說這類的「哲學的眞理」並沒有藝術的價值，就好像我們說心理學的或社會的眞理沒有藝術價值一樣？哲學的、觀念的內容，在它們適當的文句安排之下，似乎增加了藝術價值，因爲它確定了一些重要的藝術意義：像複雜性及和諧等。一種理論上的內省可能會增加藝術家深入的程度和伸展的幅員。然而並不需要完全是這樣的。如果藝術家沒有消化那過多的觀念，那麼，他反而將會被它們所困擾。克羅齊認爲〈神曲〉是由詩的章句，交錯著一些押韻的神學和僞科學（pseudo-science）所組成的[31]。《浮士德》的第二部毫無疑問地爲過度的知識化所損傷，而不斷地在接近明顯的寓言邊緣。在杜思妥也夫斯基的小說中我們經常感到藝術的成功和思想的重量之間的矛盾。索西瑪（Zosima），杜思妥也夫斯基的代言人，便是一個不如伊凡．卡拉馬助夫那樣生動的角色。就較低的水準來說，湯瑪斯．曼的《魔山》

㉛ B. Croce, La poesia di Dante, Bari, 1920。

（Magic Mountain）也證明了同樣的矛盾：前一部分娓娓敘出療養地的境況，在藝術上便較後半部大量的哲學上的矯飾更爲優越。然而有時在文學史上會有些例子，雖然不多，其中觀念清晰熾熱。人物與場景不僅僅是代表且實際上包括了觀念，這也許就是哲學和藝術的合一。意象變爲理念，理念變爲意象。然而這就必定是藝術的極致嗎？而許多具有哲學傾向的批評家都這樣承認嗎？克羅齊在討論到《浮士德》的第二部時，似乎是很正確地議論道：「當詩因爲這種情況而變得優越時。那就是說，它超越了自己，它已經失去了詩的地位，正因爲這緣故，反而應該說它是低劣的，再明白點說，因爲它本身缺少了詩的素質」[32]。至少，我們認爲應該承認哲學詩——無論它是如何地完整合一——只是詩的一種，並且它在文學中的地位也不一定是主要的，除非有人堅持一種詩的理論，意想不到的、神祕的理論。詩並不是哲學的替代物，它有它自己存在的理由和目的。觀念的詩也和其他的詩一樣，不能以其材料的價值來判斷，應該用它的融合程度和藝術的張力來衡量。

㉜ B. Croce, Goethe, Bari, 1919（英譯本倫敦一九二三年出版，第一八五頁至第一八六頁）。

第十一章　文學與其他藝術

文學與美術（fine arts）及音樂之間的關係是非常不一致而且複雜的。有時，詩歌是從繪畫、雕塑，或音樂中取得靈感的。別的藝術作品，也正像自然景物和人一樣可以成爲詩歌的主題。詩人在描繪雕塑、繪畫，甚至音樂時，並不曾顯得有特殊的理論上的困難。據說斯賓塞從某些掛氈或綴幃上勾引出他的許多描述；勞倫（Lorrain）和羅薩（Rosa）的繪畫影響十八世紀的風景詩（landscape poetry）很大，濟慈的〈希臘古瓶頌〉（Ode on a Grecian Urn）其細節是從一幅勞倫的畫得來的①。拉若比（Larrabee）認爲所有希臘雕刻的暗示和處理方法都可以在英國詩中找到②，蒂博代（Thibaudet）曾表示：馬拉美（Mallarmé）的〈牧神的午後〉（L'Après-midi d'un faune）是由倫敦國家美術館裡一幅布雪（Boucher）的畫得到靈感的③。詩人們，特別是十九世紀詩人像雨果（Hugo）、戈蒂耶（Gautier）、

---

① △萊葛威著《斯賓塞》，巴黎，一九二三年出版；曼瓦琳（Elizabeth W. Manwaring）著《十八世紀時英國之義大利風景畫》（Italian Landscape in Eighteenth Century England），紐約，一九二五年出版；

△考爾文（Sir Sidney Colvin）著《濟慈》，倫敦，一九一七年出版。

② 拉若比（Stephen A. Larrabee）著《英國詩人和希臘大理石雕刻：雕塑與詩歌的關係特別在浪漫時期之探究》（English Bards and Grecian Marbles: The Relationship between Sculpture and poetry especially in the Romantic Period），紐約，一九四三年出版。

③ 蒂博代（Albert Thibaudet）著《馬拉美之詩》（La Poésie de Stéphane Mallarmé），巴黎，一九二六年。

高蹈派詩人（the Parnassiens）和蒂克，都曾寫了吟詠繪畫的詩篇。當然，詩人們都有他們自己的繪畫理論和對某些畫家的偏好，這些都可加以研究並且藉此探討那和他們的文學理論及文學興味有多少關聯在。這裡確實是一個值得探究的廣大範圍，僅僅只有極少部分在最近幾十年爲人們所研究過。

反過來說，文學顯然也可以成爲繪畫或音樂，特別是聲樂和標題音樂（program music）的主題，這就像文學，特別是抒情詩和戲劇與音樂密切合作的情形一樣。最近對於中世紀頌歌或伊莉莎白時期抒情詩的研究愈來愈多，它們特別強調和配樂的密切關聯④。在藝術史上曾有一群學者（潘諾夫斯基（Panofsky）、薩克塞奧（Saxl）等等），致力研究藝術作品的意念和象徵的意義（即所謂的「圖像學」（Iconology）），他們常常也探討它的

---

④見柏梯遜（Bruce Pattison）著《英國文藝復興時期之音樂及詩歌》（Music and Poetry of the English Renaissance），倫敦，一九四八年出版；

△Germaine Bontoux, La Chanson en Angleterre au temps d'Elizabeth, Paris, 1938。

△克斯譚狄克（Miles M. Kastendieck）著《甘平：英國之音樂詩人》（England's Musical Poet: Thomas Campion），紐約，一九三八年出版。

△何南德爾（John Hollander）著《天空之變調》（The Untuning of the Sky），普林斯頓，一九六一年出版。

文學關係和感興⑤。

在這些明顯的來源和影響，感興或合作等問題之外，尚有一個更重要的問題應該提出討論：文學有時很明顯地要達到繪畫的效果——成爲文學的繪畫，再不然就想達到音樂的效果——轉化爲音樂。有時，詩甚至有意地要達到雕塑的意味。批評家也許會感嘆這些類型的混淆，就像萊辛（Lessing）在他的論文〈勞孔〉（Laokoön）和白璧德在他的〈新勞孔〉（New Laokoön）裡所作的一樣。但是我們不能否認藝術是在彼此之間互相借用各自的效果，並且它曾經相當程度地達到那些效果。當然，我們會否定那把詩原原本本地變爲雕塑、繪畫或音樂的可能性。「雕塑意味」（sculpturesque）一詞應用到詩上面，哪怕是蘭德（Landor）、戈蒂耶、阿瑞蒂亞（Heredia）的詩，都只是一種含混的比喻而已，那僅僅是說詩所表達的那種似乎是同希臘雕刻相似的效果：寒冷、白色大理石或石膏的吸引力，寧靜、安詳、明顯的輪廓以及清晰。然而我們必須承認詩的冷和大理石可觸摸的冷的感覺，或

---

⑤ 潘諾夫斯基（Erwin Panofsky）著《圖像學研究》（Studies in Iconology），紐約，一九三九年出版，一九六二年再版，及《視覺藝術之意義》（Meaning in the Visual Arts），紐約州，嘉頓市（Garden City, N. Y.），一九五五年出版。另見瓦爾伯學會（Warburg Institute）出版之薩克塞奧，溫德（Edgar Wind）等人之著作。關於荷馬和希臘悲劇之圖釋（見於瓶甕描繪）之討論有甚多著作，例如：Carl Robert, Bild und Lied, Berlin, 1881; Louis Séchan, Études sur la tragédie grecque dans ses rapports avec la céramique, Paris, 1926。

者那種因爲潔白而在想像中重組出來的潔白的感覺是非常不同的；詩中的寧靜和雕刻中的寧靜也不一樣。柯林斯（William Collins）的〈夜之頌〉（Ode to Evening）被稱爲一首「雕塑詩」（sculptured poem），那並不暗示說它和雕塑有任何眞正的關係⑥。唯一值得分析的是那緩慢、嚴肅的音韻和遺字，它非常奇怪地能迫使注意力達到個別的字上，因而促成一種緩慢的讀法。

不過我們很難否認賀瑞斯的「繪畫詩」⑦公式的成功，雖然，在閱讀詩中可能過分強調

---

⑥ 拉若比，同註②所引拉若比的著書第八十七頁。韋勒克在其評論中對此有一周詳之討論，見《語言學評論》第二十三期（一九四四），第二八二頁至第二八三頁。

⑦ △赫華（W. G. Howard），〈繪畫詩〉（Ut Pictura Poesis），刊於《現代語言學會會刊》第二十四期（一九〇九），第四十頁至第一二三頁；

△戴韋斯（Cicely Davies）〈繪畫詩〉，刊於《現代語言評論》第三十期（一九三五），第一五九頁至第一六九頁；

△李（Rensselaer W. Lee）〈繪畫詩：繪畫之人文的理論〉（Ut Pictura Poesis: The Humanistic Theory of Painting），刊於《藝術彙報》（Art Bulletin）二十二期（一九四〇），第一九七頁至第二六九頁；

△哈葛斯重（Jean H. Hagstrum）著《姊妹藝術：從德萊頓到葛萊之文學繪畫主義與英詩之傳統》（The Sister Arts: The Tradition of Literary Pictorialism and English Poetry from Dryden to Gray），芝加哥，一九五八年出版。

了它的摹想，但也有一些時候，有一些詩人卻盡量不使讀者去想像。萊辛便批評阿里奧斯托（Ariosto）過分對女性美的描寫是視覺上的無效（雖然作爲一首詩並不一定無效）可能是對的，然而十八世紀對於逼眞如畫的熱衷卻是難以否認的；並且現代文學中從夏多布里昂到普魯斯特都給予我們許多描述至少暗示有繪畫的效果，使我們想像那些場景往往不自覺地便牽連到當時的繪畫上。雖然，作家是否眞能對那假設完全不懂繪畫的讀者提示繪畫的效果，是值得懷疑的；但是在我們的一般文化傳統內，作家曾經暗示裝飾畫，十八世紀的風景畫，惠斯勒諸人的印象派效果卻是很清楚的。

詩是否能達到音樂的效果似乎更值得懷疑，儘管大多數的人都認爲它是能達到的。詩的「音樂性」（Musicality）經過仔細的分析，結果是一種和音樂中的「旋律」（melody）完全不同的東西：它是指一種語音的安排，一種子音重複的避免，或只是某種韻律效果的運用。經過那些浪漫詩人像蒂克及其後的魏倫（Verlaine），達成音樂效果的努力大部分只是減縮詩中意義結構（meaning structure），避免邏輯的組織，和強調暗示而非概述。然而，嚴格地說，這樣模糊的輪廓、含混的意義，以及不合於邏輯，根本不是「音樂性」的。文學的模仿音樂結構，像主樂旨（leitmotiv）、奏鳴曲，或者交響曲形式倒是似乎比較具體一些。不過主題的重複，或者語氣的某種對比和平衡，雖然是在故意模仿音樂結構，但很難說那不是文學中的熟知手法，就像再現和對比等等，並且這些技巧在其他的藝術中也很普遍⑧。只有在非常少見的情形下，詩暗示確切的音樂聲調，在魏倫的〈小提琴的啜泣〉（Les sanglots longs des violons），或者愛倫．坡的〈鐘〉（Bells）兩首詩裡，樂器音色的效果或通常的鐘聲，都僅賴一般的擬聲語（onomatopoeia）而達到它的效果。

當然，有的詩是故意爲譜樂而寫的，就像許多伊莉莎白時期的抒情歌和所有的歌劇的道白。在極少的情況下，詩人和作曲者同是一個人；但是很難證明音樂的曲和詞是同時作成的。即使是華格納（Wagner）常常在譜成音樂之前好幾年便寫好了他的「戲劇」；並且，無疑地，許多抒情詩都爲了曲調而寫的。不過音樂和眞正偉大的詩篇之間的關係倒是相當淡薄的，這我們可以從那些最成功的例子看出。結構嚴謹而周密的詩不可能用來譜成音樂，倒是很多平凡或低劣的詩，像海涅（Heine）或繆勒（Wilhelm Müller）很多早年的作品，卻替舒伯特和舒曼（Schumann）最好的歌曲提供了歌詞。如果詩是有高度的文學價值，譜

---

⑧ 愛黎絲佛爾摩夫人（Mrs. Una Ellis-Fermor）在她的《詹姆斯一世時期的戲劇》（Jacobean Drama），倫敦，一九三六年出版，對於瓊遜的〈佛兒朋〉（Volpone）曾加以仔細地作「音樂分析」；另克恩諾多（George R. Kernodle）在《紀念喬治．雷諾氏之伊莉莎白時期研究及其他論文》（Elizabethan Studies and Other Essays in Honor of George G. Reynolds），科羅拉多州保德爾（Boulder, Colorado），一九四五年，第一八五頁至第一九一頁。

曲經常會完全歪曲或扭變了它的形式，即使對音樂來說它會有它自己本身的價值。我們不必列舉像莎士比亞的《奧賽羅》（Othello）搬到威爾第（Verdi）歌劇的結果爲例，因爲差不多所有《聖經》的詩篇或歌德的詩被譜成的音樂就已經是最好的證明了。詩與音樂之間的合作是毫無疑問地存在著，可是最高級的詩並不傾向音樂，而最偉大的音樂也並不需要語句的。

美術和文學的並行不悖，通常是因這幅畫和那首詩給予我同樣的感受而確定的。比方說，當我聽了一首莫札特（Mozart）的舞曲，看了一幅華鐸（Watteau）的風景畫，或者讀了一首亞奈科雷昂的（Anacreontic）詩時，我都覺得輕鬆愉快。然而這是不值得精確分析的對應：一首樂曲所引起的快樂並不是一般的快樂，或者甚至某一種特定的快樂，而是一種緊隨著音樂調子而來的，因此也就附著於音樂調子的情緒。在音樂中我們所經歷的情緒和眞實生活中的情緒只有少數通常的起伏相同，即使我們要盡量說明這種情緒，我們仍然和引起這種情緒的事物相去甚遠。保留在讀者或欣賞者個人反應中的藝術之間的對照，倒是可以說明我們對兩種藝術反應的某種情感上的對照，只是這對照是永遠無法加以查證的，因此也就永遠不會在我們的知識中合作發展。

另外一種常見的方法便是藝術家本身的意圖和理論。無疑地，我們可以指出在不同的藝術後面，在新古典或浪漫主義當中，會有著某些理論和公式的相同之處，並且我們可以發現在不同的藝術裡，個別藝術家的意圖表白也有其相同或相似的地方。不過音樂上的「古典主義」必然是指和文學上的古典主義極為不同的東西，因為從來沒有真正很古老的音樂留存到現在（除了少數的片段之外），而音樂的演進便也不能如同文學的演進要受古代教範的影響一樣。同樣地，在龐貝和赫克勒尼姆（Herculaneum）的壁畫未曾發掘以前，繪畫很難說是受了古典的影響，雖然不斷有人提到古典理論和像阿派里茲（Apelles）的希臘畫家，以及一些久遠的必然是從古代經過中世紀流傳下來的繪畫傳統。然而，雕刻和建築卻是決定於古典的模式以及它們的流變而達到一種超越其他藝術——包括文學在內——的極限。因此理論和自覺的意圖，在不同的藝術中是非常不同的東西，而且對於藝術家個人活動的具體結果；也就是他的作品和作品的特別形式及內容，幾乎無所說明，甚或沒有說明。

雖然經由作者意圖的研究所得特別的解釋是如何薄弱無力，但是，我們可以從少數畫家而兼詩人的例子來看。例如：將布雷克或羅塞蒂（Rossetti）的詩和繪畫作一個比較，那它們的特徵——不僅是技術上的素質——便顯出非常的不同，甚至是背道而馳的。一個怪模樣的小動物卻被看作「斑斕耀眼的老虎！老虎！」（Tiger! Tiger! burning bright 一詩的插圖）。薩克萊為他自己的《浮華世界》（Vanity Fair）作插畫，他那痴痴而笑的貝琦．夏甫（Becky Sharp）的造像，其漫畫造型和小說中的複雜性格一點也牽連不上。無論在結構或質地上，米開朗基羅的十四行詩（sonnet）與他的雕塑和繪畫是無法相比的，儘管我們在他所有的作品中能找到相同的新柏拉圖主義的理想和某些心理上的相似之處⑨。這表示一件藝術作品的「媒介」（一個不幸容易使人懷疑的名詞）不但是藝術家爲著表現自己的個性所不能不克服的技術上的障礙，而且也是傳統上的先決條件所預先形成的因素，還具有左右及改進藝術家個人態度和表現之強而有力的決定性。藝術家並不是以一般心理上的詞彙來構想，而是用具體的材料，而這具體的媒介卻有它自己的歷史，和其他的媒介大不相同⑩。

較之由藝術家的意圖和理論來較量的方法更爲有價值，是一種從藝術的共同社會和文化背景來比較它們。誠然我們可以說明藝術和文學的共同的、一時的、地區的或社會的發展背景，因此也能指出它們所接受的共同影響。很多藝術之間相似之說的來歷，只是因爲它們忽視了訴諸各種藝術作品的對象，及其發生之由來是基於完全不同的社會背景。社會各階層所創造或要求的某一類型的藝術會隨時間或空間而異。哥德式的大教堂和法國史詩各有不同的社會背景；同時訴之於雕塑的對象和小說的，也非常不同。那認爲在所有的藝術裡面心智的

⑨ 見潘諾夫斯基，〈新柏拉圖運動與米開朗基羅〉（The Neoplatonic Movement and Michelangelo），刊於《圖像學研究》，紐約，一九三九年，第一七一頁起。

⑩ Charles de Tolnay, Pierre Bruegel l'Ancien, 2v., Bruxelles, 1935；另見 Die Zeichnungen Peter Breugels, Munich, 1925；及卡爾・紐曼（Carl Neumann）之批評，刊於 Deutsche Vierteljahrschrift 第四期（一九二六），第三〇八頁起。

背景必是同一的且具有同等作用的假設，與那在某一特定時間和地點內的藝術都有共同社會背景的假設，恰好是同樣的錯誤。用當代的哲學來解釋繪畫似是一件危險的事，我們只舉一個例子來看，托爾奈（Charles de Tolnay）曾經將老彼得．布勒哲爾（Pieter Bruegel the Elder）的繪畫解釋爲與庫薩斯勒（Cusanus）或柏拉施爾薩斯（Paracelsus）並行，且在斯賓諾莎和歌德之前的泛神一元論的一種證據。用「時代精神」來解釋藝術甚至更爲危險，就像我們以前討論過的德國時代精神運動（Geistesgeschichte）所做的一般⑪。

眞正因爲相同或相似的社會或知識背景而產生的類似情形，從來就很少爲人具體地分析過。我們找不到任何研究能夠具體地表示出，比方說，在一特定時期或地點內所有藝術對於「自然」的事物究竟是如何地擴大或縮小它們的容納範圍；或者藝術的規範，究竟是如何和某一特別的社會階級互相牽連，因而遭受到統一的改變；再不然就是美學價值是如何隨社會革命而變化。這是一個值得研究的廣大範圍，然而還不曾爲人觸及，對於藝術作個比較的結果，它會提供一個具體的結論。當然，只有那普及於各種藝術進展途中的類似的影響，始可用這種方法證明。

顯然地，藝術比較的最主要方法是基於對藝術品的實際分析，也就是對它們的結構關係

⑪ 見前章〈文學與觀念〉。

的分析。除非我們集中於作品本身的分析，而捨棄那些讀者和觀眾或作家和藝術家的心理學的背景研究，以及文化和社會背景的探討——無論從它們的角度看那些解釋已經是如何清晰，根本就不會有一種藝術本身的歷史，更不用說藝術之間的比較歷史了。不幸地到目前為止，我們仍然很難找到任何能將種種藝術加以比較的工具。這裡會產生一個非常困難的問題：亦即藝術之共同的與可比較的因素，是些什麼？我們在像克羅齊的理論中沒能找到任何線索，他在他的理論中把所有的美學問題都集中到直覺行為而神祕地與表現相結合。克羅齊確信表現方式的不存在而對「任何將藝術的美學上分類的嘗試都斥為荒謬」，於是便否認所有的類型或樣式之間的不同⑫。杜威（Dewey）在他的《作為經驗的藝術》一書中所強調的，對於我們這一問題也沒有什麼幫助；他說在各種藝術之間，因為有「一些共同的條件，離開它則任何經驗都是不可能的」，因為有了這些共同條件，藝術之間於是便有了一種共同的特質⑬。毫無疑問地在所有的藝術創作行為，或者，進一步來說，在所有的人類創作、活動和經驗之中都有著一種共通性。不過這些結論卻無法幫助我們對於藝術之間的比較。格

---

⑫ 克羅齊著《美學》，艾恩斯力（D. Ainslie）譯，倫敦，一九二九年出版，第六十二頁、第一一〇頁、第一八八頁及其他各頁。

⑬ 杜威（John Dewey）著《作為經驗的藝術》（Art as Experience），紐約，一九三四年出版，第二一二頁。

林（Greene）則比較具體一點，認爲藝術間能加以比較的因素是繁複性、統一性和節奏；而且，就像在他之前的杜威所作的，他對「節奏」一詞被應用於造型藝術特加以積極地辯護⑭。然而，在一篇樂曲的節奏和一列柱廊的節奏之間的巨大差別，似乎是不可能解決的；對於後者來說，無論它的順序和層次，都不是作品本身的結構加上去的。至於繁複性和統一性，只不過是「多樣之統一」的另外一種說法，它們的用途因此也就受到了限制。那些少數認爲藝術的共同處是要從結構上去找的具體努力也並沒有什麼進展。一位哈佛大學的數學家伯克霍夫在他的論《美學之衡量》⑮一書中，意圖找出單純的藝術形式和音樂之間共同的數學基礎；同時他還作了詩的「音樂性」的研究，那也同樣是用數學等式和係數來說明。然而

---

⑭ △格林（Theodore Meyer Greene）著《藝術及批評之藝術》（The Arts and the Art of Criticism），普林斯登，一九四〇年出版，第二一三頁起，特別是第二二一頁至第二二六頁。
△杜威，見前註所引杜威的著書第一七五頁起及第二一八頁起。
△反對將「節奏」應用到造型藝術上的意見：
Ernst Neumann, Untersuchungen zur Psychologie und Aesthetik des Rhythmus, Leipzig, 1894; 及 Fritz Medicus, "Das problem einer vergleichenden Geschichte der Künste"，刊於 Philosophie der Literaturwissenschaft (ed. E. Ermatinger), Berlin, 1930, p. 195 ff。

⑮ 伯克霍夫（G. D. Birkhoff）著《美學之衡量》（Aesthetic Measure），麻州劍橋，一九三三年出版。

詩的諧音是不能脫離它的意義來處理的，伯克霍夫對愛倫·坡的詩的高度評價似乎可以證實這一假定。如果被接受的話，他的這個空前的嘗試卻反而會加寬了詩的主要的「文學」性與其他各藝術之間的鴻溝，而那些藝術在「美學的衡量」上要比文學占的分量還多。

諸藝術之間具有平行關係的問題，早已提示過藝術史上所有式樣的概念，也適用於文學。十八世紀把斯賓塞《仙女后》（Faerie Queene）一詩的結構和一座哥德式大教堂的華麗錯雜的式樣作了無數的比較⑯。史賓格勒在《西方的沒落》（The Decline of the West）中把一種文明的所有藝術加以類比，他提到過「曲木的家具、鑲鏡子的房間、田園風景畫、可觀覽的瓷器編組的室內樂」，還提到「提香（Titian）風格的抒情詩」，以及「哈爾斯的急迅拍，和范戴克（Van Dyck）的緩慢板」⑰。在德國，這種對於藝術的類比方式引起了大量關於哥德時人和巴洛克精神的著作，並且發展到把「洛可可」（Rococo）和「比德瑪爾」（Biedermeier）等名詞應用到文學上。在文學的分期中。那些藝術式樣明晰的階段像哥德時期、文藝復興期、巴洛克時期、洛可可時期、浪漫主義時期，以及比德瑪爾、寫實

---

⑯ 例見於休斯（John Hughes）所編《仙女后》（一七一五年版）之〈序言〉中，以及赫爾德（Richard Hurd）之《關於騎士及傳奇之信札》（Letters on Chivalry and Romance）一七六二年。

⑰ Oswald Spengler, Der Untergang des Abendlandes, Munich, 1923, V.I, pp. 151, 297, 299, 322, 339。

主義、印象主義、表現主義諸時期，給予文學史家很深的印象，於是也就把它們應用到文學上去。那些提到過的式樣又可歸成主要的兩大類，基本上表現出古典的和浪漫的對照：哥德式、巴洛克、浪漫主義、表現主義歸於一邊；文藝復興、新古典主義、寫實主義又屬於另一類。對於洛可可，比德瑪爾則解釋爲後來的產物，是早期風格，前述的式樣——亦即巴洛克和浪漫主義——到了後來成爲頹廢華靡的變體。像這種平行說多半是牽強附會的，即使在最善於運用這方法的學者著作中也可以找出不少荒謬的議論⑱。

把藝術史的分類轉用到文學史上最具體的嘗試便是瓦爾茲爾所採用沃夫林的藝術標準。沃夫林在他的《藝術史原理》（Principles of Art History）中⑲，基於純粹的結構來區別文藝復興和巴洛克藝術之間的不同。他製作了一種對照表可以應用到一個時期內的任何一幅繪畫、一件雕刻、一座建築物上去。他說文藝復興藝術是「線型的」，而巴洛克藝術則是「面型的」。「線型的」指人物事體的輪廓都是勾描得非常清晰；而「面型的」則意指光線

⑱ 見韋勒克的〈文學研究中之巴洛克觀念〉（The Concept of Baroque in Literary Scholarship），刊於《美學及藝術批評彙刊》（Journal of Aesthetics and Art Criticism），具體例子及進一步之參考甚多。

⑲ H. Wölfflin, Kunstgeschichtliche Grundbegriffe, Munich, 1915（英譯本爲何庭吉爾（M. D. Hottinger）譯，紐約，一九三二年出版）。

和色彩，而把事物的輪廓變模糊了，而以其本身爲結構的主要部分。文藝復興的繪畫和雕刻採用一種「關閉」的形式，一種對稱的、平衡的圖形或表面的組合，而巴洛克則喜歡應用一種「開放」的形式，一種不對稱的構圖，它強調一幅畫的角落而不是中心部分，或者甚至指引到畫框以外去。文藝復興的繪畫是「平面的」，或者至少是畫在不同的隱退的層面上，而巴洛克繪畫則是「深入的」，或者似乎可以把觀賞者的眼光帶到一種遙遠的、不清晰的背景去。文藝復興的繪畫就各部分都清清楚楚的方面來說是「多樣的」，巴洛克作品則是「統一的」而高度地融合，緊密地交織在一起。文藝復興的藝術作品是「清楚的」，而巴洛克作品則比較「不清楚」、模糊，和不易明瞭。

沃夫林以其可佩的敏銳分析力對具體藝術作品完成了自己的結論，並且暗示從文藝復興進步到巴洛克的必然性。無疑地，這兩個時期是不能顚倒的。沃夫林對這進展過程並沒有提出任何因果關係的解釋，除了主張一種「觀看方式」（manner of seeing）的改變，不過，這種發展卻很難認爲是純粹屬於生理的。這種強調「觀看方式」的改變。純屬結構上組合上的改變的見解，可以追溯到費德勒和海爾德勃蘭之關於純粹視覺的理論，而最後又可以溯源到一位叫齊墨爾曼（Zimmermann）的赫爾巴特派的美學理論家⑳。然而沃夫林自己，特別

⑳ 見 Hanna Lévy, Henri Wölfflin, Sa théorie. Ses Prédécesseurs, Rottweil, 1936 (a Paris thése)。

是他在後來的文章中㉑，承認他的方法的限度，而且根本不曾認爲他的形式的歷史可以解決藝術史上的一切問題。即在最早的時候他已承認「個人的」和「地方性的」式樣的存在，而且看出他的類型可以在十六和十七世紀以外的地方找到，儘管那是用一種不十分明確的形式存在的。

一九一六年時，瓦爾茲爾在讀完《藝術史原理》之後打算把沃夫林的分類應用到文學上㉒。他在研究莎士比亞的劇本之後，得到一個結論，說莎士比亞是屬於巴洛克派的，因爲他的劇本不是用沃夫林在文藝復興的繪畫中所發現的均齊方式寫成。次要角色的數目，他們不均齊的群類，劇本中每一幕種種不同的強調；所有這些特徵都似乎表示出莎士比亞的技巧是和巴洛克藝術的技巧一樣的。至於柯奈爾（Corneille）和芮辛，他們的悲劇則以一個中心人物爲主，並且按照傳統的亞里斯多德的方式對每一幕都分別強調，因此他們是歸於文藝復興型的。瓦爾茲爾在一本叫做《藝術之互相映輝》（Wechselseitige Erhellung der

---

㉑ H. Wölfflin, "Kunstgeschichtliche Grundbegriffe: Eine Revision," Logos, XXII, 1933, pp.210-24（重印於：Gedanken zur Kunstgeschichte, Basel, 1941）, pp. 18-24。

㉒ O. Walzel, "Shakespeares dramatische Baukunst," Jahrbuch der Shakespearegesellschaft, LII, 1916, pp. 3-35（重印於：Das Wortkunstwerk, Mittel seiner Erforschung, Leipzig, 1926, pp.302-25）。

Künste）的小冊子和以後的許多著作中㉓，想爲他的這種應用加以詮釋和辯護；開始他倒是很保留的，到後來便愈來愈誇大其辭。

沃夫林的一些類別倒是能夠很清楚而且很容易地套進文學名詞。在一種喜好明顯的輪廓和清晰的部位的藝術，和一種結構鬆散輪廓模糊的藝術之間，確有明顯的對照。斯垂克應用沃夫林的文藝復興和巴洛克兩種類別來說明德國古典主義和浪漫主義兩者的對立，它表示這些類別，經過任意的解釋，可以把完美的古典詩和未加修飾的、零星的，或者模糊的浪漫詩之間由來已久的對立重新加以說明㉔。然而我們因此只剩有一組相反對的類別來處理整個文學歷史了。沃夫林的分類即使用嚴格的文學詞彙來重組，也只能幫助我們把藝術作品劃分爲兩類，而這兩類，如果把它們加以仔細考察：也不過接近於那些由來已久的古典和浪漫之間，嚴謹與鬆散結構之間，造型與描繪藝術之間的對照，而爲施萊格爾（Friedrich Schlegel）和謝林及柯勒律治所熟知的，並曾經過一些理論上和文學上的爭論所得到的二分

㉓ 同前註 (Berlin, 1917), esp. Gehalt und Gestalt im Kunstwerk des Dichters, Wildpark-Potsdam, 1923, pp. 265 ff. and 282 ff。

㉔ 斯垂克（Fritz Strich）Deutsche Klassik und Romantik, oder Vollendung und Unendlichkeit, Munich, 1922. 另見蕭滋著《學院之幻覺》（Academic Illusions），芝加哥，一九三三年出版，重印本於康州罕姆登，一九六二年出版，所陳批評見第十三頁及第十六頁。

法。沃夫林的這一組相反對的分類，一方面把所有古典和近似古典的藝術集合在一起，另一方面則把一些非常分歧的運動像哥德、巴洛克和浪漫主義歸納在一起。這個理論顯然忽視了文藝復興到巴洛克之間毫無疑問的極爲重要的發展過程，這正像斯垂克把它應用到德國文學，把席勒和歌德發展階段中近似古典時期和十九世紀初期的浪漫運動作了一個牽強的對比，而卻把「狂飆時期」丟下不加解釋，這就不能不令人感到無法理解了。事實上德國文學在十八到十九世紀交替時期，形成了一個相當緊密的單元，似乎是不可能把它分割成兩個絕對無法融合的對立論題。因此，沃夫林的理論也許可以幫助我們把藝術作品加以分類，或者把那些由來已久的如同：作用與反作用、傳統與反抗，或其他配搭對立的發展方法加以組合或證實。然而，當這種方法接觸到文學的複雜發展過程的現實時，便對實際演進的高度繁複的類型顯得束手無策了。

沃夫林的對照類比的觀念轉用於別處時，還留下一個重要的問題完全沒有解決。我們無論如何也無法解釋那各種藝術並不是在同一個時候，以同一的速度來發展的鐵的事實。文學似乎是常常落在藝術的後面。譬如說，當那些英國偉大的大教堂建立的時候，我們很難提得出什麼英國文學來。在別的時期，音樂更落在文學及其他的藝術之後，舉例說，在一八〇〇年以前我們就說不出什麼「浪漫」音樂，而許多浪漫詩則都早於那個年代。我們很難說明那在「自然畫風」影響到建築至少六十年之前便已經有了「自然詩的事實」㉕，還有便是布克哈特（Burckhardt）㉖所提到的，在羅南佐·麥各尼菲可（Lorenzo Magnifico）所描繪農民生活的奈恩查（Nencia）之前八十多年，便已經有了巴沙諾（Bassano）的浮世繪和他的畫派。即使這些例子都不恰當，而且可加以駁斥的話，但是它們卻提出了一個應用某一簡單的理論所不能回答的問題，根據那個理論，音樂的發展常比詩落後幾十年㉗。顯然，一種與社會因素之間的關聯應該被提出，而且，這些因素在種種情況之下各自不同。

最後我們接觸到那在某些時候，或者某些國家，某一、二種藝術特別發達而別的藝術要不是絕跡便只有抄襲模仿的問題。伊莉莎白時期文學盛行一時，但是美術卻無法與之相提並論，便是一個例證；另外，認爲「民族精神」的如何集中於某一種藝術也是沒有什麼意義的說法，就像萊葛威（Legouis）在他的《英國文學史》中說的，「斯賓塞如果生在義大利一

㉕ 見赫賽（Christopher Hussey）著《自然畫風：一種觀點之研究》（The Picturesque: Studies in a Point of View），倫敦，一九二七年，第五頁。

㉖ 布克哈特（Jakob Burckhardt）Die Kultur der Renaissance in Italien (ed W. W. Kaegi) Bern, 1943, p.370。

㉗ 在索羅金著《社會及文化的動力》，第一冊，辛辛拉提，一九三七年出版，一書中對這些理論有很好的討論。另見 W. Passarge, Die Philosophie der Kunstgeschichte in der Gegenwart, Berlin, 1930。

定會變成提香或委羅內塞（Veronese）；如果生在荷蘭則會是魯本斯，或林布蘭」[28]。就英國文學的例子來說，我們可以很容易把忽略藝術的主要原因歸咎於清教教義，但是這卻很難以說明那非常低俗的文學的鼎盛和繪畫極端的貧弱之間的不同。然而，這些都會把我們帶離主題太遠而牽涉到具體的歷史問題了。

各種藝術——造型藝術、文學和音樂——都有它們自己的演進過程，自己發展的緩急，以及基本的內在結構。毫無疑問地它們彼此之間有著不斷的關係，但是這些關係並不是單方面決定其他藝術演進的影響力量；其實它是一種具有辯證法的相互作用關係的複雜系統，由一種藝術影響另一種，反之亦然；深入藝術的內部而完全改變其形態。這不是像「時代精神」之決定並感染一切藝術那樣說得簡單的問題。我們必須了解全部的人類文化活動是一個自我演進（self-evolving）的完整體系，其中每一個單元都有它自己的一套規範，而這規範不一定要和它鄰近的單元相同。藝術史家——包括文學史家和音樂史家在內——的使命，廣義地說，是基於各種藝術的特性而爲它設計出一套描述的詞彙。因此，今天的詩需要一種新的詩學，一種分析的技巧。而不是僅從其他藝術借用詞彙便可以改寫成功的。我們要爲文學作品的分析發展出一套成功的有系統的詞彙以後，我們才能夠將文學區劃出時期階段，而不

㉘ É. Legouis & L. Cazamian, Histoire de la littérature anglaise, Paris, 1924, p.279。

是將它分成一些以「時代精神」爲主的形而上的單位。當我們把這些嚴格的文學演進的大綱建立以後，我們始能質問這個發展過程和其他藝術的發展過程有什麼地方相似？我們可以看得出來，那答案並不是乾脆的「是」或「否」。它將是合致而又乖離的錯綜形式，而不是平行的直線。

第四編　文學的本質之研究

序論

切實而聰明的文學研究工作，該由解說並分析文學作品的本身著手。關於作者的生活、社會環境，以及整個文學的程序，亦唯有作品本身才能保證我們的興趣。然而很奇怪，文學史總是那樣偏重文學作品的背景；對於作品本身的分析，與那大費力氣於環境的研究，相形之下便微不足道了。當然，他們的理由是因爲環境的條件更重要於作品本身。現代文學史緊接於浪漫派運動，因時代不同需要不同的標準，這運動便以相對立的主張顚覆了古典主義的批評體系①，於是注意點從文學本身移到文學的歷史背景，而這背景就用來判定舊文學作品的新價值。十九世紀以「說出理由」爲巨大口號，大部分的努力都競趨於自然科學的方法。同時，因古詩學的沒落，增強了「藝術本非合理的」這個信念，於是，一切的趣味都只以讀者個別的胃口爲憑而任意「欣賞」。李爵士西德尼（Sir Sidney Lee）在其就職演說詞中，曾對文學這門學問，扼要地發表其純學究的理論，他說：「我們已在文學史上找到了文學所以產生的外在環境——關於政治的，社會的以及經濟的。」②這是對詩學上的問題缺少了解的結果，以致許多學者面臨實際分析或品評藝術品時，便顯出可驚的無能。

---

① 原文作 Neo-classicism 似不指本世紀的新古典主義。今依文學史的常稱，譯爲古典主義。

② Sir Sidney Lee: The Place of English Literature in The Modern University, London, 1913；又見於 Elizabethan and Other Essays. London, 1927. p.7。

近年來接替以一種健全的反動，那就是承認文學的研究，首先要集中注意藝術品本身的實質。古典的修辭學、詩學以及韻律學等等古老的方法，都要用現代的概念加以重新檢討與講述，正被採用的新方法是一種基於廣大視野對現代文學諸樣相的概觀。在法國，是爲「文本解析法」（explication de textes）③；在德國，則爲瓦爾茲爾所開創的一種相同於美術史的形式分析法④。在蘇俄，「形式主義」（formalism）運動特別的囂張，一些捷克和波蘭的徒眾也帶來了對文學作品研究的新刺激；而這些在美國都才剛被正式承認，並加以適度的分析。在英國，一些瑞恰慈的後繼者已密切注意到詩的本文；在美國，也有一夥批評家把藝術作品的研究作爲他們的趣味中心⑤。有好幾種研究戲劇的著作在強調戲劇與人生的區別，而反對把戲劇的實體與經驗中的實體混爲一談⑥；同樣地，還有好些關於小說的研

③ Karn Horney; Self-Analysis, New York. 1942, pp. 389 Forster Op, cit; p.74。

④ 例如：Oskar Walzel: Wechselseitige Erhellung der Künste, Berlin, 1917; Gehalt und Gestalt im Kunstwerk des Dichters, potsdam, 1923; Das Wortkunstwerk, Leipzig, 1926。

⑤ William Empson, Seven Types of Ambiguity, London, 1930; F. R. Leavis, New Bearings in English Poetry, London, 1932; Geoffrey Till otson, On The Poetry of Pope, 1938。

⑥ L. C. Knights, How Many Children had Lady Macbeth? London, 1933, pp. 15-54（另見於 Explorations, London, 1946, 15-54）該書列述其反對把戲劇與人生相混同的實例。又：E. E. Stoll, L. L. Schücking 及其他論者亦皆從戲劇生活的別異中強調那老套的角色。

究，也並不僅以小說對於社會結構相關的概念爲滿意，而進一步要分析其藝術的方法——觀點、敘述的技巧⑦。

俄國的形式主義者最反對「內容與形式相對峙」的古老二分法，因爲這方法會把藝術作品切成兩半，一半是未經製造的生的內容，一半是附和於內容之純表面的形式。顯然地藝術作品之審美效果，並非寄託在普通所謂「內容」裡面。一些藝術作品之無聊與可笑，並不繫於「大意」（synopsis）——（所有「大意」，只能在教學計畫上是正當的）。然而，要在一種具有積極作用的審美要素——「形式」與一種審美效果沒有什麼相關的「內容」之間強行分開，亦會遭遇到無可克服的困難。因爲乍看之下，好像其中有個明顯的分界線；但若我們知道內容是表現文學作品的觀念與情緒，而這樣的內容實際就是由那含有「語言之一切成分」的形式之表現。我們倘更從這區別作進一步探討，則又可發現那樣的內容本身即含有若干形式的成分。例如：小說中演述的事件本該屬於內容部分，但當它作爲處理情節之一種方法來看時，就又屬於形式部分了。並且，倘或取消了這種處理的方法，則連那事件也會失去藝術的效果了。一般補救內容與形式對立的提議而爲德國人廣泛使用的，是「內的形式

---

⑦ Joseph Warren Beach 的著作與 Percy Lubbock 的 The Craft of Fiction, London, 1921 皆其突出者。又如 V. V. Vinogradov, B. M. Eikhenbaum 的許多關於小說的著作都採取形式主義的態度。

（inner form）」這個名詞。雖然這個名詞的來歷可以遠推至普洛狄努士與沙佛茲伯利⑧，但所謂「內的」或「外的」形式之間，其界線既甚含混，則這命名之提出，也不過徒亂人意而已。倒不如乾脆承認：事件被安排在情節之中，就該屬於形式部分。然而使事情變得更複雜的是，因為傳統觀念，平常我們對於形式之辨認，雖在語言上，也要在每個字的「音」與「義」所造成的情態之間區別那在審美上無意義的或審美上有效果的。為今之計，最好把那不具審美意義的，統稱為「材料」，而把那具有審美效果的，別稱為「構造」。但這種區別，並非僅把那一對老搭擋——「形式」與「內容」，改名換姓而已，而是要從中切斷那古老的分界線。「材料」所含有的成分，是兼有一向被認作內容部分及形式部分；「構造」一詞的含意，則兼括著為審美目的而創作的「內容」與「形式」。於是，所謂藝術作品，可以體會為一種純符號的系統，一種服務於特定的審美目的下的符號構造。

⑧ 這指 Plotinus (204-270) Enneades 及 A. A. Cooper, Lord Shaftesbury (1671-1713) Characteristics。

第十二章　藝術的文學作品之分析

我們如何能更具體地分析這種構造？而這種構造的全體性又是什麼？我們如何能分析它的全體性？從前的分析有何不妥或錯誤？當我們將要分析藝術作品之種種層次之前，就會發生諸如此類關於認識論上很麻煩的問題：亦即「藝術的文學作品」（姑且以此語示意，下文當稱爲「詩」）其「存在的方式」（mode of existence）或「本體的位置」（ontological situs）問題。詩之「實體」究竟是什麼？我們何從而能看到它？而它又怎樣存在著的？對於這些問題之正式答覆，將連帶解決了許多重大的疑問，也將因而打開了分析文學作品之正當的門徑。

關於何處有詩？什麼是詩？或一般藝術的文學作品問題，在我們可以提出自己的答案以前，這裡要先提出幾種傳統的解答，並順便加以批判與澄清。第一種是最普通也是最古老的解答：他們把詩看做是「手工藝品」，以爲詩與雕像、繪畫，在實際上並沒有兩樣。果其如是，則這藝術作品只可認作寫在白紙上或羊皮上的黑字，而令我們想起巴比侖的古詩，與想起「磚砌的陰溝」一樣。顯然地，這答案完全不能令人滿意。因爲，第一，長篇的「口誦文學」，那些詩或故事，根本就不是書寫的，除非爲了要它繼續流傳。所以，寫成黑字的文學，都只能認作欲其流傳於異時異地而使用詩的記載之一種方法。就這方法而言，即使我們毀掉這些記載甚至毀掉全部印刷成帙的詩篇，但實際我們仍沒有毀掉詩；因爲它是存在於口耳之間或人們的記憶裡。有如麥考萊其人，他正因其能背誦全本《失樂園》與《天路歷程》而自誇一樣。反之，如果我們毀掉一幅圖畫或一個雕像或是一座建築物，那就可信它是整個被毀掉了；儘管我們還可以藉助於其他方法，比如說明書或紀錄，來重建我們已喪失的東西；但是，那只能算是我們再度創造了另一藝術品（雖然很類似）。至於文學作品，一部抄本甚或所有的抄本都散失了，它卻與藝術品本身的存在無關。

寫在紙上的，並非「實在的」詩，關於這一點，還可以起用其他論證爲之說明。諸如印刷的書籍裡，還包含著很多與詩無關的成分：像鉛字的大小、字體的種類（正體、斜體）、篇幅的廣狹，以及其他種種成分。如果我們眞的把詩當作手工藝品，則我們定將達到：一本刊物就是一種獨特的藝術作品這樣的結論。然而，爲什麼同樣的詩集可有不同樣的刊本呢？顯然地，那結論是不合於「先驗的理性」（à priori reason）。再說，以身爲讀者的我們而言，並不承認每一個刊本都是正確無訛之詩刊。事實上，我們就常常在未經讀過的詩列上改正那印刷的錯誤，甚或在一些地方，我們還能恢復本文眞正的含意；這就表示：刊出的詩，我們並不認爲其合乎原詩。因此，我們不但要指出：詩（任何藝術的文學作品）乃存在於印刷成帙的那個「形跡」以外，而且那印刷成帙的藝術品所有的一些成分，本不包括在「詩」裡面。

話雖如此說，但是這否定的結論，當不至於使我們抹煞自從書寫及印刷術發明以來，它對於記載「詩」的方法上之重大貢獻。許多文學的散失甚至於全部消滅，無疑地，那正是爲著書寫的載籍沒流傳下來，連及理論上可能口口相承的方法又有了差誤或中斷的緣故。書寫，尤其是印刷，不但使文學傳統的永續性成爲可能，即在藝術作品的統一與完美上，也盡了促進的任務。何況，在詩史上，某一時期的圖案、筆跡，還常變成一種高雅的藝術品呢。

中國詩，如同費諾羅沙（Fenollosa）說的：那些以圖形表意的字樣，也就是「詩」的含意之一部分①。即在西洋也曾有這樣圖形詩的傳統。例如：《希臘詞華集》（Greek Anthology）、赫伯特（Herbert）的〈聖堂〉（Altar）、〈教堂樓下〉（Church-floor），以及形而上學派所作同類的詩，都可與大陸上西班牙的「剛哥體」、義大利的「瑪利尼體」、德國的「巴洛克體」等詩體相匹配。即現代詩中，如：美國的孔明斯（Cummings）、德國的霍爾茲（Holz）、法國的馬拉美與阿波利奈爾（Apollinaire）等人以及其他各國使用圖案花樣做詩，如同把詩句排列成爲奇形怪狀，或者一律從每頁的下端寫起，或者用各種顏色印刷等等，依斯特恩在其小說《崔斯坦．先第》中所採用的②，早在十八世紀就有人用過空白的或大理石花紋的詩頁了。諸如此類的設計，都成爲那種特殊作品

---

① 費諾羅沙（Ernest Fenollosa）The Chinese Written Character as a Mediunm for Poetry, New York, 1936; Margaret Church: The First English Pattern Poems, PMLA, LXI, 1946, pp. 635-50 A. L. Korn Puttenham and The Oriental Pattern Poem, Comparative Literature, VI, 1954, pp. 289-303。

② 全名當爲 The Life and Opinions of Tristram Shandy Gentleman ,1760-67。

之不可缺的成分。雖然我們明知這與大多數的「詩」毫不相干，但亦不能，且亦不可忽視其意義。

此外，對於詩，印刷所擔任的職務，還不限於這些比較稀奇古怪的「狂想曲」，即在普通情形之下，它在韻語的句末，在章節的起訖處，在散文分段提行上，在一些視覺韻（eye-rhymes）、雙關語以及必須通過綴字作用始能了解的地方，也都得有這同樣的設計；所以不能不承認它是藝術作品不可少的要素之一。雖然純用口述的理論可以拒絕接受這一切的設計，但如果要對藝術作品作更完全的分析，我們就不能無視它們。而且由於它們的存在，即可以證明時至今日，寫給眼睛看的詩尤勝於唱給耳朵聽的詩，而印刷術在詩中變成何等重要。印刷術之於詩，相等於印刷術之於樂譜的地位。這在音樂方面雖然很少使用，但也不是絕對沒有。遠在十六世紀，義大利「戀歌」的曲譜就常用這視覺的（顏色等等）設計；而號稱純粹的作曲家韓德爾（Handel），他寫了一篇講述「紅海滿潮」的合唱曲，寫到「海水矗立如牆」的地方，印刷在樂譜上的音符，即附註有一定間隔的指標；也許那就是暗示一種方陣或牆。

這裡，我們雖用這種解答作發端，但這種論調，現在已沒有多少人信從了。至於回答我們的第二種答案，卻是受到廣泛的承認而爲朗誦者所特別支持的一種解答。他們把文藝作品的本質放在說話者或讀詩者所發出的聲音效果中。然而，這也同樣地不能令人滿意。何則？因爲大聲讀詩或朗吟，那都只是詩的演奏，而不是詩的本身。嚴格地說：這種情形，殊無異於音樂家之演奏一闋樂章，並且——順沿我們前文的主張——有大量書寫的文學全是不發聲的。我們倘欲否認這個事實，那麼我們就得承認一些荒謬的理論，如同行爲主義者（behaviorist）所說的：凡是默讀，同時必伴有聲帶的運動。這個事實，除非我們是個不大識字的，或是閱讀困難的外國語文，或是目的在要咬清那個字音，我們才喃喃暗誦。然而經驗告訴我們，平常閱讀，都是「整個地」讀著，亦即：我們抓住那印在紙上的文字之整體，不但沒有從中分開其音素（phonemes）的次序，更沒有暗暗地替它發音。何況閱讀之迅速，也得不到餘暇讓聲帶發出聲音。尤其是，相信詩是存在於大聲誦讀之中的擬議，將會導致：沒有聲音便沒有詩，以及讀詩一次就等於做了一次的詩，這樣荒唐的結論。

然而，更重要的是，每一次讀詩，總要多過詩之實際所有者，例如：每次朗吟便含有許多與詩不相干的而又因人而異的成分，像發音、節拍、強勢的配置等等。這些成分，都可說是依讀者的個性，甚至依讀者一時的感興而定奪的成分。進一步說，讀詩，又不特由個人添進個人的成分於詩中，並且那含蓄於詩中的各種重要因素，也往往因個人所選定之聲調、詞句速度、強勢配置的強度等而起不同的表現；姑且不論這些表現孰爲正確，但即使正確，也不過把那「詩」讀成他個人的樣子而已。這裡，重要的是我們必須認定一首詩，本可有多種讀法，往往我們承認那是錯誤的讀法——因爲我們覺得那樣讀已歪曲了詩的本意——但我們認爲正確的讀法，卻又未必合乎我們的理想。

詩的誦讀，並不就是詩的本身，因爲這種演奏可以聽任讀者的意志爲轉移。猶如我們聽吟哦而承認那是優秀而完美的演出，但我們卻也不能否認這在別人聽來，或同一人在另一時候讀來都會有極不同的演出之可能性；雖然那不同的演出與前回是一樣地添入了詩的其他成分。這個推論也適用於音樂的演奏，譬如交響曲，即使由托斯卡尼尼（Toscanini）自己來演奏，但那也不能算是交響曲本身，因爲它已另外染上了作爲演奏者本人個性的色彩，如速度、花腔、音質等等具體而微妙的細節，在另一次演奏時，又會有所變更，儘管相信那第二回是在演奏著同一的交響曲。因此，我們主張：詩應在「演出」之外，甚至那演出時的聲音所含有的各種成分都不包括在詩的本質裡。

話雖如此說，但文藝作品（尤其是抒情詩），在一般構造上說，其表現於聲音方面的，卻是重要的成分之一。例如：音節（syllable）、子音母連綴的樣式、頭韻、叶韻、格律等等，都具有引人入勝的種種意義。這事實即可說明——或僅有助於說明——何以許多抒情詩沒有法子翻譯的緣故。就因爲有許多潛在的語音樣式沒法子轉譯爲另一系統的語言，縱使高明的譯手，也只能將其效果，大致地貼合於自己的國語。不過，也有一大部分文學，因其與語音的樣式沒有密切關係，例如：許多可用散文體翻譯的作品，一向都曾顯示其效果。所以，聲音在詩的構造上，雖爲重要的成分，但若因此而相信「詩」是聲音的連鎖，那就與相信「詩」是寫在紙上的黑字，同爲不能令人滿意的解答了。

第三，對我們這問題常有的答案，就是詩是讀者的經驗。他們主張，詩離開了各個讀者的精神過程，便一無所有了。在閱讀或聆聽一首詩時，我們的經驗乃是與當時的精神狀態或過程息息相通的。但，這種心理學的解答，似乎也不盡然。一首詩，固然要經過個人的經驗然後才可以領略，但它卻未必即等於個人的經驗。各個人所得於詩的經驗（poetic experience），其中即含有純粹個別的個性。它常被我們的氣氛，我們個人的修養所染色。每一個讀者的性格、教養，以及一時代的文化風尙，各個讀者的宗教、哲學，乃至純技巧的成見等等，在每次讀詩時，都可以隨時隨地滲入詩中。一首詩，在不同的時候閱讀，會因讀者精神之充沛，或因一時情況，如：疲勞、煩惱，以及精神恍惚所造成的委頓，而給「詩」以相當的改變。對於詩的每次經驗，就是這樣個別地，有時會在詩中掏去了一些什麼，有時又滲入了一些什麼。經驗與詩，永遠不成爲正比例，即使是個善於讀詩的人，也常常在詩中發覺前所未見的新細節；並且這個事實，更無須責備那些訓練不夠或未經訓練的讀者們如何誤解或如何淺陋了。

以讀者內心的經驗爲詩的本身，這見解還會導致錯誤的結論。因爲這等於說沒有經驗便沒有詩，而詩是每一讀者之再製品。果其如是，則世上將不僅只有一篇《神曲》，而是有著過去、現在、未來的無數讀者之無數《神曲》了。我們對那似是而非的格言「十人十色」，到頭來仍是完全困惑與懵懂。如果我們公然提出這種意見，殆將無法說明爲什麼某一讀者讀詩的經驗必優於別的讀者的經驗，爲什麼只他能夠訂正其他讀者對於詩的解釋了。而且這種意見，僅只意味著整個文學教育的終極目的，只在增進本文的了解與欣賞。瑞恰慈的著作，尤其是他的《實用的批評》一書，特別指出怎樣能分析讀者個人的特異性以及一個良好的教師如何能完成若干訂正錯誤的門道。但很奇怪的，瑞恰慈，他一面不斷地批評學生們的經驗，一面卻固執著一種極端心理學的論調以與他那可敬的批評業務相抵觸。果眞把詩當作排遣心理衝動的東西，則其觀念，殊無異於那些把詩的價值放在某種心理治療上面的結論，最後便導使他承認：不必是好詩，即使是不好的詩，也能達到消遣或治療的目標；更不必是「琴樂」，即使是謾罵、胡說、瞎謅也都比琴樂更能達到這目的了。由此觀之，我們內心營造的心靈樣式，其不與詩有著具體的關聯，也就可想而知了。

讀者的心理，這在教學目的上雖爲有趣而且有用的討論，但它應撥歸文學研究的對象——正式的文學作品——以外，不可能用以處理藝術作品的構造與價值的問題。倘若心理學的理論必須是講求效果的理論，則其極致必導致如同霍斯曼（Housman）的演說詞〈詩的名稱及其本質〉中所提出的那樣詩的價值標準了。他告訴我們（雖然只是帶玩笑的期望著）說，優秀的詩，可依據我們背上發寒顫的程度而測知之。這樣的標準，恰似十八世紀的言論，以觀眾淌淚之多寡測定悲劇價值之高低，又像電影調查員，計算觀眾發笑的次數以定喜劇價值的高低一樣。如此胡鬧，使人困惑了，淆亂整個價值，這就是心理學理論的成效；由此可知詩之品質與構造，二者皆與它無甚相關了。

心理學的理論，到了瑞恰慈把「詩」定義爲「正牌的讀者之經驗」後③，亦只得到些

③ 見於 I. A. Richards: Principles of Literature Criticism, London, 1924, pp. 225-27。

微的改善。這裡，顯而易見的，整個問題是把「讀者」頭上之「正」字變做了形容詞的概念。然而，儘管他們假定有一種理想的、背景最優而訓練有素的讀者心靈狀態，導使我們按照其心理學的方法去接受他的批判，但我們終仍不能滿意於他的定義。因爲他把詩的本質擱在瞬間的經驗中，而這一瞬即逝的經驗，縱然在「正牌的」讀者心裡，也難保其重演時沒有走樣。更何況，湛然的詩想，常是流動不居，而且在閱讀時還時常要摻入個人的要素。

第四種答案之提出，算是已剔去了上述的一些難點。我們聽說詩是作者的經驗，不過倘在括號內註明，那是創作過後在日常生活中又重讀其作品時的作者經驗，則這意見必須取消。因爲那時的作者已變成普通的讀者，而且與多數讀者一樣地容易誤會，雖然讀的是自己的作品。作者誤解自己作品的實例，可謂不勝枚舉，自從有了白朗寧宣布「他不懂自己的詩」以來，差不多即已表明箇中的眞相了。即使我們，我們也常遇到不完全了解或竟至於誤解自己從前寫下的東西。所以，這裡提出的解答，必須限於作者在創作時的經驗。不過，使用「作者的經驗」一語，我們還得諒解兩點：一是意識到的經驗，亦即作者要在他的作品中體現出來的意圖；二是包含於那長時間創作生活中有意或無意的經驗。以爲眞正的詩，僅能求之於作者的「意圖」，這個意見，雖有時其含意尙未明晰，但爲多數所贊成。因爲要究明作者的意圖，必須依靠大量的史學上考證工作，並且還要根據多數所贊成的特殊註解者的主張。然而，拿大部分的藝術作品來說，除了已完成的作品本身外，我們實際得不到可以揣摩作者意圖的證據。而且，即使我們在作者明白宣示的意圖狀態上得到其在創作時的經驗之證據，但他的宣示卻未必能夠拘束現代的觀察者之經驗。作者的意圖，在任何時候對於他都是「合理的」、據實供認的，故我們雖就其已完成的作品批評，同時還要善爲斟酌。因爲作者的意圖有時會比那已完成的作品來得更深遠，有時又僅是一些預擬或計畫的表明，於是，他所實現的，有時是恰合其目的，有時卻不及其意圖的狀態。如果我們現在還能遇到莎士比亞活著，也許我們就會對他寫《哈姆雷特》的意圖，提出我們不滿的意見；雖然我們的發現（不僅是發明）《哈姆雷特》的意義是出自十分正當的努力，但這發現，也許就與莎士比亞心裡所明白形成的意圖，相去甚遠。

當一個藝術家要表現其意圖時，不免要受到當時批評界的情勢以及當時批評界的風尚之強大影響，雖然這些俗套本身所加與他們已完成的作品之特徵上，並不十分充分。「巴洛克」時代，就是個適當的例子，因之，在當時藝術家所表現的與批評家所解釋的，二者之間，都找不出怎樣可驚的新藝術之實行端緒。而且，如同貝尼尼（Bernini）那樣一位雕刻家，竟會對巴黎學院發表演說，說自己的作業是完全仿照古代的；而普皮爾曼（Pöppelmann），這位曾在德勒斯登建造一座名爲「翠雲閣」之純粹洛可可式大廈之建築師，竟也寫了一本小冊子，誇示他的創造是完全合乎「維特魯威」（Vitruvius）原理④。

④ Principles of Vitruvius 當指西元前一世紀羅馬建築師 Vitruvius Pollio 的「建築學」。

再如，形而上學派的詩人們，在批評上雖有其一套迂闊的見解（如「雄性詩句」（strong lines）之類），但在他們寫成的作品中卻不見有這些特徵。所以，中世紀的藝術家們，雖然老在標榜其宗教的或教訓的意圖，但是這些意圖卻與他們據作藝術的原理毫無相關。意識到的意圖與實際的作業，往往背道而馳，這是文學史上一般的現象。左拉（Zola）的實驗小說（experimental novel），算是虔誠信奉自然科學的理論了，但他卻常常寫下高度感傷的戲劇與象徵式的小說（symbolic novel）。果戈理還以爲自己是個社會改革者、俄國的地學者，然而，他的業績、他寫的小說與故事，卻是充滿著怪奇幻想的創造品。因此，我們不能單靠作者的意圖來研究，正如我們不能在他們的作品上作精細的註解一樣；儘管那是精細到無以復加的註解。倘若我們承認這將指引我們走向藝術作品之綜合的整體的研究途徑，然後，那樣關於意圖的研究，才是無懈可擊的。不過，到了那樣的地步，而「意圖」這個名詞的含意也就微有不同，微有差別了。

現在換個話頭——就說眞正的詩是在創作過程之有意與無意的全體經驗中——也還是不能令人滿意。因爲這個解答，實際是很不便利，而把問題扯到無從接近的「x」的假定中，而這「x」使我們莫測高深且亦無從著手探測。它除了這種無法克服的實質困難之外，差不多又是回到「詩在主觀的經驗中」那句使人不滿意的老話上去了。在創作中，作者的經驗終止之時，恰正是他的「詩」誕生之時。如果這觀念是正確的，那我們將永遠不能與藝術作品本身發生直接的交契。因此，我們必須堅持一種假定：我們在讀詩時必有某種經驗恰與作者曾有過的經驗相契合。狄利耶德（Tillyard）在其所著的《論米爾頓》中，就曾用這種觀念去迎合作者在寫〈失樂園〉時的心靈狀態，而與路易士打了一個長期的筆墨官司。路易士壓根就不承認關於撒旦、亞當、夏娃，以及千千萬萬的觀念、意象、概念，即等於米爾頓創作時的心靈狀態⑤。儘管這篇長詩的全部內容與米爾頓內心的意識與隱意識息息相通，但，這心靈狀態，我們是無從跟蹤的，我們不能在那詩的本身發現瞬息萬變的經驗痕跡。所以，抱住文獻，且用以探究作者心靈狀態之正確的持續以及其必有的內容，即使把他在創作時牙痛的狀態也包括進去，都只能導出一個荒謬的結論。因此，一切的，通過心靈狀態的心理學上的研究，無論對於讀者，對於聽眾，對於說者與作家，都只能引起更多連他自己也不能解答的疑問來。

一種較好的辦法是，乾脆把藝術作品定義爲社會的經驗或集團的經驗。其中有兩個可能的解答，但任何一種都不能圓滿地解決我們的問題。其一，我們可以說藝術作品是一切可能想到的詩經驗之總和，兼括著千差萬別的個人經驗，劣拙的與錯誤的閱讀以及曲解等等。簡而言之，這解答只告訴我們，詩是存在於那生生不息、層出無窮的讀者心靈狀態中。其

⑤ 狄利耶德（E. M. Tillyard）和路易士（C. S. Lewis）The Personal Heresy: A Controversy, London, 1934. Tillyard's Milton, London, 1930, p.237。

二，則是說：純正的詩是與普通經驗相對之詩的經驗，並即以此答案應付問題。但是，這種解答，簡直把藝術作品貶低到普通的一切經驗單位上，而且這單位又須是最起碼的單位，也就是膚淺的、皮相的、瑣屑的經驗。如此結論，除了實質的困難，還完全掏空了作爲一個藝術品之全部意義。

關於我們的問題，在那號稱個人心理學或社會心理學之中，是找不出答案的。詩，我們可以總括地說：它不是個人的經驗或經驗的總和，而是經驗之「潛在的原因」。因爲眞正的詩，其準確的性格無從估計，這簡單的事實，遂使經驗有時正確有時不正確，所以，用心靈狀態來限定它的含意，便要失敗。在個人的個別經驗中僅有一小部分可看做與詩的眞意（sincerity）相合。因此，詩的本質，必須認爲是許多「規範」的一種構造，在許多讀者的經驗裡，能體會到的，都只是它的一部分而已。個人單獨的經驗（閱讀、朗吟或其他）只不過是在捉摸這些「規範」或標準的構造之一種努力——而其完成的程度則有多有少。

當然，這裡使用「規範」一詞，不可與古典的或浪漫的、倫理的或政治的規範之意相混。我們所謂規範，是隱喻著：撇開個人對藝術作品之個別的經驗，而爲眞正藝術作品所構合之整個的「規範」。因爲這是實有的，只要我們把藝術作品拿來比較，就會察見其間相同的或相異的規範，並且從其相同之處，可進而作藝術品本身所體現之規範的分類。於是，我們最後可達到「流派」的理論與一般的文學理論之結局。反對這種看法，亦即否認藝術作品確有個別的特異性之一派見解，那是由於他們強調藝術作品離開了傳統而完全孤立時，就要陷於不能傳達與不可理解的地步這樣的觀念上來，然而我們的假定是從藝術作品之個別的分析這一點上出發；至今我們仍難於否定那些附著於兩種或更多的藝術作品間的一些連鎖，一些類似點，一些共同的成分或要素的存在。從這門徑進行，我們似可從個人作品之分析進至例如希臘悲劇類型的分析，更進至一般的悲劇類型以至於一般文學作品的類型，最後可達到一切藝術無所不包的構造的分析。

不過這是個太長遠的問題，這裡，我們必須先行決定詩的規範究竟存於何處，且是個怎樣的情形。關於這個問題，只要我們稍進一步去分析藝術品，就會指出最好的想法：是不把藝術品當作單純的規範體系，而是由於幾個層次所造成的體系，而且其中每一層次又包括著它們自己所統轄的一群體系。波蘭派的哲學家殷格登⑥在其獨創的、對於文藝作品之高度技巧的分析上，曾經依據胡塞爾的「現象學」方法做到這些層次的區劃，我們雖不一定要拘束於他的細節，但他所已作的一般區劃，卻是健全而有益的。第一是發音的層次，當然，這不能與語詞之實際的發音相混淆；如同我們在前文所已指明過的。再則是那不可缺少的樣式，亦即基於那發音所發生的第二層：意義的單位。每一個單語各有它的含意，再由前後含意複合而成一個單位，而成一個「構詞式」，一個語式。第三層次，即從這組詞的構造而完

⑥ 殷格登（Roman Ingarden）Das Literarische Kuns Twerk, Halle, 1931。

成表現的對象，亦即小說家的「世界」，人物與環境。殷格登又在這上面，增添出兩個本來無從嚴別的層次。因爲「世界」這一層次，是出自作者獨自的「觀點」，是隱藏的而無須呈現出來。文學上所表現的事件，例如：表現於「所見」或「所聞」的，雖然是同一事件，例如「門之砰然關上」，從這上面即可看出一個人物之內在的或外在的特殊性格。最後殷格登還說到含有「形而上學的性質」之一層次（如崇高的、悲壯的、恐怖的、聖潔的等等），亦即藝術所賦予我們的冥想。這一層次，並非絕不可少的，而且有些藝術作品就看不到有這一層。總之，這最後的兩層，可能已包括於「世界」，包括於所表現對象的領域中。然而這些層次之假定，在文學的分析上卻是現實的問題。所謂「觀點」，至少在小說方面，自從亨利·詹姆斯，尤其是陸博克（Lubbock）對詹姆斯學說的理論與實際所作系統的解釋以來，已經得到重大的注意了。至於形而上學的性質這個層次，倘使不至陷於常理上謬誤的危險，也只好讓殷格登把藝術作品引申到含有哲學意味的問題上去了。

採取一種與語言學相提並論的說明，這想法也很有用。日內瓦學派與布拉格語言學者集團，都很細心地分辨「語」（langue）與「言」（parole），亦即所謂「語言系統」與個人「說話」間的區別。這恰似詩之個別經驗與詩之區別。語言的系統是習慣與規範的結合，所以它的行動與關係，我們不但能看出而且能記述其基本的一貫性與同一性，儘管各個說話者各有其不完備或不充分的發音上之差異。至少在這一點上，所謂藝術的文學作品，應與語言的系統處於同一地位。我們個人一向總自覺得言不盡意，這就是我們一向都沒有充分而圓滿地使用自己的語言。這類似的情形，經常表現於每一瞬間的認識行動上。雖然我們平日根本沒有全懂一個對象內含的性質，但我們卻難於否認那對象所具有的同一性，儘管那同一性還是由於各種不同的眼界看出的。我們常常在對象中把握一些「推想」作爲我們認識的行動，雖然這種推測的構造是出於任意的發明或主觀的審辨，但它卻全是依據於實物所賦予我們的一些規範上的認識。同樣地，對於文藝作品的構造，恰也有這種「我有知道的責任」之性格。儘管我們所知道的是那樣不詳細、不充分，但它恰與其他被知解的對象一樣，其中即保有某種「推想」的作用。

現代語言學者嘗把潛在的語音當作音素一樣來分析，同時還做形態學（morphological）的與構詞學的分析工夫。例如：他們不但記述「語句」上特殊的發音，且還記述其構詞的樣式。在聲韻學（phonology）以外，現代機能派的語言學（functional linguistics），雖爲較未發達的一門學問，那些問題都很難得有結論；然而，那也不是什麼新起的問題。而他們重新提出關於形態學與構詞學上的問題，實際就是早年在文法學上所討論的同一問題。分析文藝作品必然會遇到那些並列於意義單位（語意或詞義）上的問題，以及爲審美目的而作特殊的布置等問題。如同詩之語意學、詩律學以及譬喻等等，在一種新的、更謹愼的陳述之下所重新引起的許多問題。意義的單位、語句以及章句的構造，皆與對象息息相關，諸如外景、內景、人物、動作以及觀念等等，在想像中之諸實物，全部要靠這些意義單位來構造。但是，這些東西（語意或詞義）之可得而分析之者，又唯賴於不把它與經驗的實物相混同，且又不可忽略它是在語言構造之內的事實。只有這樣的「意義單位」才能生長出一個小說上的人物，不管那是這「人像」所陳述的語句抑或是用以陳述這「人像」的語句。拿這些語句，與一個自有其一貫的過去歷史之「眞實的人」相比較，當然要顯得是不準確的構造了。現在我們運用這些層次的分劃來代替那傳統的、易滋誤會的內容與形式的區別，是很便利的。於是，所謂內容者，將呈現出它與語言層次之密切的關係，它是包含於那些層次之中而從屬於那層次的。

然而把文藝作品看作是各種規範之層次的系統，這個觀念仍未斷定那系統之現實狀況。爲了要適當地處理這件事情，我們不得不參與唯名論（nominalism）者對唯實論者，唯心論（mentalism）者對行爲論者——簡而言之，即是認識論上主要問題的論戰。不過爲達到我們的目的，我們得設法避免兩個立場：極端的柏拉圖主義與極端的唯名主義。這裡，固無須把那規範的系統加以人格化或具體化，亦無須把它當作一種支配著超時間的「本體」之原型的概念。文藝作品並不同於本體論上的層次而有什麼三角形、數目，或紅色之實質等等概念。文藝作品既沒有這些附件，所以第一，它在時間上是一時的創造；第二，它易受變化或甚至於全部消滅。在這一點上，它更像語言系統，雖然測定語言之創造或消滅的瞬間，與比個人創造文藝作品的時間更不容易弄得清楚。另一方面極端的唯名論者或將承認「語言系統」這個概念，而拒絕我們所謂藝術作品的意思；或只承認有用的小說爲一種「科學的描寫」（scientific description），而在爭論時反而迷失整個問題的中心。其在行爲主義者方面，他們狹隘的假定，凡與經驗實體不合適的東西，一概被定義爲「神祕的」或「玄學的」，他們稱小說爲音素；或逕稱「語言系統」爲「說話行爲之科學的描寫」，而忽略了眞實問題的所在。我們承認了規範而又超出規範，並且只作一些純語言的描述而沒有實證。在這一點上，倘依十足的行爲主義者的看法，我們的理論將是一種基於抽象的拙劣理論。然而，什麼數目、什麼規範，無論我們如何捉摸，而數目終是數目，規範終是規範。老實說，我們計較、我們閱讀，但那數目的表示與那規範之體認，其間不同之處正如「數目」與規範本身之不同。H的發音，並非H這個音素。我們從實物中認知一種規範的構造，也不單純是言語的構成物。反對論者以爲我們只有通過個人的認知活動始得接近那些規範，所以我們不能捨棄行爲或超越行爲而談規範。然而，這反對論也顯然只是印象而已，這等於對我們認識康德的批判哲學而作的反對論，也可以用康德哲學的主張來駁倒一樣。

我們很容易誤解，而且沒有充分理解那些規範，這是實在的情形。但不能說這是我們另從理解以外擔任一個超人的角色或是在一些知性的直覺活動中抓到規範系統之全體的一種批判。與其如此，不如逕說我們所要認知的部分是因其他已知部分促進其高度明晰的一種批判。我們並非假定自己站在對方的地位，有如使用視力的順序，我們是先用眼睛瞧著，但所瞧見的那人的地位，卻是由於自己看得清楚的那個對象與自己看不見的一些對象相比較，然後由那兩種對象之分類而概括之；並且依據視力的理論估計其距離、光線，以及其他種種用以說明其不同。

由此類推，我們根據那行動的比較，根據種種錯誤與不完全的表現之研究，即可區別出一首詩是否讀得對與不對，對一個藝術作品含寓的規範是否體會得正確或歪曲。我們能研究這些關於規範之實在情形、關係情形及結合情形，如同我們對於音素的研究一樣。文藝作品既不是由它賦予個人的心靈狀態或一群人精神狀態那樣的「經驗的事實」，也不是像三角形那樣觀念一無變化的對象。藝術作品，我們承認它可成為經驗的對象，而且亦唯有透過個人的經驗始能與它接近，然而，它卻不一定要與某個人的經驗一致。它與數目的觀念顯然不同，所以構成它的「經驗」這部分，必須經過聲音系統這一層之媒介始能接合，而不像數目或三角形可以直接覺得。而更重要的一點，它又異於一些被稱為「生命」那樣觀念的對象，因為它產生於某一時候，在其演進過程有變化以至於消滅。是故，所謂藝術作品的「永恆」，那只是在它創生以後，不然，即使它在基本構造上保有若干同一性，但那也只是歷史的同一性。它雖有一種可供描述的「發展」，但這發展，又不過是在那歷史過程上賦予藝術作品一連串「具象化的作用」而已；甚至在某種程度上，還可說那只是批評家或讀者們將得自其他作品的經驗與判斷而轉加給那藝術品，而為一種由批評家或讀者們所再造的結果。我們早年意識到的具象化（閱讀、批評、誤會）都將影響我們的經驗，早年讀的書，雖能教導我們理解力之深入，但也能使我們對過去流行的解釋起著猛烈的反抗。這一切，都顯示歷史在我們的批判上、語言上、文法上的重要性；甚或還可推演到個人的天賦、氣質等等困難的問題上去。藝術作品究竟能有何等變化或始終仍爲同一狀態？《伊利亞德》到如今仍還活著，這是說它能一再地感動著人，而且又是那樣有異於同是過去的歷史現象，如同滑鐵盧之戰、特洛伊之戰，今日仍可得而複述，且其效果仍爲今人所感動，但是我們能說當年希臘人聽見或閱讀《伊利亞德》與我們現在閱讀《伊利亞德》是有同一的滋味嗎？這可說是我們雖知道讀的是同樣的本文，但我們實際的經驗卻已不是當年的了。我們已不能把本文與當年希臘人的日常語言相對照，因此，我們便也不能從那必受日常語言支配之詩的效果上感到我們是否讀錯了它。凡是語言，其曖昧與不爲我們理解的地方很多，而這些地方往往是各個詩人之用意的基本部分。顯然地，我們雖自逞其想像力，還假設置身於希臘人對神的信仰、對道德價值的衡量中，但也只能獲得部分的成功；除非那構想仍保有超時代的同一性的實質，則我們甚難否定上述的事實。然而，構想是「力學的」，方其通過讀者、批評家，以及同流派的藝術家的腦中，它恰是跟著歷史的演變而演變。信其如此，則所謂規範的系統，恰是方生方死，如存如亡，在某一意義上，還可說規範的系統，實際常是一種不充分不完全的表現。不過，這裡所謂「力學的」一詞，並非主觀主義者或客觀主義者所持的含意。凡是相參差的意見，其中就沒有一個能是永遠正確的；除非那意見常常能決定它是澈底地深入地把握到了主題。意見（或看法）把握著規範系統的批判，是包括在解釋豐富的概念中，這就像一切相對論者終被「絕對存於相對之中，而不在於終極的、完全的相對裡面」的認識所澄清了⑦。

於是，藝術作品顯然是「自成一類」的知識對象，而自有其一套特別的本體論上的層次。它既非實質的（有如一尊雕像），也不是心靈的（有如「光」或「痛」的經驗），更不是概念的（有如三角形）。它只是存在於主觀相互之間的一種理想的規範系統。其存在且可假定爲：在集體的「觀念形態」中，隨著觀念形態之演變而演變；只有基於章句上的聲音構造，透過個人內心的經驗始能接觸。

至此爲止，我們還沒有討論到藝術的價值問題。然而，依照目前所進行的討論卻已指明沒有一種構想能自外於境界（precinct）與價值。所以我們要理解或分析藝術作品時，便不能不提及價值。其實，我們把某一構造品認作是藝術品時，即已寓有價值的判斷了。純粹的現象學者，以爲作品與構造二者可以分離，而把價值附屬於構造上，成爲構造上的「屬性」，這就是他們的誤解。在分析上，這種錯誤也正做了殷格登透闢的著作之缺點，他分析藝術作品就沒有提到價值。當然，現象學者假定物質的根本是埋藏於無窮的無時間順序的「本體」中，而經驗之個性化作用，不過是最後的附加物。然而設想一種絕對的價值尺

⑦ The Absolute is in the Relative Though not Finally and Fully in it. 原註：Ernst Troeltsch's "Historiography," in Hasting's Encyclopaedia of Religion and Ethics, Edinburgh, 1913, Vol. VI, p. 722。

度，我們亦須拋棄那相對性的個人判斷，而以一個冷冰冰的「絕對」來面臨那個人判斷之無價值的游移。

絕對論之不健全的前提，與相對論相反的前提，恰是同樣的不健全，他們把價值的尺度本身變成爲力學的，我們該變更而調和之於新的綜合之中，但不廢棄那尺度。如同我們曾經想起 Perspectivism 這個名詞⑧，但它並非意謂價值之無政府主義或個人之任意讚美，而是說，我們從各種不同的觀點去認知那對象，其過程本即依循知解與批判爲轉移的一個過程。因此，構成、記號、價值，三者乃是一個問題之三面，不能以人意隔開的。

---

⑧ Perspectivism，原註，此一名詞，由 José Ortega y Gasset 用來另有別解。譯者註：此字可用爲「直線透視畫法」，亦可用爲「由特殊立場而有得於心之某對象的觀感」，或是「由於觀察對象之各部分的關係而構成的意圖」。

第十三章　文學的諧音與韻律

任何文藝作品，首先是根據意思的發生而成聲音的連綴。雖然有些文學作品，聲音這一層的重要性已降至最低限度，尤其是小說，這一情況更顯得非常明白。但是聲音一層終爲意思之存在必要的前提。要區別一個短篇小說、一首詩，例如：德萊塞的短篇小說和愛倫．坡的詩〈鐘〉；倘僅就分量這一面，就無法判定它是文學上兩個對峙的種類：小說與詩。在許多藝術作品中，當然包括散文，「聲音層」（sound-stratum）之引人注意，且已構成了審美效果的重要部分。這是許多經過修飾的散文和一切韻文的眞相。倘加以定義，那就是說：修飾的散文和一切韻文都是一種語言上聲音系統的組織。

聲音效果的分析，我們必須留意兩種極爲重要但又常被忽視的原則。我們首先要區別「表演性」（performance）和聲音的形態（pattern of sound）。文藝作品之朗聲誦讀，是一種表演，也是一種形態之實踐；其中可添進個人的個性，同時還可以歪曲，甚或完全無視那些形態。因此，眞正科學的聲音學或韻律學，無法從事於個人朗誦的研究。其次，一般的假設，以爲聲音可以完全離開意義而分析，這也是謬誤的。這只要從我們平常以任何藝術品都是統合的觀念來看，便知分離的謬誤；倘更從實際上來看，便能明白聲音本身不能有一點點或全無審美的效果。但是，從來就沒有一種「音樂性」的韻文不帶一些與普通概念相應的「意思」，至少也會帶點情緒的調子，例如：我們傾聽一種完全不懂的外國語，我們實際不是在聽那純粹的聲音，而是依那說者、讀者所賦予意義的腔調；當然我們當時所聽到的，不是純粹的聲音而是那發音的習慣。在詩歌中，純粹的音是出於虛構，抑或是出於極單純的基本關係之連續，伯克霍夫在《美的韻律》中曾有說明①：倘從一首詩的整個性格綜覽起來，不能單據聲音層來估計其重要性和多樣性。

我們必須先區分這問題最不同的兩面：亦即聲音之固有的要素以及其關係著的要素。由前一面說來，我們以爲a或o、l或p，是聲音所特有的個性，而獨立於音量之外；因之，a或p不能更有音量的多或少。在音量方面固有的區別是以效果爲根據，而那效果便是平常所謂「音樂性的」或「和諧的聲音」（euphony）。至於另一方面，在其關係上的區別，則是以「韻」（rhythm）和「律」（meter）爲根據，亦即音高（pitch）、音的延長（duration of sound）、強勢（stress）、反覆的頻率（frequency of recurrence）等屬於量的一切要素的區別。音高是音的高低，延長是音的長短，強勢是音的強弱，反覆的頻率是頻率的大小。這些相當基本的區別是重要的，因它從一整組的語言現象隔離開來：亦即「聲音的性質」（Sound-quality）；但在這裡卻是俄國人曾用"instrumentovka"（管弦樂編曲（orchestration））一詞加以強調指稱的要素，而這要素曾爲作家們刻意講求與利用的事實。韻文的「音樂性」（或旋律）一詞會導致誤解。我們所檢討的現象並非與音樂的旋律相並行；當然，旋律在音樂中由「音高」來決定，因而在語言中就隱隱地與「聲調」相並

① 伯克霍夫《美的韻律》（Aesthetic Measure）Cambridge, Mass., 1933。

行。就實用方面來說，一句口語的聲調線（line of intonation）是波浪式的，音高（聲調）在急劇地變化著，這與具有一定的音高和一定的間隔之音樂旋律，可能有相當的差異②。至於「諧音」一詞，亦似不大適當，因爲在「管弦樂編曲」這個詞義之下，遇到像白朗寧或霍普金斯那樣著眼於從容不迫地，生硬而又具有表現力的聲音效果的詩人，就不能不注意到「拗體」（cacophony）這回事了。

在「管弦樂編曲」這個意匠（devices）中，我們必須分辨聲音的形態，同一相連的音質之反覆，以及具有表現力的聲音效果和那模擬的聲音效果。關於聲音的形態，俄國的形式主義者曾做過卓越而精妙的研究：在英國，貝特（Bate）曾把濟慈詩歌中精巧的「聲喻」（Sound-figure）加以分析；而濟慈本人在實行上亦自有其很精細的理論③。布里克（Brik）依據聲音反覆的次數，重複的次數，一組反覆著的聲音與其他聲音相連串的順序，以及韻律位上聲音位置等，把可能的「聲喻」加以分類④。不過，這最新而最有用的分類法，還須要進一步劃分。我們還可以區別出緊靠於單純的韻文中之聲音的反覆，那

② 參看史坦普的實驗作品《說話的音響》（Die Sprachlaute）Berlin, 1926，其第三十八頁以下尤爲重要。

③ 貝特（W. J. Bate）《濟慈的文體論之發展》（The Stylistic Development of John Keats）New York, 1945。

④ 布里克（Osip Brik）《聲音的譬喻》（"Zvukovie povtory" in Poetika）St. Petersburg, 1919。

出現於一組聲音的開始和另一組聲音的結束，或者是在前一行之末與後一行之首，或者是在詩行開始處抑或單在結尾處。凡是接續於最後一組的，是與文體論上所謂「句首重複法」（anaphora）的樣式相並行。而最後的則包括著平常所謂「韻」（rhyme）的現象。根據這個分類，則所謂「韻」者，顯得只是「聲音重複」之一例。而且除了頭韻、腳韻（assonance）等類似的現象之外，便也沒有什麼可研究的了。

我們該不會忘記，凡「聲喻」將因語言種類之不同而各異其效果，蓋每一種語言各有其自己的音素系統，因此，與母音相對的、並行的，或是子音接近的，那些聲音的效果幾乎不能與一首詩或一句詩之一般的「情調」（meaning-tone）相分離。浪漫主義者和象徵主義者企圖把詩契合於歌謠和音樂，但這不過是個比方而已，因爲詩之在多樣性、明晰性以及聲音之純粹的形態上，都不能和音樂相競爭的。而且它的含意、前後文脈、情調等等，又都必須把語言學上的聲音轉化爲藝術的事實。

這種事實，經過一番對於「韻」的研究便可分曉。韻是一種極其繁複的現象。而它本身僅是爲求和諧作用之聲音的重複（或近乎重複）。依照朗茲（Lanz）在其《韻的物理學基礎》⑤中的指示說：母音的叶韻是決定於它的「餘音」（overtones）的重複。雖然，

---

⑤ 朗茲（Henry Lanz）《韻的物理基礎》（The Physical Basis of Rime）Palo Alto, 1931。

這可爲聲音邊際（Sound-side）的根據，但顯然地，它亦只是「韻」之一面。依審美的說法，它還有比這更重要的屬於格律作用的一面，而由它來表示詩句的格式、章節的形狀，而爲詩篇的組織者，有時還是個唯一的組織者。不過更重要的乃在於「韻」之具有意義，而且深深地關係著詩作品的整個性格。單詞（word）是由「韻」來聚集、結合或對照。這種屬於語意學的韻的作用，我們可從幾方面加以識別。我們也許要問：韻在節上的語意作用是什麼，例如：它在接尾語（character: register），在語根（drink: think）或是兼這二者（passion: fashion），它的語意的作用是什麼？我們也許會問：要從怎樣的語意範圍選取一個叶韻的詞：它是屬於一種或多種語言的範疇（亦即詞品（part of speech）、不同的詞格（different case））抑或是屬於對象群（groups of objects），抑有進者，我還要知道由韻結合的單詞與單詞之間，語意的關係何在，它是否像普通的對句而爲同一語意的結合（如 heart: part: tears: fears）抑或是由於完全相反的語意範圍之聯想與對應而起恰如其分的驚奇？在一部卓越的著作中⑥，溫沙特（Wimsatt）就在波普與拜倫的作品中研究過這些效果：他說他們嘗注目於 queens, screens; elope, Pope; mahogany, philogyny 之相對抗而生的刺激。末了，我們能分辨韻的等級是包括在一首詩的整個文脈中，那充爲韻的單詞

⑥《現代語言季刊》（Modern Language Quarterly）第五期（一九四四），第三二三頁至第三三八頁，溫沙特〈論音韻的連繫〉（One Relation of Rhyme to Reason）。

（rhyme-words）是否僅爲趁韻，或相反地，一首詩或章節，全由它韻的單詞而測知其連續的意思。韻，可作爲章節的骨架，亦常被貶抑而成爲不惹人注目的存在（例如：白朗寧的〈末代侯爵夫人〉（Last Duchess））。

韻，亦能如韋爾德（Wyld）所完成的研究⑦，爲了研究發音的歷史而把它當作語言學上的例證（如波普曾以 Join 與 Shrine 叶韻）；但爲文學的目的，我們必須把不同的詩派，當然連及不同的國度，各有其不同的「正確性」（exactness）的標準牢記在心。在英國，盛行著男性韻（masculine rhyme），而女性韻（feminine rhymes）則常用爲滑稽詩或喜劇的效果；但在中世紀的拉丁，在義大利或波蘭，女性韻卻應用於最嚴肅的詩章裡。在英語中，我們還有「視覺韻」的特殊問題⑧；這同音而異義的押韻是作爲雙關語之一形式，在

---

⑦ 韋爾德（H. C. Wyld）《薩里至波普之英國詩韻研究》（Studies in English Rhymes from Surrey to Pope），London, 1923。並參閱奈斯（Frederick Ness）《沙氏樂府之用韻》（The Use of Rhyme in Shakespeare's Plays）New Haven, 1941。

⑧ 「男性韻」爲每行之末所押的韻字只有一個音節是重讀，如 hand 與 land 之相叶；女性韻是韻字有兩個音節的而重讀在前一音節，故後一音節沒有重讀，如 brother of mother 之 ther 皆非重讀。「視覺韻」與「聽覺韻」（ear rhyme）相對，聽覺韻，雖寫下的字母不同但聽起來卻是相同的音，如 ow, ou 等等；視覺韻則是看起來字母拼法相同而讀音不同，只成爲書寫上的巧妙。

不同的時代和不同的地域，其標準的發音有著廣大的歧異，而各個詩人又各省其個人的特色，所以這一切問題，幾乎無從說起。札蒙斯基（Zhirmunsky）在其韻的論著中說⑨：這在英國找不到可以比較的東西。因之，他的著書關於這方面的記述遂不及其對於韻的效果分類之詳，而且詳到替俄國和歐陸主要諸國，寫下了韻的歷史。

從聲音的樣式（sound-patterns）看來，母音或子音性質（如頭韻）之重複，是固定的；因之，我們必須認清這與「擬音」（sound-imitation）是不同的問題。擬音的問題曾經引起大量的注意，因爲一方面是最有名的大詩人都以這種模擬作爲詩的目標，而另一方面則又因這問題與更早的神祕觀念有著密切的勾結，而這神祕的觀念總以爲聲音必須設法與所要說的事物相符合。這只要想起波普的或索塞（Southey）的文章，或是記得十七世紀所有的音樂⑩，（例如：德國的 Harsdörffer）如何想做到現實的音調，便很充分了。然而，單

⑨ 札蒙斯基（Viktor Zhirmunsky）《韻的歷史及其理論》（Rifma, ee istoria i teoriya）Petrograd, 1923。布呂索夫（Valery Bryusov）《關於韻》（Orifme）Pechat i revolutsiya, 1924, I. pp. 114-23。其中曾評札蒙斯基的書，並提示未來關於韻的問題。此外，理查德森的（C. F. Richardson）《英國詩韻研究》（A Study of English Rhyme）Hanover, N. H. 1909 是一部導入正確研究途徑的最早著作。

⑩ 關於 Harsdörffer（Georg Philipp Harsdörffer）可參閱凱塞爾（Wolfgang Kayser）《關於哈士多費的音畫》（Die Klangmalereibei Harsdörffer）Leipzig, 1932。前例參看瑞查德《實用批評》（Practical Criticism）London, 1929, pp.232-3。

詞必須「正確地」代表事物和行動，這樣的看法，已經爲大眾所遺棄了：亦即是說，近代的語言學者，多只認爲那是一種特級的單詞，而稱之爲「擬聲語」，這擬聲語在某些方面看來，是屬於一般的語言系統以外，而想要直接模擬耳聞的聲音的（例如：咕咕、喳喳、砰砰、喵喵）。類似的「聲音的聯合」（sound-combinations），在不同的語言中可以有完全不同的含意（例如：rock 一詞。在德國是「襯衣」，在英國則爲「岩石」；rok 一詞，在俄國是「命運」，在捷克則爲「年」的意思）；或者自然界的聲音在不同的語言中，也有很不相同的表示方法（例如：ring 的聲音，或以 sonner，或以 läuten，或以 Zvonit 來表示）；這是很容易指出的。此外，郎遜還做過很有趣的說明，他證明像 the murmuring of innumerable bees（嗡嗡的蜜蜂），這一句的聲音效果，實際是靠它的含意而獨立。只要我們換作正式的發音，就得完全破壞那模擬的效果，而把它改爲 murdering of innumerable beeves（無數牛肉的宰割）⑪。

這問題，彷彿終被近代的語言學者勉強貶抑下去了，而且近代的批評家如瑞查德和郎

---

⑪ 見於郎遜（John Crowe Ransom）The World's Body, New York, 1938, pp.95-7 murmuring，其中 d 變爲 m，m—m 連及 innumerable，藍氏舉出這個音變之例，只有表面是對的，其實 innumerable 離開此例便有聲喻效果。譯者按：瓦德基（J. Whatmough）《語言》第六章曾引用此例（Language, N. Y., 1956）。

遜也輕易地把它抹殺了。但我們必須就其三種不同的程度加以區別。第一是實際模擬自然界的聲音，例如：「咕咕」的情形，顯然是成功的，當然這裡面還得根據各種說話者所操的方言而定。這樣「擬聲」，從精細的「聲畫」（sound-painting），亦即透過成爲文辭的「口音」（speech-sound）而再現爲自然的聲音，必須有所不同，這種出口成文的口音本身，擬聲效果十分欠缺，有如上文引自丁尼生的 innumerable 之例，以及荷馬或維吉爾在章句中的詞。末了則是關於聲音的象徵（sound-symbolism）作用或聲音的隱喻（sound-metaphor）作用這重要的一面，這一面，每一種語言都有它們的一定的習慣和形態。格雷蒙（Grammont）對於最具表現力的法國詩，曾做過極詳細而卓越的研究⑫。他把全部法文的子音和母音加以分類，並就不同的詩人中研究那些子音、母音的表現效果。例如：清晰的母音能表現纖細的、敏捷的跳動、優雅之類。

格雷蒙的研究曾被指責爲僅是「臆測的」（Subjectivity），雖然如此，但他總算在那固有的語言學系統中找到一些有如單詞的「骨相學」（Physiognomy），亦即聲音的象徵性之類的東西，遠勝於僅有的「擬聲學」。無疑地，共同感覺的結合和聯想作用，滲透

⑫ 格雷蒙（Maurice Grammont）的著作是《法國詩之表現力及和音》（Le vers français, ses moyens d'expression, son harmonie）Paris, 1913。

於一切的語言，而與它相對應的，則靠著詩人使它十分適當地擴充發展起來。有如藍波（Rimbaud）一首著名的〈母音詩〉（Les Voyelles），它把一個個母音和色彩黏上了關係，雖然那只是依靠廣泛的傳統而成立的[13]。但是高母音（e、i）與輕薄、迅速、明晰以及光亮的物體，而低母音（o、u）與憂鬱、幽暗的物體之主要聯想，在音響學的實驗上都已得到了證明[14]。斯坦普（Stumpf）與柯勒（Köhler）的研究，也指出子音可以區分作陰暗的（脣音與軟口蓋音）和明朗的（齒音與口蓋音）。這都不能把它看做僅是比方而已，而是分別從聲音與色彩之體系的構造上看出二者顯然的類似而說的[15]。這是一般語言學上「聲音

---

⑬ 安田樸（René Etiemble）《十四行詩裡的母音》（Le Sonnet des Voyelles）Revue de littérature comparée, XIX, 1939, pp.235-61。

⑭ 參看韋列克（Albert Wellek）的《見於紀錄的語言》（Der Sprachgeist als Doppelempfinder）Zeitschrift für Ästhetik, XXV, 1931, pp.226-62。

⑮ 參看前註②引用書及柯勒（Wolfgang Köhler）〈音響效果的調查〉（Akustische Untersuchungen）Zeitschrift für Psychologie, LIV. 1910, pp.241-89, LVIII. 1911, pp.59-140, LXIV. 1913, pp.92-105, LXXII. 1915, pp.1-192。

與意義」的問題⑯，也是文學作品中，聲音與意義之如何引申和組織的各別問題，尤其是後者只有過很不充分的研究。

韻律與格律（rhythm and meter）所顯示的問題有別於「管弦樂編曲上」的一些問題。韻律與格律的問題曾被廣泛地研究，大量的文學便繞著它們發育起來。當然，韻律的問題不是文學或語言所獨有的。此外尚有所謂自然的韻律，勞作的韻律，而且亦嘗用作隱喻的意思，如說雕刻藝術的韻律等等。韻律又爲一般語言學的現象。我們對於韻律之實在的本質並沒有深入討論的必要⑰。因爲我們的目的，只要辨認兩種理論就夠了，其一是以「週期性」（periodicity）爲韻律所必具的條件；其一是更廣泛地對韻律的考察，其中還包含有非反覆狀態的運動（nonrecurrent configurations of movements）。由第一觀點看來，韻律與

---

⑯ 參考書例如哈恩布斯特（E. M. Hornbostel）《音響與感覺》（Laut und Sinn）Festschrift Meinhof, Hamburg, 1927, pp.329-48；維爾納（Heinz Werner）《語言生理之基本問題》（Grundfragen der Sprachphysiogonomik）Leipzig, 1932；威爾生（Katherine M. Wilson）《英詩裡的聲音與意》（Sound and Meaning in English Poetry）London, 1930。但是威氏的書只注意到韻律與一般的聲音形態，傑克布遜的傑作才是專注於「音」與「義」。

⑰ 順便可參看新近的調查，如古魯特的（A. W. de Groot）《關於韻律》（Der Rhythmus）Neophilologus XVII, 1932. pp. 81-100, 177-97, 241-65 及塞克爾（Dietrich Seckel）《哈爾德林的文體》（Hölderlin Sprachrhythmus）Leipzig, 1937，此書包括一般性的韻律議論和完全的書目錄。

格律差不多是一樣的，而且爲「散文的韻律」（prose rhythm）這個概念所不容，等於互相抵消或僅是個隱喻而已[18]。由另一更廣大的觀點看來，那就是西維爾斯（Sievers）的考察所極力主張的：個人口語的韻律以及廣泛而多樣的音樂現象，包括平板的調子與許多外來的音樂，雖沒有週期性，但仍是韻律的。對於韻律所持的這種意見，引導我們去研究個人的口語以及一切散文的韻律。一切散文都有它的某種韻律，這是容易指出的，即使是最散文化的文章也能仔細地找出它的或長或短的音群，或強或弱的音節。這許多事實，早在十八世紀即已由一個作家斯提爾（Steele）做過了[19]；如今尚留有大量的關於分析散文作品文獻。韻律與旋律，亦即由音高聲調連綴而成的「聲調線」，有其密切的關係。而且這個名詞，就常被用以表示兼括著韻律和旋律的意思。德國著名的語言學者西維爾斯已指出人們的韻律與音調形態的區別；而魯茲（Rutz）且以之牽連到身體的姿勢與呼吸之特殊的生理形式[20]。雖然，這

---

[18] 例如：溫沙特《詹森的散文風格》（The Prose Style of S. Johnson）New Haven, 1941. pp.5-8。

[19] 斯提爾（Joshua Steele）《詩法基礎，說話的旋律與格調之建立》（Prosodia Rationalis, or an Essay towards Establishing the Melody and Measure of Speech）London, 1775。

[20] 西維爾斯（Eduard Sievers）《韻律研究》（Rhythmisch-melodische Studien）Heidelberg, 1912。魯茲（Ottmar Rutz）《語詞與動情的本質》（Wort und Körper als Gemütsausdruck）Leipzig, 1911、《語言，歌唱與體態》（Sprache, Gesang und Körperhaltung）Munich, 1911。

些研究可適用於嚴格的文學目的而試把文學的形式與魯茲所列舉的形式扯上關係㉑，但是，這些問題，依我們看來，好像多半都在文學的知識領域以外。

當我們進入文學知識的境界時，我們要說明散文韻律的本質。韻律化的散文之特性和用途，在英譯的《聖經》，在布朗爵士（Sir Thomas Browne），在拉斯金（Ruskin）或戴·昆西的文章中，即使是不大用心的讀者也能自行感受那種韻律有時竟是旋律。至於藝術化的散文，它的正確的本質便有極大的困難了。一本著名的書——配德生（Patterson）的《散文的韻律》㉒曾用精密的切分法系統來統計。山茲柏叡（Saintsbury）在其十分充實的《英國散文韻律史》中㉓，亦不斷指出散文的韻律乃基於「多樣性」，而它實在的本質則是完全不明白的。如果山茲柏叡的「說明」是不錯的。那麼，當然也無所謂「韻律」了。然而，無疑地，山茲柏叡僅在強調那放在固定格律形式上的散文韻律之靠不住。其實，時至今日，我

㉑ 瓦札爾（O. Walzel）《詩人的美文中之內容與形式》（Gehalt und Gestalt im dichterischen Kunstwerk）Potsdam, 1923, pp.96-105, 391-94；畢金（Gustav Becking）《關於音樂韻律的認識》（Der musikalische Rhythmus als Erkenntnisquelle）Augsburg, 1923 等書都是可欽佩的但亦都太過熱心於西維爾斯的理論。

㉒ 配德生（W. M. Patterson）《散文的韻律》（The Rhythm of Prose）一九一六年刊於紐約。

㉓ 山茲柏叡（George Saintsbury）《英國散文韻律史》（A History of English Prose Rhythm）一九一三年刊於倫敦。

們至少仍常在狄更斯的作品中感受到無韻詩之感傷的情趣。

其他對於散文韻律的考察者，都僅就相當特異的一面研究，「律調」（cadence），亦即演說用的拉丁散文，在傳統的文句中所含的韻律，因它有著固定的形態便也有了這特殊的名稱。「律調」，尤其是在疑問句和感嘆句中，也是旋律問題之一部分。拉丁語的Cursus，經過英語仿製之後，近代的讀者已無從領略它那精妙的形態，原因是英語的長短格（trochee）並不固定，不似拉丁語所常有的那樣正確；在英語中不過聊以表示其類似於拉丁語的效果而漫作嘗試與偶然的成功，尤其是在十七世紀㉔。

一般來說，散文的藝術韻律是最好的門徑，只要留心考察它與散文之普通的韻律和韻文的韻律二者的區別。散文的藝術韻律可作爲日常口語韻律的組織來記述。因它與常用的散文不同，常用的散文要受到更大的規則性的強勢（stress）配置，雖然這些配置未必能看出它的「等時性」（亦即 isochronism，這是韻律上此一重讀 accent 與彼一重讀間之規則性的時間分隔）。在常用的語句中，音讀的強度與聲調的高低常有很大的差異，但在韻律化的散

㉔ 愛爾頓（Oliver Elton）一紮文件《英國散文韻律》（English Prose Numbers）A Sheaf of Papers, London, 1922.；克洛爾（Morris W. Croll）《語言學研究》十六期〈英國演說文明韻律〉（The Cadence of English Oratorical Prase, studies in Philology）XVI, 1919, pp.1-55。

文中，那些強勢與音高的差異就顯出趨向於平均。分析普希金〈斯巴底女王〉（Queen of Spades）的章句，根據俄國研究這問題的第一流學者托馬希夫斯基的統計方法㉕。則顯示在文句的首尾要比中央部分更具有規則性的韻律的趨勢。規則性與週期性之一般的印象，常是因發音和構辭的意匠而增強，亦即因「聲喻」，因排偶的短句，因整個意義的結構竭力支持韻律的形態之相對的均衡關係。從那近乎無韻律的散文，亦即從那堆砌強音的零章斷句，至於近乎韻文之韻律化的散文爲止，其中有著無數的層次。從散文轉化而近於韻文，其主要的過渡形態，法國人稱之爲「辭章」（Verset 即 Verse），可以參看英譯的所羅門王的雅歌以及奧純或克洛岱爾（Claudel）等以《聖經》的效果爲目標的作家們。在這種「辭章」中，每一個重讀的音節都是加倍用力的。這樣兩個強音的詞組（groups）恰似「雙韻腳詩」（dipodic verse）的詞組之做法。

這些意匠，我們無須加以瑣細的分析。它們分明已有長久的歷史，而且曾受過演說用的拉丁散文之重大影響㉖。在英國的文獻中，十七世紀的作家如布朗爵士或泰勒（Taylor），

㉕ 托瑪希夫斯基（Boris Tomashevsky）韻文論集《據斯巴底女王，散文韻律》的研究（Ritm prozy (po Pikovey Dame), O Stikhe, Statyi）Leningrad, 1929。

㉖ 諾登（Eduard Norden）《古代美的散文》（Die antike Kunstprosa）Leipzig, 1898, 2 vols. 這是標準的。亦可參閱古魯特的《古散文韻律手冊》（A Handbook of Antique Prose Rhythm）Groningen, 1929。

韻律化的散文已經登峰造極；到了十八世紀則代之以更簡潔的口語化的詩語，雖然新的「莊嚴體」（grand style）——如詹森、吉朋、伯克等人的詩體——乃興起於十八世紀之末㉗。這些詩體，到了十九世紀由戴．昆西、拉斯金、愛默生、梅爾維爾以及史坦與喬哀思更根據不同的原理而復興了各式各樣的詩體。在德國有尼采之韻律化的散文，在俄國有果戈理和屠格涅夫的著名文章，更至現代則有拜里（Byely）「裝飾化的」散文（ornamental prose）。

韻律化的散文，它的藝術價值仍在討論中，且亦有其可討論的地方，這與近代在藝術風氣上尊重「純粹性」的事實相一致，尤其是與近代的讀者之詩要詩化，散文要散文化的要求相一致。但是韻律化的散文卻是個混合的形式，它既不像散文又不像詩。不過，這也許是我們這時代的批評家之偏見。他們對於韻律化散文的擁護，未始不可看作與詩的擁護一樣。運用得好的韻律化的散文，它使我們對於本文更加感動，它標明強意的（underscores），結束在一起的，層層構築的，暗示著排比關係的；它那有組織的話語，而那組織體便是藝術。

詩韻學（Prosody）或格律學（metrics）是歷代付出大力來討論的題目。到了今日，只

㉗ 參閱前註②所引書。

要稍微檢視一下新詩作法的實例便已足夠，而無須把新詩的技術當作韻律學那樣來研究。從事實上說來，格律學的基礎以及主要的準則至今仍沒有確定，因此，雖在標準的論著中，仍隨時可見那些可驚的膚淺思想以及混亂而搖動的術語。山茲柏叡的《英國韻律學史》，算是空前的大規模著作，但他的理論基礎，也是曖昧而不十分明確的。在他怪異的經驗論中，山茲柏叡對他的術語雖加以定義和說明，但仍無以自圓其說。例如：他所說的長音、短音，我們就摸不清他用的這個術語是指時間持續的長短抑或是強弱格（trochee）的長短[28]。在布里士配利（Bliss Perry）的《詩之研究》裡面也把單詞的「重量」（Weight of Words）胡說一氣，他說「單詞的含意或重要性是表示於它們相關的朗聲或高音上」[29]。而其他許多標準的著作便也這樣引述而以訛傳訛。即使要加以正確的辨認時，他們卻會藉口是命名法之彼此矛盾。因此，必須接受奧蒙（Omond）精心編撰的《英國格律論》以及巴卡斯（Barkas）著作有用的概論[30]。他們都對那些結論表示懷疑，且企圖澄清那些胡亂的說法。當我們考察

㉘ 山茲柏叡《英國散文史》第三卷。

㉙ 布里士配利（Bliss Perry）《詩之研究》（A Study of Poetry）London, 1920, p.145。

㉚ 奧蒙（T. S. Omond）《英國格律論》（English Metrists）Oxford, 1921；巴卡斯（Pallister Barkas）《英國近代詩律論的批判》（A Critique of Modern English Prosody）Halle, 1934。

歐洲大陸，尤其是法國、德國、俄國，各色各樣格律的理論時，必須把這些作多層的分辨。

為達到我們的目的，最好不要牽涉到更瑣細的差異或是混合的形式，而且就許多格律論的形式上加以區分。最早的形式可稱爲「圖解式的」（graphic）詩律學，是出自文藝復興期的課本。這是把每一個詞都注上或長或短的圖解式的記號，其用在英國詩中，則以表示強或弱的音節，圖解式的詩律學者想用這種韻律的表解或樣式作爲詩人所遵守的準則。他那些術語正是我們在學校裡聽到的，短長格（iamb）、長短格、短短長格、長長短格等等。所以這些名詞，時至今日仍爲大眾所周知，亦爲最常用的詩型說明與解釋。不過它的整個系統之不夠完備，現在已爲大眾所承認了。因爲這種理論並未顧及實際的聲調而且它的武斷又常是完全錯誤的。現在人人都知道，如果眞正按照那圖解的樣式，則詩歌將是最刻板的單調。這理論的長處，最多是在教室中以及啓蒙的教科書裡亦自有它的功效。但它一味注意於格律的樣式而忽視聲音的細節以及作詩者人情味的個性，其難處乃在於無以應付許多近代系統。依圖解式格律論的知解，則格律不僅是聲音的問題，而是格律的樣式的問題，而且以爲這格律的樣式是包含在實際的詩中或竟是包含在實際基礎中。

第二種形式是「音樂式的」理論，這理論所根據的假定，也許是過於正確，他們以爲詩中的格律類似音樂的韻律，因此，最好是照樂韻來寫格律。在英國早期標準的解釋是拉尼爾（Lanier）的《英詩的科學》（Science of English Verse，一八八〇）；不過，他的理論已由近來許多考察者加以改進和修正㉛。在美國，至少在英語教師們中，彷彿都是承認這理論的。根據他們的系統，是把每一個音節之不定的高低都畫出音樂的符號。他們用半音符代表一個長音節，四分音符代表半短音節，八分音符代表短音節，諸如此類，都是相當武斷的決定。而步律的區劃是從一個重讀到另一個重讀而胡亂的配上 $\frac{3}{4}$，$\frac{3}{8}$，或 $\frac{3}{2}$ 拍，在口頭誦讀上是相當含糊的。倘若依照這系統用為英詩的記號，則如波普的五韻腳詩（pentameter）句。

Lo. the poor Indian whose untutored mind 可寫成 $\frac{3}{8}$ 拍，如下：

Lo, the poor In- di- an whose un- tu- tored mind㉜

㉛ 特別參考克洛爾〈音樂與格律〉（Music and Metrics）見於《語言學研究》廿期（Studies in Philology, XX）1923, pp.388-94；小史都華（G. R. Stewart, Jr.）《英詩技巧》（The Technique of English Verse）New York, 1930。

㉜ 此處所載聲律譜係出於克洛爾之《英詩的韻律》，這好像要以「休止符」代替原來的「重讀」而成為極其人工的讀法。

依這理論，則「弱強格」（iamb）與「強弱格」的區別就泯沒了，弱強格變得僅有句首餘音的性格，而屬於本句以外，或應劃歸於前一句了。依這方法，只要有適當的休止符及長短的音符做提示，縱使是個極複雜的格律，都可以像樂譜一樣地寫出㉝。

這理論在增強主觀感到詩歌之「等時性」方面有其功績，使我們誦讀詞之快慢，拉長或縮短，導入於均等的格律中。而這樂調用於「可吟哦的」韻文當更爲成功，但用於口語式的或演述式的韻文，似乎不太適當；因之，它便也無益於自由詩（free verse）或沒有等時性的詩歌，有些名人就依據這理論而輕易地否認自由詩之爲詩㉞。音樂理論家能成功地運用歌謠的格律如同「複腳韻詩」（dipodic）的格律，甚或是複合的格律㉟，而且能根據那所謂「切分法」（Syncopation）來說明一些格律上的現象。在白朗寧的

㉝ 湯普森（William Thomson）《說話的韻律》（The Rhythm of Speech）Glasgow, 1923，此書列證數百，是一部最精密的理論書。至於最近的代表作，當推波普（John C. Pope）的《鮑母爾夫的韻律》（The Rhythm of Bevwrlf）New Haven, 1942。

㉞ 例如：史托費爾（Donald Stauffer）的《詩的本質》（The Nature of Poetry）New York, 1946, pp.203-4。

㉟ 小史都華（G. R. Stewar Jr.）《歌謠格調所列近代格調的技巧》（Modern Metrical Technique as Illustrated by Ballad Meter 1700-1920）New York, 1922。

The gray sea and the long black land
And the Yellow half-moon large and low

這詩句中，第一行 sea 與 black，第二行 half 都可視爲切分法的標誌。音樂理論的功績於是顯出了：亦即由它打破了普通教室裡的武斷；而且由於運用格律的樂譜還記下了教科書所不載的，例如：史文葆（Swinburne）、梅瑞狄斯或白朗寧所用的一些複雜的格律。不過這理論也有幾分缺點：它給予武斷的個人誦讀以任意權，它使一切的詩歌歸併於少數單調的形式而分不出詩與詩派的差別。它又好像把一切詩歌的表演都看作讚美詩或朗誦讚美詩的樣子。然而，這理論的等時性和別的理論相比較時，卻帶有最少臆測的成分，它可認作是一種聲音與休止部分之均等化的系統。

第三種的格律論，亦即聽覺的格律，爲時下所普遍奉行者。它是根據客觀的調查，常用電流振動計那樣的科學儀器，由這儀器記錄甚或描寫朗誦詩歌時的實情。聲音之科學式的調查技術，其應用於格律研究，是由德國的西維爾斯與薩蘭（Saran）、法國的維里爾（Verrier），尤其是他對英語材料的調查，美國則是斯克利查爾（Scripture）。在謝拉姆的《英國韻文入門》（Approaches to a Science of English Verse）㊱一書中也可以看到一些已得到基本成果的大要敘述。聽覺的格律是明白地規定組成格律之各要素。因而，時至今日，仍沒有空暇去分辨那包括著音高（pitch）、響亮（loudness）、音色（timbre）、時間等等，但能指出物理性的關於說話者發出音波的頻率、振幅、形狀及音波之持續等。因爲物理儀器所發現的能清楚地攝影與描述，所以任何朗誦的實情都可以一一加以詳細的研究。電流振動計能指示我們以一個讀者誦讀以及詩句上聲音之大小與時間的長短及音高（聲調）上的變化。在〈失樂園〉的第一句上，會呈現一種似乎地震儀上劇震的狀態。無疑地，這是一種功績；許多醉心於科學的人們（當然，其中以美國人居多數）皆斷言我們不能不發展此一發明。不過，實驗室的格律論，顯然忽視而且必然忽視了「意義」，因此它那裡只有聲音的連續體，而沒有像「音節」那樣的東西存在；音節的段落在電流振動計上無法顯示，因此它那裡也沒有所謂「單詞」這個東西；而且它的音高（聲調）只是母音和少數子音所引出的，只是雜音之繼續不斷地間歇，因此它那裡也沒有眞正的所謂「旋律」（melody）。又因步律的實際延續性有很大的變易，因此，它那裡聽覺的格律也指不出眞正的所謂「等時

㊱ 施拉姆（Wilbur L. Schramm）的著作見於伊渥華大學研究所，關於研究的目標與進度叢刊第四十六號，一九三五年。

性」。至少在英語方面，它那裡並沒有長音或短音，因爲依物理來說，一個短音節該較長於一個長音節；於是它那裡便沒有重音之客觀的區別。因爲一個「被強勢的」（stressed）的音節在實際發音上一定要強於其他未被強勢的音節㊲。

但是，我們懂得這些結果，雖對於文學研究者很有用處，卻使那甚爲「科學」的基礎發生了重大的異議，這異議便貶低了科學在文學研究上的價值。要在電流振動計裡尋求直接有關於格律的研究，整個是錯誤的企圖。詩歌的語言，它的時間只是一假設的時間㊳。韻律上某一段時間都是出於我們的假設而爲之標記，而那週期性不但沒有準確的必要，就連那實際強度的標記也無須要像我們所感到的那樣強度。音樂格律，要確定不移地說，一切重音和時間的區劃，都像音高一樣，只是相對的、主觀的。不過聽覺的以及音樂的格律論卻有共同的缺點，或亦可說是共同的限制：亦即，他們全靠聲音，全靠一次或多次的朗誦。因此，聽覺的或音樂的格律論效績也只有在那獨特的朗誦時才見有效。他們忽視了朗誦者是否誦得正確，是否曾添上別的要素或歪曲或完全不依照形式等事實。

㊲ 參看亨利朗茲《韻的物理基礎》扉頁，一九三二年史丹佛出版。

㊳ 伯納西（Vittorio Benussi）《心理過程的理解》（Psychologie der Zeitauffassung）Heidelberg, 1913, pp.215 ff.。

假設有一行詩：

Silent upon a peak in Darien

依格律形式的排列可讀作：Silént upón a péak in Dàrién；亦可像散文似地讀作：Sílent upón a péak in Dàrien；甚或可以用種種方法，格律的形式和散文的韻律來讀。在聽到 Silént 時，假如是英國人說的，我們將覺得違反了「自然」的說法；在聽到 Sílent，我們仍然會覺得那是由前一行的格律型拖帶下來（carry-over）的讀法。所謂「徘徊的重讀」（hovering accent）之協調可以在兩端之間，但在一切情形中。無論何種讀法，凡讀者所特有的朗誦法都不適合於詩律條件的分析，因為那特有的朗讀法分明是存在於格律的形式與散文的韻律二者之間的「緊張性」和「對位法」（counterpoint）裡面。

韻文的形式，僅以聽覺的或音樂的方法是無從接近和理解的。韻文的「意義」，在格律論中不能輕易忽略掉。小史都華（G. R. Stewart, Jr.）是一位最好的音樂格律論者，他曾作系統的敘述，例如他說：「詩歌沒有意義也能存在」，因而「格律可以撇開意義而獨立，我們可以從詩歌的意義以外去作一些特殊詩句的格律構造之再現」[39]。費里耳和薩蘭也有這樣武斷的敘述，以爲我們必須採取外國人的觀點，外國人並不懂那種語言卻能聽詩歌[40]。但是，這個觀念在實用上，可謂毫無根據，而且實際是因小史都華而作的別解[41]。而使文學的格律研究平添上有害的結果。如果我們忽略了意義，那就是擱置了「語」、「句」的含意，而且對於不同作家的詩歌間之差異，也失去分析的可能性了。英國的詩歌，其主要的決定，乃據韻律的刺激性（Rhythmical impulse）而安排句法，以及據語句分割而制定說話韻律的對位法。然而，語句分割恰是確定其與詩歌的意義之血肉關係。

俄國的形式主義者[42]，即因此故而把格律放在一個全新的基礎上。「音步」（foot）一詞，似乎不很適當，因爲有許多詩歌就沒有「音步」。「等時性」雖是主觀地應用於許多韻文中，但它亦僅限於特殊的形式，而且進一步說，依客觀的調查，它也是不實在的。關於這一類的全部理論，韻律的基本單位之定義，他們論定那都是錯誤的。如果我們看韻文僅

㊴ 小史都華（G. R. Stewart, Jr.）《英詩技巧》（The Technique of English Verse）New York, 1930, p.3。

㊵ 薩蘭《德國詩範》（Deutsche Verslehre）loc. cit, p. l., Verrier, Essai ..., Vol. l, p. ix。

㊶ 小史都華引述 phrase 一詞常有了解的意思。

㊷ 參閱埃里克（Victor Erlich）《俄國的形式主義》（Russian Formalism）The Hague, 1955。

是一些被強勢的音節（或長音節，在母音的量之系統中）周圍之分節的集團，則我們將不能否認那同樣的集團，即使是同一秩序的集團，而能從語言學發音的形式中找到的，都不能稱之爲詩。因此，韻律之基本單位，不是韻腳，而是整個的一行，這就是俄國形式主義者傳下來的一般「格式說」（gestalt theory）的結論。韻腳不是獨立存在的，它們僅存在於與韻文全體的關係中，每一個重音，據其在韻文中的地位各有其特性，那是無論它是第一第二或者第三等等韻腳、韻文、組織的統一，在不同的語言和格律的系統中並不一樣，這也許就是「旋律」，是音高的連續，而這連續在某種自由詩中算是與散文唯一不同的特色㊸。如果我們不懂它的上下文脈，或不懂那用作標記的印刷上的排列情形，則那一節自由詩本是韻文，而我們卻會把它讀成散文而認爲沒有把它與散文加以區別的必要。雖然如此，但它未嘗不可讀成韻文，而且照這方法。還可以用各種不同的樂調讀成各種不同的樣子。這些樂調，要說明它的細節，常是兩部分的，亦即雙重腳韻的，如果我們摒棄了它，則那韻文便不成其爲韻文，而只是韻律化的散文而已。

㊸ 馬卡洛夫斯基（Jan Mukařovský）〈詩的韻律要素之調聲法〉（Intonation Comme facteur de rhythme poétique），刊於聲音實驗紀錄（Archives néerlandaises de phonétique expérimentale）第八九合訂本（一九三三），第一五三頁至第一六五頁。

平常格律化的韻文研究，俄國人採用統計的方法，統計形式與說話的韻律之間的關係。他們認爲加在上面的格律（superimposed meter）與日常說話的韻律之間，韻文是精緻的相對應的形式，因爲他們曾經坦白地說：韻文在日用語言上犯有「組織的暴行」（Organized violence）。他們從形式上分別出「韻律的刺激性」。形式是靜止的、圖式的，而韻律的刺激性則是力學的、前進的，我們等待這標記作引導，我們不但組織藝術作品的時間，且及於其他一切要素。韻律的刺激性，照這樣考察，它將影響單詞的選擇、文章的構造，以及韻文之一般的含意。

被使用的統計法是很簡單的。只要在每一首詩或是一首詩之每一章加以分析，從而計算出各個音節所帶有重音的百分比。在五步律的詩句中，假使那韻文是絕對正規的，則其統計將指出第一音節是零，第二音節是百分之百，第三音節是零，第四音節是百分之百，諸如此類。這統計會替音節的數字畫出一條線與另一條線垂直地相對而指出那百分比。像這樣正規的韻文，因爲極度單調之故，當然不常有的。多數韻文，在其形式與實際呈現的情形之間常指出一種「旋律的配合」（對位法）；例如：無韻詩中重讀的數字，在第一音節上便很高，那就是著名的 Trochaic foot（強弱格的步律），或是 hovering accernt（徘徊的重讀），或是 Substitution（調換的）的現象。作爲一種圖式，這指標線或者顯得甚爲平板，但是若使那仍還是五韻腳的詩，或有意使其成爲五韻腳的詩，則其指標將顯出經常的趨向，以二、四、六、八音節爲最高點。當然，這統計法本身並不就是終極目的。但它適用於估計一首詩以及揭示在少數詩句中沒有註明的趨勢。更進一步，它還適用以指明詩人和詩派之間的差別。俄語，因其一個單詞只有一個重讀（補助的重讀只是呼吸的事實，不算是重音）所以特別適用這個方法。但在英語中，要計算到第二重讀以及許多「前接詞」（enclitic word）和「後接詞」（proclitic word），而圓滿的統計便相當繁難了。

俄國的格律學者，大爲強調下列一些事實：那就是不同的流派和不同的作家各自完成其理想的形式；各個流派，有時是各個作家，各有自己的格律規範；以特殊的武斷探視流派和作家，是不公平的錯誤的判斷。韻文作法的歷史，在不同的規範間顯示不斷地衝突，而且此一極端總是爲另一極端所取代。俄國人還強調說：在韻文作法的語言系統間之差異愈大，愈是有益的。平常關於音節的，重讀的以及音量的，韻文體系的分類，不但不夠充分而且還有錯誤。例如：在捷克語（serbo-croat）和芬蘭語的敘事韻文中，其一切部分都兼有音節的（拼音）、音量的和重讀的三種原理。近代的研究已經指明，那假定的純音量的拉丁詩律學，在實用上，只是由於對重讀和單詞節落（limits of word）之注意而完成不斷地修飾㊹。

各種語言皆因其韻律的基本要素之差異而差異，英國語言，顯然取決於其重讀，故在英

㊹ 弗倫克爾（Eduard Fraenkel）《拉丁詩語中之抑揚音讀》（Iktus und Akzent im lateinischen Sprechvers）Berlin, 1928。

語中，母音量是附屬於重讀，而擔任單詞的節落與要重的韻律作用。由單音節造成的詩句與那僅由複音節的單詞造成的詩句之間所形成韻律上的差異，是很顯著的。捷克語，單詞的音節就是韻律的基礎，故常隨伴著強制的重音，而音量則僅顯出一種隨意變化的要素。中國語，以音高（平上去入的聲調）爲韻律的主要根據；但在古希臘，則以音量爲詩的組織原則，而音高和節落只用作打破單調的要素。

雖然在特殊的語言史中，韻文作法的體系可爲另一體系所取代，但我們不會因此而稱「進步」，或是責怪較早的體系太過於笨拙，僅僅趕得上後來確立的體系。俄語之取決於拼音法，已有很長的歲月；捷克語則取決於音量的韻律。英國文學史之研究，從喬叟至薩里（Surrey），甚至如利德蓋特（Lydgate）、霍斯（Hawes）、斯克爾頓（Skelton）等沒有寫過完全的韻文而但隨自己習慣的詩人，亦可體會它的沿革[45]。西德尼、斯賓賽、哈佛（Harvey）等出類拔萃的人物，雖曾想把音量的格律介紹到英國，但那大量的嘲笑卻是一種合理的擁護。不過，他們未完成的此一運動，在打破英國早期韻文之拼音規則，至少是歷史上的重大事件。

㊺ 有些頭緒係據李克里德（A. H. Licklider）的《關於喬叟一派傳統的格律問題》（Chapters on the Metric of the Chaucerian Tradition）Baltimore, 1910。

格律比較的歷史研究，亦是可能的。有名的法國語言學者米勒（Meillet），在其《希臘格律之印歐語考源》中，以印歐語格律系統爲目標而比較古希臘與吠陀的格律[46]；雅各布森（Jakobson）亦曾說明南斯拉夫的敘事詩極接近於古代的形式，亦即以非常嚴格的屬於母音量的短語連結爲一個「拼音的」（syllabicline）[47]，民間所承襲的各種韻文形式的歷史是可以區別的，朗誦的敘事詩與抒情詩所用的有旋律的韻語，必須有清楚的劃分。在各種語言中，凡是敘事的韻文好像都更爲守舊，而歌唱的韻文則有更大的國別上的差異而更接近於它那語言之發音特色。近代的韻文，在口說的會話與有旋律的韻文之間的差別，雖然最爲英國韻律學者所忽視，但要加以重大的留意，那些學者在音樂論的影響下，常有韻文是歌唱的偏見[48]。

十九世紀俄國抒情韻文之有價值的研究[49]，艾亨鮑姆（Eikhenbaum）曾就「旋律式

---

[46] 米勒（Antoine Meillet）《希臘格律之印歐語考源》（Les Origines indo-européennes des mètres grecs）Paris, 1923。

[47] 雅各布森（Roman Jakobson）《俄克士賓詩句的結構》，見註[43]第一三五頁至第一五三頁。

[48] 麥唐納（Thomas MacDonagh）《托瑪斯甘平與英詩藝術》（Thomas Campion and the Art of English Poetry）Dublin, 1913，其中即區分唱歌、說話以及吟詠的韻文。

[49] 艾亨鮑姆（Boris Eikhenbaum）《抒情韻文的律調》（Melodika lyricheskogo Stikha）St. Peterbuarg, 1922。

的」與「歌唱式的」韻文中分析音調所擔任的任務。他明白指出俄國浪漫派的抒情詩是怎樣應用三步律，感嘆式的或疑問式的音調格式。以及文體論上的並置型，但是，我們的意見則以爲他對於可歌唱的韻文，音調形成力之中心問題，還沒有確立起來㊿。

我們也許要懷疑俄國理論家何以有這許多特長，但無可否認的，這是因爲他們一面走出了實驗室的牛角尖，一面走出了音樂格律論者主觀的牛角尖。雖然目前尚有許多不清楚的，尚待討論的地方；但是，現在討論格律，總算恢復了語言學與字義上之必要的接觸。我們以爲，聲音與格律，必須當作藝術品整體之要素，而不能從「意義」中孤立起來研究。

㊿ 參看札蒙斯基《文學理論的問題》（Voprosy teorii literatury）Leningrad, 1928 中之艾亨鮑姆的批評。

第十四章　文體與文體論

照字面說，「語言」當然是文學家使用的材料。但亦可以說，任何文學作品都只是從固有的語言選拔出來的，恰似雕刻品可謂爲是一大塊大理石劈下的一些小塊。貝特森在其《英詩與英語》小冊中說：文學是普通語言史的一部分，且全受它的支配。「我的主張是：詩裡的時代痕跡，不可求之於詩人而可求之於語言。我相信，詩的實際歷史即在它所使用的那種語言之演變史裡面，亦即在那裡面寫成了一時代接著一時代的詩。而語言的這些演變，則根源於社會的與知識趨勢的壓力」①。貝氏在語言史上找到了密切支配詩史的好例子。的確，英國詩的演進，至少是並行著伊莉莎白時代輕快的說話操縱著十八世紀的明晰，與維多利亞時代的含糊冗慢。語言學上的理論，實占著詩史的重要部分，例如：霍布斯學派的合理主義，特重有意義的、清楚的、科學的、正確的語言，也就深刻地影響了英國詩，儘管那是不正當的影響。

我們可借用伏斯勒（Vossler）的言論。他說：「對於某一時代的文學史。從語言環境的分析入手，至少它的收穫要比從政治、社會、宗教傾向，以及鄉土和風俗的分析爲多。」②尤其是在數種語言互爭雄長的時代或國土。詩人之使用、態度，及其忠實於某一語

---

① 貝特森（F. W. Bateson）《英詩與英語》（English Poetry and the English Language）Oxford, 1934, p. vi。

② 伏斯勒（Karl Vossler）《語言學原理論文集》（Gesammelte Aufsätze Zur Sprachphilosophie）Munich, 1923, p.37。

言，這些不但對語言系統的發展事關重大，且對於他本人藝術之了解，亦關重要。在義大利，要談「語言問題」便不能無視文學史家。伏斯勒在其《從語言發達的觀點看法蘭西文化》一書即善於運用他的文學研究；在俄國，維諾格拉多夫（Vinogradov）曾就現代的俄語，仔細地分析普希金用過的各種要素，如教會用的斯拉夫語、通俗說話、法國式的、條頓式的要素等等③。

不過貝特森也有言過其實之處。他以爲詩是被動地反映著語言的演變，這見解，我們不能承認。我們絕不忘記語言與文學之間是一種辯證法的關係，亦即文學也深深地影響著語言的發達。近代的法語、近代的英語，無不受新古典主義文學的影響；正像近代的德語，絕不缺少路德（Luther）、歌德，以及浪漫派文學的影響一樣。

但這不是說文學可以從知識的社會的直接影響下孤立起來，而是像貝特森所論述的，十八世紀的詩因那時代的語言既確定而又明晰所以變得確定而明晰，因之，不管當時的詩人是否係合理主義者，而他們所使用的必然是那種現成的工具。不過，布雷克和史瑪特

---

③ 伏斯勒《從語言發達的觀點看法蘭西文化》（Frankreichs Kultur im Spiegel Seiner Sprachentwicklung），一九一三年刊於海爾德堡；新版《法蘭西文化與語言》刊於一九二九年。又，維諾格拉多夫（Viktor V. Vinogradov）《普希金的語言》（Yazyk Pushkina）Moscow, 1935。

（Smart）卻指出許多人們因其具有非合理或反合理的世界觀，也能改變詩的語法或使詩回返到較早期的狀態。

誠然，布雷克和史瑪特所指的這點事實，不但可以說明觀念的歷史，且亦可以說明流派、格調、樣式以及主題的歷史，其中還包括著用若干種語言寫成的文學，它們並非完全依存於語言。很明顯地，這在詩的一面與戲劇及小說的一面，在這兩方面還須來個區別。貝特森最初只把詩放在心上，當二者十分契合時，自無從否認詩是一種語言的「音」與「義」嚴密地聯合著的東西。

或多或少，理由總是明白的。格調是在組織聲音的性格，它使散文的韻律接近於「等時性」，並把音節長度之間的關係變得單純；亦即，使散文的韻律成爲有規則的。它爲要顯示它的餘音或音色，於是就減低速率，並把母音拉長。它使音調，亦即說話的旋律變得單純而有規則④。於是，格調的影響，其實際表現於語詞的，是指點那語詞而使人去注意那些聲音。在良好的詩中，它則強力發揮語詞與語詞間的關係。

詩的含意是由上下文合成的：一個詞不單帶有字典上的含意，而且是一種「類義語」

---

④ 這是維里爾（P. Verrier）細心實驗的結果，見於《格調原則略論》（Essai sur les principes de la métrique anglaise）Paris, 1909-10, Vol. 1, p.113。

（synonym）與「同音異義語」（homonym）所發出的特殊感覺。詞不只一個含意，而是兼括著由聲音、意義，以及引申義——甚或是對立的或相反的詞等相關聯著的含意。

因此，語言的研究便成爲詩的研究者特別重要的一課。然而，我們想到語言研究，仍爲專門的語言學家所輕視或忽視。而歷史的語形學（accidence）與歷史的聲韻學，則更不爲文學研究者所關心。近代的文學研究者，除非爲了在格律和聲韻史上某一發音問題，幾乎不大需用歷史的語形學、聲韻學以及實驗聲音學（experimental phonetic）。他們只要一種特殊的語言學——毋寧說是詞彙學（lexicology），亦即詞義以及「詞義變化」的研究。假使他是個研究英國古詩的人，他要懂得許多古老的詞義時，就只好細心地去運用《牛津詞典》。亦只有它在語源上的解釋會幫助他們了解米爾頓之拉丁化的語彙以及霍普金斯之高度條頓化的語形。

當然，語言學研究的重要性並不限於單詞或短語的理解。文學是關聯著語言的各方面，藝術作品是一串聲音的系統。因此，它也是固有語言的一串聲音系統的選品。我們對於和諧之音、韻律、格調之討論，已經指明在這許多問題裡面有關語言學考察的重要性。爲了要做比較格調學和聲音形態學之專門分析，聲韻學似尤不可或缺。

就文學的目的來說，語言的聲音當然不能與它的含意分開。而且，在另一面，那含意的構造本身亦即從屬於語言學的分析。我們可從聲韻學與語形學著手，自語彙（俚語、土話、古代語（archaism）以及新造語（neologism））進至文章學（例如：顛倒法、對照法、並行法）而寫成文藝作品的文法學，或是某一堆作品的文法學。

關於文學之語言研究，它可能有兩種見解。我們可以僅把文學作品當作語言史上的一種文獻來使用。例如：《梟與夜鶯》（the Owl and the Nightingale）、《哥溫爵士與綠騎士》（Sir Gawain and the Green Knight）都展示了英國中古時代某一方言的特性。在斯克爾登（Skelton）、奈施（Nashe）、詹森等作家的作品中，亦富有英國語言史的材料；最近金氏（King）的瑞典作品研究，即用詹森的《打油詩人》（Poetaster）來做當時社會以及各種階級方言之詳細分析。弗蘭茲（Franz）完成了一本很完備的《莎士比亞的文法》。薩奈恩（Sainéan）也寫出兩大本關於「拉伯雷」的語言⑤。在這一類的研究中，都是爲著另一目的而把文學作品當作研究語言科學的材料或文獻來使用。但是，只有把語言學的研究用在文學上，使它爲文學而服務，以調查語言之審美效果爲目標時——簡而言之，像那樣的

⑤ 金氏（A. H. King）《打油詩人諷刺性的語言：一五九七—一六〇二社會文體論的分析》（The Language of Satirized Characters in Poetaster: a Socio-Stylistic Analysis, 1597-1602）Lund Studies in English, Vol. X, Lund, 1941。弗蘭茲（Franz）《莎士比亞的文法》（Shakespeare grammatik）一八九八年至一九〇〇年之間刊於Halle 新版一九二四年刊於海爾德堡。薩奈恩（Lazare Sainéan）《拉伯雷的國語》（La Langue de Rabelais）2 Vols., Paris, 1922-23。關於此類書目，完全者可參閱葛林德格爾（Guerlin de Guer）《作家的國語》（La Langue des écrivains）Qu'en Sont les études de Français? (ed. A. Dauzat) Paris, 1935, pp.227-337。

語言研究，始成爲文體論——至少是這名實相符的文體論。

文體論，倘無一般語言學上完全的基礎，自不能作圓滿的探究，因此文體論之可注意的中心點乃在於文藝作品之語言系統與那時代的一般用法之對照上。不了解通俗的話語，非文學的話語，以及某一時代各種社會方言之差異，則所謂文體論，就不過是印象主義的文體論。尤其在過去時代，以我們所知道的，關於通俗講話與藝術的偏差間的區別，可惜那些擬議完全沒有根據。所以，我們要判定一個作家或一種文學運動的語法，必須先把過去時代各階層固有的講話加以進一步的研究。

事實上，我們本能地，往往只能引用自己當前的語法做標準。而這標準就會導向重大的謬誤。因此之故，我們閱讀古詩，必須拋開我們近代語的意識。例如：我們讀到丁尼生如下的詩句，就非忘卻近代的含意不可。

And this is well
To have a dame indoors, who trims us up
And keeps us tight.⑥

---

⑥ 這是引用丁尼生的 Edwin Morris，錄自韋爾德（H. C. Wyld）《英詩用語之若干樣態》（Some Aspects of the Diction of English Poetry）Oxford, 1933。這在狄洛遜之《批評與研究論文集》的序文上，關於這個問題有高度歷史式的議論。狄洛遜（Geoffrey Tillotson）的論文一九四二年刊於劍橋。

我們在這種明顯情形之下，雖然有重溫歷史之必要，然而，我們敢斷定在任何情形之下都有重溫歷史的可能嗎？我們敢說我們學習盎格魯-撒克森語、中古的英語，更不必說希臘語，我們的學習已到了忘記現代語的地步嗎？即使能做到這個地步，我們已是作者同時代的語言學，但我們就必定是比他們更好的批評家嗎？如同馬維爾（Marvell）的韻語：

My vegetable love would grow
Vaster than empires and more slow⑦

其中倘保持近代的聯想，不是可解釋作含意充足嗎？但悌脫（Teeter）卻注釋說：「多情的棕櫚伴著千古長存的金字塔而它的影子覆蓋著它，這樣一個奇怪的念頭，彷彿是深思而得的藝術效果。不過我們可以斷定像這樣精緻的效果未必就在馬維爾心裡。因爲十七世紀，Vegetable一詞意謂 Vegetative，詩人往往用它作爲賦予生命原理的意思。今天它則具有菜園的含意，然而這含意，他根本沒有想到」⑧。在這裡，或者有人會問：是否要照悌脫所期

⑦ 這是馬維爾（Marvell）的〈給怕羞的太太〉（To His Coy Mistress）。

⑧ 悌脫（Louis Teeter）《學者與批評的藝術》（Scholarship and the Art of Criticism）ELH, V, 1938, p.183。

望的剔除其中屬於近代的含意？而且究竟有沒有可能？於是我們又回到歷史「重溫」的問題，亦即它的期望與可能的問題。

如同巴里（Bally）所嘗試過的⑨，他要使文體論僅成爲語言學之一小節。然而，不管文體論是否可獨立爲一門學科，但它都有它自己分內的問題。那些問題，彷彿是，或事實上是屬於一切人們的講話。文體論，在廣義上看來，它對於一切意匠的調查，其目標乃繫於一些特殊的表現上，所以它包括的要比文字學甚或修辭學更爲深遠。一切意匠爲了保持強度或明晰，都可列在文體論之下：亦即廣泛存在於任何一種語言中的，最原始型的隱喻；以及一切修辭上的譬喻和章法上的形式。凡是語言的示意，幾乎都可從表現價值（expressive values）這個觀點來研究，就像美國行爲派的語言學者立意不去理睬但又不能無視這個問題。

在傳統的文體中，這些問題常在一種偶然的武斷的情況下予以解決。他們區分譬喻爲加強意思的與減輕意思的兩種。加強意思的譬喻，是反覆、累積、誇張、漸層法等，有如

⑨ 巴里（Charles Bally）《法國文體論》（Traité de la stylistique française）Heidelburg, 1909。至少在斯比查（Leo Spitzer）早期的研究猶將文體論（Stylistics）與文章學（syntax）看作同一的東西。這可參看他的《小說方面的構辭方法》（Über syntaktische Methoden auf romanischen Gebiet）Die neueren Sprachen, XXV, 1919, p.338。

朗吉努士之名著《雅文》（Peri hypsous）中對於「崇高的文體」所做下的許多說明。安諾德和山茲柏叡也討論到荷馬、莎士比亞、米爾頓以及但丁等人的「莊重的文體」（grand style），他們把文學價值批判問題與心理學上的問題來個巧妙的混淆⑩。

不過，要證明特殊的譬喻或意匠，在任何境況之下都有其特殊效果或「表現價值」，似不可能。在《聖經》和年代記裡面，用同式的造句（and...and...and）在敘述上卻有其雋永的效果；但在浪漫派的詩篇裡面，那一個個 and，卻成爲爬樓梯喘息不過的問題了。誇張法雖是悲劇的或感傷的，但也是怪奇的或喜劇的。這之外，某種譬喻或章法的外形，常被一用再用，且用在許多不同的文脈關係中，它們就不能都有特殊表現的含意。有人注意到西塞羅在幾頁裡面使用「換言法」（litotes）或「暗逑法」（praeteritio）就達好幾次之多；還有人在詹森的〈漫遊者〉（Ramblers）中計算出他用好幾百次的「均衡法」（balances）。這

⑩ 關於「高雅的文體」，參閱安諾德（Matthew Arnold）《荷馬的迻譯》（On Translating Homer）及山茲柏叡〈莎士比亞高雅的文體〉、〈米爾頓與高雅的文體〉〈但丁與高雅的文體集〉，並見於山茲柏叡論文集（Collected Essays and Papers）London, 1923, Vol. III。

兩個事實都在暗示他們之舞文弄墨本不在乎「含意」⑪。

然而，要確立文體論的特質與效果間的特殊關係，並非不可能的事；不過一定要放棄原子論的見解把譬喻與其特殊的「表現價值」之間，看作是一對一的關係。有個方法指示這種可能，那就是在帶有某種「情韻」（meaning-tone）：如崇高的、喜劇的、典雅的、素樸的文章裡面，使某一譬喻之一再反覆而與另一反覆使用的譬喻相混合。有人主張，就像溫沙特似的，他以爲只有意匠的反覆才使它成爲無含意的。「語句的形態之一再反覆，如語尾變化或動詞活用，都仍還是表現的形式」⑫。我們不需要古典派陳舊的方法，以區判文體之高低、亞洲式、雅典式，以及諸如此類的形式分類爲滿足。我們會想起史奈德（Schneider）在《德語的表現價值》一書所揭載的各種複雜的表式。依據言詞與所言之物的關係來區判，文體可分爲概念的和感覺的、簡潔的和冗漫的，或是縮小的和誇大的、明確和含糊、平靜和亢奮、單純和藻飾。再據言詞之相互關係來區判，又可分爲緊張與弛緩、雕刻的與音樂的、

---

⑪ 凱因茲（Friedrich Kainz）〈德國語言表現之高等形態作用〉（Höhere Wirkungsgestalten des sprachlichen Ausdrucks im Deutschen）Zeitschrift für Ästhetik, XXV III, 1934, pp.305-57。

⑫ 溫沙特（W. K. Wimsatt）的意見參看《詹森的散文風格》（The Prose Style of S. Johnson）New Haven, 1941, p.12。

平滑與粗雜、無色與彩色；更據言詞與其整個語言系統之關係來區判，又可分爲口說的與書寫的、刻板的與個性的；更據作家與言詞的關係來區判，則又可分爲客觀的與主觀的⑬。這些分類法，事實上可應用於一切語言的表現方面，但很明顯的，這大部分的根據都是得自文學作品，以及文學風格分析之指示。由此可知：文體論似要在根據修辭學所作古老而不統一的譬喻分類研究與那大而無當的各時代文體（哥德或巴洛克）考察之間，摸索出一條中庸之道了。

不幸得很，這個工作，多爲著只顧老例——亦即以其精密與明確的理念，使文體論成爲一種說明「適中」風格的獎勵者，同時爲了教學上的訓練——或因民族主義思想而使文體論成爲某一特殊語言的捧場者。德國學者們把歐洲主要的語言間之差異，幻想爲一律的，更是罪過。雖如韋契斯勒（Wechssler），伏斯勒以及杜茲貝因那樣有名的學者也做出無所取證的臆測以及有關民族心理之粗率的斷案。這不是說我們否認一個問題的存在，而是那些「行爲派的」觀點，把一切的語言平等看待，但這只要我們把文學未發達的語言與博大的歐語之一，加以比較，便顯見他們的淺陋了。博大的歐語正像許多翻譯家所發現的，它在文章體式中、成語中以及其他習慣中，有著廣泛的差異。爲某種旨趣而言，英語也好，法語

⑬ 史奈德（Wilhelm Schneider）《德語的表現價值》（Ausdruckswerte der deutschen Sprache: Eine Stilkunde）Leipzig, 1931, p.21。

也好，德語也好，似乎誰也不能比誰更加適當。雖然它們的差異，無疑地是由於社會的、歷史的、文學的影響；但卻沒有充分的證據說這影響是植根於民族心理。「比較文體論」（Comparative stylistics）之成爲一門科學，爲期還遠著哩。

文體論之純粹用爲文學的和審美的並限於一個藝術作品或一群作品的研究，這研究就是描述那些審美作用和含意。亦只有以這審美的興趣爲中心，然後文體論才是文學研究之一部分；且只有這種文體論的方法始能明定文學作品之特殊性格，然後文體論才是文學研究之重要部分。

像這樣的文體分析，其處理的方法，可能有二：其一先從那些作品的語言體系而作系統的分析著手，然後以作品之審美目的，亦即「整個含意」來說明它的特色。於是一個作品或一群作品便顯出它所獨有的措辭系統，亦即文體。其二，與前者並不衝突，而是從那措辭系統與其他可以比較的措辭系統間的差別上研究其獨有的特色之總和。這方法是對照的，是從正常的用法上看出它的偏差與變態，並在其中去發現它們的審美目的。日常傳達用的話語，並沒有注意到語詞的聲音與順序（至少在英語中經常是從「行動者」傳到「行動」則止），或是語句的構造（常是列舉的、對當的）。文體論的分析，第一步就要考察那聲音的反覆、語序之顛倒，以及表示於章法上的層次之構造。在這一切中，它一定自有其審美的作用，例如：增強語意，求更清晰，或其相反的作用——亦即審美上所謂含蓄或朦朧的。

對於少數作品或少數作家，這種研究是比較容易，黎里（Lyly）在其〈阿菲伊士〉

（Euphues）中能將聲音的圖式和直喻（simile），弄得明白而無誤⑭。據詹森說：斯賓塞是個「忘言」者；但仍不難從中分析其屬於古語式的、新語式的以及土話式的言語⑮。米爾頓不但使用拉丁語彙，而且他使用英文都是取其原來意義，但亦因此而自有他特別的文章結構。霍普金斯（Hopkins）的特色則在於撒克森語與方言，那是由於擁護語言條頓化運動的理論而有意避免使用拉丁語彙，使他的詩語具有特異的措辭與造句⑯。至於像亨利·瓊斯、梅瑞狄斯、佩特等，具有獨特「品格」的作家們，雖然無關乎藝術宏旨，但憑他們個性各自發展而成的文體，卻是很容易分析的。

不過，在其他許多情形中，要提出或明定一個作家文體的特色就比較難了。尤其是在一些作者中，如同伊莉莎白時代的劇作家或十八世紀的小品文作者所用劃一的文體，對於這種雷同的特徵，需要有纖細的聽覺和精緻的眼力來分辨。一定有人會懷疑羅伯遜的主張，因

⑭ 參看韋爾德《斯賓塞的句法與文體》（Spenser's Diction and Style）London, 1930。小麥克拉爾德（B. R. McElderry, Jr）《斯賓塞古體與新體之詩語法》（Archaism and Innovation in Spenser's Poetic Diction PMLA）XLVII, 1932, pp. 144-70。蕭登（Herbert W. Sugden）《斯賓塞仙后詩的文法》（The Grammar of Spenser's Fairie）Queene, Philadelphia, 1936。

⑮ 參看克洛爾（Morris W. Croll）《哈里克列門評介》（Introduction to Harry Clemons）London, 1916。

⑯ 參閱華倫（Austin Warren）《遁辭的著重》（Instress of Inscape）Conn., 1945, pp.72-88。

他能以某一個詞或「成語」認出皮爾、葛林、馬羅及凱德等人的本相⑰。因爲這些考察，所作文體論的分析，多數是亂七八糟的，把內容的連鎖、來源，以及所謂反覆暗示等研究，混作一團。弄到這樣情形時，文體論只是替不同的目的來服務之一種手段：亦即一種鑑定作家，確認出目的文學研究中最初步之探索工作。

實際上困難的問題，乃因流行的文體之存在，因爲這種時尚的文體具有激勵一個作家去模仿和趨時的力量。自古以來，時尚的觀念在文體論的傳統上具有巨大的影響力。例如：在喬叟的《坎特伯里故事集》中，各個故事之間各有大不相同的文體，說得粗淺一點，那就是他在各個時期的作品與文學上的形式間有著很大的差異。十八世紀品達式的（Pindaric）頌歌、諷刺詩、民謠，各自有其一套必要的語彙與文體。那時所謂「詩語」即包含有這種特殊的時尚；至於平易的語彙則只准許，不，不如說是被指派於低級的風習中。雖然，華茲華斯曾非難當時的「詩語」，但當他撰寫頌歌，撰寫像〈丁特昂寺院〉（Tintern Abbey）那樣鄉土味的回憶詩，或是米爾頓式的商籟和「抒情民謠」（lyrical ballad）時，可就不同了。如果我們不去注意這種差別，那麼我們也無須去體認許多開闢風氣而助長人類進化的作家們文體的特色了。說到歌德文體，就是最有用的例子，因我們無法協調他早在「狂飆運動」時

---

⑰ 羅伯遜（J. M. Robertson）《莎士比亞規範》（The Shakespeare Canon）4 Vols., London, 1922-32。

期的文體，古典時期的文體以迄後來運用壯大而複雜的手法寫下「親和力」的文體間的重大差別。

文體分析法——亦即集中全力於文體的特徵，亦即有異於其周圍語言系統的特質上；這樣的文體分析法顯然是很危險的。因爲我們喜歡累積孤立的觀察與那註明特質的標本而忘卻了藝術品本是整體的。我們喜歡過分強調那些「獨創的」、個性的、僅有的怪癖。所以，可用的嘗試，就該根據語言學的原理而完整地系統地去說明文體。這在俄國，維諾格拉多夫曾寫過關於普希金和托爾斯泰用語之精妙的研究論文；在波蘭和捷克，系統化的文體論，亦已爲許多實用派的人們所接觸；在西班牙，達瑪索·阿隆索（Dámaso Alonso）開始對貢戈拉（Góngora）的詩加以系統的分析；同時亞倫素（Alonso）就在精細地分析聶魯達（Neruda）的詩體。然而這方法的危險性則在於一種「科學萬能」之觀念。分析者往往忘記了藝術的效果和強勢與意匠上單純的反覆並不一致。因此，邁爾斯（Miles）小姐力說霍普金斯的詩語中有「拉斐爾前派」的要素，她這錯誤，就從統計的證據而來⑱。

⑱ 邁爾斯（Josephine Miles）《溫柔親切的語言》（The Sweet and Lovely Language）Conn., 1945. pp.55-71。

文體論的分析，彷彿只有在它能確立一些統一的原理與整個作品所通過的一般審美目的時才有益於文學的研究。如果我們以詹姆士．湯姆森那樣十八世紀的「描述詩人」爲例，我們就能指出他文體特質中的拼合情形。米爾頓式的無韻詩，在語彙的選擇上，他有所採用也有所摒棄。語彙爲迂曲語法（periphrasis）所必要，而迂曲語在言詞與事物之間含有一種伸張的意思：亦即不明其所言之物而但列示其性質。在性質上強調以及所列示的東西則含有「描寫」的意思，而這自然描寫的特殊形式應用於十八世紀是含有特別的哲理，亦即由構想而來的議論。狄洛遜（Tillotson），在其關於波普以及十八世紀的詩語之論文中即累積了許多種明晰敏銳的發現，例如：關於詩語特殊的觀念形態，而他稱之爲「物理學的命名法」（physico-theological nomenclature）；不過，他的發現，壞在籠統而偏於文體之整個的分析⑲。這種辨法，亦即從格律的考察而導向內容問題，甚至哲理問題，當然會忘卻邏輯的或年代的要素，這些要素則是屬於先天性的秩序而不容誤解的。故我們以爲能從任何固有的觀點出發，而且都能到達那同樣的結果，那才是理想的辨法。

這樣實驗的形式，它指出文體的分析如何能輕易地導向內容問題。過去的批評家們，就

---

⑲ 狄洛遜（Geoffrey Tillotson）《研究與批評論文集》（Essays in Criticism and Research）Cambridge, 1942, p.84。

曾在一種直覺的，沒有系統的風氣下，把文體當作獨特的哲學態度之表現，而做了長期的分析。龔道爾夫（Gundolf）在其《歌德論》中，已敏銳地分析過他早期的詩語而指出這位詩人之力學的語句是如何反映他對於自然力學概念[20]。諾爾（Nohl），依他對狄爾泰作品的發明，還指出文體的特質，可以連結哲學上的三種形態[21]。

德國學者們根據語言特質與內容要素相並行的假定，也曾發揚過一種更爲系統化的研究態度，而他們稱之爲「動機及語詞」。斯比查很早應用這方法，在巴比塞（Barbusse）的作品中，調查他反覆使用血與負傷的動機。而柯爾奈（Körner）也曾對史尼茲勒（Schnitzler）作品中的動機做過充分的研究[22]。斯比查後來更努力去確立作家的哲學思想

---

⑳ 龔道爾夫（Friedrich Gundolf）《歌德論》（Goethe）Berlin, 1915。

㉑ 諾爾（Herman Nohl）《詩與音樂中的藝術樣式》（Die Kunststile in Dichtung und Musik）Jena, 1915 及其《文體與世界觀》（Stil und Weltanschauung）Jena, 1920。

㉒ 史尼茲勒（Arthur Schnitzler）《動機及語詞，關於文學與語言心理學的研究》（Motiv und wort, Studien zur Literatur und Sprachpsychologie），斯比查（Leo Spitzer）《摩根斯坦異樣的造型與語言藝術》（Die Groteske Gestaltungs-und Sprachkunst Christian Morgensterns）Leipzig, 1918。柯爾奈（Josef Körner）〈經驗—動機—材料〉（Erlebnis-Motiv-Stoff, Vom Geiste neuer Literatureforschung: Festschrift für Oskar Walzel）Wild-park-Potsdam, 1924, pp. 80-9。

與其反覆表現於文體上的特質之間的關聯：例如：佩吉（Péguy）之反覆的文體，與柏格森主義有所關聯，而羅梅因（Romains）的文體，則與著他的總體主義有所關聯。至於摩根斯坦（Morgenstern）（這是比卡羅（Carroll）之無謂的韻文差強人意的作家）的「語詞神話」之分析，他就指出他一定讀過莫斯耐（Mauthner）唯名論的《語言批判》（Kritik der Sprache），而從中得到那種在漆黑世界中，語言不過更罩多一層厚幕的結論㉓。

斯比查的一些著作還從文體特徵上遠扯到作家心理性格的推測。普茹斯特步其後塵，他以爲在菲力普（Phillipe）的作品中關於「假充客觀的動機」之說明，只是「因此」（à cause de）一詞之繁複的構造，而含有信仰宿命論的意味。在拉伯雷作品中，斯比查分析拉氏的構詞，是用一種已知的語根，例如：“Sorbonne”，爲了要創造許多可鄙的諢名，便配以十幾種稀奇古怪的語尾（例如：Sorbonnagre=Sorbone+onagre 便成爲野驢）。他指出拉伯雷之擴充語詞，就在這半真半假之間、滑稽與可怕之間、烏托邦的與自然主義之間㉔。如同斯比查的公式化，他也就在基本上作個論斷說：「這是一種精神上的興奮，由於

㉓ 斯比查〈關於卻爾斯栢吉的文體〉（Zu Charles Péguys Stil, Vom Geiste neuer Literaturforschung: Festschrift für Oskar Walzel）Wildpark-Potsdam, 1924, pp.162-183。

㉔ 前人《作爲語言表象的文體論的方法》中關於拉伯雷部分（Die Wortbildung als stilistisches Mittel, bei Rabelais）Halle, 1910。

我們精神生活之脫越常軌，所以從正常的用法看來，必然有這相對應的語言之越軌。」㉕

但是，應用這個原理亦不無可疑之處。因爲在斯比查的後期許多著述中，例如：他那卓越的〈古典主義窒息於拉辛〉之研究，他又自限於文體特徵的分析㉖。其實，這就暗示那些研究雖然靈巧，而心理學的文體論卻似可岔開爲兩方面。從心理學方面，被公布爲這樣明確的多數關係，從語言的材料方面看來卻未必能有這樣的結論，所以心理學的或觀念論的分析只是起點，而結果則須在語言中求其確證。假使在語言上的證據本身顯得牽強，或是根據薄弱，那麼它實際就可能是模糊的了。這種工作的方式常假定那眞實的或偉大的藝術必基於經驗，而用 Erlebnis 一詞，只是個祈求稍微修訂其傳記式的謬誤之譯文而已。更進一步，凡以爲某種文體上的構想與某種心靈的狀態之間有著必然的關係，這假定也顯得錯誤。例如：在巴洛克文體的討論中，德國最多數的學者都以爲那恍惚纏綿的語言與瞀亂苦悶的靈魂間有著

㉕ 前人〈文藝作品之屬於語言上的解說〉（Zur sprachlichen Interpretation von Wortkunstwereken, Neue Jahrbücher für Wissenschaft und Jugendbildung, VI）1930, pp. 632-51。

㉖ 前人〈古典主義窒息於拉辛〉（Klassische Dämpfung in Racine）刊於《小說文庫》十二期（一九二八），一九三一年又載於《浪漫風格與文學研究》（Romanische Stil und Literaturstudien）Marburg. Vol. 1, pp.135-270。

不可分的交涉㉗。然而，恍惚纏綿的文體，只要是個手藝人或技術家都能磨練到的，而心理與言詞間的全部關係較諸一般所設想的，要更難於捉摸，更不容易明瞭。

因此，對德國的「文體論研究」（stilforschung）要很細心應付。它往往會假裝「發生心理學」（genetic psychology）的姿態出現，且使人確信它的假定雖照例尊重克羅齊的美學，並引以爲藍本，但與它的藍本大不相同。在克羅齊的美學體系中，完全是一元論的，心靈的狀況與語言的表現之間不能有所區別的。克羅齊對於一切文體的功效與修辭上的範疇，亦即，在風格與形式之間，形式與內容之間，總而言之：言詞與心靈，表現與直覺的區別，他一概加以否認。克羅齊的一連串「同一觀」走到了理論上的癱瘓地步：亦即他把吟詩過程的蓄意，看得過分單純，所以能推演到一切無區別的地步。但，這在今天，似乎看得很清楚；凡創作過程與作品，形式與內容，表現與文體，除非到了最後統一時，它們必定是保持各自的、短暫的而且游移不定的懸擬。亦唯如此，始能制定批評的過程，對它作全盤的解釋與說明理由。

假使我們能描述作品或作家的文體，那就無疑地，我們也能描述一群的作品，描述文學

㉗ 例如：施特里希（Fritz Strich）〈十七世紀抒情詩體〉（Der lyrische Stil des siebzehnten Jahrhunderts）Abhandlungen zur deutschen Literaturgeschichte, esp. p.37。

的流派：如同哥德式的小說，伊莉莎白王朝的戲曲，形而上學派的詩。我們也能分析文體論上的形式，如同巴洛克文體之於十七世紀散文㉘；而且，我們還能進一步加以概括，描述一時期或某一文學運動的文體。在實行中，用些實證的方法，似乎格外困難。如同巴拉特（Barat）的《浪漫主義革命與詩體》（Le Style poétique et la révolution romantique），或是路易．史東（Luise Thon）的《德國印象主義的語言》（Die Sprache des Deutschen Impressionismus）等書，都列舉許多關於整個流派或文學運動之在文體上的意匠以及語彙或章法上的特徵。此外，許多人還完成了關於古代條頓式詩體之描述。但是，這些描述大都有其共同的體例，在其本質中顯然雷同，幾乎可說是如出一轍。對於一個時代一個文學運動的文體作全盤的描寫，如遇古典主義或浪漫主義便將有不易克服的困難，因此我們必須在極相反的作家，有時是許多國家的作家之間，尋求其「公分母」。

如同藝術史所承認的一種包羅萬象的「作風」係屬，例如：古典的、哥德的、文藝復興的以及巴洛克的，倘把這些名詞引用於文學，似頗有趣。但是這樣做時，我們就得先回到藝

㉘ 參看克洛爾的卓越論文〈散文中的巴洛克文體〉（The Baroque Style in Prose）Studies in English Philology: A Miscellany in Honor of F. Klaeber, Minneapolis, 1929, pp.427-56。又，威廉森（George Williamson）《雞林逸足》（The Senecan Amble）Chicago, 1951。

術與文學之間的關係。藝術的並列之間的關係，以及完成我們文化昌明的大時代之間種種關係的問題上去。

第十五章　意象、隱喻、象徵、神話

當我們依據題旨——亦即「主題」（theme）來區分時，而問「詩」該是哪一類的講述，或是我們改爲散文的意譯，並以構成那意譯的整個複合體看作就是那詩「意」（meaning）時，我們所觸到詩的構造中樞，恰就是本章題目所列舉的四個名詞。我們同時代的詩論家曾經說過：詩的組織，含有兩個原理，那就是「格律」和「隱喻」，並且「格律和隱喻是『相依爲命』的（belong together），所以我們的詩之定義該是照常要概括這二者而說明它們的合作情形」①。據這個記載所隱含的一般性的詩論，顯然是引申自柯勒律治的《文學釋義》（Biographia Literaria）。

上列四個名詞，它們是否共指一事？照語意來講，這些詞義都是重複的，它們顯然是指向同一的意趣範圍。也許我們序列——意象（image）、隱喻、象徵（symbol）、神話——四個名詞，可說是異途同歸的兩條線，而二者，在詩論上都同樣重要。其一是感覺的特性，亦即感覺的與審美的連續體，唯有這特性，才使詩與音樂繪畫相連，而與哲學、科學相遠；其一則是「譬喻」，亦即「比喻法」（tropology）——用換喻（metonym）或隱喻來說的「間接法」（obligue）的講述。心中的事，經過逐一比喻，因得到了另一成語的互譯

---

① 見於伊斯曼（Max Eastman）《科學時代的文學精神》（The Literary Mind in an Age of Science）New York, 1931, p.165。

而益切合於本意（theme）②。這兩條線，共爲文學的特性，亦即文學與科學著述相對立的「差異性」（differentiae）。其目的乃在於以單一記號系統（system of monosigns）所作貼切的表現來代替抽象式系統（system of abstractions）的表現。詩之組織是一個整體，是個無法重述的語式，每一個都是記號，也是那所言之物；並且是除了這詩句以外不可能由任何系統來述說的語式③。

我們的標題，其含意上的困難是很棘手的，除非我們不斷留心省察這些字義之前後連貫，尤其是處於相反地位的是怎樣情形，幾乎無法解決。

意象是兼屬於心理學與文學的研究題目。在心理學方面，「意象」一詞是指過去的感覺或已被知解的經驗在心靈上再生或記憶，雖不一定是屬於視覺的。一八八〇年，首作此項

② 關於推論的形式可參閱莫里斯（Charles Morris）《記號，言語與行爲》（Signs, Language and Behavior）New York, 1946, p.123 ff.，他區分推論爲十二種，其中「虛構的」（小說的世界）、「神話的」及「詩的」，與本章所言的四種有關。

③ 「單記號」（monosign）、「複記號」（plurisign）是威爾賴特（Philip Wheelwright）在〈詩的語意學〉（The Semantics of Poetry）裡所用的名詞，見於 Kenyon Review II, 1940, pp. 263-83。照語意來說，所謂「複記號」是意義上的反射作用而爲其意思的一部分，故亦可謂複記號，詩的象徵，不但是被利用的且是享用的；它的價值也不僅屬於工具的價值而是有著審美的內在價值。

調查的高爾頓（Galton），曾努力去發現人們能把過去多久的事情重現於視覺上，因而得到人們視覺化等級之很大的差異。然而，意象不只是視覺的。心理學者和美學家都有著各式各樣的分類。其中不但有味覺的、嗅覺的、且還有熱的、壓力的（筋肉感覺的、平面輪廓的、感情移入的）等等。最重要的區別，則爲靜的和動的（亦即力學的）意象。色彩的意象之運用，有時是代表著傳統的或個人的，有時則否。至於同時感受的（synaesthetic）意象（無論是由詩人之非常的氣質或由文學的習氣造成的結果），都是由此一感覺轉化爲彼一感覺，有如聲音之轉化爲顏色。最後，意象還有「制約」與「自由」之區別，且適用於詩的讀者：前者是聽覺的與筋肉的，不但讀者自己必然會引起，就連所有相對應的讀者也必然會引起同樣的意象。後者則是視覺的以及其他種種，因人而異，隨形式而變化的意象④。

瑞恰慈一九二四年在其《原理》一書中所作一般性的推論，至今似仍健全。他說：「意象之知覺的性質，常被過分地重視。其實給予意象效果的，意象的生動性，殊不及心意上

④ 參看布林（E. G. Boring）《實驗心理學史》中感覺與知覺（Sensation and Perception in the History of Experimental Psychology）New York, 1942。杜尼（June Downey）的《文學心理研究》中「創造的想像」（Creative Imagination: Studies in the Psychology of Literature）New York, 1929。沙特（Jean-Paul Sartre）的《想像》（L'Imagination）Paris, 1936。

的事實與感覺獨自結合的那特性來得重要。」亦即，它的效果乃來自它所造成感覺的「遺跡」與再現⑤……。

從感覺所殘留而再現的意象來看，我們很容易移到第二條線，它跨越我們的全領域——亦即「類推」與「互比」（analogy and comparison）的線。雖然視覺化的意象不獨見於描寫體的詩中，甚至有些人還想寫作「形象派」（Imagist）或「有形體」（Physical）的詩，成爲把自己侷限於外在世界的圖像裡。其實，他們確是有意這樣做。龐德（Pound），這新詩運動的理論家，他把「意象」定義爲不是像繪畫那樣的再現，而是「瞬間的知覺與情緒之複合的表現」，爲一種「本不相同的觀念之聯合」。形象派的信條說：「我們相信：詩能把特殊事物形容盡致，而不從事於曖昧的普通事物，雖然……明朗的。」艾略特稱讚但丁而攻擊米爾頓，他似乎過分注重那「喻意」（bildlichkeit）。他說：「但丁的作品是一種視覺化的想像」，「一個寓言家」，而且「以一個夠資格的詩人來說，寓言就是『清楚的視覺化的意象』」。另一方面，不幸得很，米爾頓則是一種「聽覺性的意象」。他在〈拉列格羅〉（L'Allegro）和〈伊爾．賓色羅沙〉（Il Penseroso）裡，視覺性的意象，全「很平凡……米爾頓看不見農夫，擠牛乳的姑娘，牧人的特殊相……他的詩，感覺的效果全繫於耳

⑤ 瑞恰慈（I. A. Richards）《文學批評原理》（Principles of Literary Criticism）London, 1924，第十六章〈詩的分析〉。

朵，只適合於農夫、乳婦、牧人等等概念⑥。」

這些語句所表示的，其注重「特殊相」（Particularity）以及意境（area of meaning）的統一（亦即類推，例如：寓言，不同觀念之聯合），遠過於感覺性。視覺性的意象是一種感覺或知覺的東西，但它只是「代表」（Stand for）、指示一些看不見的「內在」東西。它能表現同時也是再現（例如：「黑蝙蝠的夜飛逝了」……「橫在我們面前的廣闊無邊的沙漠」），這意象（如上例）可當作「描寫」，亦可當作「隱喻」。但是，不屬於隱喻的意象，從「心的眼睛看來，可算是象徵的嗎？它的每一屬性是否都要依知覺來選擇呢？」⑦

墨利（Murry）想把「直喻」與「隱喻」合併爲修辭學之「形式的分類」，而以「意象」一詞概括之，但又警告我們必須「排斥心裡以爲意象完全是或主要是視覺性的成見」。意象「可能是視覺性的，可能是聽覺性的」，甚或「可能是任何心理屬性的」。麥克

---

⑥ 龐德（Ezra Pound）的 Pavannes and Divisions, New York, 1918。艾略特的文選中《但丁論》（Dante）New York, 1932, p. 204。《米爾頓詩箋》（A Note on the Verse of John Milton）Essays and Studies by Members of the English Association, XXI, Oxford, 1936, p.34。

⑦ 近代心理學曾告訴我們 image 一詞含有如此重疊的兩個意思。故亦可謂：凡是自然的內心的意象都轉化爲外延的象徵的意象，並見於鮑杜因（Charles Baudouin）的《精神分析與美學》（Psychoanalysis and Aesthetics）New York, 1924, p. 28。

尼斯（MacNeice）對於類推之事曾有所說明，他以被知解之物，用 properties（小道具或特徵——比照劇場的小道具）一詞，當作隱喻時則用 images 一詞來自行區別。但這區別，似乎亦難於堅持。因爲他說：「連小道具之爲物，分析至最後，仍還是一種象徵的」。他論及華茲華斯，說：「因爲那些小道具已自擔當其特殊任務，使也無須許多意象了」⑧。在莎士比亞、艾蜜莉．勃朗特（Emily Brontë），愛倫．坡那樣各自不同的作家作品中，我們會看到他們所有的配景（setting）（亦即小道具的體系）常是一種隱喻或是象徵，例如：怒海、暴風雨、荒野、傾圮的廢壘、黑沼澤之類。

「象徵」一詞，有如「意象」，亦嘗被用作特殊的文學運動名稱⑨。且又與「意象」一樣不斷地被用以表示各種不同的「文氣」以及甚爲差異的「宗旨」。「象徵」本是邏輯學的術語，也是數學、語意學、號誌學以及認識論上的名詞；而在神學上（它與「信條」的含意相同），在聖餐禮，各種美術以及詩的世界，它都已有悠久的歷史。在已有的用法中，其共同的要義爲：以某事物代表另外的事物。但，這個古希臘的動詞，原義是湊合、比較、

---

⑧ 墨利（J. M. Murry）《精神界》第二冊《隱喻》（Metaphor, Countries of the Mind, 2nd Series）London, 1931, pp.1-16。麥克尼斯（L. MacNeice）的《近代詩》（Modern Poetry）New York, 1938, p.113。

⑨ 杜賓（René Taupin）《法國象徵主義與美國詩之影響》（L'Influence du symbolisme Français sur la poésie Américaine）Paris, 1929。

暗示著「能記」與「所記」之間類似的觀念。這意義，即在近代的用法中仍然存在。代數與邏輯學仍以 symbol 當作「同意」的記號，但宗教的象徵則基於「記號」與「所記」的內在關係上，亦即換喻或隱喻：如同十字架、羔羊、善良的牧者等等。在文學理論方面，它的含意大抵是：以此物應於彼物，而此物本身的權利仍被尊重，這恰是個雙重的表現（presntation）⑩。

有一種「單純的象徵主義」（mere symbolism）思想，把宗教與詩歸屬於感覺的意象，倘不放棄那意象之儀式化的排列，就放棄「記號」與「意象」上原有的實質，道德的或哲理的。另一種思想，則以象徵主義爲一種預兆或旨趣，亦即愼重地把概念用心轉譯爲有例可循的、可傳授的、可感覺的語言。但是，柯勒律治卻說：如果寓言是「抽象的概念轉譯爲繪畫式的語言，而這語言又不過是那所感之物的抽象品……」則象徵當是「以個物的特色（小種的）或全體的共相（大類的）所透露的微恉爲其特性……其特性即從瞬間透出永恆的微恉」⑪。

---

⑩ 此處所用的術語是依循德萊爾（J. Craig La Driére）《美國學人》卷一所用的（The American Bookman）I, 1944, pp. 103-4。

⑪ 柯勒律治 The Statesman's Manual: Complete Works, New York, 1853. 卷一第四三七頁至第四三八頁。關於「象徵」（Symbol）與「寓意」（allegory），據繆勒（Curt R. Müller）的 Die geschichtlichen Voraussetzungen des Symbolbegriffs in Goethe's Kunstanschauung, Leipzig, 1937。最早是由歌德給區別出來的。

象徵之不同於意象或隱喻，其中是否尚有一些重大道理？最初，我們以爲象徵具有反覆的和固定的含意。如果一個意象一度被引作隱喻，而它能固定地反覆著那表現的與那重行表現的，它就變成象徵，亦可變成象徵（或神話）的體系之一部分。威克斯提（Wicksteed）對於布雷克早期的抒情詩〈無謂之歌〉及〈經驗之歌〉寫道：「現實的象徵法比較地少量，但是不斷地而且大量地使用象徵性的隱喻（symbolic metaphor）。」葉慈亦有一篇早期的論文，說到雪萊詩中「主要的象徵」，他說：「在他的詩裡找到許多不能定義（固定）爲『象徵』的言外之意，但它們卻實在是象徵的；及其年事漸長才開始逐漸認眞地用於象徵的目的。」——如同洞穴、塔等等意象⑫。

⑫ 威克斯提（J. H. Wicksteed）《布雷克的天眞與老練》（Blake's Innocence and Experience）London, 1928, p. 23。葉慈（W. B. Yeats）論文集（Essays）London, 1924, p. 95 ff。關於雪萊的「主要的象徵」（Shelley's "Rulling Symbols"）隱喻在什磨時候變做象徵？第一、當隱喻的「工具」是個具體的感覺的時候，如同羔羊，是隱喻，亦可當作象徵某物。至於「十字架」則不是隱喻，但可作爲借喻式的象徵，表示耶穌釘死在那上面，如同聖洛林的烤肉架與聖迦太林的輪子，或表示悲苦，在這種情形中，凡是工具的用途即標記著行動的結果。第二、當那隱喻是重複而且主要的時候，如在克拉蕭、葉慈以及艾略特的作品中，正常的方式則是意象轉爲隱喻，隱喻轉爲象徵，有如亨利・詹姆斯的作品。一九四一年，《南方評論》（Southern Review）第七期，霍華・貝克（Howard Baker）〈拜占廷的殿堂〉，對於葉慈早期作品中的意象（如火、鳥、鷹、塔）至後期作品都成爲象徵，曾做過詳細研究。

任何帶有印象的事故，而印象常常轉換，在一個作家早期的作品中，那印象會是個「小道具」（property），但到了晚期作品卻是個「象徵」了。因此，亨利·詹姆斯在他早期小說裡刻意描繪的人與地點，到了晚期小說中，這一切意象卻都變作隱喻的或象徵的了。

說到詩的象徵方法，很容易看出現代詩人之「私有的象徵法」（private symbolism）與過去詩人之廣泛易解的象徵方法之區別。「私有的象徵法」一語，至少它的第一義是個「貶語」；然而我們的感情與態度對於詩的象徵方法卻保持著高度的與那貶詞相反的本質。「私有的」這個字，很難表述；如果把它解作「守舊的」、「因襲的」，則有悖於我們的願望，而詩固是新的而且意外的。一個含有「私有的象徵法」的體系，只要是個細心的學生，都能解譯，如同一個翻譯密碼的人能譯出外國的祕密消息一樣。許多私有的體系，例如：布雷克與葉慈都帶有大量疊印著的（overlap）象徵的傳統，儘管它尚未得廣泛的或通行的承認⑬。

---

⑬ 白施維（M. O. Percival）《布雷克的命運之環》（Blake's Circle of Destiny）New York, 1938, p.1 中云：「布雷克派的異說相等於但丁的正統派。」肖勒（Mark Schorer）《布雷克研究》（William Blake）New York, 1946. p. 23 云：「布雷克很像葉慈，隱喻保持著辯證法的觀點……在 Swedenbory 與 Boehme 通訊系統中，在神祕法術之類推的探討中，在 Paracelsus 與 Agrippa 的煉火術中都是如此。」

我們撇開「私有的象徵法」和「傳統的象徵法」（traditional symbolism），在另一頂端，則是一種公共的「自然的象徵法」（natural symbolism），而這方法亦有它的困難。佛洛斯特（Frost）的詩篇，其中最好的幾首，使用了自然的象徵法，我們就很難把握到它所象徵的東西，如我們想到的「不走之路、牆、山嶺」等等。而在〈停留林邊〉（Stopping by Woods）一詩中，有一句「還有多少路得走，在我將睡之前」，我們倘就字面揣摩，那該是旅人們說的實話；然而在自然的象徵法語言中，「睡」卻是「死」的意思。如果有人用「保證信用」的道德或社會的支票，去對照那一聯「森林是可愛的、又暗又深」（三個全是形容的讚語），他倘非像個不負責回答的人，就不能完全否認對照的經過，絕對不是合於審美的冥想之等分（equation）。也許沒有一個忠實的讀者會誤解佛洛斯特的詩，但是，有一部分卻因他的自然的象徵法，吸引住廣大的讀者，他們之中，即有些人因一度把握到那象徵的可能性，便過分地重視那自然的象徵及其所互喻的東西，遂使他那「含意很多的記號」（plurisigns）蒙上了固定的與呆板的性質，而遠離詩的陳述，尤其是現代詩的陳述⑭。

我們的第四個用語是「神話」，它在亞里斯多德的《詩學》中是表示情節、敘事的構成

⑭ 參看布魯克斯關於佛洛斯特的註解（The Comments on Frost of Cleanth Brooks）《近代詩及傳統》（Modern Poetry and the Tradition）Chapel Hill, 1939, p. 110 ff.。

物、寓言。與它相反而相對峙的則是「人話」（logos）。神話與記述的解說相反，而是敘事或故事，也正像非合理的直覺的記述之與系統的哲學的記述相反，如同艾斯奇勒斯的悲劇與蘇格拉底的對話相反一樣⑮。

「神話」爲現代批評上愛用的名詞，它的含意其主要的範圍所指，泛濫於宗教學、民俗學、人類學、社會學、精神分析學以及美術等方面。經常與它相反的，則是那些相對峙的「歷史」、「科學」、「哲學」、「寓意」、「眞理」⑯。

在十七、十八世紀，亦即啓蒙時代，這個名詞通常帶有輕蔑的含意：亦即，神話是一種虛構——不是科學的或歷史的眞實。然而，在維柯的《新科學》中，早已重視神話，到了德國的浪漫主義者，柯勒律治、愛默生以及尼采，則已逐漸變成優勢的——「神話」一詞的含意與詩一樣，爲一種眞理或配得上眞理的東西，雖不是歷史或科學眞理的競選人，卻是它們的候補者⑰。

---

⑮ 參看尼采 Die Gebnrt der Tragödie, Leipzig, 1872。

⑯ 對這定義的代表群，參看雷格蘭（Lord Raglan）的《主人公……》（The Hero ...）London, 1937。

⑰ 參看史特里克（Fritz Strich）《克洛普斯托克至華格納之德國文學中的神話學》第二卷（Die Mythologie in der deutschen Literatur von Klopstock bis Wagner）Berlin, 1910。

從歷史看來，神話出於祭禮而與它的關係密切。「它是祭禮的一部分講話，祭祀行爲的故事。」祭禮由巫祝代表舉行，爲大眾禳災祈福，爲收穫與生育的滋蕃，以及青年人之參與社會的文化生活與對某一死者長期的悼念，都恆久地需要「祭典」（agendum）。但在其更廣大的意義中，神話亦可謂爲一些不知名的作家在講述宇宙起源與命運的故事：亦即，人類命運與大自然之教學式的意象，用以講解人生於世，所爲何來⑱。

從文學理論看來，這些重大的動機，蓋爲意象或心畫，社會的、超自然的（亦即非自然的或非合理的），敘事的或故事的、原型的或共相的，在我們超時間的觀念中的事件之象徵式的再現，標題樂的（programmatic）或終局論的（eschatological），神祕的東西。在現在思想中，表現於神話的，可以它爲中心而廣泛地扯到別的方面。所以蘇勒爾（Sorel）說：全世界工人的「總罷工」是個「神話」，亦即意謂像這樣的理想也許永遠不成其爲歷史的事實，但爲著鼓動刺激勞工們，卻要表現得像個未來的歷史事件；於是「神話」便成爲一

⑱ 霍克（S. H. Hooke）《神話與禮俗》（Myth and Ritual）Oxford, 1933。史都華（J. A. Stewart）《柏拉圖的神話》（The Myths of Plato）London, 1905。卡西勒（Ernst Cassirer）《哲學的象徵形式》卷二關於神話（Philosophie der Symbolischen Formen, Vol. II, Das Mythische Denken）Berlin, 1925 p. 271 ff 英譯本 New Haven 一九五五年刊。

個標題了。所以尼布爾（Niebuhr）說基督徒的終局論像個神話：亦即，耶穌再臨與末日審判的意象如同未來的歷史，從而提出永恆的、道德的、精神價值的批判⑲。如果神話與科學或哲學相反對，則其繪畫化的「直覺」亦當與那合理化的「抽象」相對照。一般來說，在這一點，文學理論家與辯護者主要的對峙，亦可說神話是社會的、無名氏的、社會共有的。時至今日，我們固然可以責難一個神話的創造者——或其中的一些創作者——但也要看那神話之本來情況，如果那是作者的遺忘，沒有一般的了解，或對它的確認並不重要——亦即，如果它得到公共的承認，得到公平許可的話。

神話一詞的含意很不容易確定，如今，它又在指一種「意境」。我們聽說畫家與詩人在做神話學的研究，又聽說有了民主的或進步的「神話」，還聽說「世界文學裡的神話復辟」。儘管我們同時還聽說：人們不能再創造神話了，不再信仰神話的存在已鑽進人們的念頭了，然而，許多書籍卻在繼承神話，以及「沒有國界的」（cosmopolitan 世界主義）的

---

⑲ 蘇勒爾（Georges Sorel）《強烈的反應》（Reflexions on Violenc），休爾姆譯，New York, 1914。尼布爾（Reinhold Niebuhr）《神話之眞的價值》（The Truth Value of Myths," The Nature of Religious Experience...）New York, 1937。

城市，或與「城市國」（city state）同性質的社會神話⑳。

現代人爲什麼缺少神話——或神學或與神話有關的思想體系？這問題，如同尼采曾經說過：蘇格拉底和詭辯學派，那夥「知識分子」毀了希臘文化的生命一樣，而啓蒙思想也破壞了——或開始破壞基督教的「神話學」。但是，其他的著作家卻以爲現代人是以宣揚「進步」、「平等」，教育大眾以及有益於世道人心的神話，抵消那淺薄無聊不惜虛構的神話。在這兩種觀念之間的共同的公分母，似在判定「果眞、或然」，當那古老的長久而切身的生活方式（祭禮及其特有的神話）被「摩登主義」所支解時，許多人（甚或全體）都貧困了：因爲人們不能單靠抽象的東西生活，他們由於簡陋而陷於空虛，臨時發生了（可能的或當然的）斷片的心畫。站在富於想像的作家方面，要說神話之必要，那是因爲他們覺得有與社會交際的必要，因爲他們覺得公認的地位，做個藝術家在社會上的功用有此必要。法國的象徵主義者生存於其所自認的「孤立」之中，是個遺世而獨立之士，他們相信：凡要作詩，就必須在市儈的汙濁與審美的貞潔二者之間選擇其藝術。不過，葉慈雖然一心崇拜馬拉美，但他覺得有與其愛爾蘭的風土人情同化的必要，所以他混合了傳統的克爾特民族的神話

⑳ 特別參考加斯塔拉（R. M. Guastalla）《文學起源論：神話的存在》（Le Mythe et le livre: essai sur l'origine de la littérature）Paris, 1940。

知識與他自己的那後期愛爾蘭的神話譯本，其中隨便譯解十八世紀前半期英格蘭與愛爾蘭（史威夫特、貝克萊與伯克）的神話，就好像林賽（Lindsay）對於美洲英雄們的想像㉑。

多數著述家都把神話當作詩與宗教之間共同的公分母。這裡有一種現代的見解（以安諾德與早年的瑞恰慈爲代表），他們以爲詩當然要漸漸取代那超自然的宗教地位，而現代的知識分子不能更長久信奉宗教了。然而，更多可感應的情形，卻在證明詩未必即能取代宗教，因之，產生詩的壽命或亦不至太長的見解。因爲宗教是更大的神祕物，而詩則次之。宗教的神話，大規模地受到詩的隱喻之委託。所以威爾賴特（Wheelwright）據實證主義來抗議說：「宗教的眞實性與詩的眞實性都是虛構的，都該摒棄。」接著他斷言：「他們必要的『心靈營構』（perspective）……只是一個神話宗教。」在英國，代表此種見解的，較早的是鄧尼士（Dennis），較近的是梅琴（Machen）㉒。

較老派的文學研究，常把上述全部標題（意象、隱喻、象徵、神話）當作外在的皮相東

㉑ 參看《南方評論》第七期（Southern Review, VII）（一九四一）唐納德・戴維森（Donald Davidson）〈葉慈與半人半馬怪物〉（Yeats and the Centaur）pp. 510-16。

㉒ 梅琴（Arthur Machen）在其《象徵》（Hieroglyphics, London, 1923）中巧妙地（倘非技巧地亦屬浪漫地表示）辯稱：宗教（亦即神話與禮儀）是以更大的土俗爲本質，只有在這本質中，詩（亦即象徵方法，美的冥想）才能生存茁長。

西，這我們要提出控訴。因爲他們把大部分東西都看成裝飾品或修辭上的潤飾，可以離開作品而加以研究的。同時，依我們的見解，我們以爲文學的含意與作用，差不多就全寄託在隱喻與神話裡面。隱喻或神話的思考活動，一則是爲隱喻而思考，一則是在詩的敘述與幻想中思考的活動。總括這些名詞，是關係著文學作品各方面的構造原理，我們還記得古老的「形式」與「內容」的二分法。這兩個名詞顯然是共指一事，也就是指示詩的引力所導向的「心畫」與「意境」，在另一面亦可說是導向宗教或「人生觀感」（Weltanschauung）。當我們總覽現代人研究這些問題的方法，我們會感到緊張。自從老派的方法只當它們是美的意匠（僅把它看作裝飾的（Decorative））來處理以後，今日這樣反動的危險也許就在過分強調那「人生觀感」上面。蘇格蘭的學者在古典主義末期的著述，很自然地從擬議選拔而得到直喻與隱喻的想法；但今日的分析學者，繼承佛洛伊德的作業，則把一切意象都看作「無意識」的唆示。這可說是一種很可愛的兩全之策，一面既可避免修辭學上的掛念，在另一面又可避免心理的傳記與「獵尋情報」的麻煩。

過去二十五年來的文學研究，理論的與實踐的齊頭並進。那就是「比喻式的表現」之形態學，或者說得更專門一點，那就是詩的想象之形態學的研究；我們還可列舉許多專門討論某一詩人某一作品（以莎士比亞爲最奪目的題目）之意象性。所謂「實用的批評」（practical criticism）曾以最大的熱誠從事於此，我們才得有一些可佩服的、突出的理論與方法論的記載以細察這些實用主義者們有時過於輕易的斷案。

許多人曾試將比喻加以瑣細的分類——在氣魄龐大的表格上可有二百五十種——再歸併於兩個或三個範疇。它們倘不屬「圖式」便是「借喻（tropes）或轉注」：亦即分割為「聲音的比喻」與「意義的比喻」。另一嘗試則從「思想的譬喻」區分「說話的譬喻」或「文詞的譬喻」。不過這兩種二分法都太偏於表面的或最外層的構造體，而缺少關於表現作用的企圖。因之，在一些傳統體系下之「頭韻」與「腳韻」都只是聲音學上的「圖式」，只是聽覺上的點綴品；然而我們要知道無論首韻與尾韻都能充任詩意的紐帶或語意的連結器之用。十九世紀，把「雙關語」列為「戲文」（play on wrods），「最低級式的機智」；但這在十八世紀，艾迪生早已把它分類而列為「虛偽的機智」（false wit）了。不過，巴洛克的詩人與現代的詩人們卻很認眞地當它是一種「觀念的複合」，一種「同字異義」或「同音異義語」，亦即一種「委婉的」含意[23]。

離開「圖式」這一邊，我們可以把詩的「借喻」十分適當地區分為「鄰接的比喻」與「類似的比喻」二種。

傳統的「鄰接比喻」，就是「換喻」（metonymy）與「提喻」（synecdoche）。它們

㉓ 圖解與轉注（Schemes and tropes）在古代標準的分類方法是五分法的修辭規制。欲知最精妙的伊莉莎白時代的做法可參看普特南（Puttenham）的《英國詩藝》（Arte of English Poesie）Cambridge, 1936。

所表示的關係，以效果或矛盾的原因，以所包容的包容物，以主格的附加語（例加：「鄉村的綠地」、「鹹水的深海」），可分析為論理的或數量的。「提喻」，可說是比喻與其所比喻的二者之內在的關係。若以一些事物為例，就是一種「以偏概全」、「以小喻大」，表示那形式與用法的那種內容。

舍利（Shirley）以來有名的詩句，關於隱喻之傳統的用法，多是利用那服裝——器物或道具代表社會上不同階層的人物，例如：

玉笏和皇冠既已翻倒
就跟窮苦的鐮、鋤，
做個伴兒葬身於泥土。

更顯明的例子，如維吉爾、斯賓塞、米爾頓、格雷等古典藝術的詩人，他們文體的特性就在於常用換喻式的「變位形容詞」（transferred adjective），例如：Sansfoys dead dowry（桑斯弗伊絲之死的嫁奩），將「死的」性質形容詞由桑斯弗伊絲身上移到「嫁奩」身上。此外如格雷之 drowsy tinklings（昏沉沉的叮噹聲），米爾頓之 merry belles（喜悅的鈴），其中性質形容詞或屬於聞鐘的人，或屬於打鈴的人，但皆不屬於鐘或鈴。米爾頓之詠牛蠅云，Winding her sultry horn（吹著她悶熱的角笛），這裡的性質形容詞就又由牛蠅的翅聲聯想及於炎夏的傍晚。諸如此類，言外之意都可能是出自一種巫術式的（animlstic）閱讀，而其區別則只在於遵循聯想的邏輯，或是替代以固有的個人成見。

虔敬的詩，天主教的或福音派的，首先被想到的是他們不但沒有放棄隱喻的，而且是以隱喻爲中堅。不過，古典派的聖詩作者華茲（Watts）博士卻從換喻上得到莊嚴的感人效果：

When I survey the wondrous cross
On which the Prince of Glory died,
My richest gain I count but loss
And pour contempt on all my pride.
See, from his head, his hands, his side
Sorrow and love flow mingled down,
Did e'er such love and sorrow meet
Or thorns compose so rich a crown?

我方注視那奇異的十字架上
光榮地犧牲了聖神之子，

我最好的收穫算已失去
要把一切誇耀澆以輕蔑。
從他的頭、雙手、脅下，
悲慘和慈愛在涓涓地合流；
誰曾見慈愛與悲慘混合，
而尊貴的王冠卻用荊棘編製？

凡是看慣另一時代風格的人，聽這讚美詩就未必會把「悲慘」和「慈愛」比擬作「淚水」與「血」。耶穌爲「愛」而死，愛是原因而血是結果。在十七世紀，古勒士（Quarles）能把 pour contempt（澆以輕蔑）看做視覺化的隱喻，因而這譬喻便被想作——或許就是一桶的輕蔑澆滅了誇耀的火燄；但 pour 的語意是誇張的，其實不過是說他極端而竭力地輕蔑他的誇耀罷了。

總之，他們很拘泥於「用字」。最近還有一些主張，要在文字的狀態（literary mode）上加大換喻的概念，他們認爲換喻與隱喻，正是構成兩種不同詩型的特徵：一個是由鄰接（contiguity）而聯想的詩，亦即在其所表述之單一世界（single world）中之構想活動；其一則由「互比」（comparison）而聯想的詩，亦即連結著雙重的世界之構想，如依布拉爾的警語說來，那就是「大千世界的雞尾酒會」㉔。

梅斯基（Mirsky）的名著裡，論及惠特曼說，「在惠特曼之〈斧頭歌〉裡閃耀著一個個意象，都是含意無窮的換喻，也都是構成民主思想之元素的例證和標語」㉕。關於惠特曼常用的做詩方法，我們要特別指出的似乎就是那種分析式的擴充，相當大量地列舉著，並放置著許多範疇（categories）。在他那並置式的詩歌〈自我之歌〉中，即隨興所之，將許多個別的一一構合成爲一個整體。雖然，惠特曼喜作這種列舉式的陳述，但他的作品卻不是多元的或私人主義的，而是一個泛神論的一元主義者，故其整個目錄式的效果也不是駁雜的而是單一的。這是說，他首先定下他的範疇，然後替那範疇羅列豐富的例證。

隱喻，自亞里斯多德以來，向爲詩論家和修辭學者所注意；到了近日，亦且爲語言學家所最留心的事。瑞恰慈曾極力反對把隱喻看做脫離語言常軌，反之，要重視其固有的性能及其不可缺的原料。例如：椅「腳」（leg），山「腳」（foot），瓶「頸」（neck），都是

㉔ 布拉爾（Karl Bühler）《表現論》（Sprachtheorie）Jena, 1934. p.343。布洛溫（Stephen J. Brown）《意象世界》（The World of Imagery）p. 149 ff。

㉕ 梅斯基（D. S. Mirsky）〈美國民主詩人惠特曼〉見於一九三七年 Critics Group Dialectics 第一號，第十一頁至第廿九頁。

依此類推的作用，將人類的肢體移作是無生物的肢體。這種「轉義」（extensions），早已融會於語言之中，無論從文學方面或是語言學方面的感受，它都已變成眾所共知的，立刻就不覺得它是隱喻了。這些都是「落伍的」（faded）、「用壞了的」（worn-out）、「死的」隱喻㉖。

我們必須把語言學上一般性的隱喻與詩之特有的隱喻分開。坎貝爾（George Campbell）嘗稱前者爲「文法學的」後者爲「修辭學的」。文法學是依據語源學來判別那些字，而修辭則根據「聽者所得隱喻的效果」來判別。馮特（Wundt）否認「隱喻」一詞含有語言學上「轉義」的意思，如同椅腳、山腳，他以爲隱喻法的眞正標準，本繫於用者積極意向所產生的感情效果上。康拉德（Konrad）則將語言學的隱喻與美學的隱喻相對照，並從而指出前者（如椅腳）乃欲強調對象的中心特質；而後者則要把握對象的新印象，而「沐浴於一種新的氛圍裡面」㉗。

㉖ 坎貝爾《修辭原理》（Philosophy of Rhetoric）London, 1776. pp.321, 326。

㉗ 瑞恰慈《修辭原理》（Philosophy of Rhetoric）London, 1936. p.117，他稱坎貝爾的第一形式爲「口語的隱喻」（Verbal metaphor），因他以爲文字的隱喻並不是以口語來連結，而是由於上下文脈之間的交涉而成，由於目的物之間的類推而成立的。

種種不容易分類的情況，或者就是那文學流派或世代相傳習而不察的重要隱喩之混爲詩的隱喩。例如：古代英國詩人所用的「骨的家」、「白鳥道」、「字庫」等等，以及其他許多代用名詞，荷馬老套的隱喩如「曉的女神垂下玫瑰般的纖指」（在《伊利亞德》第一卷中用了二十七次），伊莉莎白時代詩人們的「珍珠牙齒」、「紅寶石嘴唇」、「象牙頸項」、「金絲頭髮」，十八世紀詩人們的「水漾的平原」、「銀的波浪」、「塗著釉的牧地」等等㉘。現代的讀者們對於這些（尤其是盎格魯-撒克森時代以來的例子）將以爲過火的詩，同時也是過時而陳腐的。誠然，這是無意味的，以不正常的慣例充作非法的創造性。其實，語言之「字源上的隱喩」，在其國人說來並無一定的「實質」，而能有其獨特的詩的功效者，往往繫於愛好解釋的外國人㉙。我們先要深切了解語言與文學習慣而後能

㉘ 參閱帕里（Milman Parry）〈荷馬傳統的隱喩〉（The Traditional Metaphor in Homer）刊於《古典的語言學》第二十八期（Classical Philology）1933, pp. 30-43。帕里把荷馬以及後代詩人的隱喩作爲亞里斯多德所謂文學「非歷史的」證明；並把荷馬之「刻板的隱喩」（fixed metaphors）與古代英國詩人以及（最拘泥的）十八世紀文運昌隆時代詩人之刻板的隱喩相比較。

㉙ 參看巴里（Charles Bally）〈語言譬喩〉（Traité de stylistique française）Heidelberg, 1909. Vol. I, p. 184 ff.; "La language figuré," on pp. 194-5。他不似文學理論家而似語言學者，而將隱喩分爲三類。而那三類的範疇，我們可稱之爲（一）詩的隱喩；（二）禮俗的（刻板的）隱喩；（三）語言學的（語源的或隱藏的）隱喩。

體會或猜出某一詩人隱喻的意旨。在英國古詩中如“bone-house”、“word-hoard”等等，無疑地，是與荷馬的“winged word”相類似。這都是詩人們用傳統方法以討好聽眾的「技藝教育」之一部分，都該屬於詩語所專有的俗套。故其隱喻的內容既非全部眞切亦非全屬子虛：有如許多教會的象徵物，只可稱之爲一種「禮儀的」㉚。

在我們這時代，發生學的思想既已發達，因之，關於隱喻的起源自亦得到許多注意，如同在語言學原理方面以爲文學的構想與演進的法則。我們相信「個體發生過程即是種族發生過程之重演」，同理，我們相信只要透過原始社會與兒童心理之分析觀察，即可重新構成史前的文化歷史。據韋爾納的紀錄，隱喻曾行於初民社會，那稱爲「塔布」（Taboo）的，即是這個無可命名的「專有名詞」㉛。我們立刻會想到猶太人豐富的才能，能把那無可定名的Jaweh一字隱喻著岩石、太陽、獅子等等，有如我們自己社會上的婉曲語法。然而，很明顯的，「敬畏的需要」，並非唯一的發明之母。我們同樣也要隱喻我們的喜愛，我們纏綿悱惻的願望，從不同的角度、不同的光景，以一切類似的事物，攝入特殊的焦點。

㉚ 在米爾頓文體中爲禮儀的隱喻與基爾特（Guild）幫會的意象辯護者，可參看路易士（C. S. Lewis）〈失樂園緒論〉（Preface to Paradise Lost）London, 1942, pp. 39 ff.。

㉛ 參看維爾納（Heinz Werner）Die Ursprünge der Metapher, Leipzig, 1919。

如果我們從語言的啓發性與禮俗的隱喻移到詩的隱喻之目的論上，我們就要扯到一些包括更廣的事情——亦即想像的文學之整個作用。在我們對於隱喻的總概念中，顯出它可分爲四種基本的要素：類推的、雙重幻想的、啓示著無從感知之官能的意象的以及精靈說的投影的。這四種並非比例地並存著，而是依據國之於國，審美時代之於審美時代各自不同的態度而存在。某一理論家記載：希臘羅馬的隱喻幾乎限於類推的（一種相當合法的並行式），同時 das Bild（意象符號）則別屬於條頓式的譬喻㉜。這樣一種文化的對照，不過難用以估量義大利與法國，尤其是從波特萊爾以及藍波至梵樂希的詩。要舉出時代相互之間以及支配生活的哲理相互之間的對照，還得有更恰當的例子。

各時代的文體各有其獨特的譬喻以表現其「世界觀」（Weltanschauung），這種基本的譬喻情況有如隱喻，各時代各有其獨特的一種隱喻方法。新古典主義時代的詩，例如：直喻、迂辭、裝飾性形容詞（ornamental epithet）、警句（epigram）、均衡、對照法，都是獨特的。但屬於才智地位的不過二或三，而非多數。第三的地位，在對峙著的異說之間，常居於中央的中介地位：

㉜ 朋格士（Hermann Pongs）《詩的意象符號》（Das Bild in der Dichtung, I: Versuch einer Morphologie der Metaphorischen Formen）Marburg, 1927. II, Voruntersuchungen Zum Symbol, Marbury, 1939。

對一些異域作家，一些自己時代作家的輕視，
而只誇獎古代的及近代的作家。

巴洛克時代，其獨特的譬喻是逆說（paradox）、矛盾形狀法（oxymoron）、曲解字妄用（catachresis）。這些是基督教的、神祕的、多元論的譬喻。而眞理是複合的，了解它的方式亦很多，而且各有各的確據。有幾種眞理須依據否定的或故意曲解的方式來陳述。可以把上帝說成與人類同型，因祂創造的人類是依照祂自己的意象，儘管祂仍超乎其他一切之上。因此，在巴洛克的信仰中，關於上帝的眞理，可透過類推的意象（如：羔羊、新娘等）來表現；同樣亦可透過兩相對峙的或互相矛盾的意象來表現，如同奧恩（Vaughan）的「深邃而魅人的黑暗」。新古典主義的思想是愛好明白的區別與合理的演進，故其換喻之進展乃是從「人類」推至「小種」，從「小種」推至獨特的。但巴洛克的思想則要把許多世界或無法數清的一切世界結合爲一。

倘從新古典主義的詩論所持之觀點看來，當然，巴洛克式所特有的譬喻是陷於惡趣與虛僞的機智——故意把自然與合理的，顚之倒之，有如兒戲，這在歷史上可謂以多元論的認識論與超自然的本體論作爲修辭的詩的（rhetorico-poetic）表現。

「曲解」提供有趣的實例。一五九九年的約翰．霍士金（John Hoskyns）嘗慨嘆英語中多「誤用」（abuse）字義，而且還「積成風氣……」。他以爲這種牽強附會的語句「比

隱喻更莫名其妙」，且引席德尼的〈世外桃源〉，「美麗之聲盈耳」（a voice beautiful to his ears）一語為例，而說他把視覺的（beautiful）誤作聽覺的。波普（《沒落的藝術》，一七二八）亦引述「割鬍子（mow a beard）應是「割草」（shave the grass）的曲解說法。坎貝爾（George Campbell）在其《修辭哲學》（Philosophy of Rhetoric，一七七六）亦引述「好看的聲音」（beautiful voice）與「旋律似地奪目」（melodious to the eye）正好是一副曲解的（catachresis）巧對。他還指出「甜蜜一字應屬口味，如今卻用於嗅覺、旋律以及觀覽方面」。因為他相信：凡是適當的隱喻應該把「感覺的對象」用於「純粹知性的對象」上，所以不滿意把一些感覺的對象隨便用來類比其他感覺對象。另一面，最近一個天主教的修辭學者（巴洛克的和浪漫趣味者）卻把「曲解法」（catachresis）定義為兩種物質對象之間類似的隱喻，而主張要從這「轉注」的特質上加以研究，且列舉雨果之「露水的珍珠」（les perles de la rosée）、「枯葉的飄雪」（il neige des feuilles）等詩句做比喻[33]。

另一種隱喻適合於巴洛克文學的感興，而新古典派對之卻無興趣的隱喻，就是轉化更偉

㉝ 奧斯本（L. B. Osborn）編的《霍士金的作品》（The Writings of John Hoskyns）New Haven, 1937. p.125。坎貝爾（G. Campbell）《修辭哲學》（Philosophy of Rhetoric）pp. 335-7; A. Pope, The Art of Sinking; A. Dion, L'Art d'écrire, Quebec, 1911, pp. 111-112。

大的為更卑微的，而我們可稱之為縮小化的或卑賤化的隱喻。最為獨特的交混於巴洛克詩中的「世界」（spheres），是自然的世界與人為的技藝與策略的世界。然而，新古典主義者既知藝術是自然的模仿，所以覺得自然同化於藝術，便是不健全與不正確的。例如：托瑪斯．吉邦（Thomas Gibbons），一七六七年他就反對矯飾的與「空想的」（fantastical）借喻，且引「幾段創造天地的描述如下——使山嶽隆起，使許多較小的海塗上彩釉，從事開拓海洋的工作與剞刻岩石的工作」㉞為例。

確然，新古典主義的韻文保持有「自然」大於「藝術」（nature > art）的隱喻，但那是在隱喻顯如無用的藻繪之狀態下。波普的〈田園詩〉與〈森林詩〉即是很好的例子：Fresh rising blushes *paint* the watery glass（羞紅「妝扮」柔潤的鏡面泛起活色生香），There blushing Flora *paints* th' *enamelled* ground（那羞紅的花神「妝扮」塗釉的大地）。但這些詩句通常尚可了解；德萊頓在一六八一年寫道，當他童年並不慚愧其表白幼稚的思想：「我記得當時……當我讀到下面的詩句：

現在又是冬天吹出她的嚴冷

㉞ 托瑪斯．吉邦（Thomas Gibbons）《修辭學……》（Rhetoric...）London, 1767, pp. 15-16。

凍結了巴爾帝克的海洋，
凝住了湖水，勒住了奔流，
禿的樹林也戴上了白雪。

我便以詩名蓋世的斯賓塞和西維斯特（Sylvester）迻譯的杜巴達（Du Bartas）相比較而耽於卑俗的狂喜㉟。」

另一杜巴達的讀者，年輕的米爾頓在其〈聖母頌〉（Nativity Ode）中亦用這同樣方式作結尾。艾略特則又將這傳統再現於其Prufrock一詩中而為有名的起句：

當夜色侵入長空而散布開來
如同痲痺患者癱瘓在那檯上……

這裡，在巴洛克文體的實用上，那背後的動機，並不像古典主義者給我們做過的那樣可

㉟ 克爾（W. P. Ker）編的《德萊頓文集》（John Dryden, Essays）Oxford, 1900, Vol. I, P.247；〈西班牙修道士的獻辭〉（Dedication of The Spanish Friar）。

還原的斷案，除非我們單單訴諸它的較廣泛的包括性，以及它的豐富勝於純粹，重複旋律語勝於單純旋律語的趣味。它的更特別的動機，是爲了愛好驚奇與刺激，基督教的肉體主義；從淺近的類推到遙遠的玄學之通俗化。

到此爲止，我們已經特別加強「換喻」與隱喻以觀察譬喻的本性；並且我們還擬議這些譬喻可能有其時代的特性。現在我們要轉到隱喻之意象的研究，此種研究與其說是文學史的，毋寧說是文學批評的。

隱喻的意象，一般的研究有二；其一是美國的，其一是德國的，而二者似乎皆須特別推薦。

一九二四年，亨利．威爾士（Henry W. Wells）發表了《詩的意象研究》（Poetic Imagery），從伊莉莎白時代的文學開始，歸納其形式並作主要的列舉，而試圖構造一種「形態學」。此書富於知解力的洞察與一般性的提示，但於體系的構造上不甚成功。威爾士以爲他的圖表應是超時間的，可應用於任何時代，不限於伊莉莎白王朝；而且他相信自己的工作，只是描述而非評論。根據他調查所得，他說「譬喻群」（groups of figures）的排列「它們顯是從最低層，亦即最近於一個字的階段遞次上升到最想像的或最印象的階段」。但這階段亦即「想像力活動的性格與等級」，他主張這並不直接關聯它們的評價。他的七種意象的形式，依他自己排列的次序是：裝飾的（Decorative）、沉潛的（Sunken）、強合的（Violent），或浮誇的（Fustian）、基底的（Radical）、強調的（Intensive）、擴張的

（Expansive）、補足的（Exuberant）。這些都是從威爾士在歷史的與評價的約略示意中加以順便排列的。

依審美的看法，最不精雅的形式乃是「強合的」與「裝飾的」，亦即「庸俗隱喻」（metaphor of the masses）與人工製作的隱喻。席德尼的〈亞加底亞〉（Arcadia）中充滿著裝飾的意象，遂被判爲「典型的伊莉莎白時代的作風」。凱德及其他伊莉莎白時代初期文人作品中列舉出強合的意象，則是一種文化初期時代的特徵；然而人們大抵是停留於低文學的水準之下，所以這低文學的形式是屬於「任何時代」的；依社會學的看法，而「浮誇」正是隱喻一種巨大而群集的重要部分。要對這兩種形式作價值的判斷，乃是它們「欠缺必要的主觀的要素」，他們常把有形的意象配搭另一有形的意象（如同「曲解」（catachresis）以代替「自然的外在世界對人們的內在世界」之關聯）。再而，裝飾的與強合的隱喻，二者在其相關聯著的字義卻保持分離的、呆滯的、彼此不相侵犯的關係。然而，威爾士相信，隱喻之最高的形式，該是一個字義跟從另一字義而變化之，故在其關聯上創生新解，有如第三字義。

其次，我們要進一層，來到「補足的」與「強調的」意象，前者是更精妙的強合的幻想，後者則是更精妙的裝飾的幻想。不管那是在誇示著能力或器物而我們都不能從外表揭發其誇示的形式。從歷史看來，補足的意象，我們可從伊莉莎白時代第一個詩人馬羅數到前期浪漫主義的伯恩斯及史瑪特（Smart）；這種意象，威爾士說：「在許多初期的詩中特別顯著。」那是並置著「兩個廣泛而有想像價值的詞」，兩個廣泛而圓滑的表面互相照應對比。倘不這樣並置著，則其範疇便將失其比較，而其關聯則僅立基於單純的評價範疇。彭斯寫道：

> 我的愛如一朵玫瑰，紅的玫瑰……
>
> ……
>
> 我的愛如一首旋律
>
> 那甜美地奏著的樂調裡的。

這裡把一個美麗的女人，一朵鮮豔的玫瑰，一首演奏精妙的旋律合爲共同的意境以示其美好與傾心；而這一切便都是最好的。它不是玫瑰般的雙頰而使那女人像朵玫瑰，或是甜美的聲音使那女人像首旋律（亦即由類推所造成的那種裝飾的意象）；她與玫瑰之相似，並不在乎顏色，肌膚或體質構造，而是在於價值[36]。

威爾士所說的強調的意象，是一種近乎聯想到中世紀彩飾的寫本或畫帷那樣富麗的屬於

㊱ 參看瑞恰慈《修辭原理》第一一七頁至第一一八頁。他說：「極大的距離，可以合爲隱喻，只憑本意與表意的工具（the Tenor and the Vehicle），從其公共的態勢，又可使之異途而同歸。」

視覺的意象。在詩歌中，那是但丁的意象，尤其在英國詩歌中是斯賓塞的意象。這意象不但是清清楚楚的——甚亦可說是由清楚而生——而且是纖細的、入畫的；它是但丁寫的「地獄」，而不是米爾頓寫的「地獄」（Hell）。「這種隱喻較諸其他如表象的尤常被引用」。在米爾頓的〈黎西達斯〉（Lycidas）中，這華麗的譬喻——穿毛織上衣戴著草帽的卡繆與那戴著僧帽攜兩把鑰匙的聖彼得——也都是強調的意象。它們是中古特殊生活狀態之基爾特（Guild）的意象（譯者按：此指中古的幫會公演露臺戲的腳色妝扮所構成的意象）：從米爾頓時代，在「田園詩」（pastoral）與「輓歌」（elegy）中亦兼有這樣意象與動機之常套。而且不僅成爲常套的意象，同時也是「常套的詩語」（poetic diction）。這個傳統的、規則化的特性，它與視覺藝術及象徵式的儀節有著密切關係，使威爾士在文化史的含意上推想，便把這「強調的」意象歸屬於保守的宗教，歸屬於中世紀、教士們、天主教。

三種最高層的範疇是：沉潛的、基本的、擴充的（依往上推的順序，想來如此）。簡而言之，古典詩的意象是沉潛的；形而上學的，尤其多恩（Donne）的詩意象則是基本的；培根（Bacon）、布勞溫（Browne）、伯克，更主要的是莎士比亞的詩意象是擴充的。這三種範疇的共同名稱，及其最高點的指標，是它們獨特的文學性格（它們反抗繪畫式的視覺化），內在性的（隱喻式的思想），字義之互相滲透（由字義之配合而繁殖多樣的結果）。

沉潛的意象，不可與古老的或陳腐的見解混同，要保持著「比眼見更深入」（below

full visibility），其鎔裁感覺只用暗示而固定地影射與揭露它。它缺少餘韻故適宜於冥想者的著作：這在伊莉莎白時代的典型是鄧耐爾（Daniel），在其稱頌華茲華斯與梭羅（Thoreau）的韻語中，他寫道：

> 高到無以復加了，只好讓他
> 獨自挺著吧，多可憐的人！
> （Unless above himself he can
> Erect himself, how poor a thing is man!）

但莎士比亞則是這典型的大師，在他的《李爾王》第五幕第二景，埃德加說：

> 人人都要忍受
> 他們由生而死；
> 只是個成熟。
> （Men must endure
> Their going hence, even as their coming hither;
> Ripeness is all.）

Ripeness（成熟），便是沉潛的意象，這也許出自果園或田野。在此是把草木自然的循環與生命的循環作個類推的暗示。新古典主義的流派嘗「混雜著的」（mixed）引用莎士比亞沉潛的意象：

> 哦，夏日的蜜蜂怎能保持呼吸
> 陷於圍城抗拒那攻城槌的日子。
> （O how can summer's honey breath hold out
> Against the wreckful siege of battering days.）

這詩句需要仔細分析其發展方式，因爲它在譬喻上面又有譬喻：「日子」是「時間」、「時代」的換喻，它隱喻著那個城市將要被「攻城槌」攻陷的時候。像那城市，像那城市的統治者，想要怎樣抗拒（hold out）那攻擊呢？那是以夏日隱喻著年輕，更正確地說，那是以夏日的甜蜜芬芳隱喻著年輕，甜蜜的呼吸之在人體，有如夏日的花香之在大地，二者都是全體中的「部分」或「附加物」。如果我們能將那包圍戰與呼吸巧妙地合成一個意象，那就要躍然在目了。這譬喻的運動是迅速的，因而也是省略的㊲。

基本的意象——如此稱呼，或即因其字義僅爲那「根本」（roots）是繫於看不見的邏輯地盤，如同「目的因」（final cause）一樣；而比較那並置著的分明的表面——一因其過於淺俗與實用，一因其過於技術的、科學的，與學問的緣故，所以這個意象的細小含意，彷彿「不是詩的」（unpoetic）。基本的意象，在其隱喻式的表達事物中，並不混合有情緒的聯想，它是屬於散文的記敘，屬於抽象的或實用的。因此，多恩在其宗教詩中，許多譬喻乃取用自「熱心的幾何學」（Le géomètre enflammé）。而且，在〈第一週年〉（First Anniversary）還使用一種「假醫學」（pseudo medical）的譬喻，這種譬喻，除開特別複現其含意，也許就會導入於誤解（亦即減損文字的原意）。

如要蛇毒之無害

㊲ 莎士比亞後期的作品富有急劇地閃爍的隱喻，亦即教師們稱爲「混亂的隱喻」（Mixed metaphors）。克列門（W. Clemen）說這是因莎士比亞想的比他說的迅速得多的緣故。見其所著《莎士比亞的意象符號》（Shakespeares Bilder Bonn）1936, p.144，一九五一年英譯本名爲《莎士比亞意象之發展》（The Development of Shakespeare's Imagery）Combridge, Mass。

除非不被活的蛇咬，
如要她的貞潔適合於我
而她所幹的可比蛇更多。
（But as some serpent's poison hurteth not
Except it be from the live serpent shot,
So doth her virtue need her here, to fit
That unto us; she working more than it.）

這也許便是基本的意象的特性：更清楚的而又不偏頗的例子要算多恩在〈不許啼哭的告別〉（Valediction Forbidding Mourning）中所用迴環往復的譬喻（compasses figure）。然而，依威爾士明達的指示，只要人們採用「分析的方法」，基本的意象會引出如同山、河、海等等浪漫式的、暗示的意象境界㊳。

㊳ 威爾士《詩的意象》（Poetic Imagery）New York, 1924, p. 127 引用文章是出自多恩的〈第一個周年，世界的解剖〉（Donne's First Anniversary, Anatomy of the World）VV. 409-12。
關於基本的意象，各個特殊的使用者，威爾士引多恩、韋伯斯特、查普曼（George Chapman）、瑪士敦、托尼爾、莎士比亞，以及十九世紀後期的梅瑞狄斯及湯普森（Francis Thompson）等爲例。

最後是擴充的意象，這名稱由於對比的看法，使它牽涉至強調的意象。如果強調的意象是中古的教會的譬喻，那麼擴充的意象便是預言的、前進的思想，是「強烈的感情與獨創的冥想」，而在伯克、培根、布勞溫，尤其是莎士比亞所作哲理的與宗教的隱喻，可謂達到了顚峰。倘欲加以定義，則這擴充的意象，可說是在字義上拓開廣大視野的意象，同時各個字義又在極力修飾別的字義。如是「互相影響」（interaction）與「互相滲透」（interpenetration），在現代詩的理論上，它是「詩的動作」（poetic action）之中心形式，而爲擴充的隱喻中最豐富的一種意象。我們可從《羅密歐與茱麗葉》中舉其一例：

如果這是可販賣的財寶
縱是無邊的海廣闊的海灘，
我也要冒險做這生意。

又如《馬克白》中：

白晝銷匿，而烏鴉
飛返林藪！
善良的東西開始委彈。

在這最後一句中，莎士比亞給我們一種「因犯罪而作隱喻式的布景」，由這布景轉入擴充的隱喻而並列著夜及惡魔般的罪惡與光明及善行。這寓意的方式雖沒有我們所說的明顯，但那暗示的特徵與感覺的具體性：如「白晝銷匿」，善良事物「委靡」。這詩所隱蔽著的與詩所特指著的恰好相會於「白晝善良的東西開始委靡」一句上。其主語與述語如我們所注意的向後而又向前彼此工作著：以動詞出發，我們會問什麼東西——鳥、獸、人、花——委靡，接著，注意到那主語之抽象的名稱時，我們覺得那動詞妙在隱喻著「警戒是弛懈了」或「懾伏於罪惡的力量之前」㊴。

修辭學者中如坤體良（Quintilian）就曾重視以無生物隱喻生物或以生物隱喻無生物之間的差別，但這差別只是一種修辭手段上的分類。其次到了形態學者朋格士（Pongs），就改爲極端的態度之間誇大的對比——那就是，一爲神祕的想像，將人格投射於事物之外在世界，將自然物加以精神化或生命化，其一則是與此相反的想像形式，那就是在未知的事物中用情，爲一非主觀的不把自然物精神化的態度。他以爲譬喻的表現，其全部的可能性就包括

㊴ 布魯克斯對《馬克白》的意象曾有卓越的討論（見其所著 The Naked Babe and the Cloak of Manliness., The Well Wrought Urn. New York, 1947, pp. 21-46）。

這兩種主觀的與客觀的極端㊵。

第一形式，拉斯金嘗稱之爲「感情的誤置」（pathetic fallacy）；如果我們以爲這形式，上可用於上帝，下可用於木石，就不妨稱它爲「擬人法的想像」（anthropomorphic imagination）㊶。研究神祕的象徵主義的學者說，爲達到能象徵地表現那最高的神祕經驗而利用世上物的合致，通常有三個形式，那就是（一）無生物與無生物之合致（亦即物理的結合或化學的混合，如火花、木、蠟、鐵那樣在神火中的魂靈；其神，如泥土帶水的魂靈，

㊵ 很早以前，坤體良（Quintilian）Institutes, BK. VIII Chap. 6，即已覺得隱喻的分類，在有機的與無機的隱喻之間一樣還有所區別。他區別之爲四：（一）生物之與其他生物；（二）無生物之與其他無生物；（三）以無生物代表生物；（四）以生物代表無生物。朋格士（Pongs）稱那第一形式爲 Beseeltypus。第二形式爲 Erfühltypus。亦即，第一是有活力的或人格化的（animizes or anthropomorphizes），第二則是同情的或移感的（empathizes）。

㊶ 拉斯金（Ruskin）所謂「感情的誤置」（Pathetic fallacy）見於其所著《近代畫家》（Modern Painters）London, 1856, Vol. III pt, 4。他舉例來免除「形似」的責難，因爲「形似」（Simile）並未把自然的事實當作感情評價的對象。

關於人格化（anthropomorphism）與象徵化（symbolism）可參看畢尼杜（M. T. L. Penido）的名著（Le Rôle de l'analogie en théologie dogmatique）Paris, 1931, p. 197 ff。

朝宗於海之河川的魂靈）；（二）依據肉體所應有的基本要素——生命而作譬喻的合致：「在《聖經》裡的神，因其是特殊的存在，我們完全不能離開祂——如日光與空氣之無孔不入，如水之爲我們每日用種種方式來接受」㊷，所以世上一切神祕家使以爲神靈魂的食糧成飲料，如麵包、魚、水、乳、酒；（三）人與人的關係——如兒子之對父親，妻子之對丈夫。

關於最先的兩種，朋格士把它歸屬於隱喻的直覺中第二極致的形式，亦即「移感作用」（Einfühlung），而其中又分爲「神祕的」與「魔術的」。神祕的隱喻，詩人的例證不及於神祕家。那種非有機的要素，並不只是概念，或概念的類推，而是表象，同時也是象徵式的表現。

魔術的隱喻，依藝術史家華林格爾（Worringer）的方式說來，這也是從自然世界「抽象」出來的。華林格爾研究過埃及、拜占庭及波斯的藝術，他說「那是把有機的自然物，包括人類，都化成幾何學的直線形式，而且爲著純粹的線條、形式、色彩的一點要求，常常不顧那有機的世界。」「裝飾之在於今日……並不依循著生活常軌而但嚴肅地面對著它……

㊷ 愛威爾（M. A. Ewer）《神祕的象徵方法之考察》（Survey of Mystical Symbolism）London, 1933, p. 164-6。

其用心並不在於費大工夫於裝扮而但爲著還願。」「裝飾……是不顧時間的；它是純粹拖延的，呆板而且不動的」㊸。

人類學者曾經在原始的文化中找尋巫術的與魔術的。前者達到了與人格化的精靈（死者、神）之和解、說服，迄至融合的地步。後者，在科學以前，是在聖訓、護符、杖、棒、遺像以及遺物上面做「力的法則」研究。其中「白色魔術」（white magic）——那是近似柯乃里亞士·阿格利巴（Cornelius Agrippa）與柏拉施爾薩斯那樣基督教的祕訣；還有惡人的黑色魔術。但這二者都是根據凡物皆有力的信念。魔術經過意象之形成，遂與藝術接觸。西洋的傳統，由畫家與雕刻便聯想到手藝人的技術，想到赫菲斯圖（Haephaistos）與大達洛士（Daidalos），想到皮格馬龍（Pygmalion），因爲這些人們能賦意象以生命。通俗的美學，以爲巫覡或魔術家，是意象的製造者，而詩人則是靈感的接受者、靈感的憑藉

㊸ 不僅朋格士如此，即如伏斯勒（Vossler）、斯賓格勒（Spengler）、休爾姆（T. E. Hulme）Speculations, London, 1924，以及葉慈，皆受華林格爾（Worringer）《抽象與移感》的刺激（華氏著作，英譯本於一九五三年刊於紐約）。

此處第一引證出自佛郎克之可佩服的研究，佛氏論文〈近代文學之空間形式〉（Spatial Form in Modern Literature）刊於 Sewanee Review 第五十三期第六四五頁。第二引證出自斯賓格勒，他是引述華林格爾關於祆教僧文化的討論。見於《西方的沒落》（Decline of the West）New York, 1926, Vol 1. pp.183 ff. 192。

者、具有製作力的瘋子㊹。不過，原始時代的詩人，確能製作法術、咒文；即至近代詩人，如：葉慈在他的詩中就能把魔術的象徵意象當作手段，使那意象的魔術作用納於文字的意象㊺。至於神祕派則反是，他們以爲是精靈狀態所形成的象徵，那是一種威靈顯應的意象而不是造因致果的意象，而且它對於狀態是無必要，凡相同的精靈狀態，即在其他象徵上也能顯應出來㊻。

神祕的隱喻與魔術，都不是精靈化生的！它只是人們錯把自己投射到不屬於人的世界（non human wrold）去活動；它們引出「其他」——非人的事物世界，不朽的藝術，物的理則。布雷克之「老虎」，是個神祕的隱喻，老虎是神，或神的狀貌（低於人類或超於人類）；這老虎（透過老虎的老虎創作者）便要解釋作在高熱中修煉過的金屬之意。這樣的老

㊹ 參看克里斯（Ernest Kris）《藝術入門》（Approaches to Art），關於現代精神分析（in Psychoanalysis Today）(ed, S. Lorand), New York, 1944, pp. 360-2。

㊺ 葉慈《自傳》（Autobiography）New York, 1938, pp.161, 219-25。

㊻ 伏斯勒（Karl Vossler）《文明與言語的精神》（英譯本一九三二年刊於倫敦）（Spirit of Language in Civilization）p.4。華氏的卓見，以爲魔術與神祕都是永久的而且相反的形式，他說：「魔術的（意象）之間使用語言作爲永不屈服的奮鬥，因而盡量尋找可以用的字眼，哪怕是上帝，也在其支配之列；至於神祕的，則破壞一切形式，抹煞而且否認價值。」

虎已不是出自群獸棲息的自然界之動物，如同布雷克曾把倫敦塔看作老虎，它不僅是物的象徵而且是視覺化的創造品。

魔術的隱喻缺少這種朦朧性。它是變作石頭而活著的妖女梅杜沙（Medusa）的面具。朋格士即引斯特凡．喬治（Stefan George）做這魔術的態度，志願化作石頭活著的代表者：「從喬治給予形式的精靈化之工作，魔術的隱喻，並非由於人類靈魂要投射自己的自然傾向，而在其本源上，魔術的世界，是有其內在的預備條件，一種生物性生命之強力破壞，一種有意的『疏隔』（擯出狀態）之預備條件的[47]。」

在英國詩中，狄金生（Dickinson）與葉慈，爲這非巫術的、反神祕的隱喻，各有其獨到之處：狄金生不特表示復活的經驗且表示死的感覺：她喜歡引用臨終、殭臥、硬化的經驗[48]。她在〈那不是死〉（It was not death）的詩中寫道：

如果我的生命業已告終

---

[47] 朋格士《意象符號》卷一，第二九六頁。

[48] 狄金生（Emily Dickinson）《詩的結集》（Collected Poems）Boston, 1937, pp. 192, 161，並參看第三十八頁 I laughed a wooden laugh，及第二一五頁 A clock stopped-not the mantel's。

且已嵌進了框子，
也沒有喉管可通氣了……

軟弱的腳兒抖了幾下，
只有緊閉的嘴能夠說話；
試一試！能拔掉可怖的鉸釘嗎？
試一試！能扳動鋼鐵的鎖鈕嗎？

（As if my life were shaven
And fitted to a frame,
And could not breathe without a key...

How many times these low feet staggered,
Only the soldered mouth can tell;
Try! can you stir the awful rivet?
Try! can you lift the hasps of steel?）

葉慈在〈拜占庭〉（一九三〇）一詩中，就作爲魔術的詩而言，他已登峰造極。一九二七年，他在〈航向拜占庭〉一詩中，即已布置下生物學的生命世界與那一切固定、硬化、不自然的拜占庭的藝術世界之間的對立，前者如「交叉著手臂的年輕人……擠滿了青花魚的海」，後者是「黃金剪成的鑲花」、「嵌在黃金的彩釉」。從生物的世界看來，人是個「將死的動物」（dying animal），所剩的希望只有「集中於不朽的藝術」，再得不到「自然物的肉體的形式」，但要做個藝術品，做個黃金的鳥兒棲止在金枝上。〈拜占庭〉，從某一觀點看來，是明白地寫出葉慈思想體系的例證，一首寓有教訓的詩；但從另一觀點，尤其是從文學的觀點看來，它則是一篇反自然的意象緊密地互相反應著的結構，其全部的間架都像是早已製訂的禮儀或是崇拜的儀式[49]。

朋格士的範疇，我們有作若干說明的自由，尤其是那生活的觀點與詩型相關聯的特殊性格[50]。雖然各時代的詩型各有其不同的見解，但其本質沒有時間的，而是面對著生活，反映著生活，與生活相交替的方法。不過這三種方法，都屬於具有普遍性特色的近代思想如合理生產、自然主義、實證主義、自然科學等等之外。如此區別隱喻，等於默認詩仍保

---

[49] 關於「拜占庭」的標誌，參閱葉慈的《幻象》（A Vision）London, 1938, pp. 279-81。

[50] 諾爾（Herman Nohl）的《詩型與觀察》（Stil und Weltanschauung）Jena, 1920。

持著科學以前的思想形式。而詩人仍守著原始人或兒童之巫術的幻想，小孩子的「天眞」（archetype）[51]。

最近數年，根據象徵的意象這個名詞來研究特殊的詩人以及特殊的詩篇與戲劇的人，已經很多。在這「實用的批評」中，批評家的假設變得十分重要。但他們是在檢視什麼？是在分析詩人抑或是詩篇？

我們必須就意象所能把握的世界的研究，亦即麥克尼斯所說「仍以屬於主題（subject matter）的研究爲要」[52]與「意象所能用的方法」的研究，二者之間做一個區別，亦即「本意」（tenor）與「手段」（亦即隱喩）之間相關聯的特性，大抵對於特定的詩人意象之研究論文（例如：魯哥夫（Rugoff）寫的〈多恩的意象〉（Donne's Imagery））應屬於前者。他們列敘詩人在自然、藝術、產業、自然科學、人性、都市、鄉鎭之間的隱喩，加以分類，並從而估量那詩人的趣味。然而我們也可以從詩人所隱喩著的主題亦即所言之物，例如：女人、宗教、死亡、飛機等等加以分類。不過比這分類更重要的，應爲那與精神相關聯

---

[51] 視原始人尚無邏輯思想的心靈，相等於象徵派詩人的目標，參看卡葉（Emile Cailliet）《原始的象徵的標的》（Symbolisme et âmes primitives）Paris, 1936。

[52] 麥克尼斯（MacNeice）的著作（見前）第三頁。

著的，大規模的等價物（equivalent）之發現。因爲這兩個世界之反覆呼應，可以預示它們在詩人的創意（creative psyche）中之實際滲透情形，因此，在多恩的《歌與商籟》（song and sonnets）中，那充滿猥褻戀愛的詩句，其隱喻的表示卻是不斷地引自天主教之聖潔的愛情；他用性愛來表示那憧憬、聖典、懺悔、殉道和遺骸等等天主教的概念；當其在〈神聖的商籟〉中，他即以誇張的性愛譬喻加於上帝：

儘管我非常愛你而且深深眷戀
但我已許配給您的敵人。
搶走我吧，讓我倆再結良緣，
爲了我，該拉住我，鎖住我
除非您把我禁錮，我永不得自由，
除非您把我姦汙，我就難保貞潔。

以性的世界與宗教的世界之交替來認定「性」是「宗教」，而「宗教」是「愛」。

一種研究方式是強調自我表現（self-expression），強調詩人的心靈透過他的意象之啓示。他們假定詩人的意象如在夢裡，亦即他們的思慮不受羞恥心的抑制，但不用直接表白而用例證的方法表示其所切望的興趣所在。不過，這裡的問題乃在於一個詩人，他的意象果眞是這樣無批判的嗎(53)？

另一假定，確是完全錯誤的，那就是說，詩人所想像的一定見於字面（持這論調的是魏黛小姐，在她的屈拉哈恩的研究中，她居然要重畫出他的早年生活）(54)。但據詹森博士的筆記，有一個讚美詹姆士·湯姆森詩篇的女人，她說她能領略他的興趣所在：

> 她能從他的作品中摘出三方面的性格：第一、他是個大情人；第二是游泳健將；第三是循規蹈矩的紳士。然而，沙維琪（Savage，湯姆森的摯友）卻說湯姆森根本不懂任何愛情，只知道性愛；一生沒有沾過冷水，而且放浪形骸於一切玩樂之中。

她對於詩人之個性與習慣的觀念是很可笑的不正確。我們不能說缺乏隱喻的意象，就等於缺乏興趣。在華爾頓（Walton）的《多恩傳》中，在那十一個譬喻裡面即鉤稽不出一個意

(53) 參看洛聖保（Harold Rosenberg）《神話與詩》（Myth and Poem, Symposium II）1931, pp. 179 ff.。

(54) 魏黛（Gladys I. Wade）《湯瑪士·屈拉哈恩》（Thomas Traherne, Princeton）1944, pp. 26-37，並參看《語言學季刊》二十三期（Philological Quarterly, XXIII, 1944, P.383-4）唐樸生對於此書的見解。

象。十四世紀的作曲家馬肖（Machaut），他的詩也沒有用過音樂上的借喻[55]。

又或假定詩人的意象是以無意識爲其中堅，而那無意識亦即在那意象裡，因此，詩人的說話與常人無異，無所謂是個藝術家；而且相反的，關於如何認知那「眞意」則都是不一致的、捉摸不定的假設。再說：依平常的想法，凡隨心而動的意象也都是經過製造，故亦不眞，因爲人們在眞正感動時，不是使用單純而無雕飾的言詞，就是使用通俗而陳舊的譬喻來講說。但是，對此尚有一種相反的見解：是說人們引用陳腔濫調，即已證明他所說的並不切於眞實，因又承認細心的表白就像是代替自己的感情之直率表白。這裡，我們已經把平常人與文學家，人們說話與人們寫作，亦即把「說話」與「做詩」混作一談了。其實，平常人的率直性，與平凡的意象可以完全分立的。即就詩中的「眞意」一詞來說，這幾乎也是沒有意思的。什麼是眞意的表現？眞意的表現是否就是預有的情感狀態？或是暗示這狀態而寫的詩句？或者，詩句的眞意表現，例如：詩人所寫的是否就是他心裡的語言結構之現形？當然，就是最後的這句話，詩就是詩的眞意表現。

---

[55] 詹森《詩人列傳》之〈湯姆森〉一章。
開於意象之沉默的議論，所引用的例證，參看杭斯丹（L. H. Hornstein）的《意象分析》（Analysis of Imagery）PMLA, LVII. 1942, pp. 638-53。

詩人的意象就是詩人自我的表露。他的自我是怎樣定義呢？布拉茲與荷恩斯坦夫人（Mrs. Hornstern）二人都曾被施寶琪恩小姐戲稱爲具有世界性的、二十世紀的英國莎士比亞。那就可假定那偉大的詩人分享有我們的「共同的人性」（common humanity）(56)。我們不需要形象主義的鑰匙，把它當作經典來讀。如果研究意象的價值，其中還有一些莫名其妙的地方，那就果眞有助於我們去研讀一些「個別相」（private signatures），打開莎士比亞心裡的祕密。

我們可以在象形文字的報告上，檢尋莎士比亞正在編寫某一劇本時所現存的精神健康狀況，來代替我們對於他意象中普遍的人性之發現。如同施寶琪恩小姐對《托洛伊留士》（Troilus）及《哈姆雷特》所說的話，她說：「我們雖沒有其他理由去了解他的精神健康狀況，但由這兩個寫得近在一起的劇本中，那樣雷同而又連接著的象徵方法，可信作者當時曾經一度受著幻滅、劇變，身體不安的困擾，而爲我們在別處所未見過的。」施寶琪恩

(56) 布拉茲（Mario Praz）批評施寶琪恩小姐（Miss Spurgeon）的《莎士比亞的意象及其說與人者》（Shakespeare's Imagery and What It Tells Us）Cambridge, 1635。尤其是它第一部分「人的暴露」（The Revelation of the Man），他認爲那是對莎士比亞的意象、含意、趣味、興致等等的謬誤看法。因比他推崇克列曼的意見，說「莎士比亞所據以選用的意象，與其謂由於個人的趣味，毋寧說他是由於各種情況下他對藝術的注意。」（克氏的著作出版於一九五六年）。

小姐在此雖未假定莎士比亞所以幻滅之某一原因，但她以爲哈姆雷特所表現的幻滅，就是莎士比亞自己的幻滅[57]。如果他沒有這種「眞意」，假如不是他自己情形，他將不能寫下如此偉大的戲曲。這種論調，恰與斯陀爾（Stoll）等人之論莎士比亞相反，他們是專注於莎士比亞的技巧、戲劇作法，以及他能在現成的一般方式中找出更好更新的巧妙條件，譬如說：《哈姆雷特》本是依照西班牙的悲劇，《冬天的故事》與《暴風雨》本是爲波蒙特（Beaumont）與弗列屈爾（Fletcher）兩戲院而寫的對臺錄。

詩的意象研究，並非全部要想把握詩人的本來面目或追尋其內心的經歷。他們應該朝著整個戲曲的意義裡面之重大的要素——亦即艾略特所說的「人物與情節的平面底下的樣式」[58]。施寶琪恩小姐於一九三〇年發表〈莎士比亞悲劇意象中之主要的動機〉一文，她最初的興趣，認定意象或意象群（Cluster of imagery），是形成某一特定的戲曲之中心，其活動有如樂曲的主調。她有趣地分析，在《哈姆雷特》中發現疾病的意象，例如：潰瘍及癌

---

[57] 施寶琪恩小姐的論文，重刊於布拉德拜（Anne Bradby）所編的《一九一九——三五，莎士比亞批判》（Shakespeare Criticism, 1919-35）London, 1936, pp. 18-61。關於自傳與《哈姆雷特》的意見，參看席遜（C. J. Sisson）《莎士比亞之神話式的煩惱》（The Mythical Sorrows of Shakespeare）London, 1936。

[58] 艾略特（T. S. Eliot）文選《哈姆雷特》（Hamlet Selected Essays）London, 1932, pp. 141-6。

症等等；在《托洛伊留士》中發現食物及消化器官的意象；在《奧賽羅》中發現「野獸的活動，彼此互相呑食」的意象。施寶琪恩小姐竭力指示戲曲的基層構造影響全體，因而推想哈姆雷特有疾病的動機，但丹麥全國都患這病症，不能以此責備王子。她的工作，對於文學意義中奧妙形式的探討，其積極的價值遠勝於一般觀念式的概論和顯明的情節結構[59]。

更具野心的意象研究，是奈特（Knight）所做的工作，他最初依循墨利對莎士比亞的意象而寫下堂皇的著述（《風格問題》（The problem of Style，一九二二）。他早期的工作是注力於莎士比亞的研究（例如：《神話與奇蹟》和《火輪》）；但是後來的著述，就用這同樣方法施於其他詩人，如：米爾頓、波普、拜倫、華茲華斯等等。早期的工作顯得較好，他注力於戲曲之個別的研究，而以個別的象徵性的意象爲主眼，並特別注意到如同《暴風雨》一劇與音樂的形象性之相對關係；他還不只觀察一部戲曲，且兼及其他戲曲與戲曲之間的不同形式。但在後期的工作中便顯出狂熱者的誇大。他對於波普的「批評論」和

---

[59] 奈特（G. Wilson Knight）《神話與奇蹟》（Myth and Miracle An Essay on the Mystic Symbolism of Shakespeare）London, 1929。《火輪》（The Wheel of Fire）London, 1930。《皇帝的主題》（The Imperial Theme）London, 1931。《基督教的文藝復興》（The Christian Renaissance）Toronto, 1933。《焚毀的神殿》（The Burning Oracle）London, 1939。《星光的天宇》（The Starlit Dome）London, 1941。

「人性論」的解釋，顯然忽視了那些詩裡「觀念」的問題，如歷史之對於波普及其同時代的人們的意義。因爲缺少歷史的配景，於是他的工作又受到「玄學研究」的欲望所困擾。他從莎士比亞或他人引來的「玄學」，都不是獨創、明晰，融會貫通的；而是調和於艾洛士和阿加伯（Agape）之間，調和於秩序與能力之間，以及其他相對的東西之間。彷彿所有「實在的」詩人都負有相同的「使命」，所以舉其一，即以之解釋其餘，使人感到空虛。詩是一種「啓示」，但他啓示什麼？

克列門（Clemen）的工作與奈特的工作不相上下，他在《莎士比亞創造的人物》裡[60]實踐了他附帶研究意象作用與發展的副題。他對照著抒情詩尤其是敘事詩的意象，而斷言莎氏樂府之戲劇的本質：在其成熟的作品中，已非莎士比亞其「人」，而是托洛伊留士，只有托洛伊留士在那戲裡會想到拿發臭的食物（rancid food）一語當隱喻來說。在一部劇本中「每一意象皆用於某一特定的人物」。克列門爲正確的方法問題，提出這實際的意見。在其分析《泰達斯・安德羅尼加》（Titus Andronicus）之中，他作如下的發問：「在這個劇本中，莎士比亞的意象用於怎樣的情景？使用意象與使用意象的機會之間有著怎樣的

---

[60] 克列門（Wolfgang Clemen）《莎士比亞的意象》（Shakespeares Bilder）Bonn, 1936，此書之英譯本於一九五一年刊於麻省劍橋。

關聯？而那些意象又有什麼作用？」關於這些爲《泰達斯》而發的問題，他只有否定的答案。在《泰達斯》裡的意象是偶發的裝飾的；但亦由此可知莎士比亞之用隱喻於「事件的氣氛之潤飾」（Stimmungsmässige Untermalung des Geschehens）以及「知覺之根本的形式」（Ganz ursprüngliche Form der Wahrnehmung）等等發展的跡象，亦即關於隱喻方面的構思。他在莎士比亞中期的「抽象性的隱喻」（abstrakte metaphorical）上面做過可讚嘆的說明（所用「非譬喻的譬喻」（unbildliche Bildichkeit）——相等於威爾士的「沉潛的」、「基本的」、「擴充的」意象形式）；然而，爲某一特定的詩人而寫的論文，那就顯得他僅把他的形式導入莎士比亞的「發展」中；於是，他的論文只是莎士比亞作品之發展及其「時代」的研究；克列門只記著他在研究詩的「時代」，而不是作家自由自在的想像生活之研究。

如同格律一樣，意象是詩的構造成分之一。依照我們的表解，它是文章學的一部分或文體論之一層次。總之，它不能從別的層次中孤立起來，必須把它當作文學作品整體中的一個要素來研究。

第十六章　敘述的小說之本質與樣式

關於小說的文學理論和批評，在「質」與「量」上，都比詩論、詩評要差得很多。這原因或是因爲習慣的看法以爲詩是古老的，而小說則是比較近代的。但是，這樣的說明顯似不太妥當。小說不但是一種藝術形式，且在德國還有人說它就是「詩」（Dichtung）的形式；其實，在它的高級形式中，它就是史詩傳至近代的後裔——與戲曲同爲兩大形式之一。有人以爲小說之不被重視的理由，與其說它比嚴肅的藝術含有更多娛樂消遣的那種亂七八糟的雜質，毋寧說是誤以市場爲目標的濫製品與偉大的小說相混同的緣故。由於學者們不斷傳播美國人共同的見解，以爲閱讀「非小說」（nonfiction）是有益、有價値的，而閱讀小說則甚有害，且易致於「自我著迷」（Self-indulgent），就連那些卓越的批評家如羅威爾（Lowell）、安諾德之流，對於小說也都抱著保留態度。

不過，另一種相反的看法，尊重小說爲一種文獻或生活實錄——亦即爲它自己幻想目的而公開的——一種告白書，一種眞的故事，一種生活及其時代的歷史，這也是相對危險的。文學必須有趣味，必須有個結構體和審美的目的，而且還要有全體的統一性和效果。這之外，當然，它還得與人生有明顯的關聯，但這關聯是很多樣的：亦即它能使生活昇華、滑稽化，或爲人生的借鑑；在一些情形中，它是生活的精華，講述人生特殊的旨趣。我們要知道某一作品與人生有何關聯，便不能沒有文學上的獨立知識。亞里斯多德說明「詩」（亦即史詩和戲曲）較之歷史更接近於哲理。這句格言似有永久的啓示作用。那是說事實的眞，只是某一時間和地點上的眞，亦即狹窄的歷史的眞。至於哲學的眞，則是概念的、定理的、經常的。從「歷史」與哲學的觀點看來，想像性的文學就是「虛構」、撒謊。fiction一詞，至今仍爲柏拉圖學派反對文學的藉口，對於這種藉口的回答，西德尼和詹森博士則以爲文學的本意，從來就沒有妄圖爲眞的意思①，而且藉口「欺瞞」的古老口實之一直流傳，也就一直刺激認眞的小說家，他們明知「小說」雖不比眞的更超越，但是所表現的卻比眞的更眞實。

弗勒特（Follett）記載他讚美狄福所敘述的靡亞爾夫人與巴格拉夫人時說道：「除非全部是假的，不然，在這故事裡就沒有一事不是眞的。從它的全體就很難找出狄福的破綻。這故事出自第三者，巴格拉夫人之一個膩友的口述，卻和其他兩個女人一模一樣……」②。

穆爾（Moore）的詩寫道：

> 要看嘛，幻想園中卻有眞的蟾蜍哩。
> （for inspection, imaginary gardens with real toads in them.）

---

① 西德尼（Sir Philip Sidney）說：「因爲詩人不想證實什麼，所以從來不用說謊。」

② 弗勒特（Wilson Follett）《近代小說》（The Modern Novel）New York, 1918, p. 29。

小說的眞實性——亦即作品中眞實的幻想（illusion of reality），它的效果在讀者方面就像讀到眞實的人生——雖然不一定是或本來是那環境、那細節、那日常生活的眞實性。根據這樣的標準，那麼像豪威爾斯或凱勒（Keller）一類的作家，就要使那寫《伊底帕斯王》、《哈姆雷特》、《白鯨記》的作家們受窘了。在細節上作「如實的描寫」只是表現幻想的一種手段，正像在《格列佛遊記》（Gulliver's travels），它誘導讀者進入將信將疑的境遇，就在於那些比環境描寫更深入的意義，那種「忠於眞實」（true to reality）的引餌上。

在戲曲或小說中的寫實主義和自然主義，都只是文學的或「文學哲學」的運動，是一種風氣，一種文體，如同浪漫主義或超現實主義一樣。它們的區別並不在於現實的或幻想的，而是在於二者對於現實的概念不同，幻想的狀態不同③。

何謂敘事的小說（narrative fiction）對於生活的關係？古典的或新古典派的回答是：敘事的小說是表現典型的、普遍性的生活——那典型的守財奴（如：莫里哀、巴爾札克所寫

③ 讀者的勸告，小說家「處理人生」，常是一種「要保持十九世紀散文小說習慣的勸諭」。參看柏克（Kenneth Burke）《反的聲明》（Counter-statement）New York, 1931，第二三八頁，亦可參看第一八二頁、第二一九頁。

過的），典型的不孝女兒（如：《李爾王》、《高老頭》）。但是，這種階級觀念何不用於社會學呢？如其不然，就該說藝術是要使生活高尚、昇華或理想化了。當然，藝術是有這樣的一型，但它僅是一型而已，而非藝術的本質；其實，一切的藝術都是依靠審美的距離（aesthetic distance），依靠具象化和可以宣示的緣故，使那在生活中親受的或明知的痛苦成爲愉快的觀賞。也許這就可說小說是個「生活史」——許多共同的狀況或徵驗之實例或例證了。在短篇小說方面，如同凱瑟（Cather）的《保羅的生活》（Paul's Case）或《雕刻家的葬禮》（The Sculptor's Funeral）——就是近似此類的代表作。然而，小說家之於事態（case）——人物或事件的——其用力卻不及其於「世界」之多。凡是偉大的小說家，都有這樣的一種「世界」——可視爲經驗的世界之疊影但又有異於自成整體的明確的世界。這種世界，有時可在地球上指出它的地點——如托羅洛普（Trollope）寫的鄉下，和天主堂的市街，以及哈代寫的威塞克斯地方；但有時，像愛倫·坡所寫的，就不是這樣：愛倫·坡寫的可怖的城堡，既不在德國，也不在維吉尼亞，而是在他的心裡。狄更斯的世界可用倫敦來互勘。卡夫卡的世界則可用古老的布拉格來對證，然而二者又都是那樣「影射的」（projected）、別緻的、被創造過的，而且自此以後只能看做依照狄更斯的性格或卡夫卡的境遇所體認的經驗世界，如眞要加以一一比勘，則又見其不然。

麥卡錫（McCarthy）說：「梅瑞狄斯、康拉德（Conrad）、亨利·詹姆斯以及哈代，吹出了漂亮的彩色大泡沫，生存在那裡面的人們，他們當然認爲是眞人一樣地寫下，但亦只有在那世界才具有他們的眞實性。」關於想像，麥卡錫還說：「一個人物，從這個世界移到另一個世界，假設是柏克士尼福移植到《金彈》（The Golden Bowl）裡，就要失掉存在意義……因爲不可忍受的藝術上的失敗，在小說家看來，就是那不能保持情調的一貫。」④

小說家的「世界」，亦即Kosmos——他的組織或構造的情形，包括著情節、人物、配景、世界觀，「情調」——當我們在比較小說與生活，或是對一個小說家的作品作倫理的或社會的判斷時，我們必須細察這些東西。生活的眞相，亦即它的「現實性」，不能像波士頓的檢察官，只顧小說裡是否出現某些色情的或穢褻的言詞而作其道德的判斷，它只有根據那細節上所有實在的正確性來判斷。健全的批判的控訴，是以我們自己所經驗的和想像的世界與整個小說裡的世界互相比照，在互相比照之下，往往很少能與小說家相合。但當著小說家的世界在一般視野（catholic scope）上包含有一切必要的要素，儘管那些狀態及規模不盡合於我們，儘管那視野不夠廣闊，但所包含斟酌的深度和重心，當著這些要素的規模或綱目（hierarchy）被我們看似尙合於成年人的趣味時，我們便心滿意足地稱他爲偉大的小說家了。

「世界」一詞的用法，有人是用作空間的名稱。然而「敘事的小說」——或者用「故

④ 麥卡錫（Desmond McCarthy）《描寫》（Portraits）London, 1931, pp. 75, 156。

事」一詞更好，因爲這會使我們注意到「時間」，而且是一種時間上的連續。「故事」一詞是由「歷史」中來！亦即「巴什特舍的年代記」（Chronicles of Barsetshire）。文學通常被列爲時間藝術（而有別於繪畫雕刻等空間藝術）。但非常積極方法的近代詩（非敘事的詩）卻在逃避它的義務——變成一種冥想的鬱血，一種「自我反射」狀態；有如弗蘭克（Frank）所指出的，近代的藝術的小說（例如：《尤利西斯》（Ulysses）、《奈特武德》（Nightwood）、《黛洛維夫人》（Mrs. Dalloway））都在努力於「自我的反射」，把小說照詩一般來組織⑤。這就喚起我們對此重大文化現象的注意：亦即，老式敘事的，或是故事（史詩或小說）皆發生在時間上——傳統的時間長度，在史詩方面是一個年頭。在許多大部頭的小說中，則從一個人之出生、長大，以至老死；性格亦隨之發展、變更，而且還從而可看出整個社會的演變（如同《弗賽特家傳》（The Forsyte Saga）、《戰爭與和平》（War and Peace））；一個家族的迂迴演進或衰敗（如同《布登勃洛家傳》（Buddenbrooks））。照傳統地說來，小說是嚴守著時間的。

---

⑤ 弗蘭克（Joseph Frank）〈近代文學中的空間形式〉（Spatial Form in Modern Literature）Sewanee Review, LIII, 1945, pp. 221-40, 433-56，此文重刊於一九四八年紐約出版的《批評》（Criticism）第三七九頁至第三九二頁。

惡漢小說（picaresque novel）可說全是編年式的連續；亦即說，這個發生之後又接著發生那個。至於冒險小說，許多偶發的事件固可自成段落，但亦依靠主人公的身分加以連串。至於哲理小說，它的因果的結構，也要加上編年體。小說是指述一個人物在某一時期爲何有此實際行動的結局，上進或是墮落。亦有在一種精心設計的情節上，適時發生一些事情，使結尾的情況大不同於開卷之時。

講述一個故事，我們要一開始便使人關注而不僅是在後來。現在或仍還有首先就要知道故事結尾的那種讀者；但是，我們倘只閱讀十九世紀小說的「結尾章」（concluding chapter），絕不會在那故事裡得到什麼趣味，因爲趣味是循序漸進的——雖然那仍是朝著結尾進行的一種順序。還有一種哲人或道德家，例如：愛默生之流，他根本就不會把小說認眞地來讀，他們以爲那些動作——亦即外在的行爲，或適時發生的動作——全不是實在的，他們尚且不把歷史當作實在，他們以爲歷史只不過在時間上展示一些不變的、過時的東西，更何況小說還是個虛構的歷史。

關於「敘事的」一詞，還要加以說明，因爲這個詞用在小說上，便含有與表演的小說——亦即戲劇相對照的意味。故事或寓言，可由表演者來表達，亦可由一個說書人來講述，而這個人就是史詩的講唱者，或是他的後繼者。史詩使用第一人稱，而且像米爾頓那樣，還能把那第一人稱當作抒情詩的或作者自己的第一人稱（first person）。十九世紀的小說家雖然不用第一人稱來寫作，但仍常用史詩之由第一人稱出面說明或總括的特權——這作法，我們可稱之爲「小品文家的」（essayistic）第一人稱。但這敘事的主要樣式乃是它的總括式：亦即它的穿插場面就在對人歷述發生什麼事情的對話裡（而這對話裡一定有動作）⑥。

具有這兩種主要形態的敘事小說，在英國則稱爲「羅曼司」與「諾否」（The Romance and the Novel）。一七八五年，黎孚（Reeve）又把它們區分了，他說：「諾否是寫出當時風俗與生活之實際圖畫，羅曼司則是用高雅有韻味的語言描寫從來沒有過而且又似不會發生的事情」⑦。「諾否」，是現實的，羅曼司則是詩的或史詩的——亦即我們現在所稱爲「神話的」。雷德克里弗夫人（Mrs. Radcliffe）、司各特、霍桑（Hawthorne）乃是「羅曼司」的作家，栢爾耐、珍・奧斯汀、托羅洛普、吉森（Gissing）則都是「諾否」（以下改稱小說）的作家。這兩種形式有如南北極，顯爲散文敘事的兩個血統：「小說」是從非虛構的敘事形式——例如：書牘、日記、備忘錄或傳記、年代記或歷史，這一派血統發展下來，亦可說是出自文獻方面；就「文體」言之，它是注重代表性的細節，在其淺近的意義上，它是「表演的」（mimesis）；至於羅曼司，則是古代史詩和中世紀羅曼司的後裔，它

---

⑥《傲慢與偏見》的頭兩章幾乎全是對話，第三章才始有扼要的敘述，然後轉入配景式的寫法。

⑦黎孚（Clara Reeve）《小說的進度》（Progress of Romance）London, 1785。

可以忽視細節的逼眞性（例如：在對話中忽插以作者個人的說話），而把它推演至更高的實在，更深的心理表現。「當一個作家把自己的作品稱作羅曼司時」霍桑說：「就很難要求他務必限於某一範圍內使用某一方式和材料……。」如果把這樣的一種羅曼司放在過去的時代，它就不是以正確的態度來描繪那過去的時代，霍桑在別的地方還說過：「一種詩的境界不可硬把它當眞。」⑧

「小說」之分析的批評，照例要舉出三種要素：一、情節；二、性格描寫；三、配景；「配景」一詞，本是一目了然的，但在近代的一些理論中卻改稱「氣氛」或「情調」。不必然的是，這三種要素相互之間都有它的決定性作用。亨利·詹姆斯在其〈小說的技巧〉論文中問：「如果不是性格決定事件，那麼該是什麼呢？如果不是事件做性格的例證，那麼還有什麼呢？」

戲劇、故事或小說，它們敘事的構造體，一向都稱之爲「情節」（plot），而且這名詞，還可能沿用下去。但是，它的含意不但必須足夠包括契訶夫、福樓拜、亨利·詹姆斯，而且還要包括哈代、柯林斯（Wilkie Collins）和愛倫·坡；亦即它的含意當不限於如

⑧霍桑《七個山牆的屋子和大理石牧畜神像》之序文。

同戈德溫的《克爾白威廉》那樣結構緊密的樣式⑨。我們還要說到關於一些更自由的和更錯綜的「浪漫式」的和「寫實式」的情節形式。在文學轉變的時代，也許小說家們會覺得在並存的二者之中，有一種是被摒棄的方式。自從《紅字》以後，霍桑的小說，都是很劣拙地致力於一種古老派的神祕巧合的情節，那些實質，只是嚕嗦的，過分現實，而且駁雜。狄更斯的晚期，也是大量運用神祕（巧合）的情節，而不管它是否適合於小說的趣味中心的實質。在《頑童歷險記》（Huck Finn）最後第三部，顯得比其他部分都糟，好像就是由於誤解情節應有的責任而造成那樣的結果。雖然，實在的情節仍在開展著：亦即，那神祕的情節寫四個人爲著種種原因，逃出因襲的社會，卻那麼湊巧相遇於木筏上而順流駛去。最古老，亦最通俗的情節，就是那種由陸上或水路的旅行，例如：《頑童歷險記》、《白鯨記》、《天路歷程》、《唐吉訶德》、《庇克威俱樂部》、《憤怒的葡萄》等等。通俗地說來，那就是全部情節所包含的「糾葛」，亦即人與自然、人與人、人與自我的抗爭；然而，依此一說，則情節一詞，就要賦予很多經緯了。糾葛是很「戲劇性的」，暗示一些勢均

---

⑨ 愛倫·坡《結構原理》（Philosophy of Composition）引用狄更斯的話開頭說：「戈德溫所寫的《克爾白威廉》（Caleb Williams），你知道他後面要說什麼嗎？」比這更早，愛倫·坡在 Barnaby Rudge 的見解中即引述戈德溫的小說爲一結構緊密的傑作。

力敵的抗衡，亦即暗示著行動與反作用。不過如同《克爾白威廉》、《紅字》、《罪與罰》以及卡夫卡的《訴訟》等等，追蹤或追求的情節說它是一條線索或趨勢，好像更合乎道理。

情節（亦即敘事的構造（narrative structure））是由比它更小型的「敘事的構造」（例如：插話及偶發的事件等等）所合成的。比它還大而包羅更多的文字的構造物（例如：悲劇、史詩、小說），照歷史來說，它是由更原始的、初胚的，如同笑料、話柄（saying）、軼事以及雜錄等等形式發展而來，而小說或戲劇的情節就是一種構造體的構造體。俄國的形式主義者和德國的形式分析主義者，如狄伯留士（Dibelius）即以「動機」（motive）爲名（法語稱爲 motif，德語稱爲 motiv）來指稱這究極的「情節要素」（plot-elements）⑩。至於文學史家所用「動機」一詞，則是從芬蘭的民俗學者處借來，那民俗學者曾經把神怪故事與民間傳說加以分段分析過⑪。從現成的文學作品中尋找顯例，則有「謬誤一致」（mistaken identities）亦即《謬誤的喜劇》（The Comedy of Errors）；如老夫

---

⑩ Motif 一詞爲英國批評界所公用的，但克若伯（Krappe）在《民俗學》（Science of Folklore）London, 1930 中卻指責我們用英文 motive 代替法文的寫法，遂使這個字的含意蒙上德文 motiv 一詞的影響。

⑪ 參看湯普森（Aarne-Thompson）《民間故事的形式》（Types of the Folk-Tale）Helsinki, 1928。

少女的婚姻（《正月與五月》（January and May）），不孝父親的（《李爾王》、《高老頭》），尋找父親的（《尤利西斯》和《奧德賽》）⑫。

我們稱爲小說的「結構」者，在我國和德國皆稱爲「動機或誘動力」。因爲這名詞關聯著兩方面，一面是構造體或敘事的結構，一面是關於人們爲什麼會有那樣的行爲之心理的社會的以及哲理的——亦即因果究竟之內在的營構；爲著這名詞具有雙重意義，所以能被珍重地採納到英語中。司各特爵士老早便有這樣的主張，他說：「實事求是和虛構的敘述之間，最明顯的區別是：前者關於事件的遠因之敘述，那裡面的關聯是曖昧的……相反地，後者要把每件事情交代清楚，則是作者義務的一部分。」⑬

結構，亦即動機（最廣義的），包含有敘述的方法在內：亦即「進度」（scale）、「速率」（pace）；其次「意匠」，亦即對於場面或戲劇性事件，作繪畫式的敘述或直線式

---

⑫ 參看波爾蒂（G. Polti）《三十六種戲劇的境遇》（Thirty-Six Dramatic Situations）New York, 1916。狄埃姆（P. Van Tieghem）《比較文學》（La Littérature Comparée）Paris, 1931, p. 87ff。

⑬ 懷康伯（S. L. Whitcomb）《小說研究》（Study of a Novel）Boston, 1905, p.6 引述司各特的話，懷氏稱 motivatian 一詞意謂指示情節運動的因果，尤其是關於它那有意的人工的布置之技術。《傲慢與偏見》開場的文章便是 motivation 的好例子（雖然是說的好玩），他說：「單身漢交上好運，必定需要一個老婆，這是大家公認的眞理。」

的敘述；作概括的敘述或濃縮的（digest）敘述，二者間的比例（斟酌）。

動機與意匠有其時代的特性。哥德的羅曼司，自有其特性，而寫實主義小說亦然。狄伯留斯一再地說狄更斯的「寫實主義」只在於「童話」上，他的小說，不算是自然派的小說（naturalistic novel），因爲他的意匠只企圖引導人們進入古老式悲喜劇的動機，亦即：活著偏想到死的漢子，到最後才發現那就是親生父母的小孩，以及先是神祕的慈善家後來卻變成罪犯等等⑭。

在文藝作品中，「動機」必定強化其「現實性的幻想」（illusion of reality），因爲這是它的審美功效。「現實性的」動機，是一種藝術化的意匠。在藝術上，外觀（seeming）比它的「實在」（being）尤爲重要。

俄國的形式主義者用 Sujet 一詞，我們該譯作「敘述的構造」（Narrative structure），他們即用這詞區別「寓言」是「故事」或故事的原料，雖然那因果的連綴可以臨時宣告。「寓言」是一切動機的總和。而 Sujet 則是各個動機（常是完全不同的）依藝術式排列後的動機之表現。臨時變動其連綴之顯例，如《奧德賽》或《巴拿貝·魯茲》（Barnaby Rudge），都是從事件的「半腰開始」（in medias res）；福克納的《亞勃沙侖》（Absalom）則往返於前前後後；而他的《我彌留之際》（Aa I Lay Dying）裡的 Sujet，

⑭ 狄伯留士（Dibelius）《狄更斯研究》，萊比錫第二版，第三八三頁。

則是從一家人運送其母親靈柩到遠遠的墓地時，依那家人的順序而展開其敘述。Sujet 是通過「觀點」、「敘事的焦點」的媒介而成立的情節。亦即說：「寓言」是從虛構的原料中（例如：作者的經驗或讀書心得等等）抽象而得的東西；而 Sujet 則是從寓言中抽象而得的東西，甚亦可說是敘事的幻想之更突出的焦點⑮。

「寓言的時間」是依據故事開展之整個時期。然而，「敘述的」的時間則與 Sujet 相對應：亦即，閱讀的時間或「領會的時間」；當然，這種時間是由小說支配的；小說家可以幾個字表示過幾年的光陰，但也可以把一次舞會或茶會寫成冗長的兩章⑯。

性格描寫之最簡便的形式是稱謂。每一個「名號」都是有生命的，精靈化的（animizing）、個性的。寓意式的或準寓意式的名字乃出現於十八世紀的喜劇：亦即菲爾丁所用的 allworthy and Thwackum, Witwould, Mrs. Malaprop, Sir Benjamin Backbite 以及模仿詹森、巴尼安（Bunvan）、斯賓塞等等所用的 Everyman。但是，更巧妙的應用，當爲聲音的譬喻，這在不同國度的小說家，如：狄更斯、亨利．詹姆斯、巴爾札克、果戈理等，都是一樣的拿手。例如：Pecksniff, Pumblechook, Rosa Dartle (dart; startle), Mr. and

⑮ 此處特指托瑪希夫斯基（Tomashevsky）之關於 Thematology 的論述，見於其所著 Teoriya literatury, Leningrad, 1931。

⑯ 參看格拉保（Carl Grabo）《小說的技巧》中關於「發展速度」的討論（Technique of the Novel, "tempo"）New York, 1928, pp.214-36。

Mrs. Murdstone（murder + stony heart）。梅爾維爾的 Ahab, Ishmael，也是依字面而有所指的隱喻——這種借自《聖經》的例子——皆爲性格描寫上的經濟的方式⑰。

性格描寫的樣式很多。較老一輩的小說家，如：司各特，他是用具體的形象之細描與心理及道德的分析同時並置而一一介紹其主要的人物。但是，這種限於一個方式的性格描寫會變成預定的標誌。有的就這標誌轉作一種扮演的或啞劇的意匠——如同狄更斯的作品，對於同一人物再出場時，總帶有一些代表性的脾氣、習慣姿勢、口頭禪等等。甘米琪「總是叨念著她的先夫」，希潑說話時總有一句「卑職」（umble），而且要打躬作揖。霍桑常用實物

---

⑰ 參看哥頓（E. H. Gordon）《狄更斯作品中人物命名法》（The Naming of Characters in the works of Dickens）Univ. of Nebraska Studies in Lauguage, etc., 1917，並參閱福斯特（Forster）的《狄更斯的生活》（Life of Dickens）BK. IX, Ch. 7，從小說家的備忘錄中列出人名表。亨利．詹姆斯未寫完的小說稿 The Ivory Tower 及 The Sense of the Past（二者皆作於一九一七），在其稿末皆附有備忘錄，記載人物命名的事。亦可參看亨利．詹姆斯的記事冊（Notebook, ed Matthiessen and Murdock, New York, 1947, pp.7-8）。

關於巴爾札克的命名法，參看華格泰（E. Faguet）的《巴爾札克研究》（Balzac）p.120 此書之英譯本，一九一四年刊於倫敦。關於果戈理的命名法，可參閱納博科夫（V. Nabokov）的《果戈理》（Gogol）New York, 1944, p.85 ff。

代表著人物的性格——例如：琪諾比亞的紅花，韋斯脫維特之發亮的鑲金牙齒。亨利・詹姆斯自《金彈》以後的作品也常在一個人物的象徵性詞令中看到其他人物。

性格描寫，有靜態的、力學的（dynamic）或發展的（developmental）。後者，好像特別適宜於長篇小說，如同《戰爭與和平》，但是較不適宜於戲劇，因爲戲劇受限制於敘事的時間。戲劇（例如：易卜生的劇本）能憑現狀而知其爲何等人物，而小說則能指述其變化的經過情形。「平板的」性格描寫（這通常是複印著「靜態的」）是表現一種單純的特徵，似爲有力的或社會上最顯明的特徵。它可以畫成漫畫或可以抽象爲理想的標誌。古典派的戲劇（例如：拉辛（Racine））就以此充作主角的性格。至於「圓滿的」（round）性格描寫，如同「力學的」，則需要有空間和著重點，它常爲某種見解或趣味而使人物突出，因此，它常與「平板的」作爲背景的人物——亦即「配角」（chorus）相聯合⑱。

性格描寫（文學的方法）顯然與性格學（characterology）（性格或個性形態的理論）有若干連帶關係。性格形態，一部分爲文學的傳統，一部分爲民族人類學的傳統，二者皆常爲小說家所使用。在十九世紀的英國和美國的小說裡，我們能找到髮膚淺黑的男女（如：

---

⑱ 平板的（flat）與圓滿的（round）性格描寫，參閱佛斯特（E. M. Forster）《小說面面觀》（Aspects of the Novel）London, 1927, pp.103-4。

Heathcliffe, Mr. Rochester; Becky Sharp; Maggie Tulliver; Zenobia, Miriam, Ligeia）以及金髮碧眼的女性之例（如：霍桑作品中之 Amelia Sedley; Lucy Dean; Hilda, Priscilla, Phoebe，愛倫・坡的 Lady Rowena）。金髮碧眼的女性是家庭主婦、不亢奮的，端莊而且溫柔。至於淺黑色的，則是熱情、激動、神祕、魅惑而且不可信賴的——如同盎格魯-撒克森人心眼中之東方人、猶太人、西班牙以及義大利人的性格⑲。

在小說裡恰似唱戲一樣，有些人物很像個能串演各種戲文的「戲包袱」（repertory company），亦即主角、女主角、惡漢、「性格演員」（character actors，或爲「滑稽腳色」，或爲「喜劇的湊趣者」（comic relief））。其中有「生」（juveniles）、「旦」（ingénus）、「老生」（elderly，亦即扮演父母、老處女的姑母、伴娘、媬姆之類）。拉丁傳統的戲劇藝術，如：普魯托（Plautus）與特朗士（Terence），「新編的喜劇」（The Comedia dell'arte）；詹森、莫里哀之流還常常使用好色的士兵、吝嗇的父親、陰險的傭人

⑲ 關於女主角的儀態論（typology），參看厄特爾與尼德姆（R. P. Utter and G. B. Needham）的《帕米拉之女兒們》（Pamela's Daughters）New York, 1936。關於偏向爽朗與偏向陰沉的女主角，參看卡賓脫（F. I. Carpenter）〈清教徒所喜歡的金髮碧眼〉（Puritans Preferred Blondes）New England Quarterly, IX, 1936, pp. 253-72。雷夫（Philip Rahv）〈所羅門的黑女〉（The Dark Lady of Salem）Partisan Review, VIII, 1941, pp.362-81。

等強烈的標記和傳統的典型。但是，像狄更斯那樣偉大的小說家就給十八世紀的舞臺劇和小說來個大規模的改頭換面，他把它們歸併爲二個形式——一是無助的老者與少年，以及夢想家與空想者（例如：《扎茲勒威特》中的湯姆．平齊）⑳。

關於金髮碧眼的女主角或淺黑色髮膚的女主角，由小說所造成的這兩種類型，要推究其社會學的或人類學的根據，雖沒有文獻上的支持，但卻有他們共同的「文學上的歷史的」（Literary-historical）祖宗及其血統——如同布拉茲在《浪漫的苦惱》中對於淫婦以及幽暗的魔鬼型的主角所做的研究㉑。

注意到配景（setting）——這是文學上「描寫」的要素而有別於「敘述」——首先是應想到小說的配景不同於戲劇，其次就是這區別時期的事情。關於配景細節的注意，無論在戲劇或小說方面，都是到了浪漫派或寫實派（亦即十九世紀）才比較普遍。戲劇中的配景，可用劇中人的對白來交代（如：莎士比亞的戲劇），亦可由那對於布景者或道具管理人的「舞臺指導」（stage directions）來指示。莎士比亞的戲劇，有些配景就沒有明白

---

⑳ 湯姆．平齊（Tom Pinch）《扎茲勒威特》（Chuzzlewit）見註⑭之著作。

㉑ 布拉茲（Mario Praz）《浪漫的苦惱》（The Romantic Agony）London, 1933。

交代[22]。但在小說中，配景的描寫卻有高度的演變。珍．奧斯汀就和菲爾丁以及斯摩勒特（smollett）一樣，差不多都不描述內景或外景。亨利．詹姆斯早期的小說受到巴爾札克影響而替房屋和風景作了細部的描寫，到了他後期的小說，則以整個的感覺來象徵地描述那看似什麼樣的情景。

浪漫派的「描寫」，目的在於動人和保持一種氣氛：亦即，凡情節與性格描寫都是因情調效果來配置——雷德克里弗夫人和愛倫．坡，皆屬此例。自然主義的描寫，則在幻想的興趣中，努力使之能狀難寫之景如在目前（如：狄福、史威夫特、左拉）。

配景就是周圍的情況（environment），而這周圍的情況，尤其是屬於家庭內景，可以看作換喻式的人物的現形。一個人的房子，就是他自己的外延部分（extension），描寫他的房子就等於描寫了他。巴爾札克仔細描述吝嗇鬼格郎德的房子，或仔細描寫伏蓋公寓，都不是多餘而無謂的[23]。這房子恰好表現它的住戶，作為一種氣氛，示唆別人，住在裡面的必定是誰。那些小市民階級對伏蓋公寓的畏懼，直接挑動了拉斯狄納克的反感，在另一意義

㉒ 參看斯威爾（Arthur Sewell）《莎氏樂府中之時與地》（Place and Time in Shakespeare's Plays）Studies in Philology, XLII, 1945, pp.205-24。

㉓ 參閱陸博克（P. Lubbock）《小說的技巧》（Craft of Fiction）London, 1921, pp.205-35。

上，亦可說是伏特加的反感，這些畏懼一面襯托出高老頭的沒落，一面不斷交互地描述那偉大的對照。

配景還可作爲一個人意志的現形。如果那是個大自然的配景，它還可作爲意志的影射。自我分析的學者阿米埃爾（Amiel）說：「風景就是心境。」（A landscape is a state of mind.）人與自然的關聯，尤爲浪漫主義者親切（雖非絕對）感到的。一個大發雷霆的、暴躁的主角衝進暴風雨裡，而爽朗的性情則似麗日和風。

再者，配景又可作爲強大的決定力——亦即環境，有如物質的或社會的因果關係，而爲超過個人所能控制小我的力量。這種配景可作爲哈代的埃格頓荒原（Egdon Heath）或是劉易士的天頂（Zenith）。大都市（如：巴黎、倫敦、紐約）在許許多多近代小說中，都是最具有性格的、實質的。

一個故事，或透過書簡、日記來講述，也可以從閒談逸事而發展開來。「嵌框的故事」（frame-story）包括在一些別的故事裡，依歷史看來，它是「軼事」與小說之間的橋梁。《十日談》（Decameron）的許多故事，是題目的連串。《坎特伯里故事集》在這題目的連串（例如：結婚的題目）之外，還添上說話人講述時的性格描寫，以及那一簇人物所帶有心理上的和社會性的緊張概念，充乎其間。浪漫式的情節就像是「故事的故事」（Story-of-Stories），例如：歐文（Irving）的《旅行家的故事》，霍夫曼（E. T. A. Hoffmann）的《塞拉邦兄弟的故事》等等。哥德式的小說，如：《奇人美爾摩士》（Melmoth the wanderer）是古怪的，但不能否認它是結合個別故事之效果的集團，其中僅憑共有的恐怖情調來補救它的散漫。

另外一種意匠，至今仍被沿用著，那就是小說中所包括的短篇故事（例如：《湯姆·瓊斯》（Tom Jones）中的「山上人的故事」；以及《威廉·梅士脫》（Wilhelm Meister）中的「美麗的靈魂之告白」）。這意匠，在一本小說上，一面可說是充實作品的規模，一面則爲達成多樣的變化。這兩面目的，似乎都比維多利亞時代的三層式（three-decker）的小說爲佳，保持二至三種「情節的線索」（plot-sequences）在交互移動中（在迴轉的舞臺上），最後指出它們如何勾搭——亦即依照伊莉莎白時代文人們已經運用純熟的情節的結合。技巧地處理著此一情節與另一情節相並行（如：《李爾王》），或者把它當作「湊趣的打諢」或「遊戲的詩文」使用，而附屬於情節上。

用第一人稱講述一個故事（亦稱爲「第一人稱的小說」（the Ich-Erzählung）），是一種較值得慎重斟酌的方法。當然，這樣的敘述者必不可與作者混同。第一人稱的敘述法，有種種目的和效果。有時是，敘述者雖不及其他人物突出，但卻比其他人物「眞實」，如：《塊肉餘生錄》（David Copperfield）。其餘像《摩爾·佛蘭德》（Moll Flanders）以及《頑童歷險記》，則以自己作爲故事的中心。在《阿雪之家》（The House of Usher）裡，愛倫·坡所作第一人稱的敘述，則把讀者當作阿雪的中立朋友，跟著阿雪一直看到他破滅的結局；但是，他在《麗琪亞》（Ligeia）、《貝勒尼斯》（Berenice）和《蜚短流長的心》

（The Tell-Tale Heart）裡，卻是個神經質的和精神病的中心人物在講述自己的故事——於是，我們就不能決定那敘述者究竟屬誰，只能視爲一種告白書，即在他的報告和怎樣報告中自行描繪出其性格。

故事該如何演說，實在也是有趣的問題。有些故事是很巧妙地引申而出（如：《阿托朗吐城堡》（Castle of Otranto）、《螺旋》（Turn of the Screw）、《紅字》），亦即，那故事本身，從作者至讀者給加上若干間隔的層次，因爲它像是由B告訴給A，或者是由A委託一種原稿與B，B就寫下C的生命悲劇。愛倫．坡第一人稱的敘述，有時使用戲劇上的獨白體（亦即Amontillado），有時則是坦白地暴露自己。寫出一個痛苦的靈魂之告白（例如：《蜚短流長的心》）。但這假設，時常是不清楚的，如在《麗琪亞》中，我們都以爲是敘述者在跟自己說話，爲著提醒自己的恐怖感而一再講述他的故事。

敘述的中心問題，是關於作者對其作品的關係。從一部劇本看來，作者是不存在的，他是躲在劇本背後的。然而。敘述詩人之講述一個故事，則像一個職業的說書人，把他自己的解說也包括在詩篇裡面而使敘述故事部分（不是故事中的對白）合乎自己的風格。

小說家能唯妙唯肖地講述一個故事，雖然不是他所親見明知的，或他曾經歷過他所敘述的故事。他能站在第三者的立場來寫，如同一個「萬能的作者」（Omniscient author）。無疑的，這就是敘事的傳統及「自然」的狀態。作家就像個替幻燈影片或紀錄電影作說明的演講者，他活在他的作品旁邊。

從史詩的敘事所具有混合的狀態，分開了兩條道路：其一，可稱爲浪漫的、反語的，鄭重擴充敘述者的任務，以揭破一些人生的而非藝術的幻想爲樂，著重於寫在書本的文字的性格。斯特恩是這路線的發現者，尤其是在他的《崔斯坦．先第》（Tristram Shandy）裡；繼之而起的，則有德國的瑞克特和蒂克，俄國的菲爾特曼（Veltman）和果戈理。《崔斯坦．先第》可說是爲寫小說而寫的小說，也可說紀德（Gide）的《僞幣製造者》（Les Faux-Monnayeurs）及其中所用的「對位法」。薩克萊《浮華世界》（Vanity Fair）之爲眾詬誶的布署——使人不斷地記起那作品中的人物只是他所製造的玩偶——無疑地，也是文字上的嘲諷之一類型，亦即文學在提醒自己那不過是「文學」而已。

「客觀的」或「戲劇化的」方法是和這種小說的目標相反，在德國爲陸德維格（Ludwig），在法國爲福樓拜和莫泊桑（Maupassant），在英國爲亨利．詹姆斯等人所主張而且創出實例㉔。這種方法的解釋是以「藝術家同時也該是批評家」作爲唯一的藝術

㉔ 陸德維格（Otto Ludwig）《小說研究》（Romastudien）Gesammelte Schriften, VI, 1891, p.59 ff.。莫泊桑（Guy de Maupassant）《兩兄弟》的序言（Introduction to Pierre et Jean）1887。詹姆斯《小說的藝術》紐約版前言（Preface to the New York Edition, Collected as The Art of the Novel）New York, 1934。並參看畢區（J. W. Beach）《二十世紀的小說》（The Twentieth Century Novel）New York, 1932。

方法而努力加以實現的（其實這是一種無須承認的武斷）。這在陸博克的《小說的技巧》（Craft of Fiction）一書中已有很好的說明，而陸氏的書就是因亨利・詹姆斯的理論與實用而寫下的關於小說的「詩學」。

「客觀的」一詞較便於應用，至於「戲劇化的」一詞，其中當包含有「對白」與「動作、行爲的意義」（而與思想感情等內在的世界相對照）；然而，十分明顯，促成這運動的卻是戲劇和劇場。陸德維格的理論，其主要的根據是取範於狄更斯，而狄更斯之啞劇的意匠以及使用俗語描寫性格，則是模仿更早的十八世紀的喜劇和通俗劇。他的刺激性往往寄託於對白和啞劇的動作上，他告訴我們以可看的（show）來代替可聞的（about），後期的小說情況，則是學自其他更巧妙的話劇技術，如同亨利・詹姆斯之學自易卜生㉕。

客觀的方法並不能看作只限於對白與報導的行爲上（例如：亨利・詹姆斯的《懷春期》（The Awkward Age）、海明威的《殺人者》（The Killers））。因爲這種限制將導致它與演戲之直接的、不平等的對峙。因爲它的好處在於精神生活之表現，而這種表現，演戲

㉕ 見前註，陸德維格的著作第六十六頁至第六十七頁：謂狄更斯小說的構造與劇本的構造爲同類。關於亨利・詹姆斯與易卜生，參看費格遜（Francis Fergusson）的〈詹姆斯之戲劇式的理念〉（James, Idea of Dramatic Form）Kenyon Review, V, 1943, pp.495-507。

雖也能做到，但很不方便。它的本質是個隱藏於小說裡面的「萬能的小說家」（omniscient novelist），而所顯示的卻只有它所把握的「觀點」。亨利．詹姆斯和陸博克以爲小說給予我們看的只是「描繪」與「戲劇性事件」（picture and drama）在換來換去，因而他們以爲人物所意識著正在進行的動作（內的和外的）有別於「場面」（scene），至少它的一部分在對話中，一部分乃在於重要的插話或衝突（episode or encounter）裡[26]。「描繪」的客觀性和「戲劇性事件」一樣，所不同的地方，只是在於描繪是把某一特定的主體客觀化了——亦即把人物中之某一人客觀化（例如：「包法利夫人」或「史屈賽」），而戲劇性事件則是動作和說話之客觀化。這理論，如果當它是學說，而它是承認「觀點」之變移（例如：《金彈》的後半部從王子的觀點移到公主的觀點）。而且作者在小說裡所用的人物，亦認爲沒有不像作者的，因爲作者或人物都是跟一些朋友在作敘事的講話（例如：康拉德（Conrad）的《青春》（Youth）中的馬洛），或是有意把所看到的一切透過敘事的講話（例如：《大使》（The Ambassadors）中的史屈賽）；這主張是要把小說的客觀性放在「自我的一致」上面。假使作者的存在有若旁人，而未至「融洽無間」（in solution），就

㉖ 關於「畫圖」與「景色」，參看亨利．詹姆斯的《小說的技巧》第二九八頁至第三〇〇頁及第三二二頁至第三二三頁。

必須把自己或自己的代理者與其他人物做到同一分量和狀態㉗。

客觀方法所不可缺者，乃是按照時間上的表現，使讀者生活在人物的生活過程中。在某種程度上，「畫面」和「演戲」必須常用「摘要」（Summary）來補充（例如：話劇之第一幕至第二幕之間是經過五天），雖然這只是起碼的。維多利亞時代的小說，常用一節簡述主要人物之後來的生涯，結婚了或是死了，作爲結尾；到了亨利．詹姆斯、豪威爾斯，以及其他同時代的作家才停止不用，他們認爲這是藝術上的低級方法。根據客觀的理論，作者絕不可預測到發生在將來的事件，反之，他展示他的圖表，必須只許我們一次看到一行。費南德茲（Fernandez）所謂「講故事」與小說之間的區別，他以爲講故事是根據描述與開展的法則，把已發生的事情，現在拿來講述；至於「羅曼司」或小說，則是表現那些跟隨時間發生的事件，根據的是活的製作程序㉘。

客觀的小說是最具特色的巧妙的意匠之一。德國嘗稱之爲「內在經驗之獨白」（erlebte

㉗ 同上書第三二〇頁至第三二一頁，第三二七頁至第三二九頁。亨利．詹姆斯攻擊第一人稱的敘述法說「那只是作者權充上帝」（無所不知的敘述者）。

㉘ 費南德茲（Ramon Fernandez）《講故事與小說美：巴爾札克方法論》（La méthode de Balzac: Le récit et l'esthétique du roman）Messages, Paris, 1926, p.59 ff.，此書英譯本一九二七年刊於倫敦，見於第五十九頁至第八十八頁。

Rede），法國人則稱之爲「自由間接的文體」（le style indirect libre，這是蒂博代用的名詞）或又稱「內的獨白」（這是杜耶廷（Dujardin）用的名詞）；在英國有一句叫做「意識流」，這句話可追溯至於威廉．詹姆斯（William James），而爲一種廣泛的、概括的傳達者[29]。杜耶廷把「內的獨白」的意匠定義爲「這是直接引導讀者進入人物的內心生活，在作者方面則是無拘無礙的說明或解釋方法……」而且是「最內在的，最近於下意識的思想之表達……」。陸博克也在《大使》（The Ambassador）裡說：威廉．詹姆斯並不是「講述史屈賽的內心故事，他只管說它而把它拿來做戲」[30]。這種意匠的歷史及其影響於現代的一切文學，還只是開始研究：亦即，莎士比亞是個獨白的創始者；而斯特恩曾在自由的聯想上運用洛克的理論，也算是一個創始者；至於「內心的分析」（internal analysis），亦即由作

㉙ 華塞爾（Oskar Walzel）《語言的藝術》中「內在經驗之獨白」（"Von erlebter Rede" Das Wortkunstwerk）Leipzig, 1926, p.207 ff。蒂博代（Thibaudet）《福樓拜研究》（Flaubert）Paris, 1935, pp. 229-32。杜耶廷（Dujardin）「內的獨白」（Le monologue intérieur...）Paris, 1931。威廉．詹姆斯《心理學》（Principles of Psychology）New York, 1890, Vol 1, p.243: Chap IX 則用「思想流」（The Stream of Thonght）這句話。

㉚ 見前引陸博克的著作第一四七頁、第一六二頁。

者簡述人物的思想感情之活動，這便是第三個創始者㉛。

我們在這第三層次的考察上，虛構的「世界」（情節、人物、配景），主要的是取例於小說（novel），但作爲文學作品來說，這樣的考察，亦適用於對戲劇的了解。至於第四，亦即最後的，關於「形而上的性質」（metaphysical qualities）一層，我們以爲那與「世界」關係密切，而且相等於「人生的觀感」（attitude towards life）或是那世界所蘊蓄的情調；不過，這些性質，則有待我們講到價值的批判時，爲著深一層注意而再行提出。

㉛ 參閱鮑林（Lawrence Bowling）〈何謂意識流的技巧？〉（What is the Stream of Consciousness Technique?）PMLA, LXV, 1950, pp.337-45。佛來德曼（Melvin Friedman）《文學方法的研究：意識流》（Stream of Consciousness: A Study in Literary Method）New Haven, 1955。

第十七章　文學的類型

文學是不是集合各個獨立的詩、戲劇、小說而加以總的名稱？到目前爲止很多人曾給以這樣表面名義上的回答，特別是克羅齊①。不過他的回答雖可理解爲對古典獨斷主義之極端的一種反動，但它本身並沒有顧及文學的生命和歷史的事實。文學的作品因美的規範之參與而形成作品的性格，所以文學上的種類，不僅僅是個名稱。文學上的種類「可以認爲是規定的格式，它既約束作家同時也被作家所約束」②。米爾頓在政治和宗教上是相當的開明，但在詩方面卻是傳統主義者。正像克爾（Ker）所盛讚的，他被「史詩的抽象觀念」所迷住了；他自己分明懂得「什麼是眞正史詩的法則，什麼是詩劇（drama）的，什麼是抒情詩的」③。並且他同樣也知道把那些古典形式加以修正、延伸和改變——知道如何把維吉爾的史詩〈艾乃士〉（Aeneid）基督教化、米爾頓化，就像他在〈參孫〉（Samson）中知道如何使用希伯來民間故事來敘述他個人的故事，而且把它處理得像希臘悲劇一樣。

文學上的種類是一種「制度」——就像教會、大學或國家，是一種制度一樣。制度的存

---

① 克羅齊著《美學》（艾恩斯力譯），倫敦，一九二二年。見第九章及第十五章。

② 皮爾森（N. H. Pearson）〈文學的形式和種類……〉（Literary Forms and Types...），刊於一九四〇年《英文學會年刊》，（一九四一年出版）第五十九頁起，特別見第七十頁。

③ 克爾（W. P. Ker）著《詩之形式及風格》（Form and Style in Poetry），倫敦，一九二八年出版，第一四一頁。

在，不像動物的存在，不像建築物、教堂、圖書館或神廟的存在，它只是像「制度」的存在一樣而存在的。我們可以藉現有的制度來工作以表現自己，也可以創造新的制度，或盡量不相干涉而各行其是；再者，我們還可以參與這制度而加以改造④。

類型的理論是基於秩序的原理：它把文學和文學史不用時間和地點（即時期和國別語言）而用組織和結構所形成特殊的文學形態來分類⑤。任何批評的和判斷價值的研究——有別於歷史的——往往牽涉到這些結構所內涵的形態。譬如說，對於一首詩的判斷便牽涉到一個人對於詩的兼有主觀與客觀的整體經驗和觀念，儘管一個人對於詩的觀念，常常反過來被他對於其他特定的、詩的經驗和判斷所改變。

文學上有關種類的理論是否要假定一切作品都得歸屬一個種類？這問題，據我們所知，還不曾被提出討論過。如果我們以自然界來類推，那我們的回答是肯定的，因爲連鯨魚和蝙蝠也都有類可歸。當然我們也承認有些是從這一級過渡到另一級之間的生物。也許我們可以把問題問得更清楚一點，那是說：每一件作品與其他作品是否都有密切的文學上的關係，因而研究這種作品可否藉助於別種作品的研究？再者，在類型的觀念中，「旨趣」究竟占了多

---

④ 李文（Harry Levin），〈文學作爲一種設置〉，刊於《語調》，第六期（一九四六年）第一五九頁至第一六八頁，（重刊於《批評》，紐約，一九四八年出版，第五四六頁至第五五三頁）。

⑤ A. Thibaudet, Physiologie de la Critique, Paris, 1930, p.184 ff。

少分量？旨趣是在開始時看出的？抑或是在其餘部分⑥？

類型是不是始終不變的？我們認為不是的。當新的作品加入時，我們的類別也隨之變動。研究《崔斯坦．先第》和《尤利西斯》對於小說理論的影響便可知道。當米爾頓寫《失樂園》的時候，他認為那是和《伊利亞德》以及《艾乃士》同一類的作品；毫無疑問，我們能清楚地區別口述史詩和文學史詩，不管我們是否認為《伊利亞德》屬於前者。米爾頓可能不會認為《仙女后》是一部史詩，雖然它是完成在史詩和傳奇尚未分開而史詩的寓言特色仍然濃厚的時代；並且斯賓塞自信他所寫的是和荷馬所寫的同屬一類的詩。

誠然，一種特殊的批評似會發現並推廣新的組合、新的類型的式樣：燕卜蓀（Empson）把《皆大歡喜》（As You Like It）、《乞丐歌》（The Beggar's Opera）、《愛麗絲夢遊仙境》（Alice in Wonderland）當作是田園劇的不同的形式而放在一起，《卡拉馬助夫兄弟們》則歸到其他的謀殺神祕小說。

亞里斯多德和賀瑞斯，從類型的歷史看來是理論的典範。從他們開始，我們才認為悲劇和史詩是特殊的（同時也是兩種主要的）種類。不過亞里斯多德至少還注意到其他更為基本的區別——戲劇、史詩和抒情詩的區別。近代的文學理論多半捨棄散文與詩兩者的區別而

⑥ 見惠特莫爾（C. E. Whitmore）〈文學定義之正確性〉（The Validity of Literary Definitions），刊於《現代語言學會會刊》第三十四期（一九二四年），第七二二頁至第七三六頁，特別見第七三四頁至第七三五頁。

把想像的文學（imaginative literature, Dichtung）區分爲小說（長篇小說、短篇小說、史詩），戲劇（無論是散文或韻文的），詩（指那些相當於古代「抒情詩」的）。

費依脫（Viëtor）很恰當地建議「類型」一詞不可用於上面所提的三種近乎終極的類別，以及像悲劇、喜劇那樣歷史的類別⑦；我們贊成它可應用於後者——歷史的類別。要找一個適合於前者的名詞是很困難的——實際上並不時常需要⑧。柏拉圖和亞里斯多德根據「模仿的方式」（或稱之爲「表現」）已經把三個主要的種類區分過了：抒情詩是詩人的自我扮演；而在史詩（或小說）中，詩人一部分是作爲一個敘述者而自己在說話，一部分則讓

---

⑦ 費依脫（Karl Viëtor）“Probleme der literaischen Gattungsgeschichte”, Deutsche Vierteljahrschrift für Literaturwissenschaft……, IX, 1931, pp. 425-47 (reprinted in Geist und Form, Bern, 1952, pp.292-309)該文爲一卓越之討論，既避免實證論又不涉及形而上主義。

⑧ 歌德稱頌詩和民謠等等爲‘Dichtarten’，而稱史詩、抒情詩及戲劇爲‘Naturformen der Dichtung’-‘Es gibt nur drei echte Naturformen der Poesie: die klar erzählende, die enthusiastisch aufgeregte und die persönlich handelnde: Epos, Lyrik, und Drama-(Notes to West-östlicher Divan, Goethe’s Werke, Jubiläumsausgabe, Vol. v, pp.223-4).英文詞彙很難找到貼切的代語，我們還是使用「種類」（types）來說明主要的部門（就像皮爾森所採用的），「類型」（genres）來命稱種別、悲劇、喜劇、頌詩等等。

genre一詞在英語中很晚才被確定。它的文學上的意義並不曾見於《牛津大字典》前身之《新英語字典》（連kind一字也不曾列入）；十八世紀之作家像詹森和布萊爾經常都使用 species 一字來作爲文學種類之名稱。一九一〇年白璧德在他的《新勞孔》的〈序言〉中說 genre 一詞的在英語批評詞彙中地位的建立。

他的角色直接說話（混合敘述）；在戲劇中，詩人則完全隱藏在角色的背後⑨。

曾經有很多研究，想以劃分時間的長度或三者之間語言上的形態來表示它們的基本性質。在霍布斯給達維南特（Davenant）的書簡中曾作類似的嘗試；他把世界分爲宮廷、城市和鄉村，然後找出三種對應的、詩的基本種類——英雄的（史詩和悲劇）、諷喻的（諷刺詩和喜劇）以及田園的⑩。達拉士（Dallas），一個很有才氣的英國批評家，對於昔萊格爾兄弟和柯勒律治的批評思想很爲熟悉⑪，他找出三種詩的基本種類——「戲曲、說話和歌謠」，從而演繹出一套德國式的大綱。他註明說：戲劇——第二人稱（second person），現在式；史詩——第三人稱（third person），過去式；抒情詩——第三人稱，單數，未來式。然而厄斯金（Erskine）在一九一二年發表關於詩的「氣質」（temperament）之基本

---

⑨ 當納修（James J. Donohue）著《文學種類的理論》（The Theory of Literary Kinds...），愛荷華州杜碧克，一九四三年出版，第八十八頁。「柏拉圖對於『模仿』的道德上的危險是非常清楚的，因爲一個人如果讓自己去模仿別人。便同時也損害了自己的才能……」同書第九十九頁論及亞里斯多德。

⑩ 霍布斯著，刊於《十七世紀之批評論文》（Critical Essays of the Seventeenth Century）（斯賓加恩編），牛津，一九〇八年出版，第五十四頁至第五十五頁。

⑪ 達拉士（E. S. Dallas）著《詩學：一篇關於詩的論文》（Poetics: An Essay on Poetry），倫敦，一八五二年出版，第八十一頁、第九十一頁、第一〇五頁。

種類的詮釋，卻認爲抒情詩是表達現在的，悲劇則表示對人類過去的審判日——人們的性格積累成爲他的命運——至於史詩則是一個國家或種族的命運；因其有如此的想法，以致達到一個將戲劇歸屬於過去而史詩歸屬於未來的錯誤結論⑫。

厄斯金的倫理——心理學的解釋和像傑克布遜等俄國形式主義者，在精神和方法上都相去甚遠。形式主義者希望表示出語言之固定的文法結構和文學上的種類之間的一致。他認爲抒情詩是第一人稱單數、現在式；而史詩則是第三人稱、過去式（史詩敘述人的「我」，實際上是從第三者的角度去看的——所謂「客觀的我」（dieses objektivierte Ich）⑬。

關於基本種類的探究，只是暗示的，而對於客觀的成果幾乎沒有約束，基本種類的極限，一端是連接到語言形態學，另一端則連接到對於宇宙之究極的態度。這樣看來，即使這三種類別，其組成部分可以有種種不同的組合，但它是否具有那終極的地位則不能無疑。

有一個明顯的漏洞便是當代的戲劇與敘事詩，小說和抒情詩，並不是立於同一基礎的事實。對於亞里斯多德和希臘人來說，史詩是用來公開或至少是口頭表演的：荷馬便是行吟詩

⑫ 厄斯金（John Erskine）著《詩之種類》（The Kinds of Poetry），紐約，一九二〇年出版，第十二頁。

⑬ 傑克布遜（Roman Jakobson）"Randbemerkungen zur Prosa des Dichters Pasternak", Slavische Rundschau, VII, 1935, pp.357-73。

人，像愛奧恩（Ion）等所朗誦的詩篇。輓歌和抑揚格詩（iambic poetry）是伴以笛子的，吟誦詩（melic poetry）則以七弦琴伴奏。而今天的詩和小說，大多數都是閱讀的⑭。然而戲劇仍然和希臘時代一樣是一種混合藝術，當然它毫無疑問的仍以文學爲中心，不過同時也包括著「觀賞者」——以及演員和導演的技術，服裝和聲光技術人員技藝的利用⑮。

然而，我們如果爲了減除困難而把所有三類歸併爲一種共通的文學，那麼戲劇和故事之間的區別將如何建立？近來美國短篇小說（例如：海明威的《殺人者》）都急於採取戲劇的客觀性和純粹的對白。不過傳統的小說，就好像史詩，混合著對白或直接的表現來敘述。誠然，史詩被斯卡利杰（Scaliger）以及一些就類型範圍考察的人們認爲是類型中

---

⑭ 關於詩之朗誦，厄斯金（《伊莉莎白時期之抒情詩》（The Elizabethan Lyric），紐約，一九〇三年出版，第三頁）指出其傳統一直流傳到華茲華斯，華氏在他的詩集的〈序言〉（一八一五年）中說：「此集中有若干篇主要是抒情持，因比如果沒有該有的音樂伴奏，其力量或將嫌不夠。然而，絕大多數多爲古典抒情詩或浪漫豎琴所取代，作者僅僅要求適合主題之生動或熱情之朗誦。」

⑮ 蕭伯納和巴雷（Barrie）用他們劇本的序言和類似小說的細節，以及寫眞式的舞臺建議同時來博取讀者和觀眾，今天整個編劇法理論的趨勢是反對撇開舞臺或劇場上的成就而來評判一個劇本，法國的傳統（柯克爾（Coquelin），沙塞（Sarcey））如是，俄國的傳統（史坦尼斯拉夫斯基（Stanislavsky——Moscow Art Theatre））亦如是。

最高的一級，其理由之一即因它包括了所有別的類型。如果史詩和長篇小說是複合的形式（compound forms），那麼，爲了得到最基本的類別，我們必須把它那構造體拆開，分爲一些像「直接敘述」和「由對話來敘述」（不演出的戲劇）的東西；於是我們三種基本的類別便成爲敘述、對話和歌唱了，如此使之還原、淨化，首尾一貫，然而，這三種文學的種類會比「描寫、說明、敘述」更爲基本嗎⑯？

讓我們撇開這些「基本的」類型——詩、小說和戲劇——不談，而看看那些被認爲是它們的支類，十八世紀批評家韓京斯（Hankins）在論及英國戲劇時說：「它的種種類別，即是神祕劇、道德劇、悲劇和喜劇」。散文體小說在十八世紀有兩種：長篇小說和傳奇。這些第二級的「支類」的組合，我們認爲應該正式稱爲「類型」。

十七和十八世紀是個對類型看得很認眞的世紀，那時期的批評家都認爲類型是實有的東西⑰。新古典主義的一般信念認爲類型與類型之間的區分是很明晰的——即在今日也應該保

---

⑯ 范侖亭（Veit Valentin）在他的：“Poetische Gattungen”,（Zeitschrift für vergleichende Litteraturgeschichte, Vol. V, 1892, P.34 ff.）中基於不同的理由也對那三種基本種類加以質疑，他說我們應該區分“die epische, die lyrische, und die reflektierende Gattung……die Dramatik ist keine poetische Gattung, sondern eine poetische Form”。

⑰ 蒂博代，見註⑤（本書第四〇九頁）。

持明晰。然而我們如果要從新古典主義批評去找類型的定義及其區別的方法，那我們會發現它首尾不大一貫甚至於對缺少論據必要的覺察。譬如說，布瓦洛（Boileau）的標準包括了田園詩、輓歌、頌、雋句、諷刺、悲劇、喜劇以及史詩；不過布瓦洛並沒有替這類型學的基礎立下定義（也許因爲他認爲類型學的本身是由歷史而來的，而不是合理的結構）。他所說的類型是否因題材、結構、詩體、長短、感情調子、時代精神，或者讀者而有所不同？我們無法回答。我們只好說是許多新古典主義者類型的整個觀念是如此明白，而一般的問題全不存在。布萊爾的《修辭與純文學》其中就有很多章是關於主要的類型，但沒有敘論一般類別或文學分類上的原則。同時他所選擇的種類也沒有任何方法上的或其他的連貫性。大多數雖非全部，都追溯到希臘時代，並且花了很多篇幅討論「描寫詩」（descriptive poetry），他說其中「可以表達出天才的最高努力」。然而他這樣說並不指「寫作的任何一種特別種類和形式」，即使如此，顯然在那意義中我們會想到像 De rerum natura 或〈論人〉等一類的「教誨詩」。布萊爾從「描寫詩」轉到「希伯來之詩」，認爲那是「表現遙遠年代和國家的興味」，就像——雖然布萊爾並沒有說到或看到這點——東方詩，一種和希臘——羅馬——法蘭西傳統不同的詩。接著布萊爾以正統派學者的姿態轉而討論他稱之爲「詩作中最高級的兩個種類：史詩和劇詩」；對於後者，他可能更正確地稱之爲「悲劇」。

新古典主義的理論並沒有解釋、闡述或辯證其分類的原理與區別的根據。僅僅觸到那些像類別的單純性、類別的體系、類別的持續性、新類別的增進等問題。

因爲在歷史上，新古典主義是一種權威主義和理性主義的混合，它代表保守的勢力，因此盡可能地傾向於保持及採用自古即有的類別，特別是詩的類別。不過布瓦洛重視十四行詩和情詩，而詹森則盛讚丹埃姆（Denham）的〈古柏山〉（Cooper's Hill），說那是創立了「一種詩的新技巧」，一種「可稱爲鄉村詩似的新風格」；他同時評論詹姆士．湯姆森的〈季節〉是一首「新種類的詩」，而且詹姆士．湯姆森在其中的「思想和表現的方式是獨創的」。

種類的純粹性，在歷史上是由古典的法國悲劇的信徒所首創，而用來反對伊莉莎白時代在悲劇中穿插滑稽場面（像《哈姆雷特》中的掘墓人、《馬克白》中的醉腳夫），這種理論當它是武斷時，便是賀瑞斯式的；當它是訴諸經驗和高雅的享樂主義時，便是亞里斯多德式的。亞里斯多德曾說：「悲劇必須製造出對其本身合適的快樂，而不是任何偶得的快樂……。」⑱

類別的體系一部分是享樂主義者的尺度，根據它的正統的說法，快樂的尺度並不是以數量來衡量的，它既不是僅僅算計強度，也不是看有多少讀者和聽眾的參與。我們應該說它是

⑱ 亞里斯多德，《詩學》，第十四章：「我們不應該在悲劇裡面找尋所有的快樂，而是那種對之合適的快樂。」

一種社會的、道德的、美學的、快樂主義的以及傳統的混合。文學作品篇幅的大小，我們不是不加以考慮：篇幅較小的像十四行詩或頌歌之類，是不能與史詩或悲劇並列。似乎很明顯的米爾頓的「次要」的詩都是較小的種類，例如：以十四行詩、短歌（canzone）、歌舞劇（masque）的形式寫成的；而「主要」的詩，則是「正規的」悲劇和兩部史詩。如果我們要計量兩者孰爲最高的形式，則史詩將會勝過悲劇。不過，關於這一點，亞里斯多德就很猶豫，他在討論過兩種不同的標準以後，才把首席的地位給予悲劇。然而文藝復興的批評家則一直都是偏向史詩。雖然以後對於兩者的褒貶不一，新古典主義的批評家，像霍布斯或德萊頓或布萊爾大致都贊成將它們二者一齊放到首要地位。

現在我們輪到要討論其他的一些類別了，那些是用詩的節段的形式和韻律作爲決定因素的。我們應該如何把十四行詩、疊句詩（rondeau）以及聯韻詩（ballade）來加以分類？它們是不是各自成爲一種類型或別的什麼，抑或算不上類型？近來的法國或德國作家喜歡稱它們爲「固定的形式」，並且另成一個綱目以區別於類型。然而費依脫卻訂下一個例外——至少是爲十四行詩而訂下一個例外，我們就要採取更廣泛的範圍。不過，在這裡，我們從術語轉到分類的標準：先問有沒有「八音節詩」（octosyllabic verse）或「雙音步詩」（dipodic verse）這樣的類型？我們似乎不得不說「有的」，並且用它來作爲英國抑揚五步格形式的對照，十八世紀的八音節詩，或者二十世紀早期的雙音步詩。在調子和風味上似乎另成一格[19]，因此我們所處理的並不是只根據韻律（就像我們能在讚美詩集後面找到帶著 C. M. 或 L. M. 等記號的）加以分類，而是一些更爲完全的東西，一些具有「外在」以及「內在」形式的東西。

類型，我們認爲它是文學作品的一種組合，在理論上基於外在形式（特別的韻律和結構）以及內在形式（態度、語調、目的——更明白地說：題材和讀者），表面上的基礎則是其中之一（譬如「牧歌」和「諷刺」是就內在形式說；雙音步詩和平德爾體頌歌，則是就外在形式說的）；不過批評上的問題，乃是在這裡該如何去找出其他的層次以完成整個的結構。

常常會有一種指導性的轉變發生：「輓歌」，不僅在希臘羅馬詩的最初形式中，即在英國詩中也是以輓歌體的音節和雙行體（distich）開始；不過古代的輓歌的作者並不限於爲悼念死者而作，即格雷的先驅者像漢蒙（Hammond）和申斯通（Shenstone）亦復如是。然而格雷的「輓歌」是用英雄四行體（heroic quatrain），而不是用雙行體寫的，它精巧地打破

---

⑲ 正確點說，十八世紀有兩種八音節體——一種是詼諧的（可以從史威夫特和約翰·蓋伊（Gay）回溯到〈赫笛勃若斯〉（Hudibras）一詩），一種是沉思的暨描述的（可以回溯到米爾頓的〈諷喻〉，以及特別是〈沉思〉）。

了那種用結尾停止雙韻體的英國詩傳統而寫出優雅的個人輓歌體的詩。

有人或許會認爲十八世紀以後的類型歷史不必討論——這主要是因爲那以後形式上發展的可能和重複的結構模式大都沒有了。這種疑慮也曾發生於法國和德國有關類型的著述，它們還認爲一八四〇年到一九四〇年可能是一段文學史上反常的時期，而且我們將來必然會回到一些類型已定的文學上去。

不過，我們似乎應該這樣說：類型的觀念在十九世紀時有所改變，而並不是完全消失——儘管關於類型的論述在數量上有所減少。由於十九世紀讀者的廣泛擴大，類型也因之增多；並且經過廉價書本的迅速流傳，類型都是爲時短暫或只經過極短的過渡時期。十九世紀的「類型」和現代的「類型」是與所謂「時代」也有著同樣難於究詰。我們時時在擔心文學時尚的迅速轉變——每十年，而不像以往的五十年，便又是一個新的一代的文學。在美國詩壇上，便有自由詩（vers libre）、艾略特時期、奧登時期。如果我們站到一個更遠的時間距離，還可以看出某些這類特徵，有個共同的方向和性質（就像我們今天想到拜倫、華茲華斯和雪萊全都屬於英國浪漫主義一樣）[20]。

---

⑳「湖畔詩人」顯然到一八四九年才第一次正式和雪萊、濟慈以及拜倫合起來稱爲英國的浪漫詩派。見韋勒克〈文學史中的浪漫主義之觀念〉（The Concept of Romanticism in Literary History），刊於《比較文學》第一期（一九四九），特見第十六頁。

什麼是十九世紀的類型例子？房．泰金姆等人經常提出歷史小說㉑，但是「政治小說」（political novel）（它是斯匹爾（Speare）一本著作的題材）算不算呢？如果說有政治小說，會不會有一種類型像教會小說（它可以包括《羅拔．艾思麥爾》（Robert Elsemere）和麥肯齊（Mackenzie）的《祭壇的階臺》（The Altar Steps），以及《巴契斯特鐘塔》（Barchester Towers）和《賽倫教堂》（Salem Chapel））？答案是否定的。所謂「政治」小說和「教會」小說，只是依據題材來分類，亦即純粹是社會學上的分類法；如果按照那樣的標準則我們還可以無止境地繼續下去——牛津運動的小說、描述十九世紀教師的小說、十九世紀水手的小說以及海洋小說等。然而歷史小說又有什麼不同呢？這是說它不僅不怎樣限於題材，也不一定是包括整個的過去。而主要是因歷史小說對於浪漫運動以及國家主義有所關聯——由於它所示現其對過去而生的新的感情與新的態度。哥德式小說便是個更好的例子。從十八世紀的《俄川陀城堡》（The Castle of Otranto）開始，一直發展到今天。無論依據什麼標準我們都能想到它是散文——敘述體的類型；亦即它不僅有個侷限的、持續不變的主題，而且還有常套的技巧（描寫用語和敘述詞，譬如：荒廢的古堡、羅馬教會的恐怖事件、神祕的畫像、活動牆壁後面的祕密通道、綁架、幽禁、荒莽森林裡的奔逃）；此

㉑ 房．泰金姆（Paul Van Tieghem）“La Question des genres littéraires”, Helicon, I, 1938, p.95 ff。

外，它更有一種藝術欲望，一種美學上的意圖，要給讀者特別的、恐怖和刺激的快感（依他們的口吻來說，也許是「哀憐與恐怖」）㉒。

大致地說，我們對於類型的觀念應該強調形式主義的一面，那就是說，我們該歸納「赫笛勃若斯」體的八音節詩或十四行詩而不去管那些政治小說或關於工人的小說，我們所考慮的是文學的「種類」，而不是那些同樣應用於非小說的題材的分類。亞里斯多德的《詩學》——概略地提出史詩、詩劇和抒情詩（「詩歌」）作爲詩的基本種類——意圖區別每一種詩所採用的媒介和規則，以及其美學目的：詩劇是用抑揚格（iamb）詩體，因爲它是最接近對話的；而史詩要用揚抑抑六步格（hexameter），因爲它與說話完全無關。他說：「如果有人要用任何其他韻律或多種韻律來寫一首敘事詩，那將顯得不適當，因爲英雄體是韻律中最莊嚴和最有力的，所以也是最容易接受借用字句、隱喻和任何種類的修飾

㉒已經有很多關於哥德體類型的著作——例如：白克亥（Edith Birkhead）《恐怖故事……》（The Tale of Terror...），倫敦，一九二一年出版；吉連（A. Killen）《恐怖小說抑黑色小說……》（Le Roman Terrifiant ou Roman Noir...），巴黎，一九二三年出版；瑞羅（Eino Railo）《鬧鬼的古堡》（The Haunted Castle），倫敦，一九二七年出版；塞麥士（Montague Summers）《哥德體質疑……》（The Gothic Quest...），倫敦，一九三八年出版。

詞的……」㉓在形式中的「韻律」和「節」之上應爲「結構」階層（例如：一種特別的情節組織）；這東西，至少在某程度上可說是傳統的，例如：那些模仿希臘的史詩和悲劇（在事物當中開始，悲劇的「轉折」（peripety），三一律）。然而，並不是所有的「古典技巧」（classical devices）都是結構上的，那些戰爭作品和描述入陰間的作品都似乎是屬於題材或主題的。在十八世紀以後的文學中，這一階層是不容易找得到的，除非是在「結構精巧」的劇中或者是偵探小說（謀殺神祕故事）裡，它們嚴謹的情節是上好的結構。不過即使是在契訶夫派傳統的短篇小說中仍然存在著一種組織、一種結構，那是同愛倫·坡或歐·亨利（O. Henry）的（如果我們願意的話，可以稱它爲一種「較鬆散」的組織）不盡相同的㉔。

任何對於類型理論有興趣的人都要注意不可把「古典的理論」和現代的理論之間的差異相混淆。古典理論是條例的、規定的。儘管人們並不以它的「規律」作爲「愚昧的權威主義」——權威主義至今仍爲古典理論之一特長。不僅相信類型與類型之間，在本質上以及

㉓《詩學》，第二十四章。

㉔見麥茲納（Arthur Mizener）的覆朗遜：〈莎士比亞十四行詩中譬喻語的結構〉（The Structure of Figurative Language in Shakespeare's Sonnets），刊於《南方評論》（Southern Review）第五期（一九四〇），第七三〇頁至第七四七頁。

其繁榮的狀態上都各不相同，並且還認爲它們必須分開而不可以混合。這便是著名的「類型分割」的「類型純淨說」[25]。雖然它從來沒有絕對從頭到尾做到，但卻具有眞正的美學原則（aesthetic principle）（不只是一組分層的區別）：它要求語調的絕對一致，文體的純淨和「簡單」，一個情節或主題只注重一種情緒（恐懼或笑）。同時還要求專門化和分工論：每種藝術都有它自己的能力和趣味；爲什麼詩要做到「如同畫一般的」或是「像音樂一樣的」？爲什麼音樂要敘述一個故事或是描寫一片風景？把「美學的純粹性」（aesthetic purity）的原則運用到這意義上，我們可以得到一個結論說：交響樂要比歌劇或聖樂爲「純淨」（兩者都包括合唱和管弦樂），而弦樂四重奏則更爲純淨（因爲它只應用管弦樂團的一組，留下木管、銅管和敲打樂器不用）。

古典的理論在類型上還有社會意義的區別。史詩和悲劇是講帝王和貴族的事。喜劇則針對中產階段（城市居民和小資產階級），諷刺和鬧劇則屬於一般平民。並且配合各類型的劇中人物表現強烈的差別所使用的「儀容」（階級的「習俗」）以及劃分爲高、中、低三類的語氣和語法[26]。同樣也有它的種類層次，這層次卻不僅是以人物和風格爲要素，同時也要看

㉕ 見白璧德著《新勞孔》，一九一〇年出版。舍尼埃（André Chénier）認爲類型之間的不同乃是一自然現象。

㉖ 久爲人熟知的文藝復興類型層次的社會含意，豪奧（Vernon Hall）在其《文藝復興文學批評》（Renaissance Literary Criticism），紐約，一九四五年出版，一書中特地加以研究。

作品的長短和大小（劇力維持的久暫）以及整個調子的嚴肅性。

任何一個現代的同情「種類學」（genology）（就像房・泰金姆稱我們的研究）㉗的人都會替新古典主義的理論辯護，同時會覺得可以舉出比它們的理論家所提出的更好的例子（基於美學的理論）。那情形是我們曾經部分地用作解釋美學的純淨原則。然而，我們不可以偈限「種類學」於一個單獨的傳統或理論。「古典主義」不能夠容忍——雖然是不自覺地——其他的美學系統、種類和形式，它不但不承認哥德式教堂是一種「形式」，一種比希臘廟宇更爲複雜的形式，反而認爲它是一種無形式的東西。這對類型來說也是一樣，每一種文化都有它的類型：中國的、阿拉伯的、愛爾蘭的，還有一些原始的口述的類型。中世紀的文學有著眾多的類別㉘。我們沒有必要去替希臘——羅馬類型的「至上的」特性加以辯護。同樣地我們也不必去替以希臘——羅馬形式出現的類型純淨的理論辯護，它只是訴諸美學的一種標準。

現代的類型理論顯然只是描述性的，它既不限定可能的種類數目，也不替作家們立下規

㉗ 房・泰金姆，見註㉑（本書第四二一頁）。

㉘ 例見柏特生（Warner F. Patterson）著《三百年之法國詩學理論……》（Three Centuries of French Poetic Theory...），安那伯，一九三五年出版，第三篇之中世紀詩之類型及次型之清單。

則。認爲所有傳統的種類可以「混合」再產生新的種類（就像悲喜劇），並認爲類型可以從廣泛，或者「豐盛」，以及那不但是立基於「純粹」之上，也是立基於包羅萬象的「豐富」（由增加以及減少而得到的類型）之上。它不強調種類和種類之間的不同，而注意到——浪漫主義強調之後各自「獨創的天才」和各種藝術作品的獨特性——一種類別的共同點，種類共有的文學技巧和文學目的。

人們在文學作品中找到的樂趣是一種新奇之感與再認識的混合物。在音樂方面，即使是奏鳴曲的形式和賦格也能顯然被再認的形式，便是一個例子；在謀殺的神祕故事中，會有情節的逐漸收攏或者緊縮——漸次集中的證據的線索（就像《伊底帕斯王》一劇）。完全爲人熟知的以及重複的形式是沉悶乏味的，完全新奇的形式也是令人難以理解的——事實是讀者莫測其高深。所以，類型代表的，可以說是一些方便的美學工具，對作者很方便，對讀者則更是易於了解。好的作家，一部分沿用已經存在的類型，一部分則將之擴充。無論就那方面來說，偉大的作家很少是類型的發明者：莎士比亞和芮辛，莫里哀和瓊遜，狄更斯和杜思妥也夫斯基等人都承襲了別人的勞績。

從類型的研究所獲得明顯的價值之一，確有下述的一些事實，亦由此引起文學內在的發展。即亨利．威爾士所謂的「文學遺傳學」（literary genetics）（見其《舊詩人產生新詩人》（New Poets from Old），一九四〇）的注意。無論文學和其他的價值有什麼樣的關係，書籍總是受其他書籍的影響，書籍總是模仿、嘲訕、改造別的書籍——並不只是在嚴整的時間順序上尾隨著。要找出現代類型的定義，我們最好是從一本具有特別影響力的書或作家開始，再去找它或他的附和反應，例如：艾略特或奧登，普魯斯特或卡夫卡等人在文學上發生的感染作用。

我們應該提出類型理論的某些重要事實，雖然只是一些問題或假設。其中一個是關於原始的類型（就像那些民間和口述文學的類型）和發展中文學的類型的關係。俄國形式主義論者什克洛夫斯基（Shklovsky）認爲新的藝術形式只是「把低劣的（次文學的（sub-literary））類型當作正式的類型」；杜思妥也夫斯基的小說是一套堂而皇之的犯罪小說（crime novel），「普希金的抒情詩是由書畫帖的題詩中來的，布洛克（Blok）的詩是出自吉卜賽的歌謠，而馬雅可夫斯基（Mayakovsky）的詩則來自滑稽的打油詩」。德國的布瑞克特（Brecht）和英國的奧登都刻意地想把流行詩歌轉化成嚴肅的文學。這見解也許可以稱爲文學經常需要更新而實施的「再野蠻化」㉙。喬勒斯（Jolles）所持近似的看法，認爲複雜的文學形式是從簡單的單位演變而來的。關於原始或基本的類型混合了別的類型，喬

㉙ 關於文學之「再野蠻化」，見勒納（Max Lerner）及密姆斯（Edwin Mims）所寫之《社會科學百科全書》（Encyclopaedia of the Social Sciences）〈文學〉章。

勒斯發現有：傳奇、傳說、神話、神祕故事、諺語、奇案、回憶錄、童話、格言㉚。小說的歷史似乎有如下發展的例子：在小說達到像《潘蜜娜》、《湯姆．瓊斯》和《崔斯坦．先第》的成熟階段之前，在它背後則先有像書信、日記、遊記（或者「幻遊錄」（imaginary voyage））、回憶錄、十七世紀的「人物素描」（charcter）、論說以及舞臺喜劇（stage comedy）、史詩和英雄傳奇（romance）等「簡單的形式」的存在。

另外一個問題是關於類型的繼續發展。這是一般都承認的事，但布隆梯爾（Brunetière）則據準生物學「進化」原理來打擊「年代的理論」，亦即，他在法國文學史上作其獨特的結論，說十七世紀講道演說的美辭法（在一時中斷之後）變成了十九世紀的抒情詩㉛。這裡所提到的繼續似乎是基於作者和讀者的性向之類推——「某種基本的傾向」，就像房．泰金姆把荷馬的史詩及韋佛利小說集、宮廷英雄韻史（courtly metrical romance），和現代的心理小說相連一般，一種把被時間和空間分割了的作品的連接。不過

㉚ 喬勒斯（André Jolles）著《精簡形式》（Einfache Formen），哈勒（Halle），一九三〇年出版。喬勒斯的列舉項目大致和克若伯（Alexander H. Krappe）在他的《民間傳說之科學》（Science of FolkLore），倫敦，一九三〇年出版，中所研究出的民間類別，或「通俗文學形式」之項目相等，計有：童話、笑談（或故事詩）、動物故事、地方傳說、流言奇談、歷險記、格言、民謠、流行歌曲、咒語、韻調和謎語。

㉛ 布隆梯爾（Ferdinand Brunetière）L'Évolution des genres dans l'histoire de la littérature..., Paris, 1898。

房・泰金姆又從這類推退卻，他認爲這些連接並不代表正式命名的文學類型㉜。當然，我們爲認定年代的繼續與統一，應能指出形式上嚴密的持續性。悲劇是不是一種類型？我們承認悲劇具有時代的和民族的風格，如：希臘的悲劇、伊莉莎白時代的悲劇、法國古典時代的悲劇、十九世紀德國的悲劇等等。這些究竟是一大堆不同的類型抑或只是一個類型的細目？這答案，至少一部分要根據自古代而來的正規的持續性，另一部分則要根據其目的之所在而定。到了十九世紀，這問題變得格外困難：契訶夫的《櫻桃園》（Cherry Orchard）和《海鷗》（Sea-Gull），易卜生的《群鬼》（Ghosts）、《茹斯墨斯荷姆》（Rosmersholm）和《建築家》（Master-Builder）又該當如何呢？它們都是悲劇嗎？寫作方法從詩體變爲散文，那「悲劇英雄」（tragic hero）的觀念也隨之改變了。

這些問題把我們帶到關於類型歷史的本質問題。曾經有很多爭論，一方面說如果要寫一部批評歷史是不可能的（因爲要把莎士比亞的悲劇作爲一個標準則會對希臘和法國悲劇不公平），另一方面卻又說一部沒有歷史哲學的歷史只僅僅是年代記㉝。兩種爭論各自言之成理。持平的答案，似乎只好說伊莉莎白時代悲劇的歷史是趨向莎士比亞方面發展而又從莎士

㉜ 房・泰金姆，見註㉑（本書第四二二頁）。

㉝ 費依脫曾反覆持有雙方立場：見其 Geschichte der deutschen, Ode (Munich, 1923)；及註⑦所列文章。另見：Günther Müller, "Bemerkungen zur Gattungspoetik," Philosophischer Anzeiger, III, 1929, pp.129-47。

比亞開始衰退的立場寫下，然而任何一部像悲劇歷史似的東西將必須使用雙重的方法，那就是，用普通名稱的詞彙去解釋「悲劇」，並以時間先後的方式去追溯那時代和民族之悲劇的傳統，以及其後繼者之間的連接，而從中附以批評的體系（例如：法國悲劇之從若代勒（Jodelle）到芮辛，從芮辛到伏爾泰）。

顯然地，類型這一題目引出了文學史和文學批評的諸中心論題以及它們之間的互相關係。它把關於種類和構成這種類的單元之間，單一和多數之間的關係，一般概念的本質以及關於這些的哲學問題，都放在特殊的文學的連鎖之內。

第十八章　文學價值之品評

爲方便，最好把「價值」（value）和「品評」（evaluate）二字分開來說。自有歷史以來，人類即已把文學「價值化」了，無論是口傳的或印刷的，人類對它都有興趣賦予文學以積極的價值。但是，批評家和哲學家之「品評」文學或某一文學作品，他們也可以作反面的判決。不過在任何情形之下，我們總是經由趣味的經驗而進至判斷的動作。我們依據「規範」所指示的，依據標準之應用，依據它與別的對象和興趣之比較，而評定一個對象或一種興趣的品位。

假使我們打算在任何細節上描述人類對於「文學」的關心，我們就要進入它的定義上的困難。文學，即以近代的含意來講，它終歸是從歌舞和宗教儀式等文化總體中脫胎而出的東西，也只有在那總體中才看得到它的原型。假使我們要描述人類對於文學的尊重，我們就得分析構成此種尊重的事實之細部。而事實的本身，則在於人們爲什麼要把它價值化呢？他們在文學裡面究竟找到了什麼樣的價值、效用、趣味呢？這裡，我們會有各色各樣的答案：有如賀瑞斯所簡稱的：dulce et utile（甜美的效用），這句話，我們可翻譯作「娛樂」和「教育」，或「遊戲」和「工作」，或「極致的價值」和「實用的價值」（terminal value and instrumental value），或「藝術」與「宣傳」——亦即以藝術爲目的，藝術與公共禮俗和文化合訂的藝術。

如果我們要問一些關於「規範」方面的事情——亦即人們應該怎樣尊重並品評文學的價值？那我們就有一些確切的答案。那就是人們應該因其爲何「物」（being）而尊重它，也就是應該從它的文字的價值在極限和等級上品評它①。文學的實質（nature）、效用（function）和品評，一定具有不可或缺的密切關聯。凡是事物之「使用」——無論是慣常的、極熟練的或專門的使用——一定都是利用它的實質（或構成體）原有的設計。實質有怎樣的「效能」（potence）便有怎樣的行動，合此效能與行動，才是「效用」。效用即是那個實質能做什麼，而能做什麼以及將做什麼，則是那物的實質。所以我們對於事物之尊重，乃因它的實質爲何，以及能有什麼效用，並根據其他事物相類似的實質和效用與它相比較而後加以品評。

於是，我們就得在文學之「實質」的等級上品評文學。不過，文學實質是什麼？什麼會像文學這樣？文學的「精粹」（pure）又是什麼？這幾句疑問是隱寓著一些分析的和還原的過程，亦即這答案已牽涉到「純粹詩」（pure poetry）的概念——意象性的或語言模仿性的。但是，如果我們單從這條線索去追求純粹性，一定會把這視覺意象與和諧音調的合成物

①配頗（S. C. Pepper）說：「定義——猶如審美判斷上之性質的規格，決定它是不是一種美的價值以及那價值是正面或是反面的。內在的標準——猶如分量的規格，決定審美價值的總數……因此，標準乃從定義中來；亦即，量的規格乃從質的標準中來。」見其所著《批判的基礎》（Basis of Criticism）Cambridge, Mass., 1945, p. 33。

分裂爲「繪畫」與「音樂」，而「詩」卻泯滅了。

像這樣尋求純粹性的概念固爲分析而來之一要素。但我們最好還是從它的組織和作用上著手。因爲決定一個現有的作品是否文學，並不在乎它的要素是什麼，而在乎它是怎樣組成，有何作用②。在革新的狂熱中，較老一輩提倡「純文學」（pure literature）的人，他們都把那些「文以載道」的思想（the mere presence of ethical or social idea in a novel or a poem）認爲是「冬烘的邪說」（didactic heresy），然而，文學並不因其使用文字及其統合的部分，亦即資料——例如人物或配景之類——所包含的思想上的態度即受到玷汙。倘照近代的定義：文學是要「清除」實用的意圖（激使立即直接行動的宣傳與鼓動）以及科學的意圖（情報或事實紀錄的儲備，足以增進知識者）。不過所謂「清除」，我們並非意謂：詩或小說就從其前後文除去那帶有實用性的或科學性的枯燥「要素」，脫絕關係的要素。質言之，我們並非意謂：「純粹的」小說或詩，於其全體，不能「不純粹地」去閱讀。因爲任何東西都有誤用或用得不適當的時候，例如有些作用就沒有恰合於它的本體：

> 有些進教堂修理靈魂的人

---

② 我們此處所用「文學」一詞，猶如「性質的標準」，（因其本質是文學的，亦即有異於自然科學、社會科學或哲學）；同時我們用「偉大的文學」一詞，亦非用作推崇或比較的意思。

並非爲著聽講道而是欣賞音樂。

（As some to church repair

Not for the doctrine but the music there.）

果戈理的《外套》（The Cloak）和《死靈魂》（Dead Souls），在當時，連卓越的批評家都明顯地讀錯了。雖然他們把它當作宣傳品是由於斷章取義的誤讀，但也因爲那些苦心經營的文字組織，那些諷喻、歪詩、戲語、裝腔作勢以及滑稽詩文等複雜的意匠之難於體會。就像美術和音樂一樣，而作爲文學之第一效用，也是繫乎經驗上所儲蓄的東西。

文學的作用，在這樣的定義上，我們究竟解決了一些什麼？以某種意義來說，美學的全部論點，可說是兼有：一、「審美經驗」（aesthetic experience）（一種自律的藝術的領域）是個別的，不能還原的見解；二、以藝術爲科學和社會的工具之見解，因而否認「知識」與「行爲」之間，「科學」、「哲學」與「倫理」、「政治」之間還介存有第三種（tertime quid）所謂「美的價值」（aesthetic value）[③]。當然，他們既已否認那些「極致

---

③ 配頗做過如下並行的結論（見註①同書第八十七頁）：「敵對的作家總喜歡故作兩頭論，說是：倘非顯然以有限的概念化的目的對準而且達到實用的宗旨，則是無目的的消極享樂。」康德派的自矛盾論與莫利斯（Bertram Morris）的反審美目的論也沒有企圖把兩頭論開釋並明白表示這第三種精神物，但謂既非欲求也不是感覺，而是「特殊的美的動能」（a specific aesthetic activity）。

的」、「不能還原的」美的價值，而我們就不必再否認藝術品乃是有「價值」的存在：因爲人們既可輕易地還原或割裂，或分配藝術品或藝術的「價值」，在那裡面，他們即已相信價值之「實在性」和「極致性」的學說了。如同一些哲學家，他們固可把藝術看作原始的低級的知識形態，但另一些革新家，卻也可以憑其想像而以移風易俗的效用來衡量藝術。他們都正在藝術的包容性中，一種無限的包容性中，摸索藝術的價值（尤其是文學的價值）。就作家和批評家來說，這對於文學作品，無論是在結構或解釋方面，都算是比較專門的見解亦是更爲偉大的見解。它賦予「文心」（literary mind）以一種決定性的「預言的」權威，而特別富有比科學和哲學的眞理更爲廣大深奧的「眞理」。不過這偉大的主張，因其過於偉大，卻難於擁護，除非各個價值的領域——如宗教、哲學、經濟或藝術，在它自己理想的形式中能包羅其他一切最好的或實在的意見④。承認文學應處於美術之一的地位，這樣的一些擁護者，好像都很怯懦而且不忠。至於主張文學是高級的知識形態而又是倫理的社會行動的形態，這些退縮的主張，豈不似放棄了本來的立場，甚至連責任也放棄了？而且各個領域

④ 假使我們持著包括性的觀點，不否認美的價值，便要承認同時存在的其他價值，於是在文學批判中便不能不混合著倫理的、政治的以及審美的，或者做下雙重的判斷。參閱福爾斯特（N. Foerster）的《審美判斷與倫理判斷》（The Aesthetic Judgment and Ethical Judgment）The Intent of the Critic, Princeton, 1941, p. 85。

（都正像各個正在擴張著的國土和野心，都正像一個個妄自尊大的個性）豈不都在作過分的主張只等待它的鄰人和對手的讓步？

因此，有些文學的辯護者否認那把文學當作美學術語稱爲「美術」的方法能很正當地處理文學。另外又有人否認那所謂「美的價値」和「美的經驗」（aesthetic experience）等等概念，他們以爲這些概念不過是宣布或暗示一些獨特的範疇。而且「美的經驗」或美的對象及其性質，既是明顯的自律領域，又怎能從那些實質中抽出這樣的一種經驗？

康德以來，多數的哲學家以及眞正關懷藝術的許多人士，他們都同意美術，包括文學，皆有其獨特的性格和價値。例如：格林曾說：「人們不能『把藝術的性質還原爲其他更原始的性質』。」，他還接著說：「一個作品的藝術性所特具的性格，只能直接於直覺感受到，儘管它可以展覽和標示出來，但終不能加以定義或記述。」⑤

關於審美經驗之特有的性格，在哲學家方面，大抵所見略同。康德在其《判斷力批判》（Critique of Judgment）中主張藝術的「無目的之目的性」，亦即「非導向於行動的目的」，純粹的美優越於附屬的實用的美，一種「無關心」的體驗（此種體驗是意圖消受而知

⑤ 見格林（Theodore Meyer Greene）的《藝術與批評的藝術》（The Art and the Art of criticism）Princeton, 1940，第三八九頁。

解，必須將知解轉化爲感動或感動的能力）。至於我們同時代的理論家，則皆同意以「美的經驗」爲一種在本質上具有趣味和愉快性質的知覺品，因而提供一種極致的價值和其他極致的價值之標本和預期。它連結著感情（亦即苦和樂，享樂說者稱之爲反應）與「官能作用」，而使感情客觀化和明確化——亦即在藝術品中可找到「對象的相關的」（objective correlative）感情，並由那虛擬的客體——所謂「模仿」的性格，亦即由那臆造的東西，而引起距離性的感動與動能。美的對象，就是那些以其特有性質惹動「我」關心的東西，而無須「我」用力改造或轉變爲我自己的一部分即已受用消耗完了的東西。至於美的經驗，則是冥想的一種形式，對於某一性質或性質構成體之愛的注意。實用性是美的敵人，另一主要的敵人則是「習慣」，亦即因實用性一度立下動作的模式。

文學作品是美的對象，而有喚起美的經驗之能力。然而，我們可以純靠美的規格品評文學作品嗎？抑或是我們應照艾略特的提議，第一，需要根據美的規格判斷文學之文學性；第二，判斷偉大的文學則須另據特殊的審美規格嗎⑥？，艾略特之第一判斷，可分作兩部分來講：一是，我們把特殊的口傳的構造體當作文學（亦即小說、詩、戲劇）來分類，其次我們

⑥ 文學的「偉大」（greatness）不能據文學的標準作單獨的決定，猶如我們記得它是不是文學不能單靠文學的標準來決定一樣。見《論古今》（Essays Ancient and Modern）New York, 1936, p. 93。

要問那果眞是否「完美的文學」，亦即美經驗所注意的價值品位。至於「偉大的」問題，就又把我們引到標準和規範的問題上了。一些自限於美的批評的近代批評家們，有時是自己說的，有時是別人說的（刻薄地），而一般地都叫做「形式主義者」。形式主義與其同類語「形式」一詞，至少是同樣的不好懂。不過我們此處是用以指稱一種文學作品之美的構造體——亦即配稱「文學」的那種作品⑦。我們想以「材料」一詞替代「形式——內容」之兩部分；其次，所謂「形式」則是「材料」經過美的組織而成的東西。在已成的藝術品上，材料完全同化於形式：亦即形式的「世界」已化作「語言」⑧。藝術寫作的材料，在這一面是言詞，在那一面是人們的行爲經驗，在另外一面則是人們的理想、態度。這一切，包括語言，都成爲另一樣式而存在於藝術品的外部；但是，在已成的詩或小說中，這一切卻是以美

---

⑦ 關於「形式」（form），參閱克爾（W. P. Ker）的《詩的形式與文體》（Form and Style in Poetry）London, 1928，尤以第九十五頁至第一〇四頁，第一三七頁至第一四五頁爲要；又，德利埃爾（C. La Driére）的《世界文學辭典》中「形式」一欄亦可參閱 Form, Dictionary of World Literature, P. 250 ff; R. Ingarden, Das literarische Kunstwerk, Halle, 1931; Das Form-Inhalt Problem im literarischen Kunstwerk, Helicon, I, 1938, pp. 51-67。

⑧ 魯卡（Emil Lucka）在其有名論文〈詩藝問題〉（Das Grundproblem der Dichtkunst）Zeitschrift für Ästhetik XXII, 1928, PP. 129-46，研究 wie sich welt in sprache verwandelt……對於不成功的詩與小說，他說：fehlt die Identiät von Welt und Sprache。

的目的爲原動力，把它們拉攏到「多音字的」（polyphonic）關係上。

純粹地根據形式主義的規條，是否就能適切地品評文學呢？這裡，我們要就其大體做個答覆。

俄國的形式主義，它的規條最初也是表示於審美的批判中，而且不外乎是新奇（novelty）、驚異（surprise）。他們以爲家常話的片段或「俗套語」（cliché）好像是直接於知覺而不是聽來的：亦即，那些話並沒有被當作話來注意，而且那些話意指什麼也沒有清楚的佐證。我們對於平凡的陳腐的語言只有「陳腐的反應」，它的作用若不是使人習而不察，就是使人厭煩。只有在那些話能合於新鮮和動聽的時候，才使我們「認眞」且要知道它所代表的意思。所以當讀者注意以前，語言先要變化「花樣」（deformed），也就是使其因襲古語的、相異而無關的、「粗野俚俗的」（barbarization）諸方面作風。因此，斯克洛夫斯基說：詩要使它新，使它奇。不過這種新與奇的規格，至少在浪漫派運動以後，亦即但頓（Watts-Dunton）稱之爲「驚異的復活」以後，即已風行了。

華茲華斯和柯勒律治對於詩之要「新」這方面，卻做過互相不同的工作。一個是化新奇爲平淡，一個則是化平淡爲新奇。而二者在詩之更現代化的運動上，皆有其同等的意義；亦即，清除了一切自動的反應而促進語言的革新（語詞的一種革命）與尖銳的感應。浪漫主義運動尊重兒童的語言，即因他是不沉悶的新鮮的知覺品。馬諦斯（Matisse）的力作，就是學習五歲小孩所看見的那樣來描繪。佩特的主張是：審美的訓練切忌慣常，慣常是知覺的衰退。因此，新奇固是個標準，但我們還要記住，那新奇的知覺性質，必須是無關心（不帶實用性）的[9]。

　　這個標準能給我們多大用處呢？像俄國人所從事的，他們現已公認這標準也是相對的。莫卡洛夫斯基（Mukařovský）說：那有什麼審美的規範（aesthetic norm），可以推翻的審美規範才是實在的規範[10]。詩的作風不可能維持它的奇異特性。因此莫卡洛夫斯基主張：作品之美的效用是會消失的，消失之後它就是平淡的；或者，那平淡的消失之後，它又可能變做不平淡的。即使是特別的詩，也是一時的，這只要我們「把它讀熟了」（use them up）就懂得這個道理。到了後來，這些奇句有時是搖筆即來；有時我們還覺得要揮之使去。正因此故，如同在文學史的演進過程上，有些詩人卻再度走紅，而別的詩人卻又「落寞」了[11]。

---

⑨ 參閱威爾虛（Dorothy Walsh）的〈語言之詩的作用〉（The Poetic Use of Lauguage）Journal of Philosophy, XXXV., 1938, PP. 73-81。

⑩ 見於莫卡洛夫斯基（J. Mukařovský）的《美的效用》（Aesthetic Function, Norm and Value as Social Facts）Prague, 1936, in Czech。

⑪ 配頗所謂「文理」的批評（contextualistic criticism）彷彿與此大有關係。因爲原文是生動的，而所作這種強調，在本文中最適合現代藝術。他說：「……若使早期的藝術能迎合後世，則藉助於其他原因要多於本來的原因。因此……批評是應各時代的需要而記錄它那一代的審美判斷。」（參閱註①所引配頗的著書第六十八頁）

說到個人對於某一作品之重溫，事實上差不多就已說到另一標準上來了。當我們每一度重溫一部作品，而說是「每一度都看到新的事物」時，通常是意指我們所重睹的已非故物，但這新的意境，新的聯想形態：亦即我們從詩篇或小說中看到一層層地組成的東西。如同荷馬和莎士比亞的作品不斷地受到嘆賞，我們的推論當與鮑艾斯（George Boas）一樣，其中一定保持有「多樣的價值」（multivalence），亦即它的審美價值一定很豐富，如同它那構成體中含有一種或更多的，能給予後來每一個時代的人以高度的滿足⑫。然而，這樣的作品，甚或在作者生前，它的全部層次和體系，那樣豐富的構想，一定是大家共賞的要比爲個人所能認知者爲多。在莎士比亞的一部戲劇裡，「情節是爲最單純的觀眾而作，性格的衝突是爲較會思考的觀眾而作，用字措辭是爲有文學修養的觀眾而作，韻律是爲更具音樂敏感性的觀眾而作，而它那逐步揭露的微言隱義，則是爲著較能知情識趣而感覺銳敏的觀眾而作」⑬。所以，我們所謂標準也應當是包括性的：亦即「意象的構合」（imaginative integration）與「被構合的材料之總數（及多樣性）」⑭。根據形式主義的批評：詩的組織

⑫ 參閱鮑艾斯（George Boas）的《批評家入門》（A Primer for Critics）Baltimore, 1937, p.130 及其他。

⑬ 艾略特（T. S. Eliot）之《詩的作用》（Use of Poetry）Cambridge, Mass, 1933, p. 153。

⑭ 配頗之《組織的批評》，見註①（本書第四三三頁），此意早見於波占奎（Bosanquet）的《美學三講》（Three Lectures on Aesthetic）London, 1915。

愈是嚴密則其價值愈高，事實上，這種批評工作確是常限於它的複雜的結構體，猶如其必要和應加以註解的情形一樣。因爲那些複雜性，或只在一面，或者在多面。霍普金斯初以爲那些就是詩語法、構辭法、詩律學；實則不然，那些或者是意象、主題、情調或情節等諸方面的複合物，亦即具有最高價值的作品在其更高級的構造體中總是複雜的。

依照材料的多樣性，我們可以特別指出理想、性格、社會型以及心理上的經驗。在「形而上學派」的詩人中，艾略特引用的例證是適切的。依其所指，詩人的心靈是「在不斷地融合著各種經驗」，詩人之陷於戀愛，他所想像的整個形式是這樣的：閱讀著斯賓諾莎，聽著打字機的聲音，而且，聞到烹調食物的味道。詹森博士亦曾記述過像這樣的「融合」有如「嘈雜的群眾集合所」（discordia concors），並以爲這在方法上，失敗要多於成功，因爲覺得那是「過分參差不齊的觀念被勉強湊集在一起」。後來討論「形而上學派」的作家，威廉森（Williamson），大部分則專舉出成功的例子。這裡，我們就原則上可以說是：倘若發生實在的「融合」，而詩的價值當與材料的多樣性作正比例的提高。

波占奎（Bosanquet）在其《美學三講》（Three Lectures on Aesthetic）中，區別「平易的美」（easy beauty）和「艱深的美」（difficult beauty），而「複雜」、「緊張」、「宏博」皆屬於後者。但我們還可以把這區別分作：一種是容易應付的材料（諧和之音，愉快的視覺意象，詩的主旨）之美，和材料上一種難於應付的材料，如同痛苦的、醜陋的、教訓的、實用的等等違拗的美。這區別曾經十八世紀被輕描淡寫爲「美麗的」（beautiful）和

「高雅的」（sublime），亦即「艱深的」對峙。「高雅的」和「獨特的」都好像是「不美的」之被美化。有如悲劇乃從痛苦之侵入而完成其表現，而喜劇就等於以醜陋為主體。至於平易的美在其「材料」及「造型」（plastic form）中是比較快適的，而艱深的美則為材料與造型上的一種屬於表現方面的形式（expressive form）。

艱深的美也許可視為與藝術上的「偉大」相等。而「完全的」藝術則不等於「偉大」。「大」（size）與「長」（lenght）的要素是重要的，更不用說，為了「長」、「大」應盡量增加作品的錯綜、緊張和宏博。至於「第一流的」（major）作品或流派，猶在其次。如果我們不把這個要素像古典派的理論家那樣簡單地來處理，則我們可不能放棄它，我們要說它的篇幅（scope）必須經濟化，亦即，今日的長詩必須做到篇幅的報償重於它的用處。

有些美學家們，把「偉大」牽扯到特別的審美標準⑮。因此，雷德（Reid）想要擁護「『偉大』是來自藝術的內容方面，而且粗略地說，藝術之『大』乃在於它表現人生價值之『大』」的觀點；而格林則以為「眞實」與「偉大」不但是特殊的美，而且是藝術上不可或缺的標準。不過，格林，尤其是雷德，事實上絕不能超過波占奎對於艱深的美所訂的規

⑮ 參閱艾伯克隆比（Lascelles Abercrombie）的《詩論》（Theory of Poetry）1924及其《偉大的詩的理想》（Idea of Great Poetry）1925。

格。例如：「索福克利斯、但丁、米爾頓、莎士比亞，這些大詩人的偉大作品都是交織著極多樣的人類經驗之具體表現。」在任何理論或實踐的領域，關於偉大的規則或規格，都好像是「混和著稱心如意的感覺之理解」；但是，「偉大」的共同性格，方其呈露於藝術品上時，就顯出具體的「價值情境」（value-situation）有如一種「具有風味和樂趣的具體價值」。雷德沒有問到下面的問題：亦即，一個詩人的偉大詩作，這詩人是偉大的人（或是偉大的心靈或是偉大的個性），抑還是在乎詩篇的偉大呢？代替這種發問，他企圖調整答案了。他雖已看到偉大的詩乃在於它的眼界和判斷力的偉大，但他卻把那些規格只應用於已具詩的規模的詩，而沒有應用於虛擬的心靈形態[16]。

但丁的《神曲》和米爾頓的《失樂園》，對於形式主義者的討論，是個良好的參考材料。克羅齊不同意把《神曲》看作詩，他認它只是由「假的科學」（Pseudo-Science）雜湊而成一串抒情詩的斷片。至於「長詩」和「哲理詩」兩方面，他說的話語彷彿還有許多矛盾。在這一代以前的美學說，如同史密斯（Logan Pearsall Smith）那樣的作家，他也把《失樂園》看作是一種過時的神學和娛悅聽覺之混合物——可讚譽的，就只有「風琴的和

---

⑯ 雷德（L. A. Reid）《美的研究》（A study in Aesthetics）London, 1931, p. 225 ff，「題材，偉大及其標準問題」（Subject-matter, Greatness, and the Problem of Standards）。

音」（Organ harmonices）留給米爾頓了⑰。內容既須注意，而形式又不可鬆散。

我們想起，像形式主義者那樣滿意的意見，將不能接受這樣的批判。這些批判是採取一種原子論的見解來對付藝術品，用那稱量材料之相對性的詩意來代替作品之整個的詩意，這見解很多是因成見而斷章取義，不顧文脈，造成虛泛的推論。但丁和米爾頓二人，不特寫詩，亦且寫過論文，而且二者並未混同。米爾頓是神學的自由主義者，他寫〈基督教義〉（De Doctrina Christiana）的論文，時在他發表《失樂園》之後。無論我們把他的詩之本體作如何定義，說它是敘事詩，基督教的敘事詩，或哲理兼敘事的詩，以至於宣稱它是意圖爲「神道的見證」（Justify the ways of God），但它總有一個與論文不同的目的：亦即，那詩的本體卻證明它是依照它所引用的文學傳統，而且是依循著米爾頓自己早年之對於詩的關係而來。

或者多數人閱讀《失樂園》會覺得米爾頓的神學是正統的新教徒。然而，縱使讀者缺少這種神學的感應，亦無損於此詩的本質。早在布雷克的時代，確曾把撒旦當作此詩的主角，這擬議，說是根據米爾頓下意識的意向；接著是拜倫和雪萊，那浪漫派的《失樂

---

⑰ 格林（T. M. Greene）之《藝術及批評的藝術》（The Arts and the Art of Criticism）Princeton, 1940, pp. 374 ff, 461 ff。

園》，則以普洛米修士配著撒旦，而這些恰似柯林斯（William Collins）以前所已做過的一樣，依據精神交感說而詳論米爾頓的伊甸之「原始主義」（primitivism）⑱。然而，像梭拉（Saurat）所表示的，他卻又把它看做是「人本主義」，此詩氣象雄大，它的情景——沉鬱而又蒼莽——絕不是根據那神學或史實之不同意見所討論得了的。

倘若可以抹煞《失樂園》的宗教意義，那就僅剩下它的文體了。它的文體是否仍算是偉大的詩篇，卻也是個很大的疑問。像這樣把一個作品分剖爲「形式」與「意義」之笨拙的見解，於是「形式」便是「文體」，而「意義」則是「觀念」。這種分剖，的確沒有注意到整個作品，亦即：放棄了一切構造物，而但以格律和詩語法「居上」，而且所謂「意義」，根據它的估量，恰就是雷德所謂「次要的題材」（secondary subject-matter，而這題材仍屬於作品外面的）放棄了情節或敘事、性格（說得更專門一點，就是「性格描寫」）和「世界」，情節的結構、氣氛以及特性——「形而上的性質」（這是出現於作品上的世界觀而不是作者在作品中或不在作品中表示匡世正俗的見解）。

---

⑱ 特別參考史杜爾（Edgar Elamr Stoll）的《莎士比亞至喬哀思》之「米爾頓的浪漫氣味」（Milton a Romantic, From Shakespeare to Joyce）New York, 1944，以及布拉茲的《浪漫主義的苦悶》（The Romantic Agony）London, 1933。

特別值得反對的，就是那種能從詩篇中剔出「風琴和音」的見解。在有限制的意義之內，它未始不可看做「形式美」——發音學上的聲響；但在文學上，包括詩歌，那形式美也是長存於表現的任務中，亦即：我們只能問那「風琴和音」對於情節、性格、主題，它的適當性如何。總之，米爾頓的詩體，由一些末流的詩人們用於淺薄的論文主題上，才意外地變成是荒謬的東西。

形式主義者對於批評，以爲我們自己的宗旨必須與作家或詩的宗旨相一致，但這個提議是不必要的，而且實際是不相干的；其不然，則我們所嘆賞的，就只有文學作品之合乎我們胃口的人生觀了。「世界觀」與審美的判斷有何關係？艾略特說：「詩所表現的人生觀，必須做到批評家所能『接受』的那樣一致（coherence）、圓熟（mature），而且爲經驗事實所看得到的。」⑲艾略特的斷案，關於一致、圓熟、忠於經驗，在它的口氣上，都已超出形式主義的批評：一致，認眞地說，與其謂「一致」是審美的規格之一，不如說是邏輯的規格，至於「成熟」，則是心理上的規格；而忠於經驗，則是訴諸藝術品以外的世界，而爲藝術與現實互相比較之一種要求。現在讓我們回答艾略特的意見：所謂藝術品的成熟，當是它的包容性，複合的自覺性，它的輕鬆和緊張；而「小說」與「經驗」之間的對應，僅靠一

---

⑲ 見註⑬艾略特的著作。

些項目之作一對一的迎拒，將永遠不得測定。因此，我們所能做的正當的比較，應該就在狄更斯、卡夫卡、巴爾札克或托爾斯泰的整個「世界」和我們自己的整個經驗——亦即我們自己所想到的和感覺到的「世界」之間，加以互相比較。於是，我們的這個相對應的判斷，它自會記錄下鮮明的、緊張的、形態化了的對比：博大、精深、動的或靜的等等美學上的名詞。「栩栩如生」（life-like）一語也可以解釋作「歷歷如繪」（art-like），因此，「人生」與「文學」可以類推，當藝術高度形式化時，便成爲很容易覺察的事；像狄更斯、卡夫卡、普茹斯特那樣的作家們亦因此能在我們自己經驗的領域上，疊印出那些我們所認得的世界[20]。

十九世紀以前關於品評方面的討論，總喜歡集中在作家的品位和身分（hierarchy）上——古典的作家「常被讚美或常常要讚美」。凡被引用的主要例子，當然要推到古希臘和羅馬的作家們，這種崇拜便挾著文藝復興而來。到了十九世紀，因爲對於中世紀的、克爾特的、北歐的、印度的、中國的文學派系的知識更加廣大，於是，早先的古典主義便成爲陳舊

---

⑳ 參閱大西洋月刊巴祖恩（Jacques Barzun）的〈我國非小說的小說家〉（Our Nonfiction Novelists）Atlantic Monthly CLXXVIII, 1946；及貝克（J. E. Baker）的〈人的科學〉（The Science of man）College English, VI, 1945, pp. 395-401。

的了。不過我們要注意，有些作品從視野中消失而又會出現，並且那些作品在某一時期失去美的效用但又會恢復，例如：鄧恩、朗格蘭、波普、莫里斯・塞夫（Maurice Scève）以及格呂菲烏斯（Gryphius）。由於對權威主義及其法規的反動，近代的見解卻含有過分的、不必要的「相對思想」（relativism），而「趣味的轉變」有似早年「懷疑論」的紛呶，說是「各師成心其異如面」（De gustibus non est disputandum）。

其實人本主義或懷疑主義，比我們想到的要複雜得多。

要在一些形式上確認文學價值的客觀性，實在沒有一成不變的規條可資拘束，關於這種規條，既沒有什麼可附加的名目，即在它內部，也不發生品位上的變動。泰特（Tate）照其「幻想」，正式提出異議：他以爲「任何作家的聲價都有其定論」，與此相應的「稀有的信念」，那「批評之主要功用是評定作家的品位尤甚於其用處」[21]。泰特記下了艾略特關於「以今承古」（the past's alteration by the present）的斷案，他就是一個獨創的作家，所以必然相信英國詩之現在與將來，有如過去。不過，我們猜得出他是把用處看作「固定的品位」，同時又是重要的「客觀物」。然而，所謂藝術價值的客觀性並不在於藝術的對象，而在於他的標準中。在一個階層上的品位，可以說，常是競爭著、對峙著的。要等到新的繼

㉑ 泰特（Allen Tate）《瘋狂的原因》（Reason in Madness）New York, 1941, pp. 1146。

續者加入，於是又常成爲一種新的最優的局面；從而任何新加入的，都能轉變其他作品的品位，雖然很輕微。例如：華勒（Waller）和德那姆（Denham），曾因波普而確立了地位，但亦因而失去地位——亦即，他們一任相反的感情，作爲前輩，領導著波普，但又因波普之崛起而貶降了他。

有些大學裡以及大學之外，站在「反學院派」（Anti-academics）的立場而抱著相反的願望，要確立那「變動不居的獨斷」（tyranny of flux）[22]。例如——寇利（Cowley）的意見——他以爲時代趣味的情形，絕不能由繼起的時代加以確認。不過，像這些例子，似乎不太多。三十年前，史克爾頓（Skelton）似還看到類似的情形，但不是現在；我們現在看到的是漂亮的、眞摯的、近代的詩人。同時，最大的聲譽流傳著一時代的趣味，例如：喬叟、斯賓塞、莎士比亞、米爾頓，以至於德萊頓、波普、華茲華斯和丁尼生，他們的地位都是長存的，雖然不是「固定的」。

㉒ 凱列特（E. E. Kellett）的《趣味的陀螺》（The Whirligig of Taste）London, 1929 及《文學的風尚》（Fashion in Literature）London, 1931。項伯（F. P. Chambers）的《趣味的圈兒》（Cycle of Taste）Cambridge, Mass, 1928 及《趣味的歷史》（The History of Taste）New York, 1932。庇爾（Henri Peyre）《誤會的研究：作家及其批評》（Writers and Their Critics: a study of Misunderstanding）Ithaca, 1944。

這些詩人之美的構造物，如此複雜而豐富，故能滿足繼起的時代之感性。艾迪生在其《旁觀者》（Spectator）雜誌的論文中，稱讚新古典的米爾頓，而波普也這樣稱讚；至於浪漫的米爾頓，則是拜倫、華茲華斯、濟慈、雪萊所稱讚的米爾頓。此外，還有稱讚柯勒律治的莎士比亞，到現在我們還有稱「威爾生・耐特的莎士比亞」（Shakespeare of Wilson Knight）的。各個時代殘留在偉大的藝術品中的要素，也有不適當的，從其表面或層次上不但看到欠「美」的，甚至於是相反的醜（如同新古典主義眼中莎士比亞所作的雙關語），但是，從全體看來仍能找到審美上的滿足。

我們好像扯到了一種「時代主義」（generationism）上來了，這主義似要否認那個別的、趣味的相對性之見解，然而，在文學史中不難找到或多或少相對照的審美標準之交替（例如：沃夫林所作「文藝復興」與「巴洛克」的對照），而且撇開這些交替便觸不到公共的原理；我們好像又扯到了「多價的」[23]問題，亦即，常存的藝術品，因不同的理由而訴於不同的時世、不同的嘆賞之見解；總括這兩種結論，就是凡第一流的作品，保持其「古典」位置，而其保持，則由不同的控訴不同的理由，一連串的變化而來，也就是說：創始的，非常特殊的作品（例如：鄧恩）以及末流的作品（在某一時期的作風裡算是好的，例

㉓「多價的」（Multivalence）參閱註⑫鮑艾斯的著書。

如：普萊爾（Prior）、邱其爾（Churchill）），其聲價之獲得，是因爲與當時某種文學的共感性有關係，其聲價之消失，則亦因那關係之逆轉㉔。

我們也許很難脫離這個立場，但可以處置它的困難。因爲我們鑑賞更早期的古典（荷馬、維吉爾、米爾頓等等）不必限於當時的批評家檢討那些作品的議論。我們可以否認更早期的批評就能眞正判定那時候的創作物或那時候美的經驗㉕。而且，我們還能確認，實際上夠資格的文學理論能避免其爲是或不是時代主義！因此，威廉森㉖想到形而上學派詩篇中最好的部分，恰就是完美的詩；形而上學的詩，固無須一味讚美，也無須一味責難，更無須把那最形而上的學派當作最優的詩派。因此，波普曾爲我們這一代所讚譽——至少一部分如

㉔ 波特爾（F. Pottle）《詩的成語》（The Idiom of Poetry）Ithaca, 1941, New ed., 1947。

㉕ 一九四〇年紐約英文學會年報，布魯克斯（Cleanth Brooks）〈詩的有機組織〉（The Poem as Organism）裡說：十八世紀的批評家「不能說明更早期的詩之優點，因爲它們自有它的題材，它的時代。」（English Instute Annual, 1940, New York, 1941, p.24）。

㉖ 威廉森（George Williamson）在《鄧恩傳統》（The Donne Tradition）Cambridge, Mass, 1930, pp. 21. 211。中說：「詹森博士嘗據鄧恩的缺點方面記述其詩……」，「我們以爲那不夠作爲最佳的批判（如那些形而上學的詩），因爲他是據道德的標準判定它是好詩，而在那古雅的名稱和聰穎誇飾上卻不加以原諒。依詹森所用的這個標準……則鄧恩的傳統可看作韻文的體質，而爲適合英國詩的日常需要，尤其在當時是最好的。」

此——說他不是「散文時代的詩人」。而是「形而上學派的詩人」，那也就是說，他是個完美的實在的詩人㉗。所以，顯然不同的理論家，如《實用的批評》之著者瑞查德與布魯克斯及華倫（Robert Penn Warren，亦即《詩的體會》之著者）對於詩，都有一種「單標準」的想法，而且正確地強調說：在判斷之前不能依作者、時代、流派，來擬定那詩的品位。當然，這可說是「文選派的批評家」（anthologist-critics）所提起的一種標準（粗率地說，是艾略特一流的），不過對這種標準，許多讀者都未必同意。然而，那些標準卻賦予他們以廣大的詩評權力，他們對於浪漫主義最不公道，至少除了布雷克和濟慈以外，都是如此。

我們想，沒有一個文學批評家肯實實在在地把自己劃歸於時代主義或不是時代主義（任何一面都不認爲有審美的規範），或使自己歸附於那種頑固的學究式的絕對主義之「固定地位」。即或有之那也只有根據反對或根據意願，進入過去作家的世界並了解他們，而整個地經過適當的類推，亦即對於一些現在作家而作的類比，在這時候才像個時代主義者。雖然如此，但他所確立的意見，亦即在藝術對象中被他發現的那種實在地或潛在地含有的價值——都不是「讀書有得」或聯想而得，而只是由於一種偶然刺激的機會被想到或看到的。

㉗ 黎維斯（F. R. Leavis）的《重行估價》中〈英國詩的傳統及其發展〉（Revaluation, Tradition and Development in English Poetry）London, 1936, p. 68 ff。

這裡，批評的問題就要牽涉到審美價值之「所在」了。這問題是問，審美價值之所在乃在於詩或在於讀詩的人，抑或是在二者之間。第二種是主觀論者的答案，亦即正面主張：凡有價值，在任何人都一樣品評，然而，這個答案的實質卻與那對象的實質沒有關係。它是心理學家的答案，意思是說：從冥想或一時高興而促起自己的注意，將那冥想和高興凝結於自己的反應，亦即情緒的震動上；雖然是個別的一般化之自己。至於第一或第三答案，我們覺得是個解釋的問題。第一的答案，對於專門的哲學家，難免要想到柏拉圖主義，或其他以為絕對的標準並不含有人們的需要或智識的那種學說。即使我們如同文學理論家一樣地，從意匠到「意思」，而論定文學結構體的客觀性格，但這第一答案，卻現實得像個紅色或寒冷，以為文學的價值對於「任何人」都只是「那樣的」，這就太困難了。因為從來沒有一個批評家曾經認眞地主張某一首詩的客觀性該無條件的屬於哪一類：即如朗基努斯（Longinus）以及其他「古典主義者們」，他們雖要求一切人們、一切時代以及一切地方都贊成他們的意見，但他卻也默默地暗示其所「一切」，是限於「一切有資格者的判斷」。

形式主義者所要維持的是，讀者之「詩的經驗」並非只有一個理由或只有一個潛在的理由，反之，讀者的經驗本是一種特殊的、高度的機構之管理；因此，他們以為像這樣的一種經驗是最適用以描述一首詩的經驗。詩的評價，是那審美價值上所有的性質、關係，有組織地存在於詩中，而爲有資格的讀者所體會到的一回事情。所謂「美」，維伐斯（Vivas）曾稱之爲「客觀的相對主義」（objective relativism）或「配景式的寫實主義」（perspective realism）而加以說明，他說：「美是事物的一種性格，而即存在於事物中，不過事物中之這點存在，須透過有能力有訓練的人們始能覺察得到。」㉘價值也是潛在於文學的構造體中；亦即，價值的認識與品評全靠讀者的觀察，而讀者則須合乎那些必要的條件。無疑地，它是一種「不准」（disallow，民主政治或科學界用的名稱）對於價值或客觀物附有任何要求的傾向，而那客觀物，亦即價值，在最完全的意義上本是無法公開證明的。但是，像這樣無條件地、自我獻身的「價值」，確是不可思議的東西。

老一輩的教師們常以「公平的」（judicial）批評與「印象主義的」批評相對照。但這區別是很容易引起誤會的命名。前一型，被想像爲客觀的，訴於法則或原理的；後者則常在誇示它那可公開的證據之缺乏。不過在實行上，後者是一種依據專家的判斷而未被別人

㉘見《哲學雜誌》三十三期維伐斯（E. Vivas）的〈審美判斷〉（The Esthetic Judgement, Journal of Philosophy, XXXIII, 1936, PP. 57-69.）；並參閱海爾（Bernard C. Heyl）《藝術批評及美學的新傾向》（New Bearings in Esthetics and Art Criticism）New Haven, 1943, p.91 ff.；尤其在第一二三頁，他以適中的態度解說「相對論」而排除極端「客觀論」和「主觀論」的立場，最可注意。

承認的形式，而專家的興趣則在於替一些不大敏銳的感性提供一種規範。屬於後一類的許多批評家，很少能不想做個像古爾蒙（Gourmont）所稱爲眞摯的人之偉大的努力——以「自己個人的印象訂爲法律」㉙。即在今日，許多被稱爲「批評」的論文都是某一作者或某詩的注釋，而沒有致力於決定的品評，像這樣的注釋是否可稱爲「批評」，便時時引起反對的意見，（因爲「批評」一詞在希臘文的原意是「判斷」）。而且這些批評，時時又交替著用兩種形式，而這形式可區別爲「辯護的」（elucidatory）和「審判式」（judicial）的㉚。但是，即使分開「意義的注釋」（Deutung）與「價值的判斷」（wertung），其在「文學的批評」上，未必即能確定其爲無用或無法應用。「審判式的批評」，其簡率的要求或亦可說是貢獻，乃在於對作家及其詩，做個毫不客氣的直截了當的決定，但它所據以判斷的，則不外乎是權威的引證或文學理論所提供的獨斷。如其不然，就必須引用分析以及分析的比較方法。另一方面，既然分明是「註解」的文章，顧名思義，對於價值判斷就只能有一點點；而且，它如果是個詩註，也只能就美的價值，而不能就歷史的、傳記的或哲學的價值上作判

㉙ 艾略特在《神祕的森林》序文〈完善的批判〉中引用拉馬遜的語句：Ériger en lois ses impressions personnelles, C'est le grand effort d'un homme s'il est sincère。

㉚ 如海爾所做的，參閱註㉘所引海爾的著書第九十一頁。

斷。耗費時間精力於一個詩人或一首詩，固然已是價值的判斷。但是很少數注釋的文章所做的判斷肯僅限於它所選定的題目。於是把「了解那詩」改為「批判那詩」，把那細節上的批判和當時分析而來的批判，整個地以價值判斷代替那箋註章節後面的意見。艾略特曾一度寫下新穎的論文，那是嚴謹地不在上面做最後結論或單一的斷語，然而整篇論文都在批判著：亦即，根據特別的比較方法，並置兩個詩人而著眼於其性質的特點，尤其像隨手試寫的概論式的論文。

我們似乎必須在明白的判斷和暗地的判斷之間做個區別——但這不能看作相同於意識的判斷與無意識的判斷之區別。此外，還有感性的判斷、理性的判斷或推論的判斷。但這些都並不一定是互相矛盾的存在：亦即，感性倘若不容有相當概括性理論的陳述，將不會有多少批判的力量；反之，合理的判斷，在文學的本質上，除非根據一些直接的或衍生的感性判斷，亦不能成為正式的陳述。

第十九章　文學的歷史

撰述一部文學史，亦即編寫一部既是文學的同時又是歷史的，是否可能？我們必須承認大多數的文學史如果不是社會史便是用文學作說明的思想史，再不然便是順著時代排列的某些特定作品的印象和批評。如果我們對英國文學史編纂的歷史作一個概觀，便可以證明這個看法。瓦爾頓，那第一個「正式的」英國詩史家，他在說明爲什要研究古代文學時說：古代文學「忠實地記錄了時代的大事，並且保持了最動人最具代表性的風俗特色」，並且「傳留給後代一個當時生活的眞正輪廓」①。摩爾利（Morley）認爲文學是「國家的傳記」（national biography），或是「英國人思想的故事」②。史蒂芬（Stephen）說：文學是「整個社會有機體的特殊功能」，社會變化的「一種副產物」③。考荷甫（Courthope），他是唯一根據英詩本身發展的統一觀念而寫英詩歷史的作者，認爲「英國詩的研究，實際上便是將我們國家組織之不斷生長反應在文學上的研究上」，同時「在政治史學者所觸目的地

① 瓦爾頓著《英國詩史》（History of English Poetry）第一卷（一七七四），序文第二頁。較詳細之討論見韋勒克之《英國文學史之興起》（Rise of English Literary History），恰坡希奧，一九四一年出版，第一六六頁至第二〇一頁。

② 摩爾利（Henry Morley）著《英國作家》（English Writers）和一卷序言，倫敦，一八六四年出版。

③ 史蒂芬（Leslie Stephen）著《十八世紀之英國文學與社會》（English Literature and Society in the Eighteenth Century），倫敦，一九〇四年出版，第十四頁及第二十二頁。

方，亦即在國民整個生活中」尋求主題的統一④。

上面這些歷史家以及其他許多歷史學者，都只把文學當作國家或社會史例證的文獻，另有一些人，雖然認爲文學首要的是一種藝術，然而編寫文學史則似乎是不可能的。他們推出一些不相連續的有關個別作家的討論，並且想用「影響」爲由，把個別作家連繫起來，而全未考慮到眞正歷史的演進。戈斯（Gosse）在《現代英國文學簡史》（一八九七年版）的導言中說要確切地表示出「英國文學的動態」，表示出一種「英國文學演進的感覺」⑤，然而他只不過是把當時從法國傳來的理想作一番附和罷了。實際上他的著作只是對於一些作家及其幾篇作品略作評介，再依時代順序加以排列而已。戈斯後來相當直率地否認對泰恩有任何興趣而強調他對傳記描述大師聖佩甫的感激⑥。這情形對山茲柏叡來說，除有少許

---

④ 考荷甫（W. J. Courthope）著《英國詩之歷史》（A History of English Poetry），倫敦，一八九五年出版，第一冊，序文第十五頁。

⑤ 戈斯（Edmund Gosse）著《現代英國文學簡史》（A Short History of Modern English Literature），倫敦，一八九七年出版，序言。

⑥ 見一九二四年三月十九日致洛（F. C. Roe）的書信，收於夏特瑞斯（Evan Charteris）編《愛德蒙．戈斯爵士之生平及信札》（The Life and Letters of Sir Edmund Gosse），倫敦，一九三一年出版，第四七七頁。

的修正之外，是一樣的，他的批評觀念最接近於佩特的理論和「鑑賞」的實際⑦；另外還有一人就是艾奧登（Elton），他的六大卷《英國文學大觀》——英國近代文學史的最傑出成就——曾坦白地說「事實上只是評論，一種直接的批評」，而不是歷史⑧。這種例子，可謂不勝枚舉；即使對法國和德國的文學史加以檢視，除了極少數的例外，也會得到幾乎同樣的結論。因此泰恩顯然主要是對他的國民性的理論，「環境」和種族的哲學發生興趣，鳩塞蘭（Jusserand）則研究在英國文學中作爲例證的習俗的歷史，卡沙眠創立了一個完整的「英國民族心靈的道德節奏的變動」之理論⑨。大多數居於領導地位的文學史，要不是文化史則便是批評論文集。前者並不是一種「藝術」性的歷史，而後者也不是藝術的「歷史」。

---

⑦ 見艾奧登論山茲柏叡之演說摘要，刊於《不列顛學院會報》（Proceedings of the British Academy）第十九期（一九三三），及瑞契遜（Dorothy Richardson）〈山茲柏叡與爲藝術而藝術〉（Saintsbury and Art for Art's Sake），刊於《現代語言學會會刊》五十九期（一九四四），第二四三頁至第二六〇頁。

⑧ 艾奧登（Oliver Elton）著《英國文學大觀》（A Survey of English Literature），一七八〇至一八三〇年，倫敦，一九一二年出版，第一冊，序文第七頁。

⑨ 卡沙眠（Louis Cazamian），L'Èvolution psychologique de la littérature en Angleterre, Paris, 1920 以及 È. Legouis and L. Cazamian, Histoire de la litterature anglaise, Paris, 1924 之下半部。

對於作爲藝術的文學演進過程，爲什麼至今仍無大規模探索的嘗試？其中一種阻礙，便是藝術作品的先期分析工作沒有一貫地有系統的方法進行。把藝術作品作爲一種純粹記號體系來記述的方法，這樣的文學理論尙未發達，我們要不是墨守古老的修辭標準——明知它有明顯的膚淺的方法上之缺陷；再不然便是利用一種感情語言去描述一件藝術作品對讀者的影響——卻不能表達它與作品本身眞正的關係。

另一種困難，是認爲倘不用文學以外的人類活動來解釋因果便不能成爲文學史的偏見。再其次的困難則存在於文學的藝術演進的整個觀念當中。很少有人會懷疑繪畫或音樂本質上的歷史的可能性。這只要走過任何以年代順序安排，或者以「畫派」安排的畫廊，我們便可以看出一種與「畫家的歷史」或「對個別繪畫的批評」有著相當明顯差別的繪畫藝術歷史的存在。同樣地去聆聽樂曲以年代順序排列的演奏會，便可看出一種與作曲家的傳記，作品創作時的社會情況無關的音樂史。自從溫克爾曼（Winckelmann）寫了他的《古代藝術史》（Geschichte der Kunst in Altertum，一七六四）以來，這類的歷史不斷地在繪畫和雕刻方面被人們嘗試著，伯尼（Burney）以後的大多數音樂史便已經注意到音樂形式的歷史。

文學史面對著類似的難題，那就是說如何在相當的程度內撇開社會的文學史、作家的傳記、或對個別作品的欣賞的情況而探究文學作爲一種藝術的歷史。當然，文學史的方法（狹義的來說）有著它特殊的困難。一件文學作品只可以從時間的過程去獲得，不同於繪畫的一目了然，因此要知道它的作爲一個和諧的整體則更是困難了。然而，把它比照音樂的形式，那我們便可以看出一種模式的可能性，哪怕它是只存在短暫的時間過程中。更進一步去看，還有些特別的困難，在文學上，因爲文學的媒介——語言，同時也是日常交談的媒介，特別是科學的媒介——它從簡單的陳述逐漸轉變爲高度組織的藝術作品。因此，要判別文學作品的美學結構就格外的困難了。雖然只是醫學教科書中的一張插圖和軍中的一首進行曲，要證明它與其他藝術的歸屬，已有界限不明的困難，但在以語言表達的藝術上區別其爲藝術與非藝術，則困難的分量便要大得很多。

然而，有一些理論家卻乾脆否認文學具有歷史。譬如，克爾認爲我們不需要文學史，因爲文學史的對象始終是「實在的」，是「萬古常新」的，因此它根本沒有恰當的歷史⑩。艾略特也曾否認一件藝術作品的「過去性」。「自荷馬開始的整個歐洲文學，」他說：「構成了『同時性的』存在，也構成一種『同時性的』秩序（simultaneous order）」⑪。藝術，按照叔本華（Schopenhauer）的說法，它永遠只是達到它的目的而已。它永遠不會改進，也不會被取代或者自行重複。在藝術中我們不需要去找出「它爲何如此存在」——正如郎克（Ranke）所說的史學方法的目的——因爲我們可以從藝術品中直接體驗事物是如何存

---

⑩ 克爾〈湯麥士・瓦爾頓〉（一九一〇），刊於《論文》（Essays），倫敦，一九一三年，第一冊，第一〇〇頁。

⑪ 艾略特〈傳統與個人天才〉（Tradition and the Individual Talent），刊於《神木》（The Sacred Wood），倫敦，一九二〇年，第四十二頁。

在的。因爲它是現在的，無處不在的，永恆的現在的知識，所以文學的歷史不是正式的歷史。當然，我們不能否認政治史和藝術史之間有些眞正的區別。並且在那「歷史性的」和「過去的」以及那是「歷史性的卻多少是現在的」之間也有一些區別。

正如我們前面提到的，一件特定的藝術品經過歷史的過程並不是完全不變的。有一樣可以確定的那便是確然，構造物的實質，雖經年代的更遞卻仍保持不變。但是，這構造物的感動力，它經過讀者、批評家、同行藝術家的心靈，而在歷史的過程中卻不斷地改變。詮釋、批評和欣賞的過程從來沒有完全中斷過，並且多半將是永久地繼續下去，只要文化的傳統一天沒有完全中斷，那一天便仍然有它的延續。文學史家的方法之一便是解說這過程。另外則是把藝術作品按照同一的作者，或類型，或文體的種類，或語言的傳統區分爲大大小小的組別，最後則在普遍的文學類型中追究其發展的跡象。

然而發展一系列的藝術作品的觀念似乎是一件特別困難的工作。每一種藝術作品第一眼看去都與鄰近的藝術作品有著不相連接的結構。有人會說從一種個性到另一種個性不會有這樣「發展」的。甚至有人會迎合那些反對的論調，說文學是沒有歷史的，只有寫作的人才有歷史[12]。如果根據同樣的爭論，那我們就應該放棄撰寫一部語言史或哲學史，因爲只有人，

⑫ 克藍〈大學文學研究中之歷史與批評的對待〉（History Versus Criticism in the University Study of Literature），刊於《英文雜誌》（The English Journal）大學版第二十四期（一九三五），第六四五頁至第六六七頁。

才會說話；只有人，才會思想。這一類的極端的「人爲主義」（personalism）一定會牽引出每一種個別的藝術作品都是孤立的看法，實際上那是說它是既不可互相溝通，也不可能加以理解。我們倒是要認爲文學是由作品構成的一整個的體系，它藉不斷加添新的成員而不斷地改變它的關係，發展爲一個不斷變化的整體。

然而，一個時期的文學情況與前十年或百年的情況相比而有所改變，仍然不足以建立一個事實上的歷史演進的過程，因爲所謂改變，這個觀念可以適用於任何自然現象的系統。政變常是翻新，但翻新仍不過是無意味的難以理解的再作安排的意思。因此，泰格特（Teggart）在他的《歷史的理論》中所推薦的對於改變的研究⑬，認爲改變是歷史過程和自然過程之間差異的消除，而結局要讓歷史學者依靠自然科學的成果來生存。倘若這改變絕對有規律地重新出現，那我們可以找到像物理學家所構想的定律的概念。不過，即使是有史賓格勒和湯恩比（Toynbee）的卓越推測，但這些可預見的改變從來沒有在任何歷史過程中爲人所發現。

演進卻指一些別的事情，一些不只是改變，甚至是規律的和可預料的改變。很明顯的，那似乎應該根據一種生物學上的意義來加以使用。在生物學中，如果我們仔細地觀察，有兩種相當不同的進化觀念：第一種是以由蛋生長成鳥爲例的過程，第二種是用從魚的頭腦變爲人腦爲

---

⑬ 泰格特（F. J. Teggart）著《歷史的理論》（Theory of History），紐哈芬，一九二五年出版。

例的進化。關於後者實際上並沒有一連串的腦的進化，只不過是些抽象的觀念而從「腦」的機能發展上設想腦的進化，亦即從各個進化階段至被視爲「人腦」的近似理想的說法。

我們能用這兩種意義解說文學的演化嗎？布隆梯爾和薩門茲認爲是可以的。他們想像文學的類型可比自然界的種別。布隆梯爾說文學的類型一旦達到某種程度的完美，一定會衰退、萎縮，最後終於消失。此外，類型會變爲更高級的更細分的類型，就像達爾文進化論觀念中的生物種別一樣。「進化」一詞的第一含意之被應用，顯然不只是一種新奇的譬喻。根據布隆梯爾，譬如說法國的悲劇，便是從誕生、成長、衰老，而至於死亡的。然而對於悲劇的誕生所作第三項比較，只是在若代勒之前尚沒有用法文寫悲劇的一件事實。至於悲劇的死亡，則是意指伏爾泰之後不再有合於布隆梯爾理想的重要悲劇出現。但是未來偉大的悲劇會用法文寫的可能性總還存在。照布隆梯爾說，芮辛的《費卓兒》（Phèdre）可說是悲劇衰化的開始，相當於它的晚年；但是我們卻覺得它比充滿學識的文藝復興期悲劇要年輕而清新，如果根據這理論，則文藝復興期悲劇卻代表了法國悲劇的「年輕」期。更難以自圓其說的觀念是類型轉變爲其他的類型，照布隆梯爾的說法，法國古典時期的講道轉變成爲浪漫時期的抒情詩。事實上並沒有眞正的「轉變」發生。我們頂多只能說相同的或類似的感情表現在早期的講道和後來的抒情詩裡，再不然就是兩者都被用於相同的或類似的社會目的。

因此，我們必須擯斥文學演進和由生到死的關閉的進化過程間的生物學類比——但是後者並沒有完全絕跡，近來又被史賓格勒和湯恩比重新提起。這第二種意義的「進化」似乎和

「歷史」進化的眞正觀念非常接近。它主張不應該假設一系列的變化，而應該假定這一系列的一些部分必須是達到目的的必要條件，而趨向於某一特定目的（例如：人類的頭腦）的進化觀念則使這一系列的變化成爲一個有始有終的連結。即使如此，在這生物進化的第二種意義和「歷史進化」（historical evolution）的確切意義之間仍然有一種重要的區別。要了解歷史進化之不同於生物進化，我們必須設法保持歷史事件的個性而不至於把歷史進展的過程減化爲許多接連的但不相關的事件的集合。

它的解決方法在於把歷史的進展過程和價值或標準連接在一起，只有如此，那些顯然無意義的事件系列始可分劃爲主要的和非主要的部分。亦唯如此，我們說到歷史的進化時，始不至損及單獨事件的個性。把一個個別的事實和一般價值連結到一起時，我們並不是把個體貶降到僅僅是一般觀念的一個樣品，相反的，我們要賦予這個體以意義。歷史並不是把一般價值個別化（當然歷史也不是一種不連續的無意義的流行），然而歷史的過程會產生前所未知且亦未曾預料到的新價值的形式。因此個別的藝術作品對於價值尺度的對應性，只不過是那個性所具有之必然的相關性。其演進的層次將參照價值或標準的系統來設計，而價值本身則僅能從這演進過程的研討得來。這裡，我們必須承認有邏輯上的循環，亦即歷史過程必須以價值來判斷，而價值的尺度本身卻是從歷史中得到的。然而這似乎是不可避免的，否則我們要不是遷就那變化的無意義的流動，便是把一些文學以外的標準——一些武斷的、毫不相關的——加到文學過程上去。

這種文學進化問題的討論必須是抽象的，它的目的是確定文學的進化是和生物進化完全不同，並且和趨向「一個」永久不變的模式的一致進化的觀念也毫無關係。歷史只有引用不同的價值標準才能寫出，而這些標準必須從歷史本身提取出來。這個觀念可以用文學歷史所接觸到的一些難題來加以說明。

藝術作品間最明顯的關係——起源和影響——是被討論得最多的，因而也形成了傳統學術研究的主題。確定作家間在文學上的關係，雖非狹義的文學史，卻顯然是撰寫文學史首要的準備工作。舉例說，如果我們要寫十八世紀英國詩的歷史，那我們必須知道十八世紀詩人們和史賓塞、米爾頓以及德萊頓的確切關係。像海芬斯（Havens）的《米爾頓對英詩之影響》⑭，那是一部主要的文學研究，它蒐集了很可觀的米爾頓影響的證據，不僅是集合了十八世紀詩人們所持的對米爾頓的看法，並且還研究本文，分析其相近和類似的地方。類似的挑剔，近來已被廣泛地排斥：特別是那些由沒有經驗的學者所做的，它會捲入很明顯的危險中。首先，類似必須是眞正的類似，而不是僅藉許多含糊不清的相近物爲證據的類似。因爲四十個零仍然是零。此外，類似必須只是類似，亦即：必須是不能指明其出於共同的材料來源之合理的確實類似；僅只能由文學知識廣博的學者，撇開意旨或言詞而在其更高度複合的形態中得到的確實類似。違背這些基本要求的研究不只在數量上令人吃驚，並且常常出於傑出的學者之手，而他們照理應能分辨一個時期的平凡的問題，諸如陳腔濫調，和通俗主題

---

⑭ 海芬斯（Raymond D. Havens）著《米爾頓對英詩之影響》（Milton's Influence on English Poetry），麻州劍橋，一九二二年出版。

所引起的相近的地方⑮。

---

⑮ 參見以下的討論：達基（N. E. Dodge）〈資料搜尋訓義〉（A Sermon on Source-hunting），刊於《現代語言學》第六期（一九一一至一二年），第二一一頁至第二二三頁；Louis Cazamian, "Goethe en Angleterre. Quelques réflexions sur les problemes d'influence ", Revue Germanique, XII, 1921, p.371-8；克萊格〈莎士比亞與威爾遜的修辭藝術：資料來源決定之標準的探討〉（Shakespeare and Wilson's Arte of Rhetorique: An Inquiry into the Criteria for Determining Sources）刊於《語言學研究》第廿八期（一九三一），第八十六頁至第九十八頁；喬治・泰勒（George C. Taylor）〈蒙田——莎士比亞和致命的相似〉（Montaigne-Shakespeare and the Deadly Parallel），刊於《語言學季刊》第廿二期（一九四三），第三三〇頁至第三三七頁（提出一精細的七十五種實際用於此類研究的證據的清單）；大衛・克拉克（David Lee Clark）〈雪萊所欠濟慈的是什麼〉（What was Shelley's Indebtedness to Keats?），刊於《現代語言學會會刊》第五十六期（一九四一），第四七九頁至第四九七頁（此爲對勞茲所提之相似爲一頗有趣之駁斥）；赫珊（Ihab H. Hassan）〈文學史中之影響的問題〉（The Problem of Influence in Literary History），刊於《美學與藝術批評雜誌》（Journal of Aesthetics and Art Criticism）第十四期（一九五五），第六十六頁至第六十七頁；白拉克（Haskell M. Block）〈比較文學中之影響的觀念〉（The Concept of Influence in Comparative Literature），刊於《比較及普通文學年刊》（Yearbook of Comparative and General Literature）第七期（一九五八），第三十頁至第三十六頁；吉蘭（Claudio Guillén）〈比較文學中影響之研究的美學〉（The Aesthetics of Influence Studies in Comparative Literature），刊於《比較文學：國際比較文學學會第二屆大會會報》（Comparative Literature: Proceedings of the Second Congress of the International Comparative Literature Association），佛若德瑞克（W. P. Friederich）編，恰坡希奧，一九五九年出版，第一冊，第一七五頁至第一九二頁。

然而，無論這方法是如何地爲人糟蹋，它仍然是一種合理的方法，不應該完全捨棄。對於資料來源的精細研究始能確定文學的關係。在這些關係中，引錄、抄襲、單純的附和都是不值得注意的，它們至多只能建立關係的事實，儘管有些作家像斯特恩和波頓（Burton）喜歡套用現成的文句來達成自己的藝術目的。不過大多數文學關係的問題顯然是遠爲複雜，並且需要批判的分析來解決，而只把一些類似的東西集在一起畢竟是低級的手段。這一類的許多研究其缺點即在於忽略了一件事實：它們只想找出一個特點，卻把藝術作品分割爲許多零星的碎片。兩件或兩件以上，文學作品間的關係，只有能看到它在文學發展的結構中居於本來的地位時才能成爲有意義的討論。藝術品之間的關係具有一種比較兩個整體或兩個外形時不可以分割爲各自獨立的單元的嚴重問題，除非那只是依初步的研究。

只有「比較」，當它眞正集中於兩個整體的焦點時，我們才可達到文學的基本問題，亦即獨創性問題的結論。獨創性，在目前常被誤解爲對傳統的挑戰，再不然便是從錯誤方面，像藝術品的材料或間架——傳統的情節，習慣的結構——上找尋它的存在。較早時期，對於文學創作的本質有一種較可靠的認識，亦即並不以那僅具獨創的情節和主題就必有偉大的藝術價值的那種認識。文藝復興和新古典主義都非常重視翻譯，尤其是詩的翻譯；此外，則強調「模仿」。如波普之模仿賀瑞斯的諷刺，詹森模仿朱文諾（Juvenal）的諷刺，都給以重大的意義⑯。古丘斯在他的《歐洲文學及拉丁中世紀》（一九四八）中極力地表現他所謂的「套語濫調」在文學史上的重要地位，那些一再出現的主題和概念從古代經過拉丁中世紀而流傳下來，再滲透到所有的現代文學中。沒有一個作者會因爲他使用、採取，和修正這些從傳統流傳下來的以及古代所保存的主題和概念而自覺慚愧。對於藝術過程的錯誤觀念導致了這一類作品的產生，譬如說，李．西德尼討論伊莉莎白時期十四行詩的許多作品，雖然證明了形式的完全因襲，但卻沒有證明（並不像李氏所假設的）十四行詩的虛僞和低劣⑰。在一個既定的傳統之內工作而且利用這傳統的工具，對於感情力量和藝術價值來說，是絕對相容不悖的。這一類的研究，眞正屬於批評上的問題，是在我們達到權衡比

⑯ 見懷特（H. O. White）著《英國文藝復興時期之抄襲與模仿》（Plagiarism and Imitation during the English Renaissance），麻州劍橋，一九三五年出版；伊麗沙伯．曼（Elizabeth M. Mann）〈一七五〇至一八〇〇年間英國文學批評之原著問題〉（The Problem of Originality in English Literary Criticism, 1750-1800），刊於《語言學季刊》第十八期（一九三九），第九十七頁至第一一八頁；哈若．威爾遜（Harold S. Wilson）〈模仿〉（Imitation）收於《世界文學辭典》（Dictionary of World Literature），席普力（J. T. Shipley）編，紐約，一九四三年出版，第三一五頁至第三一七頁。

⑰ 李．西德尼（Sir Sidney Lee）著《伊莉莎白時期之十四行詩》（Elizabethan Sonnets），上下冊；倫敦，一九〇四年出版。

較，達到表示某一藝術家如何利用其他藝術家的成就的階段，當我們留意到他的變化改變的力量時才始出現。確定每一作品在傳統中的正當地位，是文學史的第一任務。

研究兩個或兩個以上藝術作品之間的關係，會帶來文學史發展上更進一步的問題。最先而最清楚的作品系統是由一個作家所寫的作品。在這情形下確定價值的系統、目的，並不困難；我們可從一件作品或一組作品中判斷作者最成熟的所在，然後即用它作爲標準去分析其他所有的作品。這樣的研究曾經在許多著作中嘗試過，不過那些嘗試能明確而自覺地研究其中所包括的問題者少，而混糅著作家私生活上的問題者則甚多。

追尋進化系統之另一方式可從抽取藝術作品中的某些特徵且探索它是趨向於某種理想形態（哪怕是短暫的理想）而進展的跡象來構成。這可以從我們對一個作家作品的研究中完成，例如：克列門⑱所作莎士比亞的想像力發展的研究，或可在一國文學之一階段或整體中得以完成。那些著作像山茲柏叡關於英國詩體論和散文韻律史的研究⑲抽取了一種成分而追

---

⑱ 克列門（Wolfgang Clemen）Shakespeares Bilder, ihre Entwicklung und ihre Funktionen im dramatischen Werk, Bonn, 1936（英譯本，麻州劍橋，一九五一年出版）。

⑲ 山茲柏叡著《英國詩體論史》（A History of English Prosody），三冊，一九〇六至一九一〇年出版；《英國散文韻律史》（A History of English Prose Rhythm），愛丁堡，一九一二年出版。

索它的歷史，雖然山茲柏叡雄心勃勃的著作被它所根據的不清晰且陳腐的音步和韻律的觀念所損害了，但也由這個事實，說明了沒有適當的參考計畫便不可能寫成正當的歷史。同樣的問題或發生在英國詩的語法歷史中——關於這種歷史，我們只得到一些簡單的論文——或發生於英國詩的想像的歷史中，但這樣的歷史至今尚未看到。

由於這一類的研究，或許有人希望把那關於「哈姆雷特」、「唐璜」、「流浪的猶太人」等的題材和題旨的許多歷史的研究加以分類，然而事實上這些卻是個別不同的問題。一個故事的種種不同的表現方法並不像音步語法那樣具有必然的關聯和持續。從文學中去追溯那些，譬如說「蘇格蘭瑪麗女王的悲劇」之種種不同的表現方法，很可能成爲政治情操的歷史上的有趣問題；而且，必然也附帶說明了趣味的歷史變化——甚至是悲劇觀念的變化。但它本身並沒有眞正的連貫性或邏輯。它並沒有指出一個問題，所以可確定不是批評問題[20]，題材的歷史是歷史中最不文學的。

文學的類型和種類的歷史給我們很多別的問題，不過這些問題並不是不可能解決的；儘管克羅齊曾想否定這整個的觀念，但我們能找出很多的研究可作爲這樣理論的準備，同時那些研究本身提供了爲追溯清晰的歷史所必要的理論上的洞見。類型的歷史，它的兩端論

---

⑳ Benedetto Croce, "Storia di temi e storia letteraria,", Problemi di Estetica, Bari, 1910, pp. 80-93。

法（dilemma）也是一切歷史的兩端論法：亦即它爲了要找出關聯的系統（在這裡是類型）我們必須研究歷史，然而如果我們腦裡沒有選出一個系統那我們便不能研究歷史。不過我們邏輯上的循環實際並非不能克服的。有些情形，就像十四行詩，它的某種明顯的外在分類系統（十四行詩是按照既定的形式押韻）便提供了一個必要的出發點。在別的例子中，就像輓歌、頌詩，當然會有人懷疑那是普通語音學上標號的東西是否連結在類型的歷史上。在瓊遜的〈自詠〉（Ode to Himself），柯林斯（William Collins）的〈夜之頌〉（Ode to Evening），以及華茲華斯的〈不朽的啓示〉（Intimations of Immortality）之間，似乎是沒有什麼關聯的地方。然而明眼人則可看出賀瑞斯頌歌的風格和平德爾頌歌的風格之間卻隱藏有共同的來源，而且即從這樣的結合上可以看出那表面是不同的傳統、不同的時代之間的連繼性。類型之歷史無疑是文學史研究中最有收穫希望的園地之一。

這種「語言形態學」的方法能夠而且應該大規模地應用於民謠，類型在民謠中比在稍晚的藝術——文學中常有較清楚的說明和解釋，而且在民謠中這種方法似與平常較爲人所好的關於「主旨」和情節演變的研究，至少是一樣的重要。尤其是在俄國已經有相當好的開始[21]。近代

---

[21] 例如：A. N. Veselovsky: Istoricheskaya Poetika, ed. V. M. Zhirmunsky, Leningrad, 1940（其論文集中輯有一八七〇年的論文）。André Jolles: Einfache Formen, Halle, 1930。

文學，至少是從浪漫運動時起，如果沒有一種對古典的類型和中世紀時興起的新類型的認識是很難深入了解的；它們之間的融混，它們的起落，形成了從一五〇〇到一八〇〇年間文學歷史的絕大部分。誠然，無論浪漫時期曾做過多少打破差異而帶來混合的類型的事，如果低估了類型觀念的力量，即使是在最近的文學中也將是一種錯誤。早期的布隆梯爾或薩門茲的類型歷史，因其過於依賴生物學的分類而受到損害，不過在最近幾十年來已有一些比較愼重的研究出現。不過這一類的研究，其記述類型與個別的討論，又漸陷於不相關聯的危險，亦即自稱爲戲劇或小說史的多數著作衰落的命運。然而仍有一些顯然面對類型的發展問題的著述。這問題在寫到莎士比亞爲止的英國戲劇史時是不能忽視的難題，在這一段歷史中，像神蹟劇和教訓劇那樣類型的繼續以及現代戲劇的興起，都可以探索出顯著的混合形式如同拜爾（Bale）的《約翰王》（King John），儘管在目的上有所分歧，但如葛瑞格《論田園詩和田園劇》便是一個傑出類型歷史的早期例子[㉒]；後來路易士的《愛之寓言》[㉓]更提供了一個設計清楚的發展方式的說明。在德國，至少有兩本很好的著作：費依脫的《德國頌

㉒ 葛瑞格著（W. W. Greg）《論田園詩和田園劇》（Pastoral Poetry and Pastoral Drama），倫敦，一九〇六年出版。

㉓ 路易士（C. S. Lewis）著《愛之寓言》（The Allegory of Love），牛津，一九三六年出版。

詩史》和穆勒（Müller）的《德國歌曲史》㉔這兩位作者對他們所遭到的難題都有精銳的考察。費依脫明知邏輯的循環性，但他並未受到困惑；他看出歷史家必須直覺地——雖然只是暫時——抓住他所關注的類型的基點，然後再去追溯那類型的起源，用證據來修正自己的假設。儘管這類型會出現在歷史中而且有個別作品作爲例證，但是這些個別作品的所有特性卻無法將之交代陳述清楚；我們必須承認類型是一種「限制的」概念，某種作爲基本的形態，是現實而有效的習慣，當寫作具體的作品時實地賦予形態。歷史永遠不需要達到一個特別的目的，因爲類型不可能有更長遠的延續和差別，然而，爲了要寫一部恰當的歷史，我們必須記住某些臨時的目的或類型。

一個「時期」或「運動」的歷史，提出了一些完全類似的問題。對於發展的討論，我們無非要指出不能同意的兩種極端的看法：一是形而上的看法，認爲時代只是一個根源於直覺的實體；另外則是極端唯名論的看法，認爲時代只是一個爲著敘述方便而劃分時間所使用的語言學上的名目。極端的唯名論認爲時代是資料上的任意附加物，而這資料實際是連續的，沒有方向的流動，因此，它一面留給我們具體事物的紊亂無章，而另一面則是純粹主

㉔ 費依脫（Karl Viëtor）《德國頌詩史》（Geschichte der deutschen Ode）Munich, 1923；穆勒（Günther Müller）《德國歌曲史》（Geschichte des deutschen Liedes）Munich, 1925。

觀的名目。如果我們採取這種看法，那麼很顯然的我們在一個實體——它雖有衆多的種類但本質卻是一致的——從任何地方加以分割都沒有問題。這樣，我們採取何種時代的劃分，即使是任意的、死板的，也都無關緊要了。我們可以用曆法上的每世紀、每十年、每一年，以一種紀年方式來寫文學史。我們甚至可以用賽門斯在他的《英國詩之浪漫運動》一書中所用的標準㉕，他只討論那些生在一八〇〇年之前和死在一八〇〇年之後的作家們。像這樣，「時代」只是一個方便的名詞，將一本書再加細分或選擇一個題目時的必需東西而已。這種看法，雖然常常並不是有意的，卻是那些嚴守世紀與世紀之間的界限，或將一個題目硬性限定在一段時間之內（譬如說一七〇〇至一七五〇年）的著作的基礎。當然這樣對於年曆的重視，在純粹地書目編排上是適當的，它可以提供入門的指導，就像圖書館中杜威十進分類法的功用，但是這類時代上的區分和文學史本身是沒有什麼關係的。

大多數的文學史卻是根據政治的變遷來分期。文學被認爲完全受一個國家的政治或社會革命所決定，因而，決定時代的難題也交給政治史家和社會史家，凡他們所作的任何區分和時代，通常是不加考慮地被採納。如果我們看一看較早的英國文學史，我們將會發現那要不是按照數目上的區分便是按照簡明的政治標準——英帝國王朝的世代。當然我們不必提出如

㉕ 賽門斯著《英國詩之浪漫運動》（The Romantic Movement in English Poetry），倫敦，一九〇九年出版。

果再按帝王的死日把英國文學史更進一步加以細分會發生怎樣的混亂，因此也沒有人會認眞考慮十九世紀初期文學區分喬治三世、喬治四世和威廉四世；然而那些同樣生硬的區分像伊莉莎白一世、詹姆斯一世和查理一世時期卻多少仍被保留下來。

如果就較爲近代的英國文學史加以檢視，我們會發現那以年曆上的世紀或帝王朝代來劃分的階段幾乎完全消失而代之以一系列的新的區分，它們的名稱，至少是在名稱上，是從人類心靈最複雜的活動演化出來的。雖然我們仍舊使用從前朝代區分殘留下來的「伊莉莎白時期」和「維多利亞時期」，但它們卻是具有新意義的思想史的工具。我們保留它是因爲我們覺得那兩位女王似乎是那時代的象徵。我們並不堅持一個從某一帝王登基到駕崩的完全相符的紀年階段的區分。我們使用「伊莉莎白時期」一詞包括了在一六四二年諸劇場結束關閉以前的作家，那差不多已經是女王死後的四十年了；另一方面，就像王爾德那樣的人，雖是生在維多利亞朝代的紀年範圍內，但我們很少說他是個維多利亞時期作家。上面那些名稱原來都是有它們的政治根源的，但從此之後又獲得了在思想史甚至在文學史上的確切意義。然而，我們目前所用繁雜的名目倒眞是有點使人眼花撩亂。「宗教改革」（Reformution）是從教會歷史來的，「人文主義」（Humanism）主要是從學術史來的，「文藝復興」來自藝術史，「共和政體」和「王權復興」則毫無疑問是由政治事件而來。「十八世紀」一詞，是一個古老的數目名稱，但它卻又具有某些文學名詞像「奧古斯丁時期」（Augustan）和「新古典時期」的功能。「浪漫主義前期」（Pre-Romanticism）和「浪漫主義」主要是文學名詞，而「維多利亞時期」、「愛德華時期」和「喬治時期」則由帝王的朝代而來。這同樣使人迷惑不清的情況可以見之於任何一國的文學：譬如說美國文學中的「殖民時期」（colonial period）是一個政治名詞，而「浪漫主義」和「寫實主義」卻又是文學名詞。

當然，從這些名詞的混合使用可以把那些顯而易見的困擾解釋爲是歷史自身所造成的。作爲文學史家我們必須首先注意作家本身的思想和觀念，以及他們的計畫和名稱，然後才能安然地接納他們自己的區分。那些文學史中蓄意安排的綱要、派別，以及自我解釋所提供證據的價值當然不能減低到最低限度；不過「運動」一詞最好是留給那些自省的、自我批評的活動，對於這些活動我們會像說明任何其他歷史事件和宣言的順序一樣地加以說明。不過那些綱要只不過供給我們研究一個時期的材料，就像整個的批評史提供了對任何一種文學史的一個連續不斷的評論。它們可能會給我們一些建議和暗示，但它們不應該給我們規定了方法和分類，這並不是我們的觀點一定會比他們透澈，而是因爲我們占了以現代的眼光去看過去的便宜。

此外，我們要說明的是這些來源各異的名詞並不是在它們當時便形成的。在英國，「人文主義」一詞首先出現在一八三二年，「文藝復興」在一八四〇年，「伊莉莎白時期」在一八一七年，「奧古斯丁時期」爲一八一九年，「浪漫主義」則是一八四四年。這些日期雖都是從《牛津大字典》來的，但並不十分可靠，因爲「奧古斯丁」一詞曾經時常出現，最早可追溯到一六九〇年；卡萊爾早在一八三一年就使用了「浪漫主義」一詞[26]。不過這些名稱都顯示出詞彙本身和它們所代表的時期之間的年代差別。我們知道，浪漫主義者並不自稱爲浪漫主義者，至少在英國是如此的。顯然地，到一八四九年柯勒律治和華茲華斯才和浪漫運動發生關係而和雪萊、濟慈、拜倫聚合在一起[27]。奧莉凡夫人（Mrs. Oliphant）在她的《十八世紀末至十九世紀初之英國文學史》（Literary History of England between the End of the Eighteenth and the Beginning of the Nineteenth Century，一八八二），始終沒有使用「浪漫主義」一詞，同時也沒有承認「湖濱」詩人，「倫敦派」以及「惡魔的」拜倫是一個運動。因此對於目前通常爲人接受的英國文學的時期劃分來說，實在並沒有什麼歷史的根據。所以誰也不能否認指稱時代的用語是混合著政治、文學和藝術名詞的大雜燴。

儘管我們能把人類文化史——政治、哲學和其他藝術，清清楚楚地作一套時代的區劃，但是文學史卻不應該接受這一套取材與目的皆迴然不同的綱領。文學不應該被認爲只是人類政治、社會，甚至智識發展的被動的反應或複本。由是之故，文學的時代劃分應該以純文學

---

[26] 見埃塞克斯（J. Isaacs）文刊於倫敦《泰晤士報文藝副刊》（The Times Literary Supplement），一九三五年五月九日，第三〇一頁。

[27] 依如此論調之第一人顯然爲湯瑪士・蕭（Thomas Shaw）刊於其《英國文學大綱》（Outlines of English Literature），倫敦，一八四九年出版。

的標準來建立。

如果我們的結果恰巧和那些政治、社會、藝術，以及思想史學家所研究出的相同，那倒是沒有什麼關係的。只是我們的出發點必須是文學作爲文學來發展。這樣，時代只不過是全面演進中的一個分段。它的歷史只有在參考一種可變易的價值體系時才能寫成，並且這種價值體系必須從歷史本身抽取出來。因此，一個時代便是一段被某一文學標準規範和習例的系統所支配的時間，這系統的興起、傳播、變化和完成，都可能加以追溯的。

這當然不是說我們必須接受這個規範的系統來作爲我們自己的必遵之道。我們必須從歷史本身去抽取，必須從現實中發現它。譬如「浪漫主義」就不是性質單純如傳染病或瘟疫一樣傳布，當然它也不僅僅是一種口號。它是歷史的範疇，或者，倘用康德派的名稱，那便是「規制的觀念」（regulative idea）（或諸觀念的整體系統），我們藉助於它來說明歷史的過程。但我們是在過程的本身找到這觀念的體系的。這樣的「時代」一詞的含意是與人們所常用者不同，亦即，這種用法，時代的含意已不與歷史關聯而擴充爲心理上的類別。我們不必對應用現成的歷史名詞作爲那些心理的或藝術的類別名稱加以貶斥，我們應該看出這樣文學的形態學和我們目前所討論的問題大爲不同——那就是說它不屬於狹義的文學史。

因此，時代並不是一種類別或等級而是一個時間的階段，需要用一種包含在歷史過程中不能與之分離的標準的系統來加以詮釋。依照許多對「浪漫主義」的定義所作有益的嘗試，也就分明指出所謂時代也者，並非類似於邏輯上等級的概念。果眞如此，則所有個別作品都可以包括在內了。不過，這顯然是不可能的。個別的藝術作品並不是一個等級的例證，而是加上全部的其他藝術作品成爲所謂時代概念之一部分。因此它本身是修飾那整體的概念的。具有種種不同解釋的「浪漫主義」的定義，不管它們對於所指系統的複雜性是如何有價值，在理論基礎上都似乎是錯了。我們應該很清楚地了解時代並非一個典型或抽象的類別，或一系列等級的概念，而是依據規範構成的整個體系——並不表示任何藝術作品的全部形態都在這體系上——所支配的時代區別。時代的歷史，是成立於一個規範體系轉變爲另一體系的探索之中。因此，一個時代是一段具有某種統一性的時間，而這統一性顯然只是相對的。那是說，在這時代某一種規範體系是最完全地被實現著。如果任何一個時代的統一性是絕對的，則一個時代接著另一時代便像一塊塊石頭的並列而沒有演進的連續性了。於是前一種規範體系的殘留與後一種體系的預期便成爲不可避免的。因爲一切事件有其可看出的前因而又有未來的後果，那樣的時代，才是歷史的時代。

撰寫某一時代的歷史，第一個問題便是記述的問題：亦即，我們需要區別一個傳統的衰落和另一個新傳統的興起。爲什麼這傳統的交替會在某一特定的時期發生，那是無法用一般名詞來解答的歷史性的問題。有的認爲文學演進中，舊的規範會慢慢地失效而要求新的規範產生。俄國的形式主義者將這種過程解釋爲「自動演變」（automatization）作用，那是說，詩的技巧意匠漸趨於平凡而陳腐，後起的讀者對之產生反應，盼望有某種不同的東西，某種被認爲是和以前恰恰相反的東西來取而代之。發展的體系因此是一種起伏的交替，一連串的反對，導致用字、主題和其他技巧的「現實化調整」（actualizations）。但是這理論並沒有說明那「發展」爲什麼一定要走向它所採取的某一方向，因此僅僅是起伏式顯然不能說明整個過程的複雜性。對於這些轉變有的說法是把責任放到外在社會環境的干擾和壓力上。而謂文學傳統的變換都是由於新的階級產生，或至少是一群人創作了一種屬於他們自己的藝術；在俄國，因爲一九一七年以前存在的階級差別和階級上的身分，其中社會改變和文學改變的密切相關是可以確定的。但是這種相關性，在西方就沒有那麼清楚，並且每當我們超過這明顯的社會差別和歷史上的激變時，這說法便也不攻自破了。

另外一種解釋是轉而針對「新一代」的興起。這個理論自考爾諾（Cournot）的《思想發展之考察》（Considérations sur la marche des idées，一八七二）以後一直有許多的附和者廣爲宣揚，尤其是德國的皮特遜和韋契斯勒㉘。但是那是大有問題的，因爲把世代當作

㉘ Wilhelm Pinder, Das Problem der Generation, Berlin, 1926; Julius Petersen, "Die literarischen Generationen", Philosophie der Literaturwissenschaft (ed. Emil Ermatinger) Berlin, 1930, pp. 130-87；韋契斯勒（Eduard Wechssler）Die Generation als Jugendrrihe und ihr Kampf um die Denkform, Leipzig, 1930；休曼（Detlev W. Schumann）〈德國思想上之文化年齡集團問題之評論〉（The Problem of Cultural Age-Groups in German Thought: a Critical Review），刊於《現代語言學會會刊》，第五十一期（一九三六），第一一八〇頁至第一二〇七頁，以及〈年齡集團之問題：統計方法研究〉（The Problem of Age-Groups: A Statistical Approach），同刊，第五十二期（一九三七），第五九六頁至第六〇八頁；H. Peyre, Les Générations littéraires, Paris, 1948。

生物學上的實際存在，並沒有提供任何解決的方法。如果我們假設一世紀可以有三代，例如：一八〇〇年到一八三三年，一八三四年到一八六九年，一八七〇年到一九〇〇年，那麼我們就必須承認也會有相等的一八〇一到一八三四，一八三五到一八七〇，一八七一到一九〇一等等。從生物學上去考慮，這些組合完全是相等的；並且，如果說生於一八〇〇年左右的一組人比生在一八一五年左右的人影響文學的變化更要深刻，那就必須歸之於純粹生物學以外的因素。毫無疑問地，在歷史上的某一個時期文學的變更，會受到一組年齡大致相同的年輕人的影響，德國的「狂飆時期」或浪漫主義，便是最明顯的例子。某種「世代的」一致，似乎可從那些社會的和歷史的事實來證明，就像只有某種年齡的人才會對於某種重大事件，像法國大革命和兩次世界大戰體驗到強烈的印象。然而這只是一種強而有力的社會影響的例子。另一方面，我們很少會懷疑文學的變更是因受到老一輩的成熟作品之重大影響。總而言之，僅以世代的交替或社會的變更來解釋文學的變化是不夠充分的，文學的變化，在每一情況下都具有不相同的複雜過程；它一部分是內在的，由於厭膩和求變的欲望所促成，另一部分則是外在的，因社會的、思想上的，和其他文化的變動而導致的。

關於近代文學史的主要時代，曾有不斷地討論。那些名詞像「文藝復興」、「古典主義」、「浪漫主義」、「象徵主義」，以及近來的「巴洛克」曾經被人解釋了又解釋，爭論了又爭論。在我們沒有澄清理論上的混亂之前，在參與討論的人們仍舊堅持類別的觀念，把「時代」一名詞與「種類」一名詞混淆，把名詞含意的歷史和風格的實際變化混淆不清的情況下，要達成何種協議，似乎是不可能的。因此我們可以了解爲什麼洛夫喬伊等人建議乾脆不用那些像「浪漫主義」等名詞。不過對於一個時代的討論一定會引出各種文學史上的問題：像名詞和批評方法以及實際上風格變化的歷史；像此一時代與其他所有人類的活動的關係，以及和其他各國的相同時代的關係。浪漫主義作爲一個名詞而言是很晚才傳到英國的，但是在華茲華斯和柯勒律治的理論中有一個新的方針，這必須把華茲華斯和柯勒律治以及當時其他詩人的實際行爲一起來加以討論。另外還有一種新的風格，它的先聲可以遠溯到十八世紀初。我們可以把英國的浪漫主義和法國、德國不同的浪漫主義加以比較。我們可以研究美術中的相等或被認爲是相等的浪漫運動。在每一個時代、每一個地方都有不同的問題，要找出一個一般的法則似乎是不可能的。卡沙眠認爲時代的更換變得愈來愈快，一直到今天那擺動才慢慢穩定下來的假定也顯得不甚可靠；同樣，武斷地說某種藝術是產生在另一種之前，或者某一國在引進一種新風格要比他國爲先，也同是錯誤的。顯然我們不應該只從「時代」的名目上作太多的期望，因爲在一句話裡並不能包括十幾種意思。但要放棄這問題的可疑結論也不是正確的，因爲時代的概念確實是歷史知識的主要工具之一。

倘更進一步考察更廣泛的問題，亦即從整體來考察一國文學的歷史，那就更加困難了。將一國文學作爲一種藝術而追溯其歷史是非常艱苦的，因爲它的結構必須牽涉到大部分非文學的東西，牽涉到國家的倫理和國民性。就美國文學來說，它和其他國家的文學沒有語言學上的不同，但是問題本身卻變得更繁複，因爲在美國，文學的發展是不完全的，並且部分要依賴一個較早的且強而有力的傳統。明白一點說，任何一國文學的發展都有一個歷史家不能忽視的問題，雖然它是很少被有系統地研究過。不用說眾多的文學史，就更是遙遠的理想了。現成的例子像麥楷（Máchal）的《斯拉夫文學》，或如奧席基企圖將中古時期的全部拉丁語系文學，寫成一部歷史，兩者都並不十分成功[29]。大多數的世界文學史都想追溯歐洲文學的主要傳統與其同從希臘羅馬繁衍下來的文學的結合，但是這些文學史沒有一個不是概論式的陳述或膚淺的編纂；唯一可能的例外，是昔萊格爾兄弟所作的傑出敘述，然而也難以滿足現代的要求。最後，一部文學本身的歷史始終是個遙遠的理想。現有的例子像約翰·布朗（John Brown）的《詩之興起及演進史》（History of the Rise and Progress of Poetry），出版於一七六三年，可說是太過於理論化和簡略，另外像查德威（H.M. and N.K. Chadwick）三卷論《文學之成長》，則又過於重視口頭文學的呆板的種類問題[30]。

---

[29] 麥楷（Jan Máchal）《斯拉夫文學》（Slovanské literatury）3v., Prague, 1922-9；奧席基（Leonardo Olschki）Die romanischen Literaturen des Mittelalters, Wildpark-Potsdam, 1928 (in Handbuch der Literaturwissenschaft, ed. Oskar Walzel)。

[30] 查德威（Chadwick）著《文學之成長》（The Growth of Literature），三冊，倫敦，一九三二、一九三六、一九四〇年出版。

結果，我們只是剛學到如何就自身來分析一件藝術作品；在方法上仍然是很笨拙的，而且這些方法在理論基礎上仍然存在變更之中。因此，我們要做的事太多，文學史已具有過去以及未來的事實，我們無法去改變，它的未來不可能也不應該只據老方法所發現的設計中去找尋縫隙。我們必須尋求一種新的文學史的理想，及其能使這理想實現的新方法。假如此一理想由於它的強調文學作爲藝術的歷史而被認爲太過於「單純」，則我們可這樣說，沒有一種方法是不能嘗試的，並且「強調」似乎還是過去幾十年來文學史所經歷的擴張主義運動（expansionist movement）的必要的解毒劑。對於方法相關的形態之明確認識，其本身便是應付不知如何選擇的法寶，即使是選擇幾種方法的混合。

韋勒克年表

René Wellek, 1903-1995

年代	生平紀事
一九〇三	八月二十二日出生於維也納。
一九一八	搬到布拉格。在學校學習了植物學、歷史、地理學以及拉丁文、德文和捷克文學，並大量閱讀英國文學。
一九二二	進入布拉格查理大學（Charles University）就讀。
一九二六	六月，獲得哲學博士學位。
一九二七	秋，成爲普林斯頓大學（Princeton University）的研究員。
一九二八	在美國史密斯學院（Smith College）教授德語。
一九二九	回到普林斯頓大學教授德語。
一九三〇	秋，回到查理大學，成爲英國文學史教授。
一九三一	學位論文 Immanuel Kant in England, 1793-1838 出版。
一九三二	與 Olga Brodská 小姐結婚。
一九三五	移居倫敦，在倫敦大學斯拉夫研究學院（School of Slavonic Studies）擔任講師，教授捷克語言文學。
一九三九	歐洲二次世界大戰爆發，於六月與妻子前往美國，九月遷居於愛荷華，於愛荷華州立大學（University of Iowa）文學院任教，教授人文科學與歐洲小說等課程。
一九四一	升爲副教授。The Rise of English Literary History 出版。

一九四二	夏，獲邀至漢庭頓圖書館（Huntington Library）擔任研究員。
一九四三	春，兒子 Iven 出生。
一九四四	獲提拔爲正教授。
一九四五	夏，在馬薩諸塞州度過，秋季回到愛荷華州。
一九四六	五月成爲美國公民。同年，獲耶魯大學（Yale University）榮譽文學碩士學位，在該校擔任斯拉夫與比較文學（Slavic and Comparative Literature）教授。
一九四七	夏，在明尼蘇達大學（University of Minnesota）教授文學理論。
一九四八	夏，在哥倫比亞大學（Columbia University）教授批評史。於秋季回到耶魯擔任系主任。 Literature and Ideas 出版。
一九四九	與 Austin Warren 合著之 Theory of Literature 出版。
一九五三	在哈佛大學擔任客座教授。
一九五五	A History of Modern Criticism, 1750-1950 共八卷，由此年至一九九二年間於耶魯大學陸續出版。
一九五八	獲勞倫斯學院（Lawrence College）榮譽博士學位。由此至一九七五年間，共獲哈佛大學（Harvard）、牛津大學（Oxford）、羅馬大學（Rome）、馬里蘭大學（Maryland）、波士頓大學（Boston College）、哥倫比亞大學（Columbia）、蒙特利爾大學（Montreal）、魯汶大學（Louvain）、密西根大學（Michigan）、慕尼黑大學（Munich）、東英吉利大學（East Anglia）等學校之榮譽博士學位。

年代	生平紀事
一九六一	擔任夏威夷大學（University of Hawaii）客座教授。擔任國際比較文學協會（International Comparative Literature Association）主席，至一九六四年。
一九六二	擔任美國比較文學協會（American Comparative Literature Association）主席，至一九六五年。同時擔任美國捷克斯洛伐克藝術與科學學會（Czechoslovak Society of Arts and Sciences in America）主席，至一九六六年。
一九六三	擔任加州大學（University of California）柏克萊分校客座教授。散文集 Concepts of Criticism 出版。
一九六五	Confrontations: Studies in the Intellectual and Literary Relations between Germany, England, and the United States during the Nineteenth Century 出版。
一九六七	第一任妻子去世。其後與Nonna Dolodarenko Shaw再婚。
一九六九	The Literary Theory and Aesthetics of the Prague School 出版。
一九七一	Discriminations: Further Concepts of Criticism 出版。
一九七二	從耶魯大學退休。成為美國國家人文基金會（National Endowment for the Humanities）高級研究員。
一九七三	擔任普林斯頓大學客座教授。

一九七四	擔任印第安納大學（Indiana University）比較文學教授。同年，在倫敦擔任現代人文科學研究協會（Modern Humanities Research Association）的主席。
一九七七	以人文社會高級研究員的身分在康乃爾大學（Cornell University）進行研討會。
一九七九	任教於加州大學聖地牙哥分校。
一九八一	Four Critics: Croce, Valéry, Lukács, and Ingarden 出版。
一九八二	散文集 The Attack on Literature and Other Essays 出版。
一九九五	十一月十一日病逝，享年九十二歲。

華倫年表

Austin Warren, 1899-1986

年代	生平紀事
一八九九	七月四日出生於美國馬薩諸塞州（Massachusetts）沃爾瑟姆市（Waltham）。
一九一二	就讀Hale高中，額外研習拉丁語。
一九一六	秋，進入衛斯理大學（Wesleyan University）就讀，多從事詩歌的創作與批評。其後以拉丁文專業及英文輔系畢業。
一九二〇	在肯塔基大學（University of Kentucky）擔任英文講師。
一九二一	秋，進入哈佛大學研究所，研究浪漫主義。同時在明尼蘇達大學（University of Minnesota）任教。
一九二二	秋，進入普林斯頓大學（Princeton University）研究所。其後在此獲得博士學位。此期間並與Benny Bissell共同創辦了聖彼得自由和人文研究學院（St. Peter's School of Liberal and Humane Studies）。
一九二六	任教於波士頓大學（Boston University）實用藝術與文學學院。
一九二九	Alexander Pope as Critic and Humanist 出版。
一九三〇	獲得由美國學術協會理事會（American Council of Learned Societies）設立的獎學金，至英國倫敦學習一年。期間曾在大英博物館兼職。
一九三一	秋，回到波士頓大學。其後擔任英語教授。
一九三四	The Elder Henry James 出版。

一九三九	任教於愛荷華大學英語系，教授批評和批評史。Richard Crashaw: A Study in the Baroque Sensibility 出版。
一九四一	九月十三日，與 Eleanor Blake 小姐結婚。與 Norman Foerster, J. C. McGalliard, René Wellek, W. L. Schramm 等人合著之 Literary Scholarship: Its Aims and Methods 出版。
一九四六	一月，妻子逝世。
一九四八	秋，開始於密西根大學（University of Michigan）任教，在該校待了二十年。此期間並擔任肯揚英語學院（Kenyon School of English）院士，至一九五〇年。Rage for Order: Essays in Criticism 出版。
一九四九	與René Wellek合著之 Theory of Literature 出版。
一九五〇	在印第安那大學（Indiana University's School）文學院任高級研究員，至一九六四年。
一九五一	獲得古根漢（Guggenheim）獎學金。
一九五三	擔任紐約大學（New York University）英美文學系客座教授，至一九五四年。
一九五六	New England Saints 出版。
一九五九	九月五日，與 Antonia Degen Keese 小姐結婚。
一九六六	The New England Conscience 出版。
一九六八	從密西根大學退休。
一九七〇	搬遷至羅德島州（Rhode Island）的普羅維登斯（Providence）居住。Connections 出版。

年代	生平紀事
一九七三	獲得美國藝術暨文學學會（American Academy of Arts and Letters）文學獎。
一九七四	獲得布朗大學（Brown University）榮譽文學博士學位。
一九七六	散文集 Teacher and Critic: Essays by and about Austin Warren 出版。
一九八六	八月二十日過世，享年八十七歲。

索引

一、人名索引

二畫

三畫

四畫

五畫

六畫

七畫

八畫

九畫

十畫

十一畫

十二畫

十三畫

十四畫

十五畫

十六畫

十七畫

十八畫

十九畫

二十畫

二十一畫

二十二畫

二十三畫

二、名詞索引

一畫

二畫

三畫

四畫

五畫

六畫

七畫

八畫

九畫

十畫

十一畫

十二畫

十三畫

十四畫

十五畫

十八畫

十九畫

二十畫

二十一畫

二十二畫

二十三畫

二十四畫

二十五畫

【筆記頁】

思想的 · 睿智的 · 獨見的

經典名著文庫

經典名著文庫 104

文學論——文學研究方法論

Theory of Literature

作　　者——韋勒克（René Wellek）、華倫（Austin Warren）
譯　　者——王夢鷗、許國衡
文庫策劃——楊榮川
編輯主編——黃文瓊
責任編輯——吳雨潔
特約編輯——廖敏華
封面設計——姚孝慈
著者繪像——莊河源
出 版 者——五南圖書出版股份有限公司
發 行 人——楊榮川
總 經 理——楊士清
總 編 輯——楊秀麗
地　　址——臺北市大安區 106 和平東路二段 339 號 4 樓
電　　話——02-27055066（代表號）
傳　　眞——02-27066100
網　　址——https://www.wunan.com.tw
電子郵件——wunan@wunan.com.tw
劃撥帳號——01068953
戶　　名——五南圖書出版股份有限公司
法律顧問——林勝安律師
出版日期——2019 年 11 月初版一刷
　　　　　　2025 年 1 月二版一刷
定　　價——660 元

國家圖書館出版品預行編目資料

文學論——文學研究方法論 / 韋勒克（René Wellek），華倫（Austin Warren）著；王夢鷗，許國衡譯．-- 二版．-- 臺北市：五南圖書出版股份有限公司，2025.01
　面；公分．--（經典名著文庫　104）
譯自：Theory of Literature
ISBN 978-626-393-998-1（平裝）

1.CST：文學哲學　2.CST：方法論

810.1　　　　　　　　　　　113018599